Régine Deforges

VONTADE DE VIVER

VOLUME 2 DA SÉRIE **A BICICLETA AZUL**

Tradução de
MARIA EUGÊNIA SÁ DA BANDEIRA

EDIÇÕES
BestBolso
RIO DE JANEIRO – 2010

CIP-BRASIL. CATALOGAÇÃO-NA-FONTE
SINDICATO NACIONAL DOS EDITORES DE LIVROS, RJ

Deforges, Régine, 1935-
D36v Vontade de viver/Régine Deforges; tradução de Maria Eugênia Sá da Bandeira – Rio de Janeiro: BestBolso, 2010.
(A bicicleta azul; v.2)

Tradução de: 101, Avenue Henri-Martin
ISBN 978-85-7799-132-7

1. Romance francês. I. Bandeira, Maria Eugênia Sá da. II. Título. III. Série.

CDD: 843
09-4519 CDU: 821.133.1-3

Vontade de viver, de autoria de Régine Deforges.
Título número 143 das Edições BestBolso.
Primeira edição impressa em janeiro de 2010.
Texto revisado conforme o Acordo Ortográfico da Língua Portuguesa.

Título original francês:
101, AVENUE HENRI-MARTIN

www.edicoesbestbolso.com.br

Design de capa: Rafael Nobre

Impresso no Brasil

ISBN 978-85-7799-132-7

EDIÇÕES BESTBOLSO

Vontade de viver

Régine Deforges nasceu em Montmorillon, França, em 1935. Primeira mulher a comandar uma editora no seu país, foi censurada, durante anos, por publicar livros considerados "ofensivos". A pressão de grupos conservadores levou Deforges a fechar a empresa. A escritora consagrou-se com a publicação da série iniciada com o livro *A bicicleta azul*, em 1981. Régine Deforges também é autora de *O diário roubado*, que inspirou o filme homônimo. A série *A bicicleta azul* ganhou destaque com os três volumes iniciais, mas os personagens estão presentes também nas obras *Tango negro*, *Rua da seda*, *A última colina*, *Cuba libre!*, *Argel, cidade branca*, *Les généraux du crepuscule* e *Et quand vient la fin du voyage*, estas últimas inéditas no Brasil.

Volume 1: A bicicleta azul
Volume 2: Vontade de viver
Volume 3: O sorriso do diabo

À minha filha, Camille

Prólogo

Foi na noite de 20 para 21 de setembro de 1942 que, depois de muito calor, começou a chover, e um vento frio para a época começou a soprar no estuário da Gironde, subindo ao longo do rio Garonne.

Durante todo o verão, violentas trovoadas, por vezes acompanhadas de granizo, tinham preocupado os vinhateiros. O ano anunciava-se medíocre.

No relógio da catedral de Saint-André soaram quatro horas.

EM SUA CELA do forte do Hâ, Prosper Guillou e o filho Jean foram despertados por fortes pancadas na porta. No escuro, cada um por vez foi satisfazer suas necessidades, sentando-se depois nos catres à espera da luz e da porção de água escura que lhes servia de café. Jean pensava na mulher, Yvette, internada na caserna Boudet e da qual não tinha notícias desde aquele dia de julho em que, às cinco da manhã, a Gestapo e a polícia invadiram sua propriedade de Violettes, em Thors. Revia na memória a captura dos pais e daquele casal de militantes comunistas, Albert e Élisabeth Dupeyron, que viera buscar as armas destinadas ao grupo de resistentes FTP, de Bordeaux.

GABRIEL FLEUREAU, marceneiro, deu um grito e acordou num sobressalto. Assim acontecia todas as noites, desde os interrogatórios aos quais aqueles dois porcos da brigada do comissário Poinsot o tinham sujeitado. Com sadismo, partiram todos os seus dedos da mão direita. Mas ele não falou. Buscando coragem no amor que sentia por Aurora, a jovem que entregava regularmente, no cais da Salinière, na loja de móveis do senhor Cadou, panfletos para que Bergua e ele próprio distribuíssem. Ignorava que a amiga também tinha sido presa. Com precaução, tentou mover os dedos doloridos.

NO CATRE VIZINHO, René Antoine levantava-se resmungando. A lembrança de seu filhinho Michel, de 10 anos, estendendo para ele os braços e murmurando "Papai", levado e aprisionado com a mãe Hélène na caserna Boudet, perseguia-o. Com certeza, tinham sido denunciados, para que os alemães descobrissem o estoque de armas escondido em Bègles, no fundo de seu jardim.

TAMBÉM ERA ESSA a opinião de René Castéra. O pai, a mãe e o irmão Gabriel tinham sido presos em 8 de julho, e ele, no dia 14. Havia dois anos que a família escondia judeus e clandestinos, e levava ajuda aos parentes dos presos. Tal como René Antoine, estava sem notícias dos seus.

EM OUTRA CELA do andar térreo, Albert Dupeyron tentava confortar Camille Perdriau, de apenas 20 anos. Isso evitava que pensasse na jovem esposa, Élisabeth, presa no mesmo dia que ele.

ALEXANDRE PATEAU cerrava os punhos ao recordar os maus-tratos infligidos a Yvonne, sua mulher, diante do pequeno Stéphane, de 4 anos. Ambos pertencentes à resistência, tinham sido surpreendidos em casa, em Saint-André-de-Cognac, levados para Cognac e depois para o forte do Hâ.

QUANTO A RAYMOND Bierge, só se perguntava sobre quem teria sido o imundo que os denunciara, a Félicienne, sua mulher, e a ele, por esconderem em casa material de impressão. Deus permitisse que a avó cuidasse bem do pequeno!

JEAN VIGNAUX, de Langon, espantava-se por se lembrar tão bem da garota por quem seus amigos Raul e Jean Lefèvre estavam apaixonados, a encantadora Léa Delmas. A última vez em que a vira, pedalava de cabelos ao vento, pela estrada que conduzia à propriedade de Montillac.

NAS CELAS acenderam-se as luzes, uma a uma. Os prisioneiros piscaram os olhos e lentamente se levantaram. Desde a véspera, já sabiam.

DURANTE TODA a noite o vento tinha soprado em rajadas, infiltrando-se por baixo das portas e pelas tábuas toscas das barracas do campo de Mérignac, trazendo um pouco de ar aos homens estendidos nos desconfortáveis colchões e mal cobertos por acolchoados nojentos. Eram cinco da manhã, os prisioneiros não dormiam.

LUCIEN VALINA, de Cognac, pensava nos três filhos, sobretudo no pequeno Serge, que acabara de completar 7 anos, tão mimado por Margot, sua mulher. Com que brutalidade os alemães os tinham jogado numa caminhonete! Onde estariam eles agora?

GABRIEL CASTÉRA pensava no pai, Albert, que abraçara quando vieram buscá-lo, poucas horas antes, para o conduzirem àquele campo um tanto afastado dos outros. A lembrança das lágrimas correndo pela face do velhote era intolerável. Felizmente tinha consigo René, seu irmão mais velho.

O CORAÇÃO DE Jean Lapeyrade se comprimia quando ele olhava para René de Oliveria, esse jovem de quem ignorava o nome e que havia tocado gaita durante parte da noite para esconder seu medo. Como era jovem! "Berthe, onde você está?"

"NÃO EDUQUE o pequeno num espírito de ódio ou de vingança", escrevera Franc Sanson à mulher.

NO CAMPO reinava um burburinho pouco habitual. Pela porta, brutalmente aberta, Raymond Rabeaux viu os caminhões da *Wehrmacht* rodeados por dezenas de soldados de fardas verde-acinzentadas. O ar frio e úmido surpreendeu-o. Ainda estava muito escuro. As lanternas trazidas pelos guardas iluminavam grandes poças de água. Os alemães colocavam diante da porta uma metralhadora pronta para funcionar. A gaita havia se calado.

Desde a véspera eles sabiam

O ADJUNTO do diretor Rousseau, que conversava com um oficial alemão, dirigiu-se para a barraca.

– Andem, saiam quando chamados pelo nome, não deixem estes senhores esperando, apressem-se. Espagnet, Jougourd, Castéra, Noutari, Portier, Valina, Chardin, Meiller, Voignet, Eloi...

Um a um, os detidos saíram empurrados pelos soldados, alinharam-se, levantaram as golas dos casacos e enfiaram os bonés ou as boinas.

– Avancem, subam para os caminhões. Jonet, Brouillon, Meunier, Puech, Moulias...

Franc Sanson, com a flexibilidade dos seus 22 anos, foi o primeiro a saltar.

DO CAMPO subia uma espécie de murmúrio. Por detrás das janelas de cada barraca estavam os prisioneiros avisados misteriosamente. Um, depois dois, depois dez, depois cem, depois mil começaram a cantarolar a *Internacional*. Um brado enorme fazia arfar os peitos e chegava junto dos que partiam, para manter neles a coragem e a dignidade. A lama, a chuva, os apitos dos guardas e o próprio medo tinham-se esvaído pelo ar magnífico, portador de esperança.

ERAM SETE da manhã. Os caminhões que partiam de Boudet, do forte do Hâ e do campo de Mérignac rodavam pela estrada de Souges. À passagem dos carros, as mulheres faziam o sinal da cruz e os homens tiravam os chapéus. Na entrada do campo militar, os caminhões diminuíram a marcha. No interior, os prisioneiros iam perdidos em seus pensamentos, indiferentes aos quatro soldados que lhes apontavam as armas. Os solavancos da estrada esburacada os atiravam uns contra os outros.

Os caminhões pararam. Os soldados afastaram os toldos, baixaram as guardas e saltaram para a areia.

– *Schnell... Schnell... Aussteigen...**

OS PRISIONEIROS, agrupados a um canto, entreolhavam-se e maquinalmente contavam-se. Setenta. Eram setenta homens que desde a véspera sabiam que iam morrer.

DEPOIS DE UM atentado cometido em Paris contra um oficial alemão, Karl Oberg – o chefe das SS e da polícia – e Helmut Knochen tinham exigido do governo de Vichy uma lista de 120 reféns. Quarenta e seis prisioneiros dos campos de Compiègne e de Ramainville preenchiam as

*Rápido... Rápido... Desçam...

condições requeridas. Wilhelm Dohse, da Gestapo de Bordeaux, completara a lista.

– Gabriel!...

– René!...

Os dois irmãos Castéra caíram nos braços um do outro. Cada um tinha esperança de ser o único a morrer...

Um oficial rechonchudo colocou-se na frente dos reféns e leu qualquer coisa; certamente a sentença. Que lhes importava? De repente, uma voz jovem ergueu-se acima da do alemão:

– *Allons enfants de la patrie...*

– ... *le jour de gloire est arrivé...*

– ... *contre nous de la tyranie...*

– ... *l'étendard sanglant est levé...**

Tímido a princípio, o canto irrompe diante dos inimigos. Eles não compreendem as terríveis palavras da primeira estrofe do hino nacional francês, mas sabem que, por causa delas, daquele frio rebanho nasce uma horda a clamar vingança.

– ... *Entendez-vous dans nos campagnes, rugir ces féroces soldats...***

De cinco em cinco metros ergue-se um poste. Ao longo da rampa de areia há dez, diante dos quais vêm por si mesmos postar-se dez homens. Atam-nos aos postes e eles recusam a venda nos olhos. Um velho padre trêmulo abençoa-os. O pelotão de execução se põe de prontidão. Uma

---

*– Vamos filhos da pátria...

– ...o dia da glória chegou...

– ...contra nós, a tirania...

– ...o estandarte sangrando se levantou...

**– Escutem nos campos, rugirem estes ferozes soldados...

ordem soa... a primeira salva foi disparada... com o impacto das balas, os corpos estremecem e lentamente tombam...

As vozes fizeram uma pausa imperceptível, depois ressoaram mais fortes ainda naquela manhã chuvosa.

– *Aux armes, citoyens...**

SETENTA VEZES é dado o golpe de misericórdia.

Os corpos dos supliciados são jogados numa grande fossa cavada atrás da rampa.

A chuva parou. Um sol pálido ilumina com seus raios a clareira. Um odor de cogumelos e de pinheiros mistura-se ao da pólvora. Junto aos postes, o sangue brilha misturado com a água das poças lentamente absorvida pela areia.

Missão cumprida, os soldados partem novamente. São nove da manhã, nas dunas de Louges, perto de Bordeaux, em 21 de setembro de 1942.

*– Às armas, cidadãos...

1

Depois da morte de Pierre Delmas, sua irmã, Bernadette Bouchardeau, tentara conduzir os negócios da casa. A boa-vontade da mulher era evidente, assim como sua incapacidade para gerir uma propriedade como a de Montillac.

Sentada no escritório do irmão, espalhava os papéis, gemendo para Camille d'Argilat, que se propusera a ajudá-la.

– Meu Deus! Que vai ser de nós? Não entendo nada de números. Precisamos consultar Fayard, o encarregado.

– Vá descansar, senhora, vou tentar decifrar isso tudo.

– Obrigada, minha querida Camille, você é bem valente – disse ela ao se levantar – ... Léa deveria fazer um esforço – continuou ela tirando os óculos –, para mim também é difícil, mas faço um esforço.

Camille dissimulou um sorriso.

– A senhora é mais forte, com certeza.

– Com certeza – murmurou Bernadette Bouchardeau.

"Como é estúpida esta mulher", pensou Camille.

– Boa noite, minha filha. Não se deite muito tarde.

A porta fechou-se sem barulho. Uns passos pesados na escada, o ranger do décimo degrau, depois, de novo, o silêncio da casa adormecida, perturbado de vez em quando por uma rajada do vento frio de novembro, que fazia estremecer as paredes e agitava as chamas na lareira. Camille, de pé no meio da sala aquecida, olhava para o fogo sem o ver. De repente, uma acha quebrou e caiu, lançando fagulhas no tapete. A jovem sobressaltou-se e correu para recolhê-las com uma pinça. Aproveitou para jogar outra cepa no fogo, o que provocou um crepitar mais intenso e alegre.

Apertou o cinto do roupão e voltou a sentar-se diante da escrivaninha de Pierre Delmas.

CAMILLE TRABALHOU durante boa parte da noite, só levantando a cabeça para esfregar a nuca dolorida.

No relógio soaram três horas.

– Você ainda não se deitou! – exclamou Léa ao entrar.

– Ao que me parece, você também não – disse Camille com um sorriso terno.

– Vim procurar um livro, não consigo dormir.

– Tomou os comprimidos que o doutor Blanchard lhe deu?

– Sim, só servem para me entorpecer o dia inteiro.

– Diga isso a ele, e poderá lhe dar outros. Você deve dormir.

– Eu bem que queria, mas ao mesmo tempo tenho medo. Logo que adormeço o homem de Orléans aparece com o rosto coberto de sangue e avança em minha direção... tenta me apanhar e diz: "Por que me matou, sua prostitutazinha? Anda, minha linda, anda, vou lhe mostrar como é bom fazer amor com um morto. Tenho certeza de que você gosta disso. Hein?... Imunda, gosta de carniça, você..."

– Basta! – gritou Camille, sacudindo-lhe os ombros. – Pare!

Com ar alucinado, Léa passou a mão pela testa, deu alguns passos, deixando-se cair no velho sofá de couro.

– Você não pode imaginar... É pavoroso, sobretudo quando ele me diz: "Chega de brincadeira. Agora vamos encontrar seu pai, ele está à nossa espera em companhia de seus amigos, os vermes..."

 – Cale-se...

– "... e da sua querida mãe." Então eu sigo chamando por minha mãe.

Camille ajoelhou-se e a abraçou, acariciando-a como se ninasse seu filho, o pequeno Charles, quando um pesadelo o tira da cama, gritando.

– Venha, acalme-se. Não pense nisso. Nós o matamos, nós duas. Lembra-se? Fui eu quem atirou primeiro. Julgava que já estava morto.

– É verdade, mas fui eu e só eu quem o matou.

– Você não tinha escolha, era ele ou nós. Seu tio Adrien disse que no seu lugar teria feito o mesmo.

– Ele só disse isso para me animar. Você pode imaginar?... Um dominicano? Matar um homem?

– Se fosse preciso, sim.

– Foi o que Laurent e François Tavernier me disseram. Mas estou convencida de que Adrien é incapaz de fazê-lo.

– Basta sobre isso. Acabei de me pôr a par das contas de seu pai. A situação não está boa. Não compreendo a maneira como Fayard trabalha. Economizando, poderíamos sair dos apuros.

– Como você quer que nos restrinjamos mais? – exclamou Léa, levantando-se. – Só comemos carne uma vez por semana, e que carne! Se fôssemos menos pessoas, talvez chegássemos lá, mas assim...

Camille baixou a cabeça.

– Eu bem sei que somos um fardo pesado para você. Um dia irei, vou reembolsar tudo o que gastou conosco.

– Está louca! Não era isso o que eu queria dizer!

– Eu sei – disse Camille, triste.

– Oh! Não faça essa cara. Não se pode dizer nada a você.

– Perdoe-me.

– Não tenho nada por que perdoá-la. Você faz a sua parte do trabalho... e até a minha, neste momento.

Léa afastou as cortinas. A luz da lua iluminava com sua fria claridade o cascalho do pátio, enquanto o vento tentava arrancar as últimas folhas da grande tília.

– Você acredita que a guerra ainda vai durar muito? – perguntou ela. – Todo mundo parece achar normal que o governo de Vichy colabore com a Alemanha...

– Não, Léa. Nem todos. Olhe à nossa volta. Conhece pelo menos uma dezena de pessoas que continuam na luta...

– E o que é uma dezena frente a centenas de milhares que gritam todos os dias: "Viva Pétain"?

– Dentro em breve seremos centenas, depois milhares a dizer "não".

– Já não acredito nisso... Todos pensam apenas em não passar fome nem frio.

– Como pode dizer algo tão grave? Os franceses ainda estão sob o choque da derrota, mas a confiança no marechal Pétain desvanece. Mesmo Fayard dizia-me outro dia: "Senhora Camille, não acha que ele vai longe demais, o velho?", e, no entanto, Fayard...

– Ele queria lhe enganar. Eu o conheço bem. É um espertalhão. Tenta saber o que você pensa, para se servir disso quando lhe for necessário. Para ele, TRABALHO, FAMÍLIA, PÁTRIA, significam alguma coisa.

– Para mim também, mas não é exatamente o mesmo.

– Preste atenção. Seu único intento é tomar-nos Montillac. Não recua diante de nada. Além disso, está convencido de que o filho Mathias partiu por minha causa.

– E me parece que é isso, não acha?

– Não é verdade! – exclamou Léa, com raiva. – Pelo contrário, tentei detê-lo. Não é minha culpa se ele não quis saber e preferiu ir para a Alemanha ganhar dinheiro, em vez de trabalhar em Montillac.

– Minha querida, está exagerando, sabe bem por que foi que ele partiu...

– Não!

– Porque a amava.

– E, então, ótimo negócio! Se gostasse de mim como você diz, deveria ficar aqui para me ajudar e impedir o pai de nos roubar.

– Ele também poderia ir ao encontro do general De Gaulle, mas eu compreendo que tenha partido.

– Você é indulgente demais.

– Não acredite nisso. Compreendo, porque se trata de amor... Não sei o que teria feito nas mesmas circunstâncias de Mathias ou Françoise... Talvez agisse como eles.

– Você diz bobagens. Jamais se deixaria engravidar por um alemão como a pobre Françoise.

– Não fale assim de sua irmã.

– Ela deixou de ser minha irmã. Foi por causa dela que meu pai morreu.

– Não é verdade, o doutor Blanchard disse que o coração dele estava cansado havia muitos anos, e que apesar das súplicas de sua mãe ele sempre se recusou a se cuidar.

– Não quero saber. Se ela não tivesse partido, ele ainda estaria vivo! – exclamou Léa, escondendo o rosto nas mãos, os ombros sacudidos pelos soluços.

Camille conteve um movimento de ternura que a atraía em direção à amiga. Como Léa podia ignorar àquele ponto os sentimentos dos outros?

"É o que faz a sua força", dizia Laurent. "Ela apenas quer ver o imediato. Avança, e só depois faz as perguntas. Não por falta de inteligência, mas por excesso de vitalidade."

Léa conteve-se para não bater o pé como quando era criança. Voltou-se para Camille.

– Pare de me olhar assim. Vá deitar, você não viu com que cara está?

– Tem razão, estou cansada. Você também devia dormir. Boa noite.

Camille aproximou-se para beijá-la. Léa deixou-se beijar com indiferença e não lhe retribuiu o beijo. A moça não disse nada e saiu da sala.

Furiosa com Camille e consigo mesma, Léa colocou mais lenha na lareira, pegou no armarinho da biblioteca o cobertor escocês com o qual seu pai gostava de se cobrir, apagou a luz e estendeu-se no divã.

Não ficou muito tempo contemplando as chamas. Logo o crepitar a fez adormecer.

Desde a morte do pai, Léa muitas vezes passara a noite naquele lugar tão querido, o único onde seus fantasmas familiares não vinham importuná-la.

O FRIO DESPERTOU Léa. "Preciso pegar meu edredom", pensou. E abriu as cortinas tendo a curiosa impressão de estar nas nuvens, de tão espesso que era o nevoeiro. No entanto, por detrás daquela neblina, adivinhava-se a luz. "Vai fazer bom tempo", pensou. Com gestos precisos, reanimou o fogo e por um momento ficou se aquecendo. Maquinalmente, contou as horas que soavam no relógio. Onze!... Eram onze horas!... por que a tinham deixado dormir tanto?

NA GRANDE LAREIRA da cozinha um fogo alto de sarmentos iluminava o amplo aposento obscurecido pelo nevoeiro que não se dissipava. Na mesa, coberta por uma toalha impermeável azul, estava sua xícara vazia e seu guardanapo, onde havia um brioche. Com gesto guloso, Léa cheirou deliciada o pão apetitoso. "Isto foi Sidonie quem fez", pensou. Num canto do fogão estava a antiga cafeteira esmaltada azul. Léa serviu-se de café, que de café só tinha o nome. Felizmente, o leite disfarçava-lhe o gosto.

Enquanto comia, perguntava-se: "Em que dia estaremos, para haver brioche?" A resposta lhe foi dada quando ergueu os olhos e viu um grande número 11. Onze de novembro... Sidonie festejava a seu modo o fim da guerra de 1914. Com um sorriso sem alegria, Léa ergueu os ombros. Quando se veria o fim daquela guerra? Havia mais de dois anos que ela durava!... Hoje, 11 de novembro de 1942, a França continuava dividida; cada vez mais numerosos, os jovens recusavam-se a ir trabalhar para a Alemanha e refugiavam-se nas montanhas ou nas florestas, formando bandos em busca de um chefe, vivendo frequentemente da generosidade dos habitantes, e, muitas vezes, de roubo. Em seu setor, Laurent d'Argilat estava encarregado de reagrupar esses refratários e de incorporá-los às forças de resistência que se tinham constituído. Laurent... Léa não o via desde o enterro do pai. Uma vez, Camille, a esposa, tinha ido vê-lo em Toulouse, deixando-a morta de ciúmes. E Tavernier, que teria acontecido com ele? Podia ao menos ter procurado saber notícias dela. Não era ele seu amante? Por causa dele, tivera o maior susto da vida: imaginou-se grávida. Esse falso alarme a tinha feito compreender melhor o desespero da irmã, Françoise, cujo bebê não tardaria a nascer. Françoise escrevera uma carta, suplicando-lhe que fosse para o nascimento do filho. Fechada em seu desgosto e raiva, Léa não respondera.

– Camille, Ruth, Léa, tia Bernadette! – gritava Laure entrando na cozinha.

– Que aconteceu? – perguntou Léa, levantando-se.

– Laure, é você quem está gritando assim? – perguntou Ruth, entrando, por sua vez. Esbaforida, a irmã mais nova de Léa não conseguia falar.

Pela porta que dava para a rua, entrou Fayard, seguido pela mulher.

– Já ouviu?...

– Ouvi o quê? Fale! – disse Ruth.

– Os boches...

– O quê? Os boches! – exclamou Léa.

– Invadiram a zona livre – gritou Laure.

Léa deixou-se cair na cadeira. À sua frente, Camille, que ela não vira entrar, apertava contra si o filho, que, julgando tratar-se de uma brincadeira, ria muito.

– Ouvimos isso na TSF – disse Fayard.

– Na Rádio Paris disseram que a indenização diária de ocupação estava fixada em 500 milhões. Como se vai fazer para arranjar tanto dinheiro? – acrescentou sua mulher.

2

A casa das senhoras Montpleynet mudara muito desde a última estada de Léa em Paris. Os dois apartamentos situados no mesmo andar e ligados por uma porta de comunicação, que outrora transbordavam de vida, estavam agora congelados. As duas irmãs e a criada viviam em quatro cômodos, os únicos que conseguiam manter razoavelmente aquecidos. Os três quartos ao fundo do corredor e o apartamento de Albertine estavam abandonados, os móveis, cobertos, as persianas, fechadas e as lareiras, geladas. As senhoras haviam se decidido por essa restrição. Batizaram de "casa fria" tudo aquilo que não podiam aquecer e nunca punham os pés ali.

– COMPREENDA-NOS, não podíamos deixá-la sozinha e doente nesse hotel, sua mãe não nos perdoaria nunca – disse Lisa de Montpleynet, enxugando os olhos com um lenço já úmido.

– É inútil insistir, cumprimos nosso dever de parentes e de cristãs – rematou secamente sua irmã Albertine.

Em pé, no salão parisiense das tias, Léa mal conseguia conter a raiva.

UMA CARTA esbaforida de Albertine – o que não lhe era habitual – tinha feito Léa se precipitar no primeiro trem para Paris depois de uma espera de meio dia no aglomerado da estação de Saint-Jean de Bordeaux. À sua chegada à rua da Universidade, Estelle, a governanta e criada que fazia tudo para as irmãs Montpleynet, envolta em xales coloridos, abraçou-a com evidente satisfação, repetindo, como para se convencer melhor:

– Até que enfim, senhorita Léa, até que enfim...

– Que aconteceu, Estelle, onde estão minhas tias? Estão doentes?

– Senhorita Léa, se soubesse...

– Léa, enfim, você aqui! – exclamou Lisa, com um casaco de pele por cima do roupão.

Pouco depois, Albertine apareceu, seguida por um homem que segurava um estojo de médico. Sua tia o acompanhara até a porta, dizendo:

– Boa tarde, doutor, até amanhã.

Léa olhou com espanto para as três mulheres.

– Mas, afinal, podem me dizer quem está doente?

– Sua irmã Françoise – respondeu Albertine.

A resposta deixou Léa sem fala. Depois, da surpresa passou à cólera. A dureza de suas palavras fez Lisa desfazer-se em soluços.

– LÉA, LÉA, é você – disse uma voz fraca por detrás de uma porta que se abriu lentamente.

No umbral estava Françoise, com o ventre proeminente mal dissimulado por um cobertor.

Albertine precipitou-se.

– O que faz em pé? O médico proibiu que se levantasse.

Sem escutar a tia, Françoise avançou para a irmã, estendendo os braços. O cobertor correu-lhe pelos ombros e revelou a enormidade do seu ventre, acentuado pela camisola muito apertada e pela magreza de seu rosto.

Caíram nos braços uma da outra.

– Oh! Léa, obrigada por ter vindo.

Léa conduziu-a para o quarto, pouco mais quente que o salão.

Logo que se deitou, a jovem tomou a mão da irmã, que levou aos lábios murmurando:

– Você veio...

– Acalme-se, minha querida, não vá ficar pior – disse Albertine, ajeitando-lhe as almofadas.

– Não, minha tia, a felicidade nunca fez mal. Léa, conte-me tudo. Tudo o que aconteceu em Montillac.

Duas horas depois, as duas irmãs ainda conversavam.

LÉA NÃO SE atrevia a sair da cama quente e fofa na qual se espreguiçava desde que acordara. A ideia de se levantar e de se vestir com tanto frio era insuportável. Ah! ficar na cama, bem quente até o fim do inverno... Até o fim da guerra...

Lembrava-se surpreendida do prazer que sentira na noite anterior, ao lembrar com Françoise os momentos felizes da infância. Durante alguns instantes, tinham descoberto entre si uma cumplicidade que até então nunca haviam percebido. Deixaram-se com a impressão de terem se reencontrado; no entanto, evitavam cuidadosamente o assunto que preocupava a ambas: o nascimento da criança e o futuro de Françoise.

Alguém bateu à porta. Era Estelle com a bandeja de café da manhã.

– O quê? Açúcar de verdade! – exclamou Léa, levantando-se. – Como conseguiu?

– É a primeira vez em três meses. Em sua homenagem! Conseguimos arranjá-lo graças a um amigo da senhora Mulstein, um escritor, segundo parece.

– Raphaël Mahl?...

– Sim, o próprio. Um senhor de maus modos. Outro dia avistei-o na varanda do café Deux-Margots com um jovem oficial alemão, que ele abraçava pela cintura e lhe falava ao ouvido. Todos se desviavam deles com vergonha.

Léa dissimulou um sorriso que a velha criada não teria compreendido.

– Eu contei a cena às senhoras, dizendo-lhes que nunca mais deviam receber semelhante pessoa – continuou Estelle. – A senhora Lisa respondeu-me que eu via o mal em toda parte, que o senhor Mahl era um perfeito cavalheiro e que graças a ele não se morria completamente de fome. Quanto à senhora Albertine, disse-me que não podíamos confiar nas aparências. O que a senhorita pensa disso?

– Conheço pouco o senhor Mahl, Estelle. Mas mesmo assim direi às minhas tias que têm de ser prudentes com tal personagem.

– Pus uma vasilha de água quente no banheiro e acendi o radiador elétrico. Não aquece muito, mas sempre ajuda.

– Obrigada, Estelle, eu tomaria um banho...

– Um banho! Há meses que não enchemos a banheira. As senhoras vão ao banho público uma vez por semana.

– Ah! Gostaria de vê-las, não devem sequer despir-se para entrar na água.

– Não é gentil zombar, senhorita Léa. A vida aqui é dura. Sentimos frio, sentimos fome. E também temos medo.

– De que vocês têm medo? Não arriscam grande coisa.

– Quem sabe, senhorita? Lembra-se da senhora do primeiro andar com quem suas tias às vezes tomavam chá?...

– A senhora Lévy?

– Sim. Pois bem, os alemães vieram prendê-la. Ela estava doente e eles a tiraram da cama e a levaram de camisola. Dona Albertine avisou o senhor Tavernier...

– Tavernier?...

– ... para lhe pedir que averiguasse.

– E então?...

– Quando ele chegou, alguns dias depois, estava muito pálido, com um ar que dava medo.

– E que disse ele?

– Que a tinham levado para Drancy, depois dali para um campo na Alemanha, com outras mil pessoas, principalmente mulheres e crianças. Depois da partida da senhora Lévy, o apartamento está ocupado por uma atriz que leva boa vida e que recebe oficiais alemães. Fazem uma algazarra dos diabos. Ninguém se atreve a reclamar, com medo de represália.

– Quando é que o senhor Tavernier esteve aqui pela última vez?

– Há mais ou menos três semanas. Foi ele quem insistiu com as suas tias para que recebessem Françoise em casa.

Léa sentiu as batidas do coração se acelerarem; François cuidava de suas tias e da irmã...

– Vou deixá-la, senhorita. Parece que na rua de Buci vai haver uma chegada de peixe ao meio-dia. É preciso que eu me apresse se não quiser só espinhas.

LÉA VESTIU-SE, rapidamente, colocou sobre a camisola de lã um casaco preto e uma saia, calçou meias grossas e assim, ridiculamente trajada, foi até o quarto da irmã.

Sentada na cama, enrolada em casacos e xales cor-de-rosa que realçavam sua tez, Françoise, com um rosto mais calmo, cuidadosamente penteada, olhava para Léa, sorrindo.

– Bom dia, dormiu bem? – perguntou. – Eu há muitos meses não dormia tão bem. Graças a você.

Sem responder, Léa beijou-a.

– Ainda bem que você está aqui. Vou me restabelecer depressa. Não quero faltar à estreia da peça de Henry de Montherlant: *A rainha morta*.

– Quando será?

– Dia 8 de dezembro, na Comédie-Française.

– Oito de dezembro! Mas é depois de amanhã!

– E então? O bebê só chega daqui a um mês e eu me sinto muito bem. Esperar um bebê não é uma doença. Verá quando chegar sua vez.

– Nunca, espero.

– Por quê? É tão maravilhoso esperar um filho do homem a quem se ama.

Diante do rosto fechado de Léa, Françoise compreendeu que tinha ido longe demais. Corou, ao baixar a cabeça. Depois, usando de toda a coragem, ergueu o olhar e disse com a voz trêmula:

– Sei o que pensa. Tentei convencer-me de que havia feito mal em amar Otto. Mas não consegui. Tudo nele me agrada: sua bondade, seu amor pela música, seu talento, sua coragem, mesmo sendo alemão. A única coisa que desejo é que a guerra acabe. Compreende, não é verdade? Tente, ao menos.

Léa não conseguia pensar naquela situação com calma e coerência. Dentro de si, qualquer coisa de profundo se revoltava contra aquele amor que a chocava. Ao mesmo tempo, compreendia muito bem tudo o que Otto e Françoise tinham em comum. Se não fosse alemão, teria sido um bom cunhado, encantador.

– O que você pretende fazer? – perguntou.

– Casar com ele logo que chegue de Berlim e obtenha autorização de seus chefes. Promete assistir ao meu casamento? Eu lhe peço, promete?

– Tudo dependerá da ocasião. Se for durante as vindimas ou na primavera, não poderei.

– Você conseguirá dar um jeito – disse Françoise, sorrindo, feliz por não ter recebido uma recusa formal. – Otto é maravilhoso, escreve-me todos os dias, e se preocupa muito comigo e com o bebê. Deixou-me aos cuidados de Frederic Hanke. Deve se lembrar dele, ajudou-a no parto de Camille.

– Sim, em caso de necessidade, ele sempre poderá substituir a parteira.

A frase foi dita com uma ironia tão maldosa que Françoise não pôde conter as lágrimas. Léa envergonhou-se de sua brutalidade. Talvez tivesse pedido perdão à irmã se naquele momento não entrasse tia Albertine.

– Léa, chamam-na ao telefone... Françoise?... O que você tem?

– Nada, minha tia, estou um pouco cansada.

– ALÔ! QUEM FALA?

– É você mesma, Léa Delmas?

– Sim, sou eu. Quem fala?

– Não me reconhece? Não tem bom ouvido?

– Não. Diga-me quem é ou eu desligo.

– Sempre desenvolta, estou vendo. Vamos, minha amiga, faça um pequeno esforço.

– Não tenho vontade de fazer esforços, e acho este tipo de brincadeira muito estúpida.

– Não desligue. Lembra-se de *Chapon Fin*, das cerejas de Mandel, da *Petite Gironde*, da igreja de Sainte-Eulalie, da rua de Saint-Genès...

– Raphaël!

– Levou tempo!

– Desculpe-me, mas tenho horror a esses mistérios telefônicos. Como é que soube que eu estava em Paris?

– Estou sempre muito bem-informado sobre tudo o que diz respeito aos amigos. Quando nos vemos?

– Não sei, acabo de chegar.

– Passo aí às cinco horas para o chá. Não se incomode com nada, levo tudo o que for preciso. Contente-se em ferver a água.

– Mas...

– Como está sua encantadora irmã e suas tias?... Cumprimente-as por mim. E até logo, minha amiga. Me alegro por voltar a vê-la.

Raphaël Mahl desligou, deixando Léa espantadíssima. Como ele teria sabido? Estremeceu da cabeça aos pés, sentindo um grande mal-estar.

– Não fique aí parada nesse saguão gelado, vai se resfriar, minha querida.

A voz de Lisa a fez sobressaltar-se.

– Há quanto tempo viram Raphaël Mahl?

– Não me lembro. Talvez há uns 15 dias.

– Nessa ocasião ele viu Françoise?

– Não, ela chegou no dia seguinte à sua visita e depois disso ainda não saiu daqui. Mas por que todas essas perguntas?

– Foi Raphaël Mahl quem me telefonou, e eu me pergunto como ele soube que estou em Paris.

– Foi por acaso.

– Com alguém como ele, não acredito no acaso.

Lisa encolheu os ombros num gesto de indiferença.

– Ah! Esqueci-me, ele vem para o chá.

– Mas não temos nada.

– Ele disse que, excluindo a água, trazia tudo.

MAL ACABAVAM de soar cinco horas no relógio da sala quando a campainha da porta retiniu. Estelle, que vestia sobre a blusa de sempre um impecável avental branco com babados, foi abrir a porta. Meio escondido por um monte de embrulhos cheios de fitas, Raphaël Mahl entrou.

– Depressa, querida Estelle, ajude-me, senão todas as guloseimas vão cair no tapete.

Resmungando, a criada o ajudou.

– Raphaël, você está estupendo!

– Léa!

Os dois, antes de avançarem um para o outro, olharam-se longamente, como se o olhar quisesse abarcar, de uma só vez, todos os detalhes.

Tudo os opunha – suas concepções da vida, da amizade, do amor –, mas uma inclinação amigável contra a qual não lutavam os atraía mutuamente. Dos dois, era Raphaël quem mais se interrogava sobre aquilo que chamava "a parte de si mesmo não atingida pela podridão". Ele, o trapaceiro, o mentiroso, o ladrão, o informante da polícia, o colaborador da Gestapo, o judeu, o cronista ocasional de *Je Suis Partout*, de *Gringoire*, do *Pilori* e do *Nouveaux Temps*! Seu antissemitismo quase chocava os eminentes diretores e redatores dessas publicações, que, apesar disso, tinham por profissão "troçar do judeu"... Sentia-se, diante de Léa, como o irmão mais velho que quer proteger a irmãzinha das imundícies da vida.

– Linda amiga, o que você faz para me encantar os olhos e a alma cada vez que a vejo?

Ela riu, com aquele riso um tanto rouco que perturbava homens e aborrecia as mulheres, e beijou-o no rosto.

– Tenho certeza de que não estou certa, mas gosto de revê-lo.

– Por que será que na mesma frase diz algo tão agradável e outro tão pouco? Vamos, sou um bom príncipe, só recordarei o que me agrada. Dizia, ao ver-me entrar, que me acha estupendo? Estou numa elegância, não é verdade?... Mas é dos meus sapatos que mais me orgulho. Nada mal, não acha? Custaram-me uma fortuna. Mandei-os fazer sob medida no Hermès.

– Onde foi conseguir tanto dinheiro? Com certeza, assaltou alguma velhota, ou vendeu o corpo a algum capitão alemão, rosado e gordo, ou se prostituiu com algum de segunda classe, de pele tenra?

– Não anda longe. Que quer, querida amiga, o homem cria uma felicidade à sua medida, e o mais das vezes o dinheiro é sua pequena medida... Tendo constatado que sem dinheiro a felicidade, enfim, a pobre felicidade que sou susceptível de encarar, me fugiria, decidi arranjá-lo. Nada mais fácil neste momento. Tudo está à venda: os corpos e as consciências. Eu, segundo as circunstâncias, vendo ora um ora outro, ou ambos, se o comprador for generoso.

– Você é ignóbil.

– O bem é tão imperfeito que não me interessa. É um grande erro, minha querida amiga, considerar que o homem é um ser razoável. O poder de pensar não nos confere razão. Sempre tive a convicção de que sentir prazer por coisas razoáveis era o princípio da mediocridade. É preciso que um dia escreva o *Elogio da mediocridade.* Fará sensação no reino das letras. Enquanto espero a elaboração dessa obra-prima, permita que vá cumprimentar suas tias e sua irmã.

No quarto de Françoise, numa mesinha redonda, coberta por uma toalha bordada, estava posto o serviço de chá dos dias de festa.

– Esvaziou todas as padarias e confeitarias de Paris! – exclamou Léa ao entrar no quarto, diante dos pratos cheios de chocolates, de *petits fours*, de doces e frutas cristalizadas.

– Não está longe da verdade, tive um trabalhão para arranjar tudo isso; os *petits fours* cobertos de açúcar são de

Lamoureux, na rua Saint-Sulpice, os de creme, do Guerbois, na rua de Sèvres, o bolo de chocolate, claro, foi de Bourdaloue, os salgados de Galpin, na rua do Bac, e o resto no Debauve e no Gallais, rua dos Saints-Pères, "fornecedores dos antigos reis de França!".

– Nós também, antes da guerra, nos abastecíamos em todos eles – suspirou Lisa, com um olhar de cobiça para tanta guloseima.

– Quanto ao chá – continuou Raphaël, tirando do bolso uma caixa –, foi-me trazido da Rússia por um dos meus amigos. É delicioso, forte e perfumado. Vocês me dirão.

– Muito obrigada, senhor Mahl, está nos mimando. Como poderemos agradecer?

– Comendo-as, minhas senhoras.

Durante alguns minutos só se ouvia o barulho do mastigar. Françoise foi a primeira a declarar que não podia comer mais nada, logo seguida por Albertine e Raphaël. Apenas Lisa e Léa continuavam a se empanturrar. Suas mãos iam da mesa à boca com uma rapidez prodigiosa. A tia e a sobrinha eram como duas garotas mal-educadas cujos dedos e rostos lambuzados demonstravam a sofreguidão. A sonora gargalhada de Raphaël Mahl sobressaltou-as. Inquietas, olharam em volta como se temessem que lhes levassem o restante dos doces.

– Não tem vergonha, Lisa? – disse Albertine num tom falsamente severo.

Corando, ela baixou a cabeça.

– Se deixassem, você sequer pensaria na pobre Estelle – continuou a irmã sem rodeios.

– Estava com fome. Perdoe-me. Você tem razão, vou levar-lhe um prato. Não precisa se zangar. É tão bom! – exclamou, com um ar tão contrito que todos desataram a rir, inclusive a própria Albertine.

JÁ TINHA CAÍDO a noite quando Raphaël Mahl se despediu. Léa acompanhou-o à porta.

– Preciso vê-la a sós. Podemos almoçar amanhã?

– Não sei... você me dá medo... Não consigo acreditar que seja tão mau como tenta parecer e, no entanto, uma estranha repulsa me diz que devo desconfiar de você.

– Oh! Como tem razão, minha amiga. Nunca desconfiará suficientemente de mim. Eu já lhe disse, creio, que só traímos aqueles a quem amamos. Sou um apaixonado pelas Sagradas Escrituras, e não a surpreenderei se disser que Judas é meu personagem preferido, meu amigo, meu irmão, meu sósia. Aquele por quem todo o mal devia vir; aquele que não tinha escolha para que se realizasse o que estava escrito. Ele... o mais inteligente, o intelectual do grupo, fadado a trair aquele a quem tanto amava. E por esse ato, para o qual estava destinado desde toda a eternidade, Judas, o discípulo, Judas, o traidor, está condenado até o fim dos tempos. É injusto, não acha?

– Não sei. Judas nunca me cativou.

– Pois é uma pena. É o único verdadeiramente interessante entre os 12, com exceção do simpático João, com sua cara de anjo, o companheiro preferido de Jesus, o *amiguinho* – sublinhou ele, diante do olhar interrogativo de Léa. – Pois, como sabe, eles eram tão maricas quanto loucos.

– Você é que é louco...

– ...e pederasta.

– ...se minhas tias o ouvissem blasfemar assim, nunca mais o deixariam entrar aqui.

– Então vou calar-me. Adoro a companhia das velhas senhoras. Da espécie feminina, são as únicas suportáveis. À exceção de você e de minha amiga Sarah Mulsteïn. A propósito, tem notícias dela? Há dias e dias, nada sei a seu respeito.

Era então aí que ele queria chegar... Léa estremeceu, um gosto nauseabundo na boca. Foi seca e rapidamente que respondeu:

– Também não sei de nada.

– Mas você está com frio! Sou um animal por retê-la aqui, neste saguão glacial. Vá aquecer-se junto de sua simpática irmã. Conhece o noivo dela? Um homem de grande cultura, com um belo futuro pela frente. Uma aliança dessas é o que há de mais útil no momento. Seu tio dominicano irá celebrar esse casamento?

Um pavor abjeto passou por Léa.

– Minha querida, está batendo os dentes... Está tão pálida... Será minha culpa se adoecer. Deve estar com febre.

Raphaël, com toda a solicitude, tomou-lhe o punho.

– Não me toque, sinto-me bem – exclamou ela, arrancando com violência sua mão da dele, o grande falador.

– Até amanhã, querida amiga, telefonarei antes do almoço. Até lá, repouse, porque precisa, senão os seus nervos podem lhe pregar uma peça.

3

No dia seguinte, Léa saiu muito cedo da rua da Universidade para não estar quando Raphaël telefonasse.

TINHA PASSADO mal à noite, relembrando incessantemente as palavras de Raphaël, uma ameaça aos seus amigos e sua família. Precisava avisar Sarah Mulsteïn e tio Adrien Delmas. O desconhecimento do local onde se encontravam e o receio de cometer uma imprudência causavam-lhe uma angústia delirante. Quem poderia saber onde Sarah e o dominicano estavam escondidos? François: François Tavernier, com certeza.

No dia do enterro de seu pai, ele a tinha feito decorar um endereço onde poderia encontrá-lo ou deixar-lhe um recado, em caso de urgência. Naquele momento, pensou que François esperasse que ela fosse atrás dele, em Paris, e se apressou em esquecer o endereço. O que dissera ele?... Perto da praça Étoile. Avenida... avenida... parecia estar na ponta da língua. Um general do Império ou um marechal: Hoche, Marceau, Kléber... Kléber, era isso mesmo: avenida Kléber... avenida Kléber, número 32. Levantou-se para anotar a informação com medo de esquecer novamente e adormeceu em seguida, pensando: "É preciso que amanhã mesmo eu queime esse endereço."

ESTAVA UM DIA bonito, mas frio. Léa caminhava na avenida Raspail com um passo rápido em direção ao cruzamento Sévres-Babylone, confortavelmente aquecida no suntuoso casaco de vison que Françoise lhe emprestara, os cabelos escondidos sob uma boina da mesma pele e com botas forradas, um pouco grandes para ela.

Os raros pedestres, na maior parte das vezes pobremente vestidos, fitavam aquela jovem elegante que parecia zombar das restrições e do frio. Encantada por sentir no rosto aquele pelo sedoso, Léa nem notava os olhares cheios de hostilidade e desprezo. Caminhou mais devagar diante da livraria Gallimard. O jovem moreno que apreciava os romances de Marcel Aymé arrumava os livros na vitrine. Seus olhares se cruzaram, ele reconheceu-a e sorriu, enquanto lhe mostrava o livro que tinha na mão: o autor era Raphaël Mahl. *Gide*, leu ela na capa. Este "encontro" reavivou sua angústia. Apressou o passo. Ao passar em frente ao apartamento de Camille e de

Laurent, abandonado no pânico de junho de 1940, ela só permaneceu com um olhar indiferente.

As bandeirolas e insígnias nazis flamejavam na fachada do hotel Lutétia, ornamentos lúgubres, chocantes naquele belo dia de sol. Nos degraus da entrada, muita gente discutia, rodeando dois oficiais alemães. Entre eles... não, não era possível. Para se certificar, Léa atravessou e forçou-se a diminuir o passo diante do grupo. Não se enganara. Era mesmo François Tavernier, que parecia muito bem, junto daqueles dois alemães. Com as pernas bambas, Léa sentiu-se mergulhar no desgosto. As lágrimas rolaram pelo seu rosto, sem que pudesse contê-las. O cúmulo da humilhação: chorar diante daquele malandro e seus sinistros companheiros.

– Aqui está uma linda senhora que tem todo o ar de ter sofrido um grande desgosto – disse um dos oficiais ao notar a moça.

François Tavernier seguiu o olhar do interlocutor. Não era possível... Era mesmo ela: a única mulher que conhecia capaz de ficar bonita mesmo chorando.

– Desculpem, meus senhores, é minha irmã mais nova. Perdeu seu cãozinho, comove-se com tudo.

– Grande farsante – disse um dos civis, batendo-lhe no ombro. – Mais uma das suas conquistas. Bravo, meu caro, tem muito bom gosto. Que frescura. Deveria ter vergonha de guardar uma beleza destas só para si. Leve-a a um dos nossos jantares.

– Não deixarei de fazê-lo. Desculpem-me, meus senhores. Até já.

Desceu rapidamente as escadas, agarrou o braço de Léa e levou-a consigo.

– Por favor, faça um ar natural, estão nos observando.

Durante algum tempo caminharam em silêncio, atravessaram a rua do Cherche-Midi e subiram a rua Assas.

– Largue-me, eu posso andar sozinha.

François obedeceu.

– Sempre o mesmo jeito simpático. Estou feliz por ver que você não mudou e percebo, com prazer, que sua situação material parece ter melhorado. Essa suntuosa pele lhe fica muito bem.

Léa encolheu os ombros sem responder.

– Mas não é para uma moça decente. Só as mulheres ou amantes de traficantes do mercado negro, algumas atrizes ou meretrizes dos alemães é que ousam vestir-se assim.

Léa corou e só encontrou uma triste resposta, da qual logo se arrependeu:

– Não é meu. Pedi-o emprestado à minha irmã.

François esboçou um sorriso.

– Que faz em Paris?... Por que estava chorando?

– Que importância tem?

Ele parou e, agarrando-a por um braço, obrigou-a a olhá-lo.

– Não sabe, minha tontinha, que tudo o que diz respeito a você é importante para mim?

Por que aquelas palavras abrandaram seu desgosto? Docemente afastou-se e, na caminhada, chegaram diante das grades do Jardim de Luxemburgo.

– Venha, vamos entrar. Ficaremos mais à vontade para conversar.

JUNTO AO LAGO, garotos de gorro e cachecol de lã corriam com grande gritaria, vigiados por senhoras que batiam com os pés e as mãos tentando aquecer-se.

– Diga-me agora, por que está em Paris?

– Por causa da minha irmã Françoise. A saúde dela não é boa...

– É natural, no estado dela.

– Sem dúvida. Mas a ansiedade de minhas tias era tanta que tomei o primeiro trem. Mas não penso em demorar-me. Assim que saio de Montillac, temo que aconteça qualquer coisa.

– Tem tido notícias de Laurent d'Argilat?

– Não, desde a execução dos reféns, em Souges, dia 21 de setembro.

– Consegui vê-lo pouco tempo depois. Não se consolava por não ter conseguido salvá-los – disse Tavernier, retomando o braço de Léa.

– Que podia ele fazer?

– Ele conhecia perfeitamente o campo de Mérignac, onde os alemães foram buscar os reféns.

– Como ele conhecia esse lugar?

– Pouco tempo depois do enterro do seu pai, ele foi apanhado numa rede, na rua de Sainte-Catherine, em Bordeaux. Seus documentos falsos estavam em ordem. Sem motivo, internaram-no no campo de Mérignac. Três dias depois evadia-se, levando um mapa detalhado do campo, assim como alguns contatos que poderiam ser úteis. Quando soube que setenta pessoas apanhadas ao acaso iam ser fuziladas em represália aos atentados em Paris, tentou montar uma operação com o padre Lasserre e alguns companheiros de seu grupo. Queriam interceptar os caminhões que transportavam os reféns, abater os guardas e libertar os prisioneiros. No último momento, foi dada ordem para não fazerem nada.

– E quem deu essa ordem?

– Não sei. Talvez Londres.

– É absurdo.

– Em política, muitas vezes o que parece absurdo tem força de lei.

 Olhando-a bem nos olhos, disse, repentinamente:

– Estou com vontade de beijá-la.

– Primeiro quero saber a verdade sobre suas relações com seus "amigos" do hotel Lutétia.

– Não quero falar sobre isso, são coisas que é melhor, para você e para todos nós, que ignore.

– Tive um choque quando o vi em companhia deles. Ia justamente à sua procura no endereço que me deu.

– Na avenida Kléber, número 32?

– Sim.

– Agradeça aos "amigos alemães", como diz: sem este encontro, você teria ido se lançar na boca do lobo. Não estou muito convencido de que pudesse se salvar, mesmo com minhas relações de amizade com Otto Abetz.

– O embaixador da Alemanha?

– Sim, você se lembra de que nos encontramos em casa dele, onde dançamos? Esqueceu de nossa dança?

Tinham-se encostado à balaustrada que dava para os gramados cultivados e para o lago, de costas para o quiosque de música. Na luz de inverno, o palácio do Senado, protegido por sacos de areia, tinha todo o ar de um castelo adormecido, guardado por árvores sombrias cujos braços descarnados se elevavam para o céu, num movimento de ameaça ou de súplica. Atrás deles, um jardineiro empurrava um carrinho cheio de cenouras, rabanetes e nabos. O chiar da roda os fez se virarem.

– O que faz ele aqui com todos esses legumes? – perguntou Léa, espantada.

– Não sabia que o Jardim de Luxemburgo foi transformado em horta?

– Não é má ideia – disse ela com um ar tão sério que François caiu na risada.

– Não, não é má ideia, embora eu me pergunte quem aproveita essas culturas hortícolas. Ainda não me disse por que me procurava.

– Tudo isso é para mim tão confuso. Quem é você? Homem de confiança dos alemães ou dos franceses? O amigo de Otto Abetz ou de Sarah Mulsteïn?

– Ainda é cedo demais para responder. Apenas uma coisa: nunca, por minha culpa, lhe acontecerá nada de mal. Pode me dizer tudo.

– Tem notícias de Sarah?

– Se souber alguma coisa, diga-me. Ela está em perigo o tempo todo – disse ele, agarrando-lhe a mão.

O olhar de Léa tentava em vão perscrutar o segredo de François. Apesar do casaco de pele, tremia.

Ele puxou-a para si e percorreu com beijos suas faces geladas. Léa teve a impressão de que esperava por esse momento, desde que o avistara na escadaria do Lutétia. Quando por fim seus lábios se uniram, sentiu um calor de felicidade a invadi-la, e seu corpo foi ao encontro do amigo.

– Meu bichinho, minha femeazinha, não mudou. Como pudemos viver tanto tempo separados?

Aquela mão que deslizava sob seu pulôver e tomava posse de seus seios era, ao mesmo tempo, fria e escaldante, e lhe beliscava as pontas rígidas.

– Philippe! Marianne!... não olhem... É indecente... Diante das crianças!... Não têm vergonha? – exclamou uma mulher vestida de enfermeira, empurrando um carrinho à sua frente e apressando dois garotos de uns 4 ou 5 anos.

Quando por fim se aperceberam de sua presença, seus olhares, que não a viam, seus sorrisos dirigidos um para o outro fizeram-nos baixar a cabeça e, voltando-se, apressaram o passo.

– Essa senhora tem razão, este lugar não é conveniente. Vamos almoçar na casa de minha amiga Marthe Andrieu, é perto daqui.

– Marthe Andrieu?

– A dona do restaurante clandestino da rua Saint-Jacques.

AO SAÍREM DO JARDIM, policiais franceses em trajes civis pediram-lhes os documentos. Controle de rotina, certamente. Deixaram-nos passar sem lhes fazer nenhuma pergunta.

– O que eles procuram? – perguntou Léa, enquanto atravessavam a avenida Saint-Michel.

– Terroristas, judeus, comunistas, gaullistas...

– Quando os prendem, o que lhes fazem?

– Isso depende dos policiais, mas, em geral, preferem livrar-se deles. Entregam-nos à Gestapo, que, conforme o caso, os tortura, deporta ou mata.

– Se Sarah fosse presa, que lhe fariam?

– A última vez que a vi, pertencia a um grupo de resistência que se especializara na passagem de judeus para a zona livre.

– E agora?

– Agora, mais do que nunca, receio por ela. Se eles souberem que pertence à resistência, vão torturá-la. Se bem a conheço, não falaria; portanto, iria morrer.

Cabeça baixa, boca cerrada, François Tavernier apressou o passo. Agarrada a seu braço, Léa teve de dar duas grandes passadas para acompanhar seu ritmo. Percebia a tensão de seu amigo e estava inquieta.

Diante deles, o Panteão erguia-se para o céu cada vez mais ameaçador, enquanto rajadas de vento frio faziam levantar a poeira da rua Soufflot.

Um grupo de estudantes, com roupas curtas, a maioria delas com saias escocesas plissadas, canadenses ou casacos impermeáveis, de cabeça e pernas nuas, calçadas com sapatos pesados e meias de lã angorá, de cores vivas, empurraram-se, rindo.

– É preciso encontrá-la.

– Quem?

– Sarah. Eu também temo por ela. Ontem, Raphaël Mahl foi à casa de minhas tias. Perguntou se sabia dela.

– Não vejo nisso nada de alarmante. Sarah e ele conhecem-se há muito tempo e você sabe bem como ela é indulgente com ele.

– Também sou indulgente com ele. Apesar de tudo, ele me diverte e me faz rir. Mas aqui... agora, sinto-o... como explicar... como descontrolado. É isso: ele já não controla a parte má que há nele. Sinto isso, compreenda, sinto... Não posso explicar de outra maneira.

– Não houve mais nada que a tivesse alarmado?

Léa baixou a cabeça, sentindo-se impotente para explicar sua angústia. Tinha certeza de que por causa de Raphaël Mahl iria acontecer a Sarah qualquer coisa de pavoroso.

– Perguntou-me se meu tio Adrien viria abençoar o casamento da minha irmã e de... do...

Tavernier veio em seu socorro:

– ...Sturmbahnführer Kramer. Em outras circunstâncias, esse casamento seria perfeito para sua irmã. O que há de mais harmonioso do que um casal de melômanos? Infelizmente, o comandante Kramer não é apenas músico, mas um oficial das SS. Posso mesmo afirmar que ele é muito estimado pelos seus superiores, embora tenham suspeitado de ter se oferecido como voluntário apenas para satisfazer seu velho pai doente, grande amigo do chefe das SS, Heinrich Himmler. Igualmente protegido por outro amigo do pai, o famoso Paul Hausser, que criou a escola de oficiais da SS, pôde, graças a ele, dedicar muitas horas por dia à música. Fiquei surpreso quando soube que ele pretendia casar-se com sua irmã. O velho Kramer nunca lhe dará autorização.

 – Mas, então, o que vai ser de Françoise?

A chegada ao edifício da rua Saint-Jacques, onde se localizava o restaurante clandestino de Marthe Andrieu, dispensou uma resposta imediata.

COMO DA VEZ ANTERIOR, o acolhimento foi caloroso, mas a dona do restaurante estava com os olhos vermelhos.

– O que aconteceu, Marthe? Não foram as cebolas que a fizeram chorar.

– Não, senhor François – disse ela, limpando o rosto inundado de lágrimas –, é por causa de René.

– O que aconteceu a ele? Parecia estar ótimo.

– Querem mandá-lo para a Alemanha.

René aproximou-se com um prato na mão.

– Mãe, tenha calma. Os clientes vão perguntar o que está acontecendo.

– Pouco me importa o que eles pensam. O que eu não quero é que você vá.

François Tavernier levantou-se e tomou-a pelos ombros.

– Venha comigo à cozinha me contar tudo isso. Desculpe-me, Léa.

– Venha comigo, senhorita, vou arranjar-lhe uma mesa – disse René, levando-a consigo.

ENQUANTO BEBIA uma taça de vinho branco, Léa olhava à volta, perguntando-se onde haveria gente que pudesse oferecer-se o luxo de comer em lugares como aquele. Desde que estivera ali, os preços tinham subido vertiginosamente. Os homens, já não muito novos, estavam bem-vestidos e possuíam um ar de satisfação. As mulheres usavam chapéus e mostravam aquele ar de vaidade satisfeita, completamente insuportável. Nas costas das cadeiras estavam pousados os seus casacos de peles. Léa reparou que, com o casaco da irmã, se assemelhava a elas. Isso pareceu-lhe odioso. Talvez tivesse partido nesse momento se François não tivesse voltado, com ar preocupado...

– Alguma coisa não vai bem?

– Ouviu o que era. René tem de partir para a STO. Aconselhei-o a ir.

– Fala sério?

– Muito sério. Se não se apresentar, a polícia virá aqui, e os pais dele vão ter problemas.

– Mas vai fazer alguma coisa por ele?

– Vou tentar. Mas isso torna-se cada vez mais difícil. Os alemães reclamaram para este trimestre 250 mil homens, e pedem outro tanto para o primeiro trimestre de 1943.

François Tavernier lançou um rápido olhar à sua volta e continuou, num tom mais baixo:

– Falemos de outra coisa. Como está Camille?

– Bem, ela me ajuda muito a cuidar de Montillac.

– Fayard, o homem da adega, voltou ao batente? Continua a ter pretensões em relação à propriedade?

– Não voltou a falar nisso, mas ando desconfiada; tenho a impressão de que ele vigia todos os nossos gestos. Quando lhe pergunto se tem notícias de Mathias, olha para mim com um ar esquisito e volta-me as costas, resmungando. Não me perdoa a partida do filho para a Alemanha.

Os ovos fritos com trufas que Marthe lhes trouxe estavam uma maravilha.

Um casal estranho entrou na sala. Ele, de estatura média, vestindo um sobretudo com gola de pele, abotoado às avessas, com um ar estúpido, desmentido por dois olhinhos fixos e inteligentes; ela, muito elegante, vestindo um suntuoso casaco de pantera, tendo a cabeça coberta com um grande turbante de veludo preto.

Marcel e Marthe dirigiram-se logo a eles e instalaram-nos com todas as deferências. A mulher agradeceu a exagerada subserviência com um meneio de cabeça e deixou cair negligentemente a pele, mostrando as impecáveis peças de seu vestuário e um colar de magníficas pérolas. Léa não conseguia desviar o olhar daquela riqueza ostensiva.

– Léa... Léa...

– Sim – disse ela, despertando daquela contemplação.

– Não fite tanto essa gente... Marthe!

A cozinheira, que passava junto deles, parou.

– Quer alguma coisa, senhor?

– Sim, rapidamente a conta.

– Mas nós ainda não acabamos! – exclamou Léa.

– Alguma coisa não vai bem, senhor François?

– Não, minha querida amiga, mas acabo de me lembrar que tenho um encontro importante, que pode ser útil para seu filho – acrescentou ele, baixando a voz diante de seu olhar contrito.

– Então, vamos – disse ela, dirigindo-se para a cozinha.

– Enfim, François, pode me explicar?

– Tarde demais...

O homem que tinha chegado levantou-se e dirigiu-se de mão estendida para François.

– Logo me pareceu que era o senhor Tavernier. Hélène tinha razão. Estou vendo que também conhece os bons restaurantes. Tem de acrescentar outro endereço em sua agenda: o meu. Tenho, sem querer me gabar, a melhor mesa de Paris. Todos os dias recebo uns vinte amigos, espero que seja dos nossos. Que fique claro que esta sua amiga será muito bem-vinda.

Inclinou-se diante de Léa, que lhe respondeu com um simples gesto de cabeça.

Marthe colocou a conta na mesa.

– Já vai embora, senhor Tavernier?

– Um encontro importante – disse François ao tirar as notas da carteira.

O homem procurou algo na carteira que tirou do casaco.

– Aqui tem meu cartão de visita. Guarde bem o endereço: rua de Presbourg, número 19. Todos os que atualmente se encontram em Paris frequentam minha casa... Encontrará lá o requinte da sociedade. Venha cumprimentar minha mulher antes de sair, senão ela nunca lhe perdoará, e você bem sabe como Hélène é quando se zanga.

– Como, querido amigo, você poderia pensar um instante que não iria depor minhas homenagens aos pés da mulher mais encantadora de Paris? Vou com você.

François Tavernier pousou a mão no braço de Léa e disse-lhe com voz baixa:

– Espere-me, é apenas um minuto.

De má vontade, Léa voltou a sentar-se.

– Tome, enquanto espera, coma isto – disse Marthe colocando à sua frente uma torta de maçã.

Enquanto isso, Tavernier fazia salamaleques àquela bela senhora. Como ele era ridículo com aqueles sorrisos e aqueles cumprimentos! Ela nem queria acreditar. Ele, que normalmente era discreto e distante, ali parecia mesmo ter um ar obsequioso. Enfim, ele se decidiu a deixá-los e lembrar-se de sua existência.

– Vejo que não perdeu tempo – disse ele, apontando as migalhas do doce.

– Foi Marthe...

– Não estou criticando.

– Era o que mais faltava! Se pudesse se ver, fazendo galanteios àquela velha megera...

– Nem tanto! É muito injusta com aquela senhora... Vamos.

NA ENTRADA ENCONTRARAM Marthe e René, que tentava consolar a mãe.

 – René, posso falar com você um instante?

– Claro, senhor François.

Entraram no quarto onde o filhinho de René e Jeannette dormiam, em meio a chouriços, presuntos, conservas e legumes empilhados até o teto.

– Quer levar uma mensagem às pessoas que estão na salinha reservada aos amigos?

– Eu os mandei para lá porque vinham recomendados pelo senhor.

– Fez bem. Perguntará pelo senhor Jacques Martel. Um homem moreno, com um rosto comum, vai lhe responder. Diga-lhe que os negócios não vão bem. Você já mandou consertar a porta do quarto que dá para a escada de serviço e já instalou o quadro chinês parecido com os biombos?

– Sim, fiz tudo isso sozinho, para que não me fizessem perguntas.

– A escada estava tapada. Abriu o acesso para os porões?

– Tudo está correto, mesmo o pó e a sujeira em que não toquei. Nenhum vizinho notou a menor mudança.

– Perfeito. Obrigado, René. Pela primeira vez essa saída vai servir. São quatro, não é verdade?

– Sim.

– Que saiam com dois minutos de intervalo. Agora vá. Sobretudo, que nenhum cliente o veja. Nisso está a segurança de nós todos. Ainda mais uma coisa: seja prudente na presença do senhor Michel e de seus amigos. Que ele nunca suponha o que se passa por vezes aqui.

– Não receie nada, nem os meus pais estão a par de coisa nenhuma. Só Jeannette desconfia.

– Com ela não há o que temer. No entanto, por simples precaução, devia enviar o pequeno para o Lot.

– Já tinha pensado nisso. Irá o mais depressa possível.

– Vá logo, René, e não se esqueça: Jacques Martel. Deve ser o segundo a sair.

– Até parece que se trata do próprio general De Gaulle.

François Tavernier não disse nada, enquanto um fulgor de cumplicidade divertida passava em seu olhar...

René foi o primeiro a deixar o quarto do estoque. François, por sua vez, saiu do cômodo depois de acariciar a cabeça da criança adormecida, sua afilhada.

Enquanto esperavam na cozinha, Marthe e Léa recuperavam o ânimo com açúcar molhado em aguardente de ameixa, fabricado pela família do lado de Limogne. Pelo brilho dos olhos, já deviam ter molhado muitos pedaços em vários copinhos.

Tavernier parou no limiar da porta.

Léa falava com animação das olhadelas "escandalosas" de Hélène para François.

Ele aproximou-se e puxou-a por um braço. Sem se importar com seus protestos, levou-a pelo pequeno saguão e depois pelo patamar.

– Deixe-me, quero falar com aquela mulher. Reparou no olhar descabido com que o olhava? Era escandaloso. No entanto, ela viu bem que estava acompanhado. Que descaramento!...

Precisaram fazer certo esforço para chegar até a entrada. François, a custo, continha o riso diante de Léa. Como seu rosto com a boina posta de lado era encantador em sua embriaguez encolerizada!

– Palavra, está fazendo cena! Você está com ciúmes!

– Ciúmes? Eu? De quem? De quê?

– De mim, segundo me parece.

– De você?... Está completamente louco! De você!... É para rir! Toma seus desejos por realidade... confunde-me com as mulheres com quem costuma andar. Ciumenta!... Eu!... Você me faz rir...

Bruscamente, ele puxou-a para si.

– Cale-se. Vai dizer tolices... Fala sempre demais. Que me importa que esteja ou não com ciúmes? Para falar a verdade, preferia que não estivesse.

Com ar rabugento, ela se apoiava ora num pé ora no outro, sem tentar escapar-lhe. Passou a língua pelos lábios secos. Esse pequeno gesto foi um sinal, o sexo de François inchou e o ventre de Léa aproximou-se dele.

Seus lábios uniram-se com aquela fome que um grande amor ou uma grande abstinência provocam. Era o caso de Léa. Desde o dia do enterro de seu pai, nenhum homem, a não ser François, a tinha tocado.

Agarrada a ele, arquejava, pontuando seus beijos com gritinhos. Se fosse noite, François a teria possuído no mesmo instante, contra a parede suja da entrada do prédio, cuja alta porta felizmente estava fechada. Mas ali, a qualquer momento, alguém poderia entrar ou os clientes do restaurante clandestino podiam descer.

Não sem custo, afastou-se do abraço da jovem.

– Ande, não fiquemos aqui. Vamos à minha casa.

– Não... agora...

Vozes vindas da escada deram-lhe um pouco de lucidez. Sem resistir mais, deixou-se levar.

LÉA ACORDOU e espreguiçou-se longamente, resmungando. Sentia-se maravilhosamente bem, apesar das dores de cabeça que lhe martelavam as têmporas. Levantou-se, e, olhando em volta, escondeu os ombros nus no cobertor de lã do grande leito de lençóis amarrotados. Deu um sorriso diante da desordem.

Que lugar esquisito. Parecia uma mansarda, uma gruta ou uma tenda de homens do deserto. Espessos cortinados de veludo de um vermelho bonito e escuro, presos às vigas do teto, caíam de cada lado da cama, a mais larga que ela já vira. Em frente a esse leito de sibarita, o fogo ardia, numa grande lareira de madeira esculpida. Diante dele, um belo tapete, sobre o qual estavam espalhadas almofadas e roupas. As chamas projetavam sombras movediças que se agarravam às vigas. Tudo era escuro fora dessa zona luminosa. As paredes do quarto iam se esbatendo até a mais negra escuridão.

– É como se estivesse suspensa no tempo e no espaço – disse ela em voz alta.

No silêncio, onde apenas se ouvia o crepitar do fogo, sua própria voz a trouxe à realidade.

"Deve ser isto o pecado", pensou ela. Esta ideia a fez rir, porque sua noção de pecado era das mais vagas desde sua infância, apesar do catecismo que a mãe repetia todos os dias e dos sermões do tio Adrien, que ouvira na catedral de Bordeaux.

– Como está bonita assim – disse uma voz saída da penumbra.

– François, onde está escondido? Não o vejo.

A lâmpada de um abajur de opalina verde acendeu. Atrás dele, diante de uma grande escrivaninha cheia de livros e de papéis, estava sentado François Tavernier. Levantou-se e aproximou-se da cama. Vestia uma espécie de robe bordado, que acentuava a brutalidade de seus traços, dando-lhe um ar de bárbaro mongol.

– Que faz assim fantasiado?

– Oh, Léa... eu pensava seduzi-la com este traje decadente. Falhou.

– Onde arranjou isso? É bonito.

– Trouxe-o há muitos anos de uma viagem a Kabul. Foi presente de um príncipe afegão. É um traje de cerimônia, usado antigamente pelos ministros. Esta vestimenta muito quente era feita para enfrentar climas rigorosos. Desde que começou a guerra, uso-o em casa durante o inverno.

– Foi também para lutar contra o frio que mandou colocar à volta da cama estes cortinados?

– Sim. Quando terminei esta casa, percebi que reconstituí, na escala de adulto, o universo favorito de minha infância: a mesa da sala de jantar dos meus avós, que então me parecia imensa, e seu tapete vermelho estendido no chão, onde eu gostava de me imaginar beduíno, huno, senhor da guerra ou mercador de escravos.

Léa olhava para ele com tal espanto que o fez rir.

– Mas fui um menino como os outros!

– Sim – disse ela, rindo também. – Só tenho certa dificuldade em imaginá-lo criança.

– Algo que nos diferencia; não me custa nada imaginar a garotinha que foi, ainda não há muito tempo, e que continua a ser em muitos aspectos.

Sentou-se junto dela, olhando-a com uma ternura que a comoveu. Espontaneamente, ela abraçou-se a ele, esfregando o nariz em seu pescoço.

– Gosto do seu cheiro.

Ele a apertou ternamente, saboreando a primeira palavra amável, que para ele valia o mesmo que uma palavra de amor. Naquele "gosto do seu cheiro" de uma mulher sensual soava o "amo-o" de uma mulher apaixonada. Ele ali estava. Lúcido, não tinha nem mesmo vontade de zombar de si mesmo. Sabendo da fragilidade daquele momento e conhecendo a versatilidade de Léa, gozava aquele instante de felicidade e calava-se com receio de quebrar o encanto que os unia.

Soou o telefone.

Léa sobressaltou-se, levantando:

– Meu Deus! Já é noite!... Minhas tias vão ficar preocupadas.

– Não, eu as avisei de que estava comigo.

– Ah! Fez bem! – disse ela levantando-se, indiferente à sua nudez. – Não vai atender?

– Não, hoje não estou para ninguém.

– Pode ser importante. Atenda, eu lhe peço.

Ele obedeceu devido ao tom receoso de Léa. Mas já não havia ninguém do outro lado.

– Como está pálida, não pode afligir-se dessa maneira.

– Sim, tem razão, sou estúpida.

– Vou lhe preparar um banho, isso vai recompô-la.

– Um banho!...

– Sim, é raro poder oferecer aos amigos um banho. Não pense que é sempre assim. Mas julgo que haverá água quente no depósito. Tome cuidado ou vai ficar resfriada.

Léa pegou o xale de lã que ele lhe estendia.

– Fique perto do fogo que vou abrir a água e acender o radiador.

Quando ele voltou, Léa estava sentada, com os braços ao redor das pernas dobradas. François sentou-se à sua frente, encostado numa das laterais da lareira.

– Você não tem um cigarro?

Ele procurou no fundo das algibeiras e socou um belo estojo.

– São ingleses, não se importa?

Sem responder, Léa pegou o cigarro e acendeu-o numa brasa incandescente que François pinçou da lareira.

– Obrigada – disse, sorvendo a fumaça, de olhos fechados.

Ele também acendeu um. Durante um instante ficaram em silêncio.

– Quem era o homem que veio cumprimentá-lo na casa de Marthe?

François levou certo tempo para responder.

– É um crápula, terrivelmente perigoso.

– No entanto, parece ter com ele as melhores relações.

– Na aparência, é verdade. Não posso fazer de outra maneira. Sou obrigado a frequentar gente dessa ordem.

– Não compreendo.

– É preferível que não compreenda. Mas posso dizer-lhe quem ele é. Chama-se Mendel Szkolnikoff, ou Sekolnikow, apátrida de origem russa de uma família de comerciantes de tecidos, de Riga. Fornecedor do Exército czarista, depois revolucionário, deixou a Rússia pela Alemanha antes de fugir da Holanda com a família, para escapar à sorte que os nazis reservam aos judeus. Depois o encontramos em Bruxelas, onde logo foi perseguido por causa de um desfalque fraudulento. Omito os detalhes. Depois de uma rápida punição, instalou-se na França. Separado da mulher, criou, em 1934, com um irmão, julgo eu, uma sociedade de compra e venda de tecidos na rua de Aboukir. O negócio não deu certo e ele foi perseguido por fraude novamente. Quando começou a guerra, era conhecido no meio dos negócios escusos pelo nome de Michel. Em 1940, inquieto, julgando a situação de judeu e de apátrida perigosa, tomou como sócio o inspetor de polícia encarregado de vigiá-lo, e estabeleceu contatos com as autoridades alemãs, para fazer negócios com elas. Desde o mês de novembro, os negócios logo se tornaram excelentes. Seus novos clientes mostraram-se muito satisfeitos com ele...

– Palavra! É um autêntico relatório que está me fazendo.

– Se a aborreço...

– Não, continue. Estou aprendendo.

– Graças às suas novas relações, escapa aos serviços de "Controle dos Preços" e à polícia francesa, mas, em maio de 1941, um duro golpe, classificam sua sociedade como negócio judeu. Preferiu dissolvê-la. O que não o impede de continuar suas negociatas... Venha, seu banho deve estar pronto.

Léa levantou-se e foi com ele até o banheiro.

Ela atirou o xale de qualquer maneira e enfiou-se na banheira com água quase fervendo.

– Ah! Que bom!...

François sentou-se na borda da banheira e, sem deixar de olhá-la, continuou seu relato.

– Na mesma época, encontrou um fornecedor do escritório de compra alemão e fez negócios com ele. É uma mulher alemã, Elfrieda, a quem chamam Hélène, casada com um comerciante judeu. Dessa união irá nascer um formidável negócio de vigarices e de tráfico de toda espécie. Compram tudo o que há para vender: batatas, tecidos, medicamentos, perfumes, livros, peles, enfim, tudo o que lhes oferecem, e revendem aos ocupantes ou àqueles que podem pagar. Tornam-se, desse modo, um dos principais fornecedores da Kriegsmarine. Nesse momento, a chegada a Paris do Hauptsturmführer da SS, Fritz Engelke, do Serviço Central da administração da SS, vai permitir àquele casal lançar-se em negócios fenomenais. O recém-chegado instala-se na rua General Appert e na avenida Marceau. Enfim, a SS no seu escritório de compras vai, por sua vez, ter participação na pilhagem das mercadorias francesas. Szkolnikoff pede a Otto, personagem de que talvez um dia venha a lhe falar, para apresentá-lo a Engelke. Depois dos primeiros negócios, de alguns bons jantares, os dois homens tornaram-se amigos inseparáveis. E é assim que Szkolnikoff tornou-se o comprador oficial da SS. Eis aqui a personagem. Interessante, não acha?...

Léa tinha os olhos fechados. François não se cansava de olhá-la. Julgou-a adormecida. Estendeu a mão para tirar uma mecha de cabelos que lhe caía na testa. Ela abriu os olhos.

– Não me olhe dessa maneira. Lave-me. Lembra-se em Orléans, quando me lavou, em meio todo aquele bombardeio?

– Fique quieta.

– Por quê? Eu pensei muitas vezes nessa primeira vez. No início estava furiosa...

– E agora?

– Isso depende do dia. Tem sabão?

– Vou sacrificar o último sabonete, de Guerlain.

Tirou de uma gaveta o precioso sabonete que desembrulhou.

– Deixe-me cheirar. Hum... que cheiro bom... O que é? Não é nada másculo como perfume – disse ela ao lhe devolver.

– Na verdade, é Shalimar.

François esfregou o sabonete numa grande esponja e começou a lavar-lhe os lindos ombros.

– É, decerto, o perfume de uma de suas belas amigas – disse ela, num tom mais irritado do que desejava.

– Meu Deus! Ciumenta como é, lastimo o homem que virá a ser seu marido.

– Fique feliz, não vai ser você.

– Isso, minha querida, você não sabe...

– Ficaria muito admirada. Não gosto de você o bastante para isso.

Era idiota, mas como aquela depravadinha o fazia sofrer!

– Ai! Tome cuidado, vai arrancar-me a pele...

– Perdoe, estava pensando em outra coisa.

– Muito agradável! Estou aqui nas suas mãos e está pensando em outra coisa.

Amuada, voltou-lhe as costas, e afundou novamente na banheira.

Sem se importar de se molhar, ele agarrou-a, e retirou-a da água, saiu com ela do banheiro e a pôs brutalmente nas almofadas diante do fogo.

– Está louco? Vou me resfriar... Dê-me uma toalha...

Não se dignando a lhe responder, François retirou o robe com um gesto rápido. Nu, com o sexo hirto, de pernas abertas, dominou-a com todo o seu corpo. Léa não pôde reprimir um frêmito voluptuoso. Ele parecia o salteador que ela sonhava encontrar no meio do bosque das florestas das Landes, quando era pequena.

Levou a mão para o meio das pernas; François caiu de joelhos diante daquela mão crispada, abriu-lhe os dedos e pousou os lábios em seu lugar. Sob essa língua que a percorria, ela se arqueou para se oferecer melhor. O prazer surpreendeu-a com tal violência que a fez gritar e agarrar-se aos cabelos de seu amante. A custo, ele ergueu a cabeça, contemplando, com uma felicidade que se estampava no rosto, o resultado perturbador de suas carícias. Depois, estendendo-se sobre ela, penetrou-a suavemente.

O FRIO OS DESPERTOU. Correram para se encolher sob o cobertor de vicunha e tornaram a adormecer até a manhã seguinte.

4

Era uma imensa felicidade para Léa receber correspondência. Quando chegava uma carta, recostava-se na grande poltrona da entrada, as pernas encolhidas, os ombros cobertos de xales, tomava muito cuidado para abrir o envelope e se deliciava...

Querida Léa

Estou sentada à escrivaninha do grande salão que você conhece tão bem. Nós a aproximamos da lareira para aproveitar o calor. Os cepos da vinha lá fora estão negros, o céu, sombrio, quase se pode dizer que vai nevar. A propriedade está como que adormecida há algumas semanas. Nós tentamos, a senhora Bouchardeau e eu, pôr as contas em ordem, mas em muita coisa tivemos que desistir por falta de informações. Fayard aceita tomar conta de tudo. Lamentamos que você não esteja aqui.

Ficamos um pouco preocupadas ao saber por sua última carta do estado de Françoise. Esperamos que o bebê seja lindo e que não demore a vir ao nosso encontro neste mundo sinistro. Não há melhor presente e maior esperança que uma criancinha. Charles, que brinca aqui no tapete, está maravilhoso. Cada dia nos encanta com suas descobertas e seus progressos. Eu lhe falo constantemente do pai e de você, para que ele não os esqueça e aprenda a conhecê-los. O Natal está próximo. Logo que adormece, Ruth e eu nos pomos a fabricar uns brinquedos às escondidas, com madeira compensada e pedaços de tecido. Que pena não podermos nos reunir todos... Tivemos algumas notícias de L. Continuamos sem o menor indício de onde ele se encontra, mas sabemos que a tarefa que decidiu empreender faz progressos diários, e que é cada vez maior o número dos que vão trabalhar com ele.

Dê-nos o quanto antes notícias de Françoise.

Charles e eu a beijamos ternamente.

Camille

Léa ficava sempre um tanto agastada com a doçura de Camille, por aquela esperança que ela queria a todo custo conservar, por aquela paixão pelo filho que lhe parecia misteriosa... Laurent estava bem. Ela devia se contentar com vagas notícias suas. Sabia que ele continuava a manter seu diário e que sempre que podia fazia chegar alguns fragmentos a Camille, mas o risco era grande demais para dar-lhe os detalhes. Contentava-se, então, com essas mínimas informações e esmiuçava os jornais do sudoeste que chegavam a Paris. Por detrás de cada ato de "terrorismo" via a mão de Laurent. Uma patrulha que era atacada, uma ponte que ia pelos ares, era Laurent; alguns prisioneiros libertos, sempre Laurent...

Dobrou a carta cuidadosamente, saltou do sofá e dirigiu-se, cantarolando, para a sala.

De manhã à noite
Ver os Fridolins
Eu estou farta
De ouvir o rádio deles
De ler os jornais deles
Eu estou farta...

Ligou o rádio e tentou sintonizar na BBC.

– Senhorita Léa, não cante essa canção, olhe que se os vizinhos a ouvem vamos ter contratempos.

– Estelle, cale-se, não me deixa ouvir Londres.

– Bem sabe que é proibido.

– Tudo agora é proibido, abafa-se o país. Escuta, aqui estão; vá avisar às tias.

Estelle saiu resmungando, embandeirando-se em seus inúmeros xales, como uma estátua da reprovação.

"Hoje, 857º dia da resistência francesa à opressão. Honra e Pátria. Franceses falam com os franceses."

Mas o que estão fazendo Albertine e Lisa? Com certeza, vão perder o começo. Oitocentos e cinquenta e sete dias que aquilo durava! O pavoroso é que toda a gente se acomodava. Acabava-se por se habituar ao frio, a fazer fila durante horas para ter um bocado de pão, a lavar-se uma só vez por semana, a comprar manteiga e carne no mercado negro, a encontrar os alemães na rua e a aceitar o que fosse como ração suplementar. Mesmo assim, de tempos em tempos, as pessoas revoltavam-se, como aquelas mulheres da rua de Buci que quebraram a vitrine de uma loja ECCO com latas de conserva. Estelle, que estava lá, nunca sentiu tanto medo na sua vida. "Se os tivesse visto, a esses brutos policiais, batendo naquelas pobres mulheres! Embarcaram centenas nos carros dos legumes, algumas com os filhinhos agarrados às saias. Ah! Era triste ver isso! Felizmente que eu tinha uma amiga na rua de Seine e me escondi em sua casa. Parece que mataram uma mulher e outra foi levada para a Alemanha. Senhorita Léa, acredita serem possíveis tais coisas?" O que ela podia responder?

"Os soviéticos continuam ganhando terreno no setor sul. A retirada do VII Exército italiano, sem equipamento para enfrentar os rigores do inverno russo, transforma-se em debandada."

"Eis uma boa notícia", pensou Léa. Mas onde estarão elas? Nunca faltam a uma emissão.

– Oh! Meu Deus, meu Deus, que desgraça... – disse Lisa, entrando no salão.

Sem fôlego, deixou-se cair numa cadeira que rangeu com seu peso.

– O que você tem?

Lisa apontou para a porta, articulando com dificuldade...

– Sua irmã...

– O quê? Minha irmã...

– O bebê!

– E tudo recomeça, e é ainda sobre mim que isso cai... depois de Camille... agora é Françoise. Não há qualquer razão para que isso pare... Tenho vocação, encontrei-a, sou parteira...

– Minha querida, desligue esse rádio, estou com dor de cabeça.

– Avisaram o médico?

– Vai chegar. Por favor, vá ver sua irmã, ela a está chamando.

POBRE FRANÇOISE, desde a visita do capitão Frederic Hanke, o amigo de Otto Kramer, o "noivo", como o chamava pudicamente Lisa, não parava de chorar e estava agitada. Léa soubera por Frederic Hanke as razões daquele desgosto: os chefes do comandante Kramer tinham-lhe recusado autorização para se casar com uma francesa e, diante de sua insistência, tinham-no enviado para a frente Leste. Antes da partida, ele conseguira mandar por Frederic uma carta a Françoise, onde lhe afirmava seu amor, e lhe pedia que se comportasse corajosamente como mulher de um soldado, e nada fizesse que pudesse comprometer a vida de seu filho. De resto, suplicava ao pai que interviesse junto ao amigo Himmler. Frederic Hanke não escondera a Léa que o pai, também ele, tinha se oposto ao casamento.

– O que vai ser de Françoise? – perguntara ela.

– Materialmente, não terá nenhum problema. Prometi a Otto que cuidaria para que nada lhe faltasse, nem à criança.

– Não era a isso que me referia, mas à sua situação; a criança terá de ser filha de "pai desconhecido".

– Eu sei, mas que fazer?

– LÉA, APRESSE-SE. Sua irmã está chamando – disse Albertine ao entrar.

O quarto cheirava a suor, a ar parado e a vômito. Françoise, com os olhos esgazeados, jazia na cama em desordem. Léa sentou-se a seu lado. O quê? Aquela era sua irmã, com quem passeava até Bellevue, com quem se escondia nas capelas do calvário de Verdelais, que partilhava seus mergulhos no rio Garonne, em Langon; e nas vindimas, quando se bombardeavam com cachos de uvas, fazendo nódoas nos vestidos, as noites quentes de Natal em que comparavam entre si pelo canto do olho os respectivos presentes, achando sempre melhores os da outra; e as suas primeiras bicicletas grandes, a dela, azul, e a de Françoise, vermelha; e suas discussões...

Françoise olhou-a com uns olhos tristes que se assemelhavam aos do pai. Isso foi tão insuportável que Léa baixou o olhar.

– Otto não está aqui. Se você soubesse como tenho medo... Ele havia me prometido que estaria aqui... por que me abandonou?...

Ela se levantara e agarrara Léa nervosamente.

– O filho dele não é mais importante do que o Führer?... No entanto, Otto não gosta de Hitler... ele me disse... Então... por que não está aqui para o nascimento do próprio filho?

– Acalme-se. Não é culpa dele. É a guerra, e ele tem de obedecer.

– Ele me tinha dito...

– Não pense mais nisso.

O grito dado por Françoise fez Léa estremecer.

– Como, que eu não pense mais nisso?... Como quer que eu esqueça que meu filho não terá pai?... Que toda a família me apontará o dedo... a mãe solteira... a amante do boche... a sem-vergonha... a depravada...

– Cale-se... Não é agora que deve pensar nisso... Ah! Aqui está o doutor!

– Ora, vamos, querida senhora, o grande momento está próximo.

Com o médico, entraram Albertine e Estelle. Covardemente, Léa aproveitou para sair.

Na entrada, o telefone tocava. Ela atendeu.

– Alô, Léa?...

– Sim.

– É Raphaël Mahl. Preciso vê-la imediatamente.

– Mas isso é impossível. Minha irmã está prestes a dar à luz.

– Deixe isso com a natureza, dará à luz sem você. Tenho de vê-la.

– É grave?

– Muitíssimo.

– Bem. Então venha.

– Não posso.

– Mas por quê?

– É perigoso demais explicar por telefone. Estarei dentro de meia hora na rua Dauphine, número 16, é um restaurante que não tem lá muito bom aspecto, mas as três irmãs Raymond fazem um petisco caramelado sem igual. Suplico-lhe que vá.

– Irei.

Desligou. Ele conseguira comunicar-lhe seu receio.

– Quem era? – perguntou Lisa ao sair do salão.

– Um amigo. Tenho de sair.

– Tem de sa...

– Sim, deixe-me passar, é muito importante...

– Mas, e sua irmã?...

– Ela não precisa de mim, há bastante gente à sua volta. Se François Tavernier telefonar, diga-lhe que estou na rua Dauphine, número 16, num restaurante, com Raphaël Mahl.

– Raph...

– Sim, não se esqueça, rua Dauphine, número 16. Não se preocupe, vou tentar voltar logo.

– O que Albertine vai dizer?

– Você lhe explica.

Léa tirou do armário da entrada suas botas forradas com solas de madeira, compradas graças aos negócios de Raphaël.

– Leve o casaco de sua irmã, sentirá menos frio.

Desde que François lhe dissera que só certas mulheres saíam com casaco de pele, Léa nunca mais usara o de Françoise. Para não contrariar tanto a tia, vestiu-o sem comentários e pôs na cabeça a boina combinando.

 – Volte depressa – disse-lhe a velha tia, beijando-a.

Na rua da Universidade soprava um vento gelado. Era preciso ser louco para sair com tanto frio. Na rua escura e deserta, o eco das solas de Léa retinia na calçada gelada.

Chegou sem fôlego e nadando em suor à rua Dauphine, tentando fugir de perseguidores imaginários. Nenhuma luz indicava o restaurante das senhoras Raymond. Léa empurrou uma porta sem que nenhuma campainha soasse... Seria mesmo ali? Um cheiro bom de sopa trouxe-lhe a resposta.

A sala era pequena e parcamente iluminada. No balcão à direita da entrada um gato gordo dormia; outro gato roçou as pernas de Léa. Uma escada em caracol levava até o primeiro andar. Envolta num avental branco que lhe era muito comprido, uma mulher gorda e alta como um tonel, a pele esverdeada, os cabelos grisalhos presos num coque, veio em sua direção.

– Bom dia, senhorita. Procura alguém?

– Sim, o senhor Mahl.

– O senhor Mahl ainda não chegou, mas a mesa está pronta. Faça o favor de me acompanhar.

Atravessou a sala seguida por Léa e instalou-a numa mesinha coberta por uma toalha branca, próximo à porta da cozinha. Outra mulher, parecida com a primeira, aproximou-se e perguntou, com um sotaque de Auvergne ainda mais pronunciado que o da primeira:

– Enquanto espera, quer beber alguma coisa?

Diante do ar indeciso de Léa, acrescentou com satisfação:

– Ainda temos quase todos os aperitivos.

– Então, dê-me um Porto.

– Boa escolha, é excelente.

Léa olhou em volta.

Todas as mesas estavam ocupadas por uma clientela de aspecto pacato, falando baixo, com gestos simples, com roupas sóbrias, mas de boa qualidade, a quem as irmãs

Raymond se dirigiam com a familiaridade que os donos de restaurante reservam aos clientes habituais. Tudo tinha um ar de intimidade que a tranquilizava.

– Aqui está o Porto, senhorita.

– Obrigada.

Léa bebeu lentamente, um tanto inquieta, temendo se perguntar o motivo da demora de Raphaël.

A cada vez que se abria a porta da cozinha, ouvia-se uma voz.

– É um dos filhos da patroa, que é aprendiz de ópera – disse Raphaël Mahl, que ela não vira entrar. – Um rapaz encantador.

– Por que está atrasado? Mas... Está ferido?

De fato, um pouco de sangue escorria do arco da sobrancelha e do canto da boca de Raphaël.

– Não foi nada, uma briga com uns soldados – disse ele, limpando-se com um lenço ensanguentado.

Uma das irmãs percebeu.

– Oh! Senhor Mahl...

– Cale-se, por favor. Ou vai fazer com que nos observem.

O que não impediu a boa mulher de voltar com uma tigela de água quente e um guardanapo.

– Não precisava...

Diante do olhar insistente dela, resignou-se a umedecer o guardanapo e a passar o pano molhado sobre o rosto. Léa olhava-o um tanto aborrecida.

Outra irmã, se não era a mesma, veio saber o que queriam comer.

– Hoje, sopa de Auvergne, de couves, chouriços, *fricassé* de vitela e guisado de lebre.

– O que quer, Léa?

– Uma sopa.

 – E o senhor Mahl?

– A mesma coisa. Vocês ainda têm aquele Borgonha?

– Claro que sim.

– Traga-me uma garrafa na temperatura da adega.

– Eu sei, senhor. Já conheço o gosto dos meus clientes. Um prato de frios, para começar. Agrada-lhes?

– Muito bom. Enquanto esperamos, dê-me uma Suze.

– Imediatamente, senhor Mahl.

Não voltaram a trocar palavra até a chegada da Suze.

– Irá agora dizer por que me fez vir até aqui?

Raphaël não respondeu, bebendo o vinho em pequenos goles. Seu rosto estava pálido e os traços, contraídos.

Ele olhou-a como se só naquele momento se tivesse dado conta da sua presença.

– Léa, sou um malandro imundo.

– Isso eu já sei.

– Não, você não sabe. Outra Suze – disse ele, ao ver passar uma das irmãs.

– Por que queria me ver?

– A Gestapo vai prender Sarah Mulstein.

Por um breve momento Léa ficou sem compreender; depois, pouco a pouco, uma expressão de horror cobriu-lhe o rosto, enquanto um gosto de bílis espalhava-se por sua boca.

– O que você fez?... Não foi você?... Diga-me que não foi você...

Apertando o copo, Raphaël tinha o ar de uma criança apanhada em falta, sem saber como iria se sair.

– Não é minha culpa... Não podia fazer de outra maneira.

Pouco a pouco Léa passava do desgosto ao horror.

– Não podia fazer de outra maneira!... Explique-se.

– É um pouco longo e complicado. Em resumo, fui preso pela Gestapo por tráfico de ouro. Eles disseram que passariam uma esponja no caso se aceitasse colaborar com eles, dando-lhes alguns esclarecimentos sobre o meio da impressão e das edições...

– Se não...

– Eles iriam me entregar à polícia francesa por certos pecadilhos, ou então iriam mandar-me fazer companhia aos da minha raça num campo de concentração.

– E então preferiu enviar Sarah!

– Não é verdade. Não foi bem assim. No início, apenas lhes disse o que se passava nos corredores da *NRF* e nos cafés frequentados pelos intelectuais. Em troca, eles fechariam os olhos ao meu pequeno negócio. Sabe, nesse momento pode ganhar-se muito dinheiro quando se é esperto...

– ...e quando se é canalha.

– Não fale antes do tempo.

– Há muito tempo que trabalha para eles?

– Pouco mais de um ano... mas de forma intermitente. Desde a ocupação da zona *nono* tornaram-se mais exigentes. Há um mês, convocaram-me para que eu descobrisse quem é a pessoa que passava os judeus para a Espanha. "Isso deve ser fácil para você, que é judeu, infiltrar-se em algum desses grupos. Encontre-os e esqueceremos quem é." Estava bem claro. O que queria que eu fizesse?

– Fugisse.

– Fugir?... Para onde?... Não os conhece. E uma raça sem piedade, feita para dominar o mundo, enquanto os judeus, como diz Moisés, são de uma raça perversa e mentirosa...

– ... da qual você é o exemplo perfeito.

– É talvez a maneira de lhes ser fiel. Muitos poucos homens têm coragem de se assumir até as últimas consequências. Nós, judeus, somos pessoas sem grandeza, enquanto a grandeza, nos alemães, é natural; compreendem-na e admiram-na sem esforço. É isso que faz deles um povo heroico. Assim foi também a França, em outros tempos.

– Pouco me importa que os alemães tenham o sentido

 da grandeza; para mim, são inimigos que ocupam nosso

país, e sonho apenas com o momento em que forem banidos da França e do mundo. Na Rússia também tudo vai mal para os seus amigos. Devia pensar em mudar a espingarda de ombro.

– Fale mais baixo. Sonharei com isso no momento oportuno. Enquanto esperamos, são eles os vencedores. Sem eles, eu já estaria na prisão.

– É seu lugar. Voltemos a Sarah. Que fez? Julguei que não soubesse seu endereço.

– E é verdade. Mas ao fazer meu pequeno papel, caí dentro da rede de relações dela. Não foi difícil entrar em contato com essas pessoas. Eu dizia por toda parte que precisava deixar a França o mais rápido possível. Um dia em que almoçava, muito mal, num pequeno restaurante judeu de Belleville, um garoto veio dizer-me que fosse ao Select, nos Champs-Elysées, e perguntasse por Boby. Esse nome dizia-me alguma coisa. Esse Boby devia ser um dos criados daquele local. Vou frequentemente ao Select, sobretudo aos sábados, pelas sete da noite. Que barulho! Que algazarra! Que burburinho! Encontram-se lá os malucos de todas as idades, com pinturas que são um desaforo, abanando as ancas, fazendo mímicas, flertando sem pudor com gigolôs encantadores, discutindo a tarifa de suas relações. A casa tem tão má reputação que a entrada está proibida à tropa de ocupação. É, portanto, um lugar ideal para deixar recados. O garoto tinha me dado uma senha do gênero: "Deitei-me cedo durante muito tempo", e eu fui ao Select, onde perguntei por Boby. Imagine a criatura mais bonita que pode haver: roliço, gordo, com uma voz infantil...

– Poupe-me dos detalhes.

– ... dum frescor, um encanto! Logo que pronunciei a senha disse-me que o seguisse. Fomos para a adega. Eu não lhe falei muita coisa. Minhas respostas pareciam satisfazê-los.

Disse-me que era apenas um dos elos da corrente e que não conhecia os outros. Ordenou-me que me apresentasse no dia seguinte ao meio-dia no Fouquet's com um cravo vermelho na lapela e um mapa de Paris na mão. E foi o que fiz. Ali, um homem muito elegante veio ter comigo e disse-me, depois de me oferecer uma bebida, que éramos esperados para o almoço em casa de uma amiga. Pegamos uma bicicleta-táxi e fomos à rua de la Tour, a um apartamento magnífico. Sarah estava lá. Caímos nos braços um do outro. Esperava tudo, menos encontrá-la. Sabia que a Gestapo a procurava, foi até por isso que lhe perguntei se sabia onde ela estava, para preveni-la.

– Não compreendo nada...

– No entanto, não é difícil. Eu queria contar algumas besteiras sem grandes consequências aos alemães, mas não tinha vontade de denunciar pessoas, ao menos por nada.

– Isso me surpreenderia também! Você é vil!

– Mas não, nem tanto. A Sarah podia dizer tudo, e confessei-lhe por que estava ali. Ela não pareceu admirada, é na verdade uma mulher extraordinária. Apesar disso, eu estava um pouco surpreso quando ela me beijou e disse: "Meu caro Raphaël, você não mudará nunca." Decidimos que eu esperaria 48 horas para avisar a Gestapo sobre minha descoberta.

– E então? Está tudo bem, ela teve tempo de se esconder.

– Não! É aí que tudo desanda. Os alemães, desconfiados, mandaram me seguir. Esperavam por mim na entrada da casa. Ah, minha querida amiga, foi preciso todo o meu sangue-frio para não trocar os pés pelas mãos.

– Não comem?

As três irmãs Raymond estavam ali, olhando-os com desaprovação.

– Desculpem, estávamos conversando.

– Nós vimos – disse uma delas com um tom severo.

– Vá, Léa, sirva-se.

– Não tenho fome.

– Faça um esforço. Iria preocupá-las se não comesse e então se recusariam a nos servir. E eu tenho necessidade de voltar aqui.

Raphaël deu o exemplo engolindo de uma só vez duas rodelas de chouriço.

– Que disseram os alemães?

– Perguntaram-me o nome da pessoa que eu tinha ido visitar naquele apartamento.

– Você lhes deu?

– Fui tomado de surpresa...

– Ah, coitado!

– Pode me injuriar, isso é fácil demais. Que teria feito em meu lugar?

– Subiram para prender Sarah?

– Não, porque eu lhes disse que ela devia dar-me dentro de dois dias a lista das próximas pessoas que desejavam passar para a Espanha.

– Acreditaram nisso?

– Naquele momento, tive essa impressão; fizeram-me subir para o carro e levaram-me para a avenida Flandrin. Senti-me totalmente tranquilo quando vi detrás da escrivaninha um de meus amigos, Rudy de Mérode. Tínhamos realizado juntos, desde o princípio da guerra, belos negócios. É um homem muito importante.

– O que lhe disse ele?

– Que seus chefes esperavam de mim uma prova de fidelidade para com eles, e que contavam comigo para obter todos os nomes dos membros da organização, em 48 horas.

– Então, conseguiu prevenir Sarah?

– Não, desde ontem estou sendo continuamente vigiado e seguido, tentei despistá-los, sem resultado. Foram eles que me agrediram na estação Sèvres-Babylone. Foi por causa disso que a chamei e pedi que viesse aqui. É preciso que vá avisá-la.

– Mas como? A rua de la Tour é muito longe!

– Não é à rua de la Tour que é preciso ir, mas à rua Guénégaud, número 31.

– Já não compreendo nada.

– Ontem, disse-me que ia deixar a rua de la Tour porque se tornara perigosa para seus camaradas e que iria desaparecer por algum tempo. Uma das suas amigas, emigrante nos Estados Unidos, havia lhe deixado as chaves de sua casa, e é lá que se refugia há um mês, quando teve a impressão de que estava sendo seguida ao voltar à rua de la Tour.

– E ela contou-lhe tudo isso? Há aí qualquer coisa que não compreendo. Quem me diz que você não deu esse endereço aos alemães?

– Eu poderia tê-lo feito, é verdade. Nem sei bem explicar por que não fiz. Gosto de Sarah, ou melhor, a recordação de certas bebedeiras nos bares de Montparnasse. Lembra-se daquelas palavras de Jules-Renard: "Já não há amigos, há momentos de amizade"? Nada mais exato entre Sarah e mim.

– Aqui têm a sopa, depois me dirão se gostam – disse uma das senhoras Raymond, pousando na mesa um prato fumegante.

Eles esperaram que ela voltasse para a cozinha para retomar a conversa.

– Não se mexa... Dois homens que me seguiram acabam de entrar. Ainda não me avistaram. Levante-se e vá para a cozinha. No fundo há uma porta que dá para o pátio. Atravesse-a e passe por baixo de um portal. Há um segundo pátio e, à direita, uma porta muito velha. Depois, um corredor e uma outra porta que dá para a rua de Nevers. Siga à direita

 em direção ao cais, depois, logo em seguida, à esquerda, é a rua de Guénégaud. Olhe para ver se não há nada de suspeito. Ande normalmente. Se não vir ninguém, vá ao número 31, suba ao terceiro andar e toque três vezes, Sarah virá abrir. Diga-lhe que parta imediatamente. Boa sorte.

Raphaël Mahl não baixou os olhos diante do olhar de Léa, que dizia claramente: "Posso confiar em você?"

Naturalmente, levantou-se, pôs nos ombros o casaco de pele e aproximou-se da entrada onde estavam os dois homens de casaco impermeável, de costas. Perguntou a meia-voz a uma das irmãs:

– Onde é o banheiro, por favor?

Léa não escutou a resposta e dirigiu-se para a cozinha. Ao passar diante da cozinheira e do cantor de ópera, pôs um dedo no lábio e saiu para o pátio.

No pequeno restaurante da rua Dauphine tudo estava calmo, os dois homens não haviam se movido e Raphaël atacava a sopa.

NA RUA DE NEVERS estava escuro. Grandes ratazanas fugiram diante de Léa, que quase gritou. Um vento glacial varria o cais. Nenhum ruído, tudo parecia deserto. Tentando atenuar o barulho de suas solas de madeira, os punhos cerrados enfiados nos bolsos do casaco, de ouvido atento, com medo nas entranhas, avançou para a rua Guénégaud.

De repente, da Pont-Neuf surgiu um carro, com os faróis apagados, que estava em grande velocidade e entrou na rua Dauphine. Uma brecada violenta e Léa, esquecendo os conselhos de Raphaël, pôs-se a correr. O carro deu marcha à ré.

Voltou à rua Guénégaud, ultrapassou a jovem que fugia e parou alguns metros adiante. A porta do carro abriu-se e um homem surgiu, atravessando-se em seu caminho. Léa gritou.

Alguém tocou seus ombros.

– Não tenha medo, sou eu. Suba no carro.

Sem reação, ela deixou-se conduzir por François Tavernier. Seguiram até o cais, passando pela rua de Seine, e pararam diante de uma galeria de pintura na esquina.

– Aonde ia, correndo dessa maneira?

– Ao ouvir seu carro, tive medo.

– Que foi fazer com o Mahl?

– Ele sabe onde está Sarah. A Gestapo está no seu encalço e eu ia avisá-la.

– Por que não o fez ele mesmo?

– Dois homens vigiavam o restaurante. Eu saí pelos fundos.

– Sinto em tudo isso algo suspeito. E você também, ou não me teria deixado o recado.

– Talvez, mas devemos tentar avisar Sarah.

– Onde ela está?

– Na rua Guénégaud, número 31.

– Foi Mahl quem lhe deu esse endereço?

– Sim.

– Então, seja o que Deus quiser. Fique aí, e se vir alguém aproximar-se, arranque. Se não voltar dentro de vinte minutos, vá embora.

– Não, vou com você.

– Nem pense nis...

– Cale-se, estamos perdendo tempo.

François puxou-a para si. Ela murmurou:

– Tenho medo.

Depois, afastou-se e partiu para a rua Mazarine.

– Não, não passemos por aí. Vamos pegar a rua de Seine e de Jacques-Callot. Assim, teremos uma visão geral da rua Guénégaud.

François tirou da algibeira do sobretudo um revólver, que destravou. Léa sentiu-se um pouco mais segura.

Caminharam depressa no silêncio daquela noite de inverno. Havia, naquela ausência de barulho e de luz, algo de irreal, um pouco semelhante à calma que precede à tempestade. Pararam na entrada da antiga passagem da Pont-Neuf, à sua frente, no cruzamento, a rua estava deserta. Deram mais alguns passos... Tudo aconteceu rapidamente. Um carro, depois dois, e logo três surgiram dos dois lados da rua Mazarine e da rua Guénégaud, vindos do cais. François empurrou Léa para a entrada de um prédio. As portas bateram, homens à paisana, de pistolas em punho, empurraram a porta do número 31, outros ficaram na entrada da rua, de metralhadora no quadril.

UM GRITO. Chamamentos. Uma sombra feminina projetada na rua estrebucha, levanta-se e corre. Gritos. Dirige-se para eles. Soa um tiro. Ela se contorce sobre si mesma... e, lentamente, cai...

François reteve Léa a custo.

Os homens avançam correndo. Ela se ergue. A noite esconde o sangue do passeio. Uma coronhada, outra, derrubam-na. A mão branca, tão fina, ergue-se num gesto inútil de proteção. François abafa os gemidos de Léa.

Outra pancada. A mão baixa e cai. Erguem o corpo ferido. Um levanta-o pelos ombros, outro pelos tornozelos. Jogam-no na traseira de uma camioneta. Vê-se a luz de um cigarro que se acende depois do esforço. As portas do carro voltam a bater. O barulho dos motores. E o silêncio. Ninguém reagiu. Ninguém ouviu que se assassinava uma mulher.

5

O choro de um recém-nascido atravessou os sonhos de Léa.

Ela passeava com Laurent, ternamente enlaçados, no terraço de Montillac. Nada mais existia, a guerra tinha vencido todos os obstáculos que se erguiam diante de seu amor, deixando-os sem memória, face àquela vasta propriedade onde não se ouvia ruído algum.

Léa acordou, chamando pela mãe, com as faces banhadas de lágrimas.

No quarto ao lado, os gritos do bebê pararam. Estelle entrou, trazendo a bandeja do café da manhã.

– Bom dia, senhorita Léa.

– Bom dia, Estelle. Que horas são?

– Quase dez horas. Não se esqueça de que esta noite tem festa aqui em casa.

– Festa?

– Estamos em 31 de dezembro, será o batizado do pequeno Pierre e a senhorita é a madrinha.

– Pierre?... É verdade que agora existe um Pierre. Como está Françoise esta manhã?

– Muito melhor. Ontem já deu alguns passos. Vou deixá-la porque tenho de começar a preparar o bolo.

Léa levantou-se e enfiou, por cima do pulôver que vestia sobre a camisola, um velho roupão muito quente, de lã dos Pireneus, que pertencera ao pai, e calçou as meias de lã. O espelho do armário refletiu sua figura. Vestida dessa maneira não merecia nenhum prêmio de elegância, mas, pelo menos, não sentia frio. Depois de escovar os dentes e pentear os cabelos no banheiro, devorou seu café da manhã.

Léa mordeu a fatia de pão escuro e duro como madeira. Logo, as imagens do sonho voltaram... Em seguida, aquelas, horríveis, da noite da prisão de Sarah Mulstein.

FRANÇOIS TAVERNIER não teve muita dificuldade para obter notícias da moça pelo próprio Helmut Knochen. Tinha sido levada à rua de Saussaies para ser interrogada. Tinham-lhe tratado dos ferimentos, que, segundo parece, eram sem gravidade; posta em isolamento, ninguém podia vê-la. Knochen tinha-lhe afirmado que ela estava sendo bem tratada. Com certeza, François Tavernier não tinha feito um ar muito convencido, pois o oficial alemão havia declarado:

– Desde que Danneker partiu, o braço direito de Eichmann, os interrogatórios dos judeus terroristas são conduzidos com menos brutalidade.

Helmut Knochen dirigia o "Sonderkommando" desde sua chegada a Paris, em 14 de junho de 1940. Aquele intelectual de 32 anos, filho de um modesto professor, doutor em filosofia, sonhara tornar-se professor de Letras, antes de entrar como redator na agência oficial da imprensa alemã, onde foi encarregado do estudo da imprensa francesa, belga e holandesa. Tinha aderido à SA em 1933. Era um homem mais para magro e alto, de testa larga, cabelos castanhos, e raramente sorria. Em menos de um ano conseguira introduzir-se na alta sociedade parisiense e logo se tornara a coqueluche dos salões, graças a seu espírito e cultura. Foi num desses salões que Tavernier o conhecera. Os dois homens não demoraram a se reencontrar por motivos diametralmente opostos. Sem hesitar, Helmut Knochen lhe dissera que procurasse, nesses meios, agentes capazes de lhe fornecer informações sobre homens políticos do regime de Vichy, sobre industriais e, bem entendido, sobre a resistência e seus chefes. Aparentemente interessado, François Tavernier o havia reencontrado e soubera, por ele, detalhes sobre o funcionamento da formidável organização da Gestapo no território francês. Curiosamente, obtivera a confiança de Knochen por causa da oposição que reinava entre a Gestapo e a embaixada da Alemanha. Tavernier, frequentemente recebido por Otto Abetz, o embaixador, contava-lhe tudo o que se dizia – verdadeiro ou falso – com respeito aos serviços, nos corredores ou nos salões da embaixada. Ele acolhia com aparente calma esses mexericos, enquanto, com uma ligeira ruga, inclinava para a esquerda sua boca um pouco grande.

Era desse homem – que, no decorrer de alguns meses, havia erguido uma organização que o próprio Exército alemão temia – que dependia a sorte de Sarah Mulstein.

– Não se aflija, eu controlo pessoalmente esse assunto.

François sentira-se muito inquieto, mas não tinha insistido por medo de dar ao "acaso" uma importância que Helmut Knochen não deixaria de notar.

Havia dez dias Sarah estava na rua Saussaies.

BATERAM À PORTA de Léa.

– Entre.

Era Françoise com um rosto radioso e descansado, trazendo seu recém-nascido.

– Seu afilhado faz questão de vê-la – disse ela, estendendo-lhe a criança.

Desajeitada, Léa pegou-o, mas rapidamente o devolveu à mãe.

– É um amor, mas eu tenho medo de deixá-lo cair. É tão pequenino.

– Não tão pequeno! Pesava 3,2 quilos ao nascer. É o mais lindo dos bebês. Não acha que se parece com o pai?

Esta observação aborreceu Léa.

 – Sabe, eu nunca olhei para ele realmente.

Encolhendo os ombros, Françoise baixou a cabeça, enternecida com seu pequeno nos braços.

– Desculpe-me – disse Léa –, não queria ser desagradável. Deixe eu me vestir se quiser que esteja pronta para o batizado. Que horas são?

– Três horas.

Léa ficou um instante imóvel diante da porta que acabava de se fechar. Depois, levantando os ombros, jogou o roupão na cama, tirou as meias, prendeu sob a camisola uma cinta-liga e meias de lã, vestiu a calcinha e, tremendo, retirou a blusa de malha e a camisola. Nunca se habituaria àquele frio!

Que teria pensado sua mãe sobre tudo aquilo? Que teria feito a sensata Isabelle Delmas naquelas circunstâncias? Aceitaria ser "comadre" de um soldado alemão com o pretexto de que o futuro cristão era seu sobrinho? Porque Frederic Hanke, como o melhor amigo do pai, deveria ser o padrinho...

LÉA AINDA ESTAVA sob o choque da prisão de Sarah para reagir quando Françoise lhe pedira que fosse madrinha do garoto. Teria boa aparência na igreja de Santo Tomás de Aquino, ao pegar na criança sobre a pia batismal, juntamente com um soldado alemão? Ela havia contado a François seu desejo de recusar, mas ele a dissuadira.

Eles haviam voltado a se ver quase todos os dias depois daquela noite trágica. Noite que ele passara com ela na rua da Universidade na "casa fria". Escondido das senhoras Montpleynet, cheias de trabalho depois do parto de Françoise – parto que felizmente havia terminado pouco antes de seu regresso.

François mostrara-se o mais doce, o mais paciente e o mais terno dos amigos, fazendo com que Léa quase esquecesse os aspectos inquietantes de sua vida. Cada dia ela se dizia: "Preciso lhe falar sobre algumas coisas" e, a cada dia, contentava-se em levá-lo para seu quarto e se aconchegar em seus braços. Sem que tivesse necessidade de lhe dizer, ele compreendera que ela não desejava fazer amor, mas simplesmente encostar-se nele. Ela teria ficado assim durante horas, impregnando-se de seu calor e de seu perfume, tranquilizada pelas batidas regulares de seu coração e pelas palavras apaziguadoras que ele lhe murmurava. Sentia-se tão bem, finalmente sem medo, que lhe custava estragar esses frágeis momentos com perguntas às quais ele não responderia. Ela tinha-lhe dito, no dia seguinte ao drama, todo o horror que Raphaël Mahl agora lhe inspirava.

– Nesse caso particular, você está errada. Ele não teve nada a ver com a prisão de Sarah.

Léa recusava-se a acreditar. Desde o jantar da rua Dauphine, não tivera notícias de Raphaël.

LÉA, ENTOCADA na "sua" poltrona da entrada, lia uma carta de Camille em voz alta às tias, plantadas muito eretas à sua frente.

> Querida Léa,
>
> Pode imaginar a que ponto lamentamos todos aqui não poder assistir ao batizado do bebê de Françoise! Ficamos um tanto decepcionadas porque não nos deu mais detalhes sobre ele, em sua última carta. Diga a Françoise que pensamos nela com ternura. Amanhã pretendo escrever-lhe.
>
> Charles ficou louco de alegria com seus presentes. Veste o pulôver que as senhoras Montpleynet tricotaram e não quer mais tirá-lo. Faça-me a gentileza de lhes dizer isto.
>
> O marceneiro refez a porta do barracão que ameaçava ruir. Logo que se tenha um pouco de dinheiro será

prudente trocarem algumas telhas; o celeiro também precisa de reparos.

Está chovendo e há dez dias que não tenho notícias de L.

Aperto-a em meus braços.

Camille

O batizado foi melhor do que se esperava. Em primeiro lugar, as moradoras da rua da Universidade tiveram a agradável surpresa de ver chegar o padrinho, Frederic Hanke, à paisana, os braços carregados de presentes, o qual, depois de feita a distribuição, levou-as para almoçar num pequeno restaurante da rua de Verneuil. A refeição fora agradável, quase alegre, de tão simpático que era o padrinho. Falou com muita gentileza de Camille d'Argilat e da emoção que sentira ao ajudá-la a trazer ao mundo o filho. Disse igualmente como se sentia atraído por Montillac e pela região e que, no fim da guerra, gostaria de viver ali. Talvez pela ausência do uniforme, Léa teve a impressão de que o via pela primeira vez... Surpreendia-se ao pensar que se ele não fosse alemão o incluiria entre seus apaixonados. Esta ideia a fez sorrir. Às duas e meia foram buscar o pequeno Pierre e Estelle. Às três horas, na igreja de Santo Tomás de Aquino, o padre disse, ao derramar a água na fronte do bebê:

– Eu o batizo, Pierre, Otto, Frederic, em nome do Pai, do Filho e do Espírito Santo.

François Tavernier chegou à rua da Universidade às seis horas e encontrou toda a família tomando champanhe em volta do berço. Não teve remédio senão beber em homenagem ao recém-nascido, mas recusou participar do "festim" previsto para celebrar o nascimento e o fim do ano.

Tavernier e Hanke não se conheciam e Françoise apresentou um ao outro. Apertaram-se as mãos. Depois de algumas amenidades, François conduziu Léa até o quarto.

– Poderá me dar a chave do prédio e do apartamento da frente?

– Para fazer o quê?

– Pode ser que tenha necessidade de vir esta noite repentinamente.

– Por que não vai para sua casa?

– Esta noite tenho o que fazer aqui no bairro. Preciso de um refúgio próximo.

– Não quer me dizer por quê?

– Não...

– É irritante, com você, não posso saber nada. Você me deixa supor as piores coisas a seu respeito. Quem me diz que não foi você quem denunciou Sarah Mulstein?

Tal comentário era tão inesperado que François ficou por um momento sem reação; depois, seu rosto se crispou, empalideceu, enquanto a cólera o invadia. Diante dessa metamorfose, Léa recuou, mas não tão depressa que pudesse evitar a maior bofetada que já recebera. Sob a violência do golpe, tropeçou e sua cabeça bateu num dos espaldares da cama, enquanto um pouco de sangue lhe escorria pelo nariz. Num salto, ele aproximou-se dela e agarrou-a pelos braços com tanta força que a forçou a gritar.

– Nunca mais diga algo semelhante, Léa.

Debruçado sobre ela, estava tão ameaçador que ela levantou um braço para se proteger. Aquele gesto infantil descontraiu um pouco François.

– Estou fazendo tudo que me é possível para arrancar Sarah das mãos da Gestapo. Irei até mesmo ao ponto de tentar fazê-la fugir.

 Léa exclamou:

– Quando?

Tavernier olhou-a com uma expressão de dúvida.

– Você é verdadeiramente estranha, manifesta que não tem nenhuma confiança em mim e acredita quando falo em fazer Sarah fugir.

– Porque acredito que é capaz disso. É bem possível que suas relações com a Ocupação sirvam para alguma coisa.

– Deste assunto não tenho na verdade a mínima intenção de pô-los a par, prefiro recorrer aos membros do grupo de Sarah.

– Conhece-os?

– Alguns. No mais, será aqui que nos reuniremos. Avise a suas tias para que fiquem em seus quartos e não façam perguntas.

– Mas por que aqui?

– Este apartamento acolhe a "noiva" e o filho de um oficial do Reich e no primeiro andar vive a amante do general Von Rippen. Este prédio é, então, conhecido pelas autoridades como habitado por alemães. Portanto, é menos vigiado.

– Compreendo. Posso tratar disso com minhas tias, mas, com Françoise?...

– Não deve saber de nada, disso dependem nossas vidas. Continua decidida a ajudar Sarah?

– Mais do que nunca.

– Muito bem. Sua missão vai consistir, a partir de amanhã, em encontrar três ou quatro pessoas e lhes entregar uma mensagem. Eis o que tem a fazer e a dizer.

Durante uma hora fez Léa decorar as mensagens, os nomes de guerra, dos locais e os sinais de reconhecimento.

– Não esqueça nada. Encontramo-nos aqui amanhã à noite. Tem uma bicicleta?

– Aqui, não.

– Vou tentar roubar uma e será meu presente de fim de ano. Tem preferência quanto à cor?

– É indiferente. A minha é azul.

– Pois será azul; é uma excelente cor para esconjurar o azar. Na sua bicicleta azul, vai ser a mensageira da esperança.

– É engraçado que me diga isso. Meu tio Adrien disse-me exatamente a mesma coisa.

– Está vendo, seu tio e eu temos vários pontos em comum.

François apertou-a nos braços e levou-a até a cama.

– Agora, venha me fazer perdoá-la por me julgar um traidor.

– Deixe-me, estou morta desde a outra noite.

Ele não a ouviu. Sua boca, seus dedos procuravam-na.

Léa não se debateu, mas, quando ele a beijou, seus lábios encontraram lágrimas.

– Não antes que salve Sarah.

Ele levantou-se e recompôs sua roupa.

– Vai me dar as chaves?

– Vou buscá-las.

– Sobretudo, não faça barulho – disse ela, estendendo-lhe as chaves.

– Não tenho certeza se volto esta noite. Encontrará à entrada a bicicleta e um salvo-conduto. Amanhã, não se esqueça: Trinidade convoca para 3 de janeiro, às dez horas da noite, no terceiro andar, da rua da Universidade, número 29, para uma decisão grave que diz respeito a Simone Mingot, os camaradas Vautrin, Homais, La Rochelle e Bataille; a cada um deles entregará metade de um bilhete de metrô de primeira classe, e eles mostrar-lhe-ão a outra metade. Seja prudente, querida, ao mínimo alerta. À menor suspeita, desligue. Enquanto espera, volte para sua festa. Amanhã, um novo ano. Espero muito passá-lo em sua companhia.

 Abraçou-a com toda a ternura.

Léa voltou para junto da família, triste com a partida de François. Lá fora, a neve começava a cair.

No dia seguinte, Léa encontrou à entrada do apartamento uma soberba bicicleta azul, com sacolas de couro falso. Como as tias se espantaram por não terem ouvido ninguém entregá-la, Léa declarou que era um presente do Papai Noel, que tivera ainda a delicadeza de deixá-la ali com pacotes de leite e de chocolate.

A neve derretera. Estava um dia lindo e frio. Léa anunciou sua intenção de experimentar a bicicleta e de não voltar para o almoço, querendo assim, dizia, aproveitar o bom tempo. Foi vestir uma roupa mais quente, calças e dois grandes pulôveres. Calçou as botas forradas, envolveu os cabelos num turbante de lã e, assim equipada, vestiu o quente casaco forrado de pele oferecido por François. Completou o traje com grossas luvas forradas de coelho.

A irmã e as tias desejaram-lhe um bom passeio.

6

Nunca Paris pareceu tão bonita a Léa como naquela manhã. O ar, branco e frio, era tão leve que dava às velhas pedras das casas do cais Voltaire, banhadas pelo sol picante, uma alegria frágil. A moça parou na ponte Royal para ver brilhar o Sena cinzento e malcheiroso que corria docemente para a praça Alma, balançando à sua passagem as barcaças escuras. Diante desse panorama que tantos apaixonados de Paris tinham contemplado, sentiu no final daquela manhã de 1º de janeiro de 1943 uma paz que lhe envolveu o coração e lhe trouxe aos lábios uma oração de sua infância:

Meu Deus, ofereço-vos o meu dia, feliz ou infeliz será vosso, por vós fazei o que for da vossa vontade, mas fazei que, ao aproximar-se a minha eternidade, eu me aproxime de vós.

Confiante, voltou a subir na bicicleta. Tudo estava tão deserto que tinha o sentimento de estar numa cidade abandonada. Nenhum barulho humano vinha perturbar esta impressão. Léa alegrou-se com essa solidão, que lhe permitiu criar um vazio dentro de si e preparar-se para a missão confiada por François Tavernier. Apesar de tudo o que havia de incompreensível no comportamento daquele homem, e embora lhe tivesse dito, não conseguia desconfiar dele. Estava convencida de que, se houvesse a menor oportunidade, ele seria o único que poderia salvar Sarah.

NO LARGO de Saint-Opportune Léa prendeu a bicicleta na grade do metrô e dirigiu-se para a rua da Ferronnerie.

Empurrou a porta de um café medíocre, com as vidraças respingadas de azul. Um odor frio e enjoativo de serragem molhada, de vinhaça, de tabaco ruim e de um simulacro de café enjoou-a. Teve a sensação de entrar num universo glauco e pantanoso, onde se moviam seres com faces esverdeadas. Por detrás de um zinco, no meio de garrafas poeirentas e vazias, um aparelho de rádio grande e brilhante difundia uma cançoneta da moda. O patrão, um homem gordo com as mangas arregaçadas, os raros cabelos em desordem, olhar remelento, uma guimba apagada no canto da boca e barba por fazer, falou:

– Não há nada para beber, hoje é dia sem álcool.

– Eu só queria alguma coisa quente, um café, por exemplo – disse ela, aproximando-se do balcão.

– Café?... Vocês estão ouvindo?... Com um pouco de leite, e por que não com açúcar?...

Os quatro ou cinco fregueses troçaram servilmente. Léa corou. Começava bem!

– Porque me parece simpática, posso servir-lhe um *viandox*... A senhorita tem metade do bilhete do metrô? – murmurou ele rapidamente.

Surpresa, Léa recuou.

– Não é preciso fugir, linda senhorita, o *viandox*, hoje, não é pior que qualquer outra coisa.

Enquanto falava, pousou à sua frente uma caneca fumegante. Léa aproximou-se.

– Não fique aqui – continuou ele, em voz baixa –, prenderam uma das pessoas que a senhorita procura... Tome, beba isto... Beba, por favor, estão nos olhando.

Léa molhou os lábios, estava terrivelmente quente, mas não tão ruim quanto ela esperava. O patrão desatou a rir.

– Estão vendo... Nem sabe beber... Vá à igreja de Saint-Eustache, à missa, ninguém notará... Então, senhor René, que vou lhe servir para festejar o Ano-novo?

– Como habitualmente, a reserva do patrão. Bom ano, senhorita, quer beber comigo?

– Mas...

– Atenção, olhe que me zango, uma linda senhora nunca nega nada ao grande René, não é verdade, Juju?

– Deve acreditar, senhorita, àquela que resistir, não o verá tão cedo.

– Bem dito, Juju, você é mesmo bom de conversa. O seu telefone já está consertado?

– Já, há dois dias.

– Conserve a moça aquecida que preciso fazer uma ligação. Até já, queridinha.

Léa esquivou-se da mão atrevida. E o pretensioso homem riu, dando de ombros.

– Tem de partir depressa, esse homem trabalha para eles. Em Saint-Eustache, na capela de Nossa Senhora, está um homem que tem na mão a *Petite Gironde*, e ele vai lhe dizer o que é preciso fazer. Não deve nada, é presente da casa. Vá, e um bom ano para você.

– Um bom ano para o senhor também – disse ela empurrando a porta o mais calmamente possível.

COMO CONSEGUIU desamarrar a bicicleta? Como achou o caminho nas ruelas dos Halles e como se encontrou dentro da igreja em poucos minutos? Isso Léa não poderia dizer.

O edifício religioso estava cheio de fiéis, sobretudo mulheres, que cantavam com fervor, enquanto uma pequena nuvem de vapor escapava-lhes da boca. Um lugar no genuflexório estava desocupado diante do altar da Virgem; com o coração batendo, ajoelhou-se, incapaz de pensar.

Era o momento da comunhão, a maioria dos assistentes dirigia-se ao altar-mor. Perto dela, um homem ajoelhou-se e pôs a cabeça entre as mãos. Do bolso do seu velho casaco saía um jornal.

Num relance, Léa reviu aquela tarde em Bordeaux em que, seguida pelos policiais do comissário Poinsot, procurava um lugar para se esconder e, na vitrina do vendedor de jornais da praça do Grand-Théatre, ela vira a *Petite Gironde* e soubera, naquele momento, para onde devia se dirigir. Voltou a cabeça. O homem era jovem e tinha uma barba que não chegava a envelhecê-lo. Parecia um pouco com... Não, não era possível, estava tendo visões...

– Léa...

Alguém dissera seu nome! Deveria virar-se?... Mas não, era o jovem da *Petite Gironde*! Então?...

– Não se mexa. Vou sair primeiro. Encontro-a em sua casa, na rua da Universidade.

– Em minha casa?...

– É o único local um pouco mais seguro.

Depois que ele partiu, Léa contou até vinte, e saiu por sua vez.

NA RUA DA UNIVERSIDADE todos faziam festas a Jean Lefèvre, o companheiro de brincadeira de Léa, aquele que com seu irmão Raul fazia-se de louco de amores por ela.

Caíram nos braços um do outro.

A família ainda se encontrava à mesa. Abriu-se uma garrafa de champanhe para saudar aquele reencontro, o fim da guerra e o ano novo; passaram-se ao menos vinte minutos antes que pudessem se isolar no quarto de Léa.

– Depressa, não temos muito tempo. Gostaria mais se fosse outra pessoa e não você – disse Jean, apertando-a contra o peito.

– Eu não, e estou feliz. Sem isto não teria voltado a vê-lo.

– Isso é verdade, mas é tudo muito perigoso.

– Eu sei. Que devo fazer agora? Devo ir aos outros encontros?

– Não. Depois da prisão de Simone Mingot...

– Simone Mingot?...

– Sim, é com esse nome que a maior parte de nós a conhece. Depois de sua prisão, os membros dessa rede dispersaram-se, como estava previsto. Cada um por sua vez, deveria rondar nossa antiga caixa do correio. Foi aí que encontrei Trinidade.

– François?...

– Disse-me que tentasse fazer Simone fugir e perguntou-me se eu estava de acordo. Aceitei imediatamente. Uma jovem deveria trazer-me novidades na manhã do dia

1º de janeiro. Tudo corria bem quando, de madrugada, vim a saber da prisão de um camarada que conhecia meu endereço. Tive apenas tempo de me vestir e de fugir pelos telhados. Os homens da Gestapo já estavam na escada. Felizmente não havia neve. Tive apenas uma ideia: prevenir Trinidade. Ele não estava nos dois endereços que me dera. Mesmo assim, fui ao encontro da rua Ferronnerie. Na avenida Sébastopol, uma bicicleta-táxi chegou-se a mim.

– Vautrin!... – disse o passageiro.

– Então, Vautrin é você?...

Jean ignorou a pergunta.

– ... continue a pedalar, como se nada estivesse acontecendo. Vá você sabe onde, à rua Ferronnerie, pergunte ao patrão onde é a igreja de Trinidade, ele vai lhe dizer que você se enganou de bairro, que por ali é Saint-Eustache ou Saint-Leu, ou Saint-Merri. E você dirá: "Ah! Bem, poderá me indicar o caminho para Saint-Merri?..." Homem bom, ele sairá para lhe indicar a direção. Depressa, você lhe dirá que uma moça muito bonita, de cabelos ruivo-escuros e olhos cor de violeta, irá até lá.

– Até me parece a descrição de uma amiga – disse-lhe eu.

– É ela.

Quase caí da bicicleta. Trinidade, porque era ele, prosseguiu com voz calma.

– Não é momento de perder a cabeça. Ela irá encontrá-lo sem demora na igreja de Saint-Eustache, diante do altar da Virgem. Dali você irá para a casa das senhoras Montpleynet. Compreendeu bem?

– Sim – respondi de maneira aturdida.

Os dois amigos ficaram algum tempo calados.

– E, agora, o que fazemos? – perguntou Léa.

– Sem novas instruções, devemos esperar.

– Vamos ver os outros, vai lhes parecer estranho ficarmos juntos tanto tempo.

ENQUANTO ESTIVERAM à parte, o padrinho do pequeno Pierre viera fazer uma visita a Françoise, a quem havia entregue, junto a uma grande caixa de chocolates, uma carta de Otto Kramer na qual lhe anunciava que em breve iria se beneficiar de uma licença. Essa feliz novidade fez a jovem resplandecer.

Ao ver Frederic Hanke, Léa empalideceu. Já não havia possibilidade de recuar e era preciso fazer as apresentações. Apertando o braço de Jean, aproximou-se, sorridente, do alemão, sempre vestido à paisana, e disse, estendendo a mão:

– Feliz ano novo, Frederic. Posso lhe apresentar um amigo de infância, de passagem por Paris? Jean Lefèvre. Jean, apresento-lhe o padrinho do filho de Françoise, o capitão Frederic Hanke.

Sem o beliscão de Léa, teria certamente caído. Incapaz de dizer uma palavra, pálido, estendeu ao outro uma trêmula mão. Sem parecer reparar em nada de anormal, Frederic apertou-a.

– Bom dia, caro senhor. Fico feliz por encontrar um amigo de Françoise e de Léa. Desejo-lhe um feliz ano novo. Obrigado pelos seus votos, Léa. Espero que este ano seja para você melhor que o anterior.

– Obrigada, Frederic. Jean, quer um café?

– Sim – murmurou Jean sem saber o que fazer.

O capitão Hanke, muito à vontade, aproximou-se dele.

– É vizinho próximo da família Delmas?

– Bastante próximo, sim, a propriedade da minha mãe é em Cadillac.

– Sem dúvida, a ajuda a explorá-la?

– Sim.

– Você tem sorte de viver numa bela região. Espero voltar a vê-lo quando a guerra acabar e nossos dois povos formarem apenas um.

Jean ia replicar quando Léa interrompeu:

– O capitão ficou apaixonado pelas nossas vinhas, quando esteve em nossa casa, em Montillac.

Por fim, Frederic Hanke despediu-se.

– Desculpe-me ter interrompido o final do seu almoço. Mas era o único momento em que poderia vir desejar-lhes boas-festas. Volto ao serviço às três horas da tarde. Françoise, se precisar de mim, sabe onde me encontrar. Até logo, minhas senhoras, até logo, Léa, até logo, caro senhor.

Todos o viram partir com alívio.

– Ufa! Julguei que nunca mais iria embora! – exclamou Léa, deixando-se cair numa cadeira. – Por que não nos vieram avisar que ele estava aqui?

– Não pensei nisso – disse Françoise cabisbaixa. – Estava tão feliz por ter notícias de Otto.

– Isso não tem importância, minha filha. Esse rapaz é realmente encantador. Muito bem-educado, absolutamente correto! – exclamou Lisa, com voz satisfeita.

– Absolutamente correto é o que se diz por toda parte à nossa volta. "Calcule, senhora Dupont, aquele oficial segurou a porta do metrô para eu entrar! Que homem bem-educado! Hum!... Não é como os franceses jovens de agora, que nos empurram sem sequer pedirem desculpas. Comunistas... Uns devassos, e ainda se admira termos perdido a guerra... O contrário é que teria sido para se admirar. Bem que eu digo, senhora, quando um povo se afasta de Deus, é justo que Deus se afaste dele e o castigue... Temos de espiar e denunciar os maus franceses que escutam a Rádio Londres e desobedecem ao marechal Pétain, um santo homem, que tomou conta da França para salvá-la..."

– Chega, Léa – gritou Françoise.

– "... senhora Durand, tem toda razão. Calcule que outro dia encontrei uma antiga vizinha, uma judia... Pois imagine, nem é de acreditar, nem usava a estrela amarela. Pode acreditar que não deixei de avisá-la e toda a gente à minha volta me aprovou. Corada de vergonha, ela foi embora..."

– Chega!

– Está bem, está bem, tia Albertine. Desculpe-me, sou da sua opinião, os alemães são muito corretos!

– Exatamente, mesmo que isso lhe desagrade. Você parece se esquecer de que são eles os vencedores e que podiam fazer de nós o que quisessem. No entanto, apesar dos atentados, continuam a mostrar-se corretos e pacientes...

– E fuzilam os reféns por toda parte, deportam não se sabe para onde mulheres e crianças...

– São terroristas...

– As crianças...?

– Cale-se, não fale de crianças – disse Françoise, desfeita em lágrimas.

Um silêncio suspeito seguiu-se a esta discussão.

– Venha, Jean, vamos para o meu quarto.

– Não me parece decente – disse Lisa, com uma voz tão aguda que, em outra circunstância, todos teriam achado cômica.

Léa encolheu os ombros e saiu arrastando o amigo. Mal tinham passado o umbral da porta quando a campainha tocou.

Com o coração palpitando, os dois amigos entreolharam-se. Com um gesto, Léa indicou o quarto. Esperou que a porta se fechasse para abrir a do patamar.

– Graças a Deus, está aqui! – disse François Tavernier, apertando-a contra o peito.

O alívio que sentiu quando ele a abraçou chegou perto da volúpia.

– Tive tanto medo... quando soube que um dos companheiros de Sarah nos havia traído, eu imaginei você presa... E nunca me perdoaria... Lefèvre está aí?

– Está. Por que não me disse que se tratava dele?

– Porque só o soube no último instante. Onde está ele?

– Em meu quarto. Vamos lá antes que tia Lisa venha aqui saber quem tocou.

– Sigo-a, mas primeiro dê-me um beijo.

Pela primeira vez Léa respondeu a esse pedido com uma simplicidade verdadeira.

NO QUARTO, sentado no canto da cama, com a cabeça entre as mãos, Jean Lefèvre esperava. Quando ergueu a cabeça, tinha os olhos úmidos.

François Tavernier olhou para ele atentamente.

– Léa, deixe-nos a sós.

Quando Léa saiu, ele perguntou:

– Não tem nenhuma notícia dos outros membros do grupo?

O rapaz acenou negativamente.

– Tem de sair de Paris imediatamente. Aqui estão seus novos documentos. Seu novo nome é Joël Lemaire, nascido em Tranche-sur-Mer, na Vendée, no dia 10 de outubro de 1920, filho de Jean Lemaire, agricultor, e de Thérèse Peyon, sem profissão. É filho único e seus pais morreram há dois anos, em Sables-d'Olonne, durante uma tempestade que fez naufragar o barco em que se encontravam. Trabalha como pescador em Aiguillon. Tudo isso e mais explicações estão aqui registradas. Decore-as antes de partir, depois as destrua. Apanhará o trem esta noite para Poitiers, e lá pegará outro, para Rochelle. Seja muito prudente, nessa zona são frequentes as inspeções. Em Rochelle tente encontrar um carro em direção a Luchon e a Aiguillon. Em Aiguillon, irá ao Rendez-vous des marins-pêcheurs. Pergunte por Jean Marie, da *Vaillante.* Quando estiver junto dele, diga-lhe que o ar daqui é melhor que o do metrô parisiense. E ele responderá: "Isso é bem verdade, sobretudo na Trinidade." Siga todas estas instruções. Compreendeu bem?

– Sim.

– Muito bem. Vou deixá-lo dez minutos para decorar tudo isso. Tem dinheiro?

– Praticamente, não.

– Tome, aqui tem mil francos.

Jean teve um gesto de recusa.

– Pode aceitar. É dinheiro que vem de Londres. Assine este recibo, é a regra.

Jean guardou o dinheiro e assinou.

– Senhor, posso dizer-lhe uma coisa?

– Sim. Sem dúvida. O que é?

– Eu não queria que Léa estivesse ligada a nada disso.

A forma como François Tavernier o olhou fez o rapaz corar.

– Eu também não. Mas agora já é um pouco tarde para voltar atrás.

– Não me parece. Diga-lhe que volte para casa.

– Farei o possível, mas ela quer ajudar nossa amiga...

A porta entreabriu-se e Léa espreitou:

– Que demora, já acabaram? Posso entrar?... François, eu não compreendo nada do que está acontecendo. Que vamos fazer por Sarah?

Tavernier olhou-a bem nos olhos, sem responder. Depois de um longo silêncio, disse com uma voz monocórdica:

– Sarah foi torturada.

Léa precipitou-se para François e bateu-lhe com força no peito.

– Você mentiu para mim! Você mentiu para mim! – berrou ela. – Tinha dito que ela estava sendo bem tratada... que, graças às suas boas relações com os boches, ela seria bem tratada... e eles a torturaram!... A culpa é sua... Nunca o perdoarei... Foi por sua causa que a prenderam... Você é um lixo... Um lixo...

– Cale-se... Já basta! – exclamou Jean, afastando-a dele. – Deixe-o lhe explicar.

– Ele não tem nada a explicar... Ele trabalha para eles. Eu o vi rindo diante do hotel Lutétia – gritou ela, desprendendo-se.

Pálido, de olhar sombrio, François Tavernier limpava um pequeno arranhão no rosto.

– Mentiram para mim. Não foi para a rua de Saussaies que levaram Sarah, mas para a avenida Henri-Martin. Só esta manhã é que vim a saber, mas era tarde demais. Depois de sua prisão, levaram mais dois membros do grupo. Um deles falou, o que explica o que aconteceu.

– Quem lhe disse isso sobre Sarah?

– Um de seus amigos, Raphaël Mahl...

– Raphaël! Então, está vendo...?

– ... que foi ele quem a denunciou. Não, tenho certeza de que não foi ele. Não que não fosse capaz, mas porque sabia que eu protegia Sarah e que poderia prendê-lo ali mesmo.

– Então, como é que ele soube que ela não estava na rua de Saussaies, mas na avenida Henri-Martin?

– Por um crápula ainda maior do que ele, para quem trabalha de vez em quando. Frédéric Martin, isto é, Rudy Mérode ou Rudy de Mérode.

– O que disse esse tal Rudy?

– Quer realmente saber?

– Sim.

– Mérode contou a Mahl, rindo, como é que, junto a um de seus companheiros, ele havia forçado uma bela judia a tomar banho.

 – A tomar banho?

– Sim, é assim que eles chamam o suplício da banheira. Foi, segundo parece, um belga que inventou esse tipo de tortura... Quando se trata de um homem, contentam-se em mergulhar sua cabeça numa bacia ou num tanque de lavar, cheio de água gelada, até os limites da asfixia, tiram-no e voltam a mergulhá-lo até que ele fale ou desmaie.

– É horrível.

– Quanto às mulheres...

– Pare! – gritou Jean Lefèvre.

François Tavernier envolveu os dois jovens num olhar irônico e ao mesmo tempo cheio de comiseração.

– Vocês lançam-se numa aventura de que só veem o lado romântico, mas há outro, aquele em que existe a tortura, em que se mata, se viola, ou em que se mandam as crianças morrer em campos de extermínio. Devia ter lido *Mein Kampf*, rapaz, o chanceler Hitler já havia exposto nessa obra claramente a solução do problema judeu. Se Léa quer continuar a bancar a heroína, deve saber o que por vezes lhes fazem quando são apanhadas. No caso de Sarah, que sabia o que arriscava, eles prenderam-na na "enfermaria" onde se "curam" as feridas. Da rua de Saussaies levaram-na para a avenida Henri-Martin. Primeiro, interrogaram-na corretamente, depois, como era hora do jantar, fecharam-na num armário metálico... vocês sabem, aqueles que servem de guarda-roupa ao pessoal dos escritórios ou das fábricas, que são pequenos demais para se estar em pé e muito estreitos para que se possa sentar. O jantar durou três horas... Depois, voltaram, saciados e ligeiramente alegres e brincalhões. Quando abriram o armário, tiveram de ajudar Sarah a sair, porque suas pernas estavam anquilosadas e ela não conseguia se manter em pé. Eles levaram-na. Conduziram-na até o banheiro... Estava tão fraca que tiveram de ajudá-la a despir-se. Mérode, com um copo de champanhe na mão, apreciava como bom conhecedor sua beleza...

Léa sentara-se na cama. Sem compaixão, François Tavernier continuou:

– ... depois, pediu ao dono da casa, Christian Masuy, que os deixasse a sós por uns instantes. Masuy acedeu, rindo, e saiu com seus acompanhantes. Sarah não se mexia e um pouco de sangue havia atravessado o curativo. Rudy acariciou-lhe os seios e disse-lhe que era bonita e que podia intervir em seu favor. Parece que esta amável proposta fez Sarah dar uma gargalhada, que foi muito mal recebida pelo nosso Don Juan, porque, segundo suas declarações, deu-lhe uma bofetada e voltou a esbofeteá-la, sem resultado, visto que ela continuava a rir. Furioso, chamou os camaradas e, ali, ataram-lhe as mãos atrás das costas com uma algema e cada um, por sua vez, violou-a. Depois, concederam-se uns instantes de descanso enquanto fumavam. Logo, ataram-lhe os tornozelos e assim amarrada atiravam-na e voltavam a atirá-la de uns para os outros, como uma bola, enquanto iam dizendo: "Você vai falar, porca, fala ou não fala?..." Como ela continuasse calada, cansaram-se da brincadeira e atiraram-na à banheira. A água gelada arrancou-lhe o primeiro grito. Para não ouvi-la, talvez, Masuy enfiou-lhe a cabeça na água. Por causa do ferimento, a água da banheira ficou logo ensanguentada. Durante duas horas encarniçaram-se com ela. "Que coragem a dessa mulher." Foi o que disse no dia seguinte Rudy de Mérode a Raphaël Mahl, que me contou isso com uma emoção que não era fingida... Eis o que é o suplício da banheira. E, ainda por cima, esses senhores contam isso com volúpia...

Calou-se por momentos e depois continuou:

– Léa, olhe bem para mim, pode imaginar que eu possa ser cúmplice de gente dessa espécie?

O ar intenso e desamparado com que ela o olhou, sua boca trêmula, faziam-na parecer a criança de 8 anos que fora testemunha de uma injustiça ou de uma maldade que não compreendia. Como a garota queria se atirar nos braços daquele que a fazia chorar!

– Léa, responda-me. Apesar de certas aparências, acredita que possa estar do lado desses sujos?

Ela atirou-se para ele.

Tê-la nos braços, respirar o perfume de seus cabelos, de seu pescoço, sentir seus lábios com gosto de sal. De tanta felicidade, François fechou os olhos.

Quando os reabriu, cruzaram-se com os de Jean, desesperados. "Pobre rapazinho, também ele é apaixonado por esta insuportável garota", pensou François. Com suavidade, afastou-a.

– Amanhã Sarah vai voltar para a rua de Saussaies. Durante a noite saberei a hora da transferência. Já conhecemos o itinerário e três dos nossos estarão em pontos estratégicos.

– Também quero estar – disse Jean.

– Não, meu caro, está queimado, e parte esta noite. Despeça-se de Léa. Vou deixá-los. Vou desejar boas-festas às suas tias.

AO VEREM-SE SOZINHOS, os dois amigos de infância sentiram-se intimidados.

– Nem sequer cheguei a lhe pedir notícias de Raul. Como ele está? Onde está?

– Só sei por um amigo comum que fugiu da Alemanha no ano passado, depois disso não tivemos mais notícias.

– Pobre Raul. Nós nos dávamos tão bem, os três. Lembra-se dos nossos mergulhos no Garonne? Dos nossos passeios de bicicleta pelas colinas?...

– Naquela época, você ainda gostava de nós... Montillac sem você não é o mesmo. Parece que a propriedade se encolheu. As janelas ficam fechadas. Quando Ruth e Camille saem, tem-se a impressão de que andam na ponta dos pés. Parecem passar a vida à espera. Desde que Mathias partiu para a Alemanha, Fayard não diz nada. De tempos em tempos o vemos nas vinhas, dando ordens ríspidas. Está com mania de trabalhar à noite e de fazer umas rondas, com um candeeiro na mão. E trata a mulher como a um cão.

– E Laurent?

– Faz muito tempo que não o vejo, mas sua rede é ativa, uma das mais ativas do Sudoeste. Eles participam de tudo o que é perigoso. É melhor que ele não se deixe agarrar, porque os alemães não caem de amores por ele. Parece que vem em pleno dia visitar a mulher e o filho, sem nenhuma proteção. Bem que gostaria de trabalhar com ele, mas Trinidade precisava de mim aqui em Paris... Lembra-se de quando íamos para a floresta?

– Tudo isso agora é passado e eu me sinto tão velha! E tenho muito medo, se você soubesse como tenho medo!

– Mas não se percebe – disse ele, puxando-a para si. – Você não mudou nada, mas está cada vez mais bonita. O seu olhar, talvez... sim, seu olhar mudou muito, um pouco mais duro, um tanto mais inquieto. Você devia voltar para Montillac e deixar por aqui tudo isso. Esperar tranquilamente que a guerra acabe.

– Esperar tranquilamente!... Mas você se julga em outra época, meu pobre amigo. Esperar o quê? Que eles continuem a roubar o país, a torturar nossos amigos, a perseguir Laurent e tio Adrien? Se não se fizer nada, então é que eles nunca mais irão embora. Não quero esperar, quero viver, percebe, viver, não quero mais vê-los aqui. Depois que partiram de Montillac, com Ruth e Sidonie, fizemos uma grande faxina. Ah! Se tivéssemos podido purificar a casa com fogo! Françoise não compreendia e só dizia: "Mas as grandes faxinas da primavera já foram feitas!..." No princípio eu me dizia: é preciso habituar-me à sua presença. É normal, visto que se perdeu a guerra. Depois, pouco a pouco, falando com Camille, escutando a Rádio Londres e, sobretudo, ao ver que a maioria dos nossos parentes, dos nossos vizinhos, vergavam a espinha, tive vergonha. E agora, quando penso no que fizeram a Sarah, gostaria de pegar um fuzil e lutar.

– Não é lugar para uma mulher.

– Como você é antiquado! Não seria a primeira vez que mulheres participariam de uma guerra.

– Eu não queria que lhe acontecesse nada...

Bateram à porta. Era Françoise.

– Tia Albertine mandou-me chamá-la.

Saiu sem esperar resposta.

– Tenho de ir. Cumprimente as senhoras Montpleynet por mim. Agora deixe-me. Tenho de decorar as recomendações de Trinidade.

– Dê-me um beijo e procure me dar notícias de vez em quando.

Aquele beijo recordou-lhes o verão de 1939, no terraço de Montillac, quando sua principal frase era: "O que vamos fazer de interessante hoje?" Abraçados e recordando o passado, não viram a porta abrir-se e François Tavernier entrar. Ele sorriu ao ver os jovens abraçados. Sem barulho, retirou-se.

– Eu a amo, Léa!

– Eu sei, queira-me bem, preciso disso.

– Tal como a conheço, não lhe faltarão apaixonados, a começar por François Tavernier.

– Você não vai ficar com ciúmes. Não é hora para isso.

– Tem razão, sou como Raul. Não posso ver outro homem lhe fazendo a corte.

– Você e seu irmão foram sempre dois tolinhos – disse ela com ternura.

– Até logo, Léa. Seja prudente.

– Até logo, Jeannot, você também, seja prudente.

Depois de um último beijo, Léa reuniu-se à família. Dez minutos depois, Jean Lefèvre deixava a rua da Universidade.

NA SALETA ONDE a família fazia as refeições, Albertine e Lisa, enquanto esperavam pelo jantar, ouviam mensagens pessoais vindas de Londres.

"O caranguejo vai encontrar as serpentes."

"Segui com um passo sonhador o caminho solitário."

"Nós dizemos: segui com um passo sonhador o caminho solitário."

"Maurice passou um bom Natal com seu amigo e pensa nas duas mimosas que vão florir."

– Ficamos contentes por ele – comentou Lisa com um sorriso.

7

Léa começava a se impacientar. Estava há oito dias sem notícias de François Tavernier. Sarah ainda estaria presa? Teria Jean conseguido chegar a Vendée? Até o silêncio de Raphaël a inquietava. Sem se conter mais, resolveu ir à rua de Saussaies.

Sua juventude, sua beleza e a aparente timidez que demonstrou anularam toda a desconfiança e curiosidade do oficial alemão que a recebeu. "Sarah Mulstein?...", aquele nome dizia-lhe alguma coisa... "Ah!, sim, aquela judia que lhe haviam trazido ferida. Não, já não estava ali. Que fosse procurá-la na avenida Henri-Martin, número 101; aí talvez lhe pudessem dar mais informações, se não, que voltasse ali, talvez ele pudesse fazer alguma coisa... É normal ajudar uma moça tão bonita..." Léa agradeceu.

Na rua, subiu em sua bicicleta e dirigiu-se para a avenida Marigny e depois para os Champs-Élysées. Na rótula, um agente sobre o alto estrado, rodeado por uma proteção de pesados painéis de sinalização alemã, controlava um trânsito inexistente: algumas bicicletas, raros carros, pedestres apressados, apertando friorentamente seus casacos finos demais. Um chuvisco tornava a calçada escorregadia. No alto da avenida, o Arco do Triunfo da Étoile erguia-se, símbolo irrisório no céu cinzento. Abatida, Léa não quis seguir por aquele caminho e voltou para a avenida Montaigne. Na praça Alma, a chuva recrudesceu. Na avenida Henri-Martin, prendeu a bicicleta às grades do jardinzinho do prédio, sob o olhar indiferente de um pedestre. À entrada, tirou a boina, ajeitou o cabelo e limpou com o lenço o rosto e as pernas.

Surpresa, olhou em volta. Tudo estava calmo, burguês, nada que indicasse uma presença alemã. Não podia ser ali que se praticavam os horrores descritos por Tavernier. Depois da saleta da *concierge*, uma grande porta envidraçada conduzia ao interior do prédio. Léa parou, indecisa, no meio da entrada de mármore. À sua direita uma bela escadaria de madeira escura com corrimão de grade conduzia aos andares superiores. Para sustentá-la, uma cariátide de rosto altivo e seios proeminentes, cuja madeira luzidia mostrava a que ponto as mãos dos locatários e suas visitas tinham passado por eles. À frente, a grade trabalhada do elevador estava iluminada pelos vitrais de uma janela alta. Dois grandes degraus de madeira com ângulos arredondados conduziam a uma porta de batente duplo, onde se fixava uma pequena placa de cobre. Léa aproximou-se e leu: "Serviço Econômico Francês. Escritório de Vendas." Que significaria aquilo? Julgara compreender que fora para o térreo que haviam levado Sarah. Aquelas palavras, porém, diziam-lhe alguma coisa. François falara sobre o escritório de vendas. Mas o que ele tinha dito? Cansada e transida, sentou-se nos primeiros degraus e apoiou a cabeça na da cariátide.

Um dos batentes da porta abriu-se bruscamente e um homem apareceu, atirado por mãos invisíveis. O infeliz perdeu o equilíbrio e foi estatelar-se nos ladrilhos da entrada. Apesar da penumbra daquele lugar, Léa notou que suas mãos estavam atadas nas costas e de seu rosto inchado corria sangue, que manchava o mármore branco e dourado. Quase ao mesmo tempo, saíram dois homens. Riam enquanto abotoavam os casacos. O mais novo deu um pontapé no corpo estendido, agitado por tremores.

– Ande, malandro, levante-se. Agora que já nos contou tudo, não precisamos de você. Vamos levá-lo a Fresnes.

– Vocês tinham prometido – disse o prisioneiro, erguendo-se.

– Prometido o quê?

– Que deixariam minha mulher e minha filha em paz.

– Promessas, promessas, não se para de fazer promessas por aqui, mesmo que o chefe nos repreenda.

– Oh! Não! Não é verdade! – berrou ele, reabrindo um ferimento mal fechado em sua boca.

– Vá, ande, levante-se... O chefe não tem certeza se você nos disse tudo.

O pobre tipo arrastou-se aos pés de seus carrascos irritados.

– Juro que lhes disse tudo, dei os nomes, os códigos, tudo! – gritou ele, soluçando.

– Basta! O carro está à nossa espera... Acabe com esse choro de mulher, que está chamando a atenção. Lágrimas num homem me enjoam. De pé...

– Levante-se, estrume – disse o outro –, você não está mesmo pensando que vamos levar uma amiguinha, não é mesmo?

Os soluços cessaram de repente. Léa, agachada atrás da estátua, viu aquele ser, que parecia ter perdido toda a dignidade, levantar-se, primeiro de joelhos, depois numa perna e a seguir na outra, vacilante mas em pé, horrível, miserável, com os olhos meio fechados pelas pancadas, o lábio inferior rasgado e pendente, o pescoço com um sinal de estrangulamento; das mãos atadas faltavam-lhe as unhas. Passou lentamente diante dos torturadores e, ao parar diante do mais velho, escarrou-lhe na cara.

Logo surgiu uma arma na mão do companheiro.

– Deixe, Bernard, ele ficaria muito contente se você o liquidasse.

Com pontapés e murros, saíram do prédio.

Foi o barulho do elevador que despertou Léa de seu entorpecimento. Levantou-se de um salto. Já era tempo. Duas mulheres elegantes saíram rindo. Ao mesmo tempo, uns senhores bem-apessoados tocaram à porta do escritório de vendas. Nenhum deles reparou no sangue no chão.

Léa, como que pasmada, continuava em pé, diante daquela porta.

"Tenho de ir embora", dizia para si mesma, incapaz de se mexer, como se esperasse qualquer acontecimento que lhe permitisse compreender, não o que acabava de ver, mas o porque do que vira. Sentia que não devia continuar ali. Ninguém notou sua presença. Devia fugir o mais depressa possível, senão iriam apanhá-la e fazê-la sofrer o mesmo que Sarah e aquele desgraçado que havia caído a seus pés.

Sempre imóvel, nem ouviu a porta envidraçada abrir-se. Quando se voltou para partir, um homem muito bem-vestido, não muito alto, magro, de cabelos escuros, meticulosamente penteados, fumando nervosamente um grande charuto, pousava nela seus olhos verde-acinzentados.

– Sem dúvida, procura alguém, senhorita, poderei ajudá-la?

O tom era cortês, mas a angústia travava-lhe a garganta.

– Parece que lhe provoco medo. Tenho um ar assim tão mau?

Não, ela fez com a cabeça, tentando restabelecer as ideias e dizer qualquer coisa. Seus olhos encontraram a placa de cobre: "Escritório de Vendas." O que François Tavernier lhe contara veio-lhe à memória.

– Disseram-me que aqui se compravam metais preciosos.

– É verdade. Tem alguma joia para vender?

– Sim, é isso, joias de família.

– Compreendo, senhorita, os tempos estão difíceis neste momento e, às vezes, somos obrigados a nos separar das joias de que mais gostamos. Entre, e verei o que posso fazer por você.

Abriu a porta com a própria chave e afastou-se para deixá-la passar. Muita gente se aglomerava na grande entrada: os tais senhores bem-apessoados de há pouco, homens com paletós deformados por uma arma, três mulheres vestidas de preto, chorando, sentadas a um canto. Em frente a elas, um rapaz, de pés e mãos atados, estendido no chão, com uma bandagem suja na testa, parecia dormir. Uma mulher de casaco de pele com uma espécie de coque de cabelos untados ria muito alto. Uma jovem em lágrimas, com as vestes rasgadas, foi trazida de um quarto e arrastada para outro, apesar de seus protestos. Cada uma das pessoas presentes fingiu não perceber nada.

Léa voltou-se repentinamente.

– O que se passa aqui? Quem é essa gente? O que estão fazendo com aquela moça? E quem é o senhor?

– É verdade, desculpe-me, esqueci-me de me apresentar: Christian Masuy, diretor do Serviço Econômico Francês. Aqui está meu cartão. Quanto às pessoas que estão ali, é porque têm alguma coisa para vender, tal como você. Se quiser seguir-me até meu gabinete, chamarei meu secretário.

O gabinete de Masuy era uma grande sala iluminada. Uma varanda dava para o jardim que bordeava a avenida Henri-Martin. As madeiras eram belas, assim como a imponente lareira de mármore; uma enorme escrivaninha, maciça, onde havia o retrato de uma mulher e duas crianças, pesadas poltronas de couro e um sofá Chesterfield compunham o mobiliário. A temperatura era agradável.

– Sente-se, por favor. Quer beber alguma coisa?... Talvez um pouco de champanhe lhe faça bem... Fique à vontade. Tire esse casaco molhado, ou vai adoecer. Aqui também não está muito quente. Mas, que quer, é a guerra! Vou acender a lareira.

– Obrigada, não é preciso, não estou com frio.

– Vamos, seja razoável e tire o casaco.

O tom mudara. Léa obedeceu. Naquele instante, um bigodudo de cerca de 50 anos, meio careca, com sobrancelhas carregadas sombreando os olhos claros, entrou.

– Bom dia, senhor. Chamou-me?

– Entre. Apresento-lhe a senhorita... De fato, como se chama?

Apanhada de imprevisto, Léa balbuciou:

– Delmas.

– Senhorita Delmas, muito bem. A senhorita Delmas teria algumas joias para nos propor... Veremos isso com ela. Enquanto esperamos, acenda a lareira, porque gelamos aqui.

– Mas, senhor, os aquecedores estão escaldando.

– Não discuta, faça o que lhe digo.

Enquanto Humbert ocupava-se da lareira, Masuy abriu a porta da sacada, debruçou-se e trouxe uma garrafa de champanhe.

– Não encontrei melhor geladeira nesta estação – disse ele, com ar triunfante.

De uma gaveta da escrivaninha tirou duas taças.

– Não, obrigada, para mim não – disse Léa.

– Se não aceitar beber comigo considerarei uma ofensa. Os melhores negócios concluem-se em volta de uma mesa, com uma taça na mão.

Resignada, Léa viu-o derramar o líquido borbulhante. Sua mão já não tremia quando segurou a taça que ele lhe estendia.

– À sua saúde; que este novo ano de 1943 lhe seja propício. Verá que, no negócio que vamos fazer juntos, ganharemos muito dinheiro.

– À sua, senhor. Eu não quero me lançar nos negócios, sou muito ignorante. Apenas desejo desfazer-me de algumas joias e peças de prata para poder ajudar minha família.

– Traz consigo os objetos em questão?

– Não, porque não sabia o que devia fazer nem se o endereço estava correto.

– A propósito do endereço, quem lhe deu este?

Ah! Era a pergunta que ela temia desde o princípio. Bebeu uns goles, tentando encontrar uma resposta.

– Ouvi uma de minhas amigas mencionar o escritório da avenida Henri-Martin, mas não me lembro em que circunstância.

– Humbert? Acabou de acender o fogo? Pode ir embora.

– Está bem, senhor.

Quando ia sair, alguém entrou, empurrando-o. O secretário só teve tempo de esboçar um gesto.

O reflexo de Masuy tinha sido mais rápido do que o de Humbert. Quando o intruso chegou diante da escrivaninha, ele já se encontrava com uma pistola em punho.

– Eh! Então, Christian, já não se conhecem os amigos?

– Os meus amigos, em geral, não entram aqui dessa maneira. Teve muita sorte de não receber uma bala no meio dos olhos. Sou bom atirador, já sabe.

– Desculpe-me...

– De resto, creio já ter dito que não queria mais trabalhar com você.

– Mas não se trata de mim, mas de minha amiga aqui presente.

– Que está dizendo? Esta moça é sua amiga?

Léa nem acreditava... Raphaël Mahl!... Ele a teria seguido?...

– Tinha um encontro marcado com ela.

– Senhorita Delmas, é verdade?

– Sim, e como não o vi, nem sabia o que fazer.

Os olhos verde-acinzentados olhavam um e outro, desconfiados.

– Eu a tomei por uma moça decente e afinal é amiga de Raphaël Mahl!... Não quero acreditar.

Apesar da tensão que reinava, Léa esteve prestes a cair na risada; era quase palavra por palavra o que lhe dissera Richard Chapon a propósito do escritor. Decididamente, fosse em que meio fosse, seu amigo Raphaël não tinha boa reputação.

– Conhecemo-nos há muitos anos. Ele aconselha-me nos negócios.

– E continuaram a ter boas relações?...

O espanto do homenzinho era tão sincero que Raphaël e Léa desataram a rir. Aquela alegria exasperou Masuy, que deu um murro na mesa. Isso só teve um resultado, Léa ria a valer.

– Meu pobre Raphaël, mesmo aqui desconfiam de você, é muito engraçado!

– Eles têm razão para isso! Conhecem-me bem... Não é verdade, meu caro?... Já não posso mais, permita-me sentar...

– Pare com isso, você é grotesco!

– Já há muito que sei... Esta gente aqui aborrece-me tanto como eu mesmo... portanto, vale mais rir, não acha?... Que cara está fazendo!... Não faz nem um minuto estava todo corado, agora está verde... Devia rir mais vezes, é bom para o tom de pele. Olhe para nossa bela amiga, é o humor que a torna tão fresca... Vamos, basta de gracejos, viemos para discutir negócios. Sabe que eu sou perseguido pela polícia francesa e por seus companheiros da Gestapo, e já não posso me dedicar ao meu frutuoso comércio. Mas você me conhece, os meus amigos são sagrados, se lhes posso ser útil, não hesito. Portanto, quando a senhorita Delmas me pediu que lhe vendesse um diadema de diamantes, pensei logo em você.

Léa fechou os olhos à evocação dos pretensos diamantes.

– Diamantes? – disse Masuy, voltando a sentar-se. – Julguei que se tratava de algumas bugigangas. Eu as compraria para ser útil a uma moça tão encantadora. Mas diamantes!... Quando os poderei admirar?

– Primeiro tenho de convencer minha família a me confiá-los.

Masuy deitou-lhe um olhar cúmplice.

– Compreendo perfeitamente, senhorita. Volte a me procurar rapidamente. Mas venha sozinha, sem este escroque.

– Meu caro Christian, que rancoroso é!... Não são uns pequenos mal-entendidos que vão continuar a aborrecê-lo!

– O que você chama "pequenos mal-entendidos" custou-me mais de um milhão de francos.

– Não tive sorte. Fui enganado! Você vai ver, depois do negócio com a senhorita Delmas, vai me agradecer.

Léa tinha se levantado para sair. Amável, Masuy ajudou-a a vestir a japona.

– Até breve, senhorita, fico esperando sua visita. Adeus, Mahl. Lembre-se de que, quanto menos eu o vir, melhor para você.

– Sou um grande desconhecido – disse ele num tom dramático ao sair da sala.

A entrada agora estava cheia de gente, a maioria em pé. Alguns precipitaram-se:

– Senhor Masuy, tínhamos marcado um encontro!...

– Já pensei, senhor Masuy, dou-lhe pela metade do preço...

– Suplico-lhe, senhor, tem notícias de meu marido?...

– O que vai ser de mim, prenderam meu filho!

– O senhor tinha me dito para voltar aqui se visse algo suspeito nos meus vizinhos. Ouvi falar inglês em casa deles, é estranho, não acha?

– Tenham paciência, meus amigos, todos serão recebidos.

Uma tristeza receosa apoderou-se de Léa.

Por que Raphaël Mahl lhe apertava a mão com tanta força? Até a machucava... Léa o olhou, quase protestando. O que ele observava? Não aquela mulher de cara inchada, com os longos cabelos negros molhados... não era...

– Distraia a atenção de Masuy e de seus homens – murmurou Raphaël entre os dentes.

A bolsa de Léa rolou pelo chão, espalhando tudo o que continha.

– Não há problema – disse Masuy, abaixando-se –, vamos ajudá-la a recolher todas essas bugigangas.

Nunca pensara que sua bolsa tivesse tanta coisa. Quando aqueles amáveis cavalheiros se levantaram, estavam todos vermelhos.

– Muito obrigada, meus senhores.

– Tome, Léa, aqui tem seu batom.

– Mas...

– Custou-me muito pegá-lo, estava escondido debaixo do banco.

Compreendendo de repente, enfiou na bolsa aquele batom que sabia não lhe pertencer.

A CHUVA TINHA parado, Léa afastou a bicicleta da grade e partiu sem se preocupar com Raphaël Mahl.

– Ei! Espere por mim...

Depressa chegou junto dela, montado numa bicicleta.

– Não fuja assim, temos muita coisa a nos dizer.

– Deixe-me em paz, não tenho nada a ver com você.

– Está enganada. Primeiro, deve-me agradecimentos. Sem a minha intervenção, talvez tivesse conhecido os métodos de meu amigo Masuy.

– Não duvido que conheça bem seus métodos, talvez mesmo lhe tenha dado uma ajuda de vez em quando.

– Pense o que quiser. Em todo caso, é preciso ser completamente doida para vir se lançar na boca do lobo. Mas, afinal, o que veio fazer ali? É verdade essa história das joias?

– É tão verdade como a dos diamantes. O que deu em você para inventar semelhante história? Agora ele vai querer me ver.

– Eu o conheço bem. Os diamantes são sua paixão. Era o único meio de ele não lhe fazer perguntas comprometedoras. Léa, peço-lhe, não vá tão depressa, já não tenho 20 anos, e não posso acompanhá-la.

– Isso vai fazer-lhe bem, come muito e está muito gordo, como um porco antes da guerra.

– É cruel. No entanto, é preciso que eu lhe fale tranquilamente.

– De bicicleta, o meio da avenida Henri-Martin não é o lugar ideal para estarmos ao abrigo de ouvidos indiscretos?

– Tem razão, mas estou cansado. Antes de pararmos, responda-me: o que ia fazer naquele local?

– A mesma coisa que você, segundo me parece: saber notícias de Sarah.

Durante alguns instantes, pedalaram em silêncio. Chegaram ao largo do Trocadéro. A chuva voltava a cair. Amarraram as bicicletas junto a uma árvore, depois correram até o café mais próximo. Instalaram-se na sala do fundo, ainda quase vazia.

– Estou com fome – disse Léa.

– Tem senhas?

– Tenho algumas, por quê?

– É a única maneira de nos darem de comer. E não se pode queixar, porque aqui ainda é tragável. Garçom, por favor!

Um criado idoso, com corpo envolto num grande avental branco, chegou arrastando os pés.

– Ao senhor e à senhora, o que posso servir?

– A senhora tem fome, poderá recomendar-nos o prato do dia?

– Isso depende!...

– Mas nós temos senhas.

– Não duvido... porque aqui, sem senhas, não se come.

– Quer isso dizer que com senhas e mais alguma coisa pode-se obter uma refeição melhor?

– O senhor compreendeu perfeitamente e o "mais alguma coisa" é importante, pode-se arranjar uma refeição melhor, e mais abundante.

– Isto é uma vergonha! – disse Léa.

– Cale-se, vai vexá-lo – disse Raphaël em voz baixa. – Tem algum dinheiro? Porque, neste momento, minhas finanças estão em baixa.

Léa remexeu nos bolsos da japona e retirou umas notas amarfanhadas, que lhe estendeu.

– Será o suficiente?

– Com o que me resta talvez possa dar. – Raphaël entregou uma nota ao funcionário, que se apressou a escondê-la no bolso, levando para a caixa as senhas de alimentação. Da cozinha eles ouviram-no gritar:

– Dois pratos do dia, como para doentes.

Léa levantou-se e aproximou-se do fogão de cobre no centro da sala. Tirou a japona úmida e a colocou no espaldar de uma cadeira, perto do fogo. Nesse momento receou que Raphaël Mahl se aproximasse, mas ele ficou sentado, fumando, perdido nos próprios pensamentos.

Léa pensava: se Raphaël é inocente na prisão de Sarah, como me afirmou François, o que ele estava fazendo ali? Eu bem vi, quando apanhava minhas coisas, que ele se aproximou dela e lhe falou, enquanto ela lhe entregava alguma coisa... o batom, com certeza. Visivelmente, em nenhuma ocasião ela supôs que ele a teria denunciado...

– A senhorita está servida!

– Obrigada.

Sobre a mesa, fumegava uma pequena caçarola com menos da metade daquilo que se pode chamar um guisado. Mas cheirava bem.

– É lebre de contrabando – murmurou o criado, enquanto os servia.

Lebre ou não, dava para comer, tal como se bebia a reserva do patrão.

– Talvez eu tenha um meio para tirar Sarah dali...

– Como?

Raphaël olhou à sua volta, a sala enchia-se pouco a pouco com os empregados dos escritórios do bairro.

– Há muita gente. Coma depressa. Eu lhe direi num lugar mais tranquilo.

À sua volta, as pessoas empurravam-se rindo e gracejando. Perto de sua mesa vieram instalar-se quatro moças com capuzes de lã de cor viva, combinando com as luvas e as meias, que as faziam parecer alegres duendes. Tiraram seus casacos e capas pesadas de chuva. Apesar das restrições de tecidos e de seus salários, que deviam ser mínimos, os vestidos eram bonitos e caíam-lhes bem. Léa lhes lançou um olhar de inveja, comparando com sua roupa cinzenta que pertencera à mãe. Aquele olhar não escapou a Raphaël.

– Está muito elegante assim, isso lhe dá um ar de ratinho ajuizado, o que não é habitual. Com os seus cabelos, as cores berrantes lhe dariam mau aspecto.

– Eu preferia ter mau aspecto, como diz, a ter o ar de boa freira sem hábito. Devia ter posto minha camisola de angorá cor-de-rosa.

– O que eu gosto em vocês, mulheres, é que, nas piores situações, pensam em combinar cores, em usar a bolsa e os sapatos condizentes. São como as crianças: choram a sorte de um amigo e dois minutos depois falam banalidades.

Acabaram o guisado de lebre.

A sala agora estava cheia, o barulho era ensurdecedor. Raphaël chamou o garçom e pagou a conta.

PARARA DE CHOVER. Um sol frio tentava perpassar as nuvens, dando um ligeiro brilho às gotas que caíam das árvores. Léa dirigiu-se para a bicicleta.

– Não, deixe-as, agora não precisamos delas.

– Por quê?

– Vou levá-la a um lugar onde poderemos conversar tranquilamente. O bairro está infestado de espiões dos diferentes serviços da polícia alemã e francesa. Nada nos assegura de que não fomos seguidos. Num cemitério, será mais fácil perceber.

– Num cemitério?...

– Sim. Vê aquela grande parede ali em frente? É a do cemitério de Passy. A esta hora e com este tempo está quase deserto. Venha, não percamos tempo, a vida de Sarah depende disso.

Foi o argumento que fez Léa decidir-se a segui-lo.

Raphaël parou na loja do florista, situada à entrada do cemitério, e comprou um ramo de violetas.

– É para parecer mais verídico – disse ele.

– É a primeira vez que entro num cemitério parisiense – disse Léa, ao passar sob a entrada.

Olhou em volta: o pátio pavimentado, os jazigos brancos. Um jovem guarda com um rosto feminino saiu do portão e os olhou. Raphaël deu o braço à sua amiga.

– Não tenha medo, é um dos meus jovens amantes. Está simplesmente surpreso por me ver com uma mulher.

Enquanto falavam, subiram à direita a pequena ladeira. Léa, espantada, contemplava a necrópole.

– Como estas capelas são pretensiosas! Olhe esta, é incrível. Quem estará ali enterrado?

– Uma moça estranha, Marie Bashkirtseff; morreu tuberculosa aos 24 anos. Era pintora, da escola de Manet. Depois de sua morte publicaram seu diário e seus cadernos íntimos; você deveria ler...

Contornando as poças de água, chegaram ao fundo do cemitério. Várias vezes, ao mostrar um jazigo a Léa, Raphaël se voltara para ter certeza de que ninguém os seguia.

Deixou-se cair num banco de pedra, à beira do caminho, e tirou o chapéu dando um grande suspiro de alívio.

– Ufa! Entregue-me o batom. Contém as indicações sobre o local onde Sarah fica presa durante a noite, e o nome da pessoa que toma conta dela.

 – Toma conta dela? – disse Léa, remexendo na bolsa.

– Evidentemente, não vai pensar que podemos tirá-la dali, das patas de Masuy, sem cumplicidade no interior.

– Eu não sei de nada, pensei que se pudesse atacar o escritório com toda a gente do grupo.

– Eles foram todos presos.

– Todos?

– Todos, com exceção de dois. Isso lhe interessa? Você os conhecia?

– Não, não!

– Tanto melhor. Sarah, não fui eu quem a denunciou, foi ela sozinha, com sua imprudência. Em contrapartida, o resto do grupo foi preso graças às minhas denúncias.

Embora não se admirasse realmente com o que Raphaël dizia, recebeu a confirmação de sua denúncia como um choque. Empalideceu tanto que julgou que iria desmaiar. Ele avançou a mão para ampará-la. Ela, porém, recuou:

– Não me toque, senão eu grito. Você me causa repugnância...

– Depressa, finja que vai passar batom...

– Mas...

Um casal de luto passou, olhando-os.

– Perdoe-me, mas desconfio de todas as pessoas neste momento. Dê-me o tubo.

– Quem me diz que não vai servir-se dele contra Sarah?

– Minha pobre pequena... dê-me. Vigie à sua volta.

De costas diante de uma árvore, retirou a pasta vermelha, depois, com a ajuda de um fósforo, desembrulhou nervosamente um papelzinho.

Com o nariz metido no ramo de violetas, Léa estava de vigia. Quando terminou sua leitura, Raphaël parecia pensativo.

– Então?

– Então?... Se isto der certo, não dou muito pela minha pele... Se falhar, também não... Ufa! Joguemos até o fim...

De qualquer maneira, o cerco se fecha. Franceses ou alemães, acabarão por me apanhar...

– Se pensava isso, por que denunciou os outros?

– Venha, caminhemos, não fique aí parada. Bem sabe, minha amiga, que os da minha espécie e estirpe passam por não ser muito corajosos, sobretudo se os interrogam mostrando-lhes um instrumento cortante, muito brilhante e afiado, tirado dum estojo de cirurgião. A vista de um escalpelo sempre me provoca intensa emoção, particularmente se me descrevem o que ele pode fazer. Acreditando não terem sido bastante convincentes, levaram-me a um porão, no bairro de Lannes, onde jaz um infeliz a quem cortaram as pálpebras... Como ele ainda não falara, eles propunham-se cortar-lhe o nariz e depois a cara. Quanto às orelhas, julgo que já o tinham feito...

– Por que me conta todos esses horrores, saídos diretamente de sua imaginação de escritor medíocre?...

– Minha querida, pode dizer-me tudo, tratar-me de velho maricas, de judeu porco, de colaborador, delator, ladrão, mas escritor medíocre, nunca. O meu talento é a única coisa que há de bom em mim, não o difame.

– Pouco me importa seu talento, isso não o autoriza a contar-me as hipotéticas torturas cometidas pelos alemães.

– E quem lhe diz que são cometidas só pelos alemães?

De espanto, Léa parou e deixou cair o ramo de violetas na lama. Raphaël apanhou-o e lhe estendeu, dizendo:

– Pobre garota... Mas, enfim, o que pensa? Este país está ocupado há dois anos; Pétain, Laval e consortes recomendam a colaboração. Alguns colaboram, realmente, nem sempre de boa vontade, isso é verdade, mas esses são por vezes os mais ferozes.

– O que diz?

– Há pouco, ao deixar a avenida Henri-Martin, não reparou num belo rapaz, alto, que entrava?

– Não, não estava com disposição para reparar nos rapazes bonitos.

– Foi pena, talvez lhe viesse a ser útil. Veja se se lembra, ele afastou-se para deixá-la passar.

– Ah! Sim, talvez... Sim, já me lembro. Achei que ele se parecia com Mathias, um amigo de infância.

– Bem! Consegue lembrar-se de seu rosto? Simpático, com uns belos olhos e uma boca...

– Aonde quer chegar?

– Esse rapaz simpático era bombeiro da cidade de Paris. Sem ser da resistência, era, no entanto, simpatizante e, nos bares, não se privava de dizer o que pensava da guerra, da Ocupação, e até de Londres. Um dia, num balcão, um homem meteu-se na conversa. Rapidamente, ambos acabaram trocando umas palavras bastante antialemãs. Esse homem, que dizia chamar-se Lescalier, confiou-lhe que pertencia a um grupo de resistência belga, que procurava armas e que estava pronto a pagar caro por elas. O belo rapaz aceitou recebê-lo na semana seguinte. Pontual ao encontro, trouxe-lhe cinco revólveres, não muito novos, mas que funcionavam perfeitamente.

– Como ele os arranjou?

– Por um camarada de caserna de Saint-Ouen. Lescalier deu-lhe 200 francos e perguntou-lhe se poderia fornecer mais. Deixou-lhe o número de seu telefone, dizendo que telefonasse, se os conseguisse. Alguns dias mais tarde nosso bombeiro encontrou-se com ele na praça da Bastilha, com dois dos seus companheiros que deviam trazer-lhe as armas. Logo que chegaram, os três jovens foram presos e levados para o hotel Eduardo VII, onde ficam os escritórios da Abwehr, o serviço de informações alemão. Nesse gabinete, encontrou Lescalier, ou Masuy, se assim prefere. Desde 1940, Masuy é o grande agente da Abwehr. Ele tem uma grande qualidade: sabe logo julgar as pessoas. Ao nosso homem, propôs-lhe um negócio: ou aceitava trabalhar para os serviços alemães, ou seria deportado. O outro não hesitou: na mesma noite foi solto.

– E avisou a seus chefes?

– Não, voltou para a caserna como se nada tivesse acontecido. Seus superiores tiveram dúvidas e interrogaram-no. Ele contou tudo, menos a razão por que tinha sido solto. Isso lhe valeu um mês de prisão, durante o qual Masuy lhe fazia visitas, levando-lhe cigarros. Logo que foi solto, como homem bem-educado, foi pagar-lhe a visita. Voltando à caserna, trabalhou para Masuy por um salário de 2 mil francos por mês. Em 1942, desertou, não sem ter conseguido a prisão de um oficial francês dos serviços especiais, para quem ele havia igualmente "trabalhado", e de mais umas vinte pessoas. Depois, virou homem de confiança de Masuy, seu braço direito. Nos interrogatórios, é ele quem o ajuda ativamente. Lembre-se do nome dele: Bernard Fallot.

– É o homem do bisturi?

– Eu não disse isso. Já está me pedindo demais. Já sabe demais, para sua tranquilidade. Ainda acrescento que ele cedeu facilmente à chantagem, sem grandes ameaças.

– Como isso é possível?

– Julgo que o medo que sentiu o fez perder, depois de uma queda de cavalo, como dizia Jules Renard, todo o sentido moral...

– Como não se envergonha de gracejar com tais coisas?

– Que quer, minha amiga, não sou o único a preferir perder um amigo a perder um gracejo.

Léa abandonou a discussão.

– Ainda não me disse o que tenciona fazer para salvar Sarah.

– Quer realmente saber?

– Quero.

– Não posso lhe dizer. Se fosse apanhada, falaria...

– Mas...

– Com certeza falaria, é uma questão de tempo, de meios, de dosagem. Tudo o que posso lhe dizer é o que depende de você. Olhe, chegamos diante do túmulo ao qual se destinam estas flores.

– Quem está enterrado aqui?

– Pauline Tarn. Esse nome não lhe diz nada, é claro... É uma poetisa lésbica a quem Maurras chamava "a irmãzinha de Baudelaire" e de quem a grande Colette falou tão bem no *Ces plaisirs...* Morreu ainda jovem, minada pelo álcool e pelas drogas. Foi com o nome de Renée Vivien que ela publicou, por conta própria, na maior parte das vezes, seus poemas, alguns belos e comoventes, como ela.

Dá-me os teus beijos amargos como lágrimas,
À noite, quando as aves se atrasam nos seus voos.
A nossa união sem amor tem o encanto
Das rapinas, o atrativo esquivo das violações.

– Tal como eu. Essa mulher, que só amou mulheres, fala como eu falo dos homens. Escute estes versos:

Tenho a emoção do ladrão perante uma presa rara,
Durante a noite, a febre na qual o teu sorriso empalidece...
A alma dos conquistadores, brilhante e bárbara,
Canta no meu triunfo ao sair do teu leito!

– Nada mal! Que acha?

Léa sacudiu a cabeça e disse, com um sorriso desolado:

– Tenho certeza de que no seu leito de morte ainda falará de literatura.

– Que o céu a ouça, é a única coisa por que vale a pena viver.

Atirou o ramo de violetas através das grades sobre as quais apoiou a cabeça.

– Reze por mim, irmãzinha esquecida... – Depois, sem mudar de posição – ... Léa, escute-me com atenção. Se tudo correr bem, daqui a dois dias Sarah estará livre, mas muito maltratada. Depois de amanhã, às três e meia, esteja junto do florista à entrada do cemitério. Uma bicicleta-táxi, de capota cinzenta e amarela, vai parar ali. Você sairá da loja e irá ajudar uma senhora de luto a descer. É Sarah. Pagará o táxi. Dê-lhe o braço e entrem no cemitério. O jovem guarda, que viu ali há pouco, caminhará até vocês, oferecendo ajuda. Ambos ajudarão Sarah a subir a escada que conduz diretamente ao túmulo de Renée Vivien...

– Para que fazê-la subir a escada?

– É mais perto do que passar pelo caminho, e foi o último jazigo em que descobri aberta a porta da capela. Depois de averiguações, descobri que ninguém vem aqui rezar há muitos anos. O guarda as conduzirá até ali e depois irá embora. No frontão está escrito: Família Maubuisson. Empurre a porta. Eu pus óleo no ferrolho e mandei fazer uma chave, aqui está. Dê a ela.

Léa pegou a chave e a deslizou para o bolso.

– Debaixo do minúsculo altar encontrarão comida, medicamentos e um cobertor. Instale Sarah o mais confortavelmente possível.

– Foi só isto que encontrou para escondê-la? Não tem outro local?

Raphaël Mahl fez um gesto de impotência.

– Também pensei num bordel de rapazes aonde vou, mas não é seguro, os alemães o frequentam às escondidas. Por enquanto, não tenho nada melhor a propor.

Léa suspirou de raiva.

– Seu plano de evasão da avenida Henri-Martin está, pelo menos, em ordem?

– Não completamente.

– Como não completamente?

– O nome que ela me rabiscou é o de um miserável tocador de pífaro. Não sei bem o que se poderá obter dele, mesmo com dinheiro.

– Então, para que prever este cenário macabro, sem saber se vai dar certo?

Ele fez uma cara desolada.

– Não me leve a mal, não tenho nenhum senso prático. Mas este refúgio, organizei-o bem. Prometo que vou tirá-la de lá. Tenho já outra ideia. De qualquer modo, salvo aviso em contrário da minha parte, dentro de dois dias ela estará neste jazigo.

– Morta...

– Não, viva! Quando a instalar, dê a chave a ela e diga que se tranque. Explique que, perto da meia-noite, alguém virá arranhar a porta e dirá: "Tenha calma, ó minha dor, e fique mais tranquila..." E ela deve responder: "Os mortos, os pobres mortos, sentem dores estranhas..."

– Sempre a literatura!

– Poesia, minha senhora, poesia. Nesse momento ela abrirá a porta e seguirá essa pessoa.

– Mas ela vai morrer de medo enfiada ali uma parte da noite!

– Sarah não é mulher para ter medo, mesmo num jazigo, mesmo que haja fantasmas.

– Cale-se, só de pensar nisso...

– Talvez prefira Masuy e a banheira...

– Parece-me que preferiria os fantasmas da família Maubuisson.

– Gosto de vê-la sensata!

– Pare de zombar de mim.

– Compreendeu tudo?

– Sim. No entanto, mais uma coisa. Se, por azar, acontecer de Sarah não sair ou, tendo saído, ser de novo apanhada, eu o considerarei inteiramente responsável e vou matá-lo. A não ser que, por minha vez... o denuncie...

Ele a olhou com ternura.

– Não duvido um instante da força de sua vingança.

8

Quando Léa voltou à rua da Universidade, reinava no apartamento uma agitação excepcional.

Sem lhe dar tempo de despir a japona, Françoise tomou-lhe as mãos e a fez girar, rindo, como costumavam fazer quando pequenas.

De início, Léa tentou afastar-se, mas a irmã conseguiu agarrá-la com força.

– Gire, eu lhe peço, gire...

Então, Léa deixou-se ir: com os braços estendidos, os pés juntos, puseram-se a girar cada vez mais depressa, soltando os alegres gritinhos da infância.

Na velocidade das voltas esqueceram-se de tudo. Desapareceu a parede do saguão! O frio do inverno parisiense! O tempo chuvoso! Com as pálpebras semicerradas, relembraram o sol de Langon, o calor que vinha do terraço, o campo que se estendia até o infinito. Era a voz alegre da mãe que lhes gritava:

– Françoise, Léa, parem, vão ficar tontas!

Oh! sim, com a cabeça a girar, que um grande inebriamento apague as imagens e receios daqueles últimos dias!... Não mais ouvir a rádio de Vichy, a voz melosa de Tino Rossi, que de manhã à noite verbaliza sobre trabalho, família, a lista dos reféns fuzilados. Nunca mais cruzar com crianças e velhos com o distintivo da cruz amarela. Nunca mais imaginar os gritos de Sarah, violada e torturada. Nunca mais se sentir desamparada... e tão só, tão só... Laurent... que aquele turbilhão nunca mais pare. Que os dedos crispados não a larguem. Que o espírito se esvazie, depressa, ainda mais depressa...

– Cuidado, vocês vão cair!...

Françoise e Léa deixaram-se cair, rindo e chorando, cada uma para um lado.

Lisa correu para Françoise, enquanto Albertine se debruçava sobre Léa.

– Estas crianças são loucas, podiam ter-se machucado – choramingava Lisa, contemplando a sobrinha, que continuava rindo, tentando levantar-se.

– Oh! Que rodopio!... Nunca foi tão rápido. Oh! Léa, onde está você? Não vejo nada, tudo está girando... Não para de rodar. Conseguiu se levantar?...

Léa não se mexia. Ficou deitada de lado, com o rosto escondido nos cabelos. Inquieta, Albertine pegou-a pelos ombros e virou-a. Pálida, as narinas arquejantes, com a face inundada de lágrimas, de olhos fechados, parecia desmaiada.

– Depressa, Lisa, vá buscar seus sais.

– Mas por quê? Sinto-me bem.

– Não seja boba, não é para você, é para Léa.

A velha senhora ergueu-se com dificuldade e precipitou-se o mais depressa que pôde. Caiu de joelhos junto da jovem estendida, ergueu-lhe a cabeça com precaução e a fez respirar os sais. Depressa suas narinas palpitaram e franziu o nariz, enjoada.

Por sua vez, Françoise conseguira pôr-se de pé, mas teve de se agarrar à cômoda para não cair. Pouco a pouco a tontura passou.

– Ah! Pela primeira vez ganhei eu, levantei-me primeiro. Ande, faça um esforço!

Mas, ao contrário, Léa concentrava seus esforços para se manter no estado de tontura e de nevoeiro em que se encontrava.

Françoise foi agachar-se diante dela e agarrou-lhe as mãos.

– Léa, ouça o que lhe digo: Otto chega amanhã e vamos nos casar.

Um enorme desgosto apertou o coração de Léa. Mas Françoise tinha um ar tão radiante, tão feliz, que ela escondeu a repulsa e conseguiu dizer quase que naturalmente:

– Estou feliz por você.

– Foi Frederic quem me anunciou. Obteve uma licença por sua boa conduta no front. Vai ficar feliz ao ver o filho.

Totalmente entregue à própria felicidade, a moça nem notara os sorrisos contrafeitos de quem a rodeava.

– Que belo dia!

Léa mordia a língua.

– Oh! Meu Deus, já me esquecia, é hora da mamada.

Com a saia esvoaçante, Françoise, radiosa, saiu.

– Sente-se melhor? – perguntou Lisa.

– Que turbilhão!

Léa levantou-se e apoiou-se por um instante ao umbral da porta.

– Como sua irmã está feliz!

Léa olhou-a de maneira que não deixava qualquer dúvida quanto a Françoise.

A senhora interrompeu.

– Olhe, você recebeu uma carta. Vem da Alemanha...

– Por que não me disse antes?

Léa arrancou-lhe a carta das mãos e precipitou-se para a "sua" poltrona. Olhou para o verso do envelope. Mathias chegava-lhe como os perfumes: os do bosque no outono, dos cachos das vinhas, da água do rio Garonne, quando estava quente e "cheirava a peixe", da umidade das grutas de Saint-Macaire, do musgo do calvário de Verdelais, do feno do celeiro, do suor depois de brincadeiras de amor...

Rasgou o envelope. Tinha uma caligrafia miúda e irregular.

Minha bela Léa,

Soube pelo meu pai que estava em Paris e é para aí que escrevo, para lhe dizer que brevemente terei uma licença. Gostaria muito que já estivesse em Montillac quando eu chegasse.

Estou contente por ter escolhido a Alemanha, contra a vontade de todos. É um povo corajoso, unido em volta de seu chefe, seguro da vitória. Todos os alemães lutam nas cidades e nos vilarejos e já há homens dos 18 aos 60 anos, espalhados pela Europa e África. São estrangeiros como eu, que trabalham nas fábricas e no campo.

Com a primavera, o Exército do Leste vai retomar o comando das operações e, antes do verão, a bandeira alemã flutuará em Moscou e nas grandes cidades russas. Os alemães são os melhores soldados do mundo. Nada poderá vencê-los, são nossa proteção contra os comunistas. Sem o sacrifício deles, seria o fim da nossa civilização. Perdemos a guerra por não termos sabido ver de ONDE VINHA o perigo... Eu faço o que tenho de fazer, o melhor que posso, porque sei que trabalho para a paz do mundo. As pessoas daqui suportam privações que você nem pode imaginar. A alimentação e o vestuário são racionados, e ninguém protesta. Morro de vontade de poder lhe contar tudo isto.

Sei, por meu pai, que as vindimas não foram boas. Parece que por falta de mão de obra as vinhas estão maltratadas. Durante minha licença, darei uma ajuda. Mas será por pouco tempo... Não tenho vontade de me encontrar NUM CAMPO de represálias com prisioneiros russos. Morrem dezenas de milhares de fome e de doença.

Gostaria de apertá-la em meus braços, mas você não perderá nada em esperar!

Agora, até breve.

Mathias

"Que imbecil", pensou Léa.

De raiva, amarrotou a carta numa bola minúscula e jogou-a para o outro lado do saguão.

Como Mathias podia trair daquela maneira? Que tipo de poder o atraía? Léa ficou mais admirada que indignada. O que teria acontecido? Com todas as suas forças, gostaria de compreender...

O TELEFONE JÁ tocava havia muito quando, por fim, Françoise, com o bebê nos braços, atendeu.

– Está... Ouve-se mal, quem está ao telefone?... Quem?... Fayard?... Fayard, é você?... Não compreendo bem. Apresse-se, que vão desligar... O quê? Não é possível, repita... Oh! Não!... Léa, Léa, venha depressa, em vez de ficar nessa cadeira, venha ajudar-me.

Albertine e Lisa vieram dos quartos.

– O que está acontecendo? O que você tem para gritar assim? – perguntou Albertine.

– Senhorita, peço-lhe... Não desligue... Alô, alô... Fayard, ainda está aí? Alô! Mas para onde as levaram?... Para Bordeaux? Avisou o senhor Delmas? Então avise... Alô... Alô, não desligue.

– Pare de chorar. O que aconteceu? – gritou Léa.

Os soluços impediram Françoise de responder. Com a mesma brutalidade de sua infância, Léa agarrou-a pelos cabelos e sacudiu-a com força.

– Fale!

– Laure!...

– Laure o quê?

– Laure... Camille... presas...

– Presas?... Presas por quê? Por quem?

– Pela Gestapo. Foram a Montillac esta manhã para prendê-las, a Camille e a você. Como não estava... levaram Laure...

Os gritos simultâneos de Albertine e de Lisa soaram longo tempo ao ouvido de Léa. Com raiva, empurrou Françoise, que se agarrava a seu braço. Tentava dominar-se, e à onda de injúrias que lhe vinha à cabeça. Para conseguir, voltou-lhe as costas, abriu a porta do salão, que estava fechado por causa do frio e, na semiobscuridade daquele fim de tarde chuvoso, encostou a cabeça contra a vidraça da janela alta que dava para a rua. Pouco a pouco sentiu seu furor acalmar-se, cedendo lugar a um desânimo entorpecedor. Maquinalmente, notou que um homem escondido no umbral de uma porta olhava naquela direção, e pensou, com indiferença: "Agora, talvez seja minha vez."

O que eles poderiam querer da pequena Laure, que gostava tanto do marechal que certa vez até quisera pôr seu retrato sobre piano, na sala? E Camille, tão calma! Camille! Teria sido denunciada por Fayard? Teria sido apanhada enquanto distribuía panfletos ou jornais clandestinos? A não ser que tivessem prendido Laurent. Laurent!...

Sem dar-se conta, encolheu-se no chão, diante da janela, na madeira fria. Quanto tempo teria ficado ali?

Dois braços a ergueram e a levaram para a luz...

Uma vez mais seu pai a encontrara adormecida no celeiro e, apertando-a contra si, a levara até a mãe, murmurando:

– Que bebê gordo!

Como se sentia bem o bebê gordo. Que felicidade! Tinha, enfim, voltado para casa. Ali se encontravam todos! Como receara não voltar a encontrá-los! Mas por que motivo tudo lhe parecia pequeno... tão pequeno... Por que acontecia de a névoa os esconder pouco a pouco?... Não!... Não iriam desaparecer!... Agora não... Restava Laure! Camille e Sarah! Sarah!...

Com um salto, levantou-se.

– Você nos assustou!...

– Está melhor, minha querida?

– Deite-se, precisa descansar.

– Temos de chamar um médico.

– Tia Lisa, não estou doente, isto não é nada. Françoise, o que foi que Fayard lhe disse, exatamente?

– Eu já falei.

– Mas eles não fizeram nada?

– Eles todos protestaram. Ruth não quis separar-se de Laure. Também a levaram.

– E o pequeno Charles?

– Camille confiou-o à senhora Fayard e à senhora Bouchardeau.

– Para onde as levaram?

– Para Bordeaux. Não se aflija, talvez seja um mal-entendido, vamos tirá-las de lá...

– Não se trata de um mal-entendido, você sabe muito bem. Você sempre soube que Camille e eu servíamos de correio, que entregávamos a correspondência e distribuíamos os panfletos.

 – Nada importante.

– Pessoas já foram fuziladas por menos.

– Será que tio Luc continua a ter boas relações com os alemães?

– Julgo que sim, nossa prima casou-se com um deles.

– Temos de procurá-lo. Ele vai conseguir libertá-las.

– Eu vou.

– Não – gritou Françoise. – Não quero, seria muito perigoso para você.

– Como você os conhece bem, irmãzinha, para me dar tal conselho!

– Não me humilhe. Otto não é como eles. Amanhã, ele estará aqui e vai ajudar-nos, tenho certeza.

Na sequência de um atentado contra um carro alemão que, na véspera, tinha causado um morto e dois feridos, o toque de recolher fora antecipado em duas horas. O serão foi longo e sofrido para todos: Françoise e Léa tinham tentado em vão chamar tio Luc Delmas. A telefonista respondia-lhes que as linhas estavam cortadas por tempo indeterminado. Na TSF era impossível captar Londres; era tal o barulho que a voz do locutor estava inaudível. E, para coroar aquele dia, houve, pouco depois da meia-noite, um alerta que precipitou aquelas mulheres cansadas e angustiadas para o porão do prédio, transformado em abrigo. Ali, encontraram os vizinhos, vestidos às pressas, com os cobertores nas costas. Estelle havia levado a garrafa térmica cheia de uma infusão de tília que nunca tirava da sua mesinha de cabeceira, para o caso de uma crise de nervos ou do frio úmido que lentamente as entorpecia. A boa mulher não chegou a servir-se, porque cada um ficou prostrado no seu canto. Apenas o bebê de Françoise manifestou seu mau humor. Felizmente, o alerta foi curto.

9

Cedo, na manhã seguinte, Léa partiu em sua bicicleta à procura de François Tavernier. Não estava em casa. Na rua Saint-Jacques, no restaurante clandestino dos Andrieu, Marthe lhe disse que não o via desde a última vez em que ali estivera com ela. Achando-a de mau aspecto, forçou Léa a engolir um prato de sopa e a aceitar um chouriço de que "depois lhe daria a conta". A amável cozinheira beijou-a nas duas faces, prometendo-lhe que caso visse o senhor Tavernier lhe diria que sua jovem amiga o procurava.

Um tanto reconfortada pela sopa e pelo acolhimento, Léa partiu novamente, pedalando ao acaso pelas ruas, que mesmo o belo sol de inverno não conseguia animá-la, após longos dias de chuva...

Depois do alarme da noite anterior, não conseguira voltar a dormir, remoendo e tornando a remoer tudo o que acontecera no dia, tentando pôr os pensamentos em ordem. Nunca sua impotência lhe havia parecido tão completa. De seu espírito nasciam imagens intoleráveis: Laure violada, Sarah mergulhada na banheira, Camille torturada, Laurent e Adrien fuzilados, a velha Sidonie decapitada, Ruth estrangulada, Charles assassinado e Montillac a arder sob o olhar de Mathias e de Fayard. Em vão tentou ler; as linhas dançavam diante de seus olhos num balé macabro. Não podendo mais, levantara-se e errara até o amanhecer pelo quarto gelado. Logo que amanhecera, havia tentado novamente contatar Bordeaux, sem mais sucesso do que na véspera.

ATRAVESSANDO A PONTE, Léa subiu aos ziguezagues a grande avenida do Trocadéro. Do outro lado da praça, o alto muro que mantinha prisioneiros os mortos do cemitério de

Passy erguia suas paredes cinzentas. O que estava fazendo ali? Cansada pelo esforço, parou diante de uma cervejaria onde havia almoçado com Raphaël Mahl. Havia um grupo de jovens dos liceus, a julgar pelas pastas, fazendo algazarra e ocupando todo o passeio. Empurraram sem querer três soldados alemães. Um deles teve um gesto colérico, que os seus companheiros acalmaram. Atrás de suas costas, os rapazes riam, fazendo o V da vitória.

Aquele gesto irrisório e proibido aliviou de repente a angústia de Léa, que entrou no café com um sorriso radioso.

No balcão, dois operários assobiaram à entrada daquela bela moça, que sorria de olhos brilhantes, faces coradas pelo frio. Com um gesto simples tirou a boina escocesa que lhe prendia os cabelos.

– Ouah!... – fez um dos estudantes que entrara atrás dela. – Eu, Tarzan; você, Jane.

O Tarzan se gabava porque era um magricela com óculos de míope. Ao contrário, Léa, despenteada daquele jeito, tinha na verdade um ar selvagem.

– Está louca em chamar a atenção assim, saia!

De onde surgiu ele? Por que viria estragar um dos raros momentos de prazer?

– Mas, Raphaël...

Sem escutá-la, agarrando-a por um braço, arrastou Léa para a escada da estação do metrô. Na plataforma, depois de se assegurar de que ninguém os via, sentou-se sem fôlego.

– O que foi que lhe deu? Faça o favor de me explicar – exigiu Léa, furiosa.

– Ia estragando tudo... Tenho um encontro para a evasão de Sarah. Felizmente ele não a viu.

– Por que, ele me conhece?

– Um pouco. Você lhe deu mesmo nas vistas.

– Não compreendo. De quem se trata?

– De Masuy.

– De Masuy?...

– Sim, depois de refletir muito, concluí que é ele quem vai nos ajudar.

– Descaramento não lhe falta.

– A palavra impossível não é francesa, minha amiga.

– Como é que fez?

– Falei-lhe dos diamantes.

– Dos meus?...

– Não, dos outros, não queria comprometê-la nesta história.

Léa mal pôde dissimular um sorriso.

– Isso pega?

– Tenho agora um encontro com ele para ver uma amostra, e, se estiver de acordo, deixá-la ir em troca.

– E se não estiver de acordo?

– Eu o conheço, não resistirá a um diamante de 8 quilates, sobretudo se lhe prometer um igual após a fuga.

– Como é que os arranjou?

– Isto é uma história muito comprida. Mas, depois deste golpe, tenho imperativamente de desaparecer.

– Para amanhã, não há mudanças?

– Talvez. Se houver algum problema ou uma mudança, o rapaz do cemitério, lembra-se dele?...

– Sim, claro.

– ... virá entregar-lhe isto – disse ele, arrancando a página do último romance de Montherlant e estendendo-lhe o livro. – Ele lhe dirá o que fazer.

– Mas, a minha bicicleta?

– Dê-me as chaves e o cadeado e eu a deixo em frente à livraria Gallimard.

– Se pensa que é melhor assim...

– Sim, penso. Olhe, aí vem o metrô. Não se esqueça de trocar em Motte-Picquet-Grenelle.

LÉA NÃO GOSTAVA de andar de metrô, sempre cheio a qualquer hora. Sua natureza campestre se perturbava com os cheiros da promiscuidade e, sobretudo, com essa impressão de estar enterrada viva. No vagão, alguns soldados alemães tentavam passar despercebidos, ajudados nessa tarefa pela multidão parisiense, que os ignorava com ar de superioridade. Em Sèvres-Babylone, um homem distribuindo panfletos do Partido Comunista acabava de ser apanhado pela polícia francesa. Um oficial alemão apertava a mão do comissário.

Lá fora, o sol brilhava suavemente, as crianças brincavam no bairro da senhora Boucicaut, as bandeiras do hotel Lutétia continuavam ali.

– VOCÊ NUNCA ESTÁ em casa quando é preciso. Onde esteve? – disse Françoise, com mau humor.

– Há notícias de Laure e de Camille?

– Sim, tio Luc telefonou. Conseguiu que o comissário Poinsot lhe entregasse Laure. Fica responsável por ela até nova ordem. Poinsot disse-lhe que seria melhor para você se voltasse, e ele lhe faria um interrogatório para despistar.

– E Ruth? E Camille?

– Quanto a Ruth, não houve problema, eles nada tinham para censurá-la. Também está em casa de tio Luc.

– E Camille?

Françoise baixou a cabeça, pouco à vontade.

– Levaram-na para o forte do Hâ. O interrogatório será nesta noite ou talvez amanhã.

– Camille não resistirá ao interrogatório... Não há notícias de Laurent e de tio Adrien?

– Nada. A polícia de Bordeaux procura os dois.

– Eu sei.

– O que quer fazer? Ir a Bordeaux?

– Não sei ainda, talvez daqui a uns dias, em todo caso. Também não há notícias de François Tavernier?

– Não. Mas uma pessoa telefonou para você. Uma mulher. Marthe, eu acho.

– Marthe!...

– É sua amiga?

– Não, uma comerciante... Olhe, já ia me esquecendo, ela me deu um chouriço.

– Deu! – exclamou Françoise, com olhos espantados.

– Vendeu, quero dizer.

– Isso também me espanta. Deixe-me ver.

Léa tirou de sua bolsa o chouriço embalado em jornal e estendeu-o à irmã, que o desembrulhou com cobiça.

– Que bonito! Já há muito tempo eu não via um chouriço tão grosso. Estelle, olha o que Léa nos trouxe!

– Meu Jesus! É magnífico... Minhas senhoras, venham ver.

Albertine e Lisa correram, extasiando-se também. Desde a refeição de 31 de dezembro quase não havia carne na mesa da família, exceto por duas vezes carne de vaca e uma galinha magra.

– Que lhe disse?

– Quem?

– Marthe!

– Que estaria esta tarde às quatro horas no mercado da rua Mouffetard.

– Em que lugar?

– Parece que você já sabe, perto da igreja de Saint-Médard...

Tem cada uma a Marthe! A igreja de Saint-Médard...

Léa nunca tinha posto os pés ali!... Ela a encontraria, o principal era François estar avisado. Ele era a única pessoa que poderia ter dado a Marthe o número de seu telefone.

– Fico muito contente, parece que isso a alegrou – disse Françoise. – E depois, daqui a instantes, vou rever Otto.

Naquele momento, Léa reparou na roupa de lã elegante da irmã, que voltara a ter o mesmo corpo de antes. Ela já havia se esquecido.

– Ele vem aqui?

– Evidentemente – disse Françoise, na defensiva. – Tem todo o direito de ver o filho.

– Sim, e eu o direito de não querer vê-lo. Vou-me embora.

– Léa, você não é gentil. Otto gosta de você e vai lastimar se não estiver aqui.

– Isso, francamente, me é completamente indiferente. Os compatriotas do seu amante...

– Vamos nos casar!...

– ... prendem Camille, procuram tio Adrien e Laurent, procuram a mim, torturam meus amigos, obrigando-os a trair, a trabalhar para eles nessa porcaria! E tudo o que você tem a me dizer é que seu boche ficará triste... Não acha que lhe falta o mínimo de vergonha?

– Você não tem o direito de falar de Otto dessa maneira. Ele não aprova, tal como você, o que os outros fazem...

– Minhas filhas, acalmem-se, não gritem assim, os vizinhos podem ouvi-las.

– Eu me lixo para os vizinhos, tia Lisa, tenho até vontade de gritar quando a ouço dizer que seu Otto não é como os outros!... É exatamente a mesma coisa: capaz de tudo pelo seu Führer...

– Não é verdade...

– Sim, é verdade, ou então nunca o ouviu falar. Mas o que mais reprovo em seus amigos alemães não é terem ganho a guerra; é nos demonstrarem que éramos um povo de covardes, que o medo lançou pelas estradas, como gado imbecil, e que agora voltou para o pasto ajuizadamente curvado sobre si mesmo, depois de acreditar no que lhes sussurrava um velho caquético, que permite que se deportem famílias inteiras, fuzilem os reféns, alguns com a idade de Laure, que encoraja as denúncias, que faz com que bons rapazes como Mathias percam a cabeça e homens como tio Luc se desonrem...

– Léa, não fale assim de seu tio!

– Tia Albertine, nós aceitamos coisas demais...

A campainha da porta interrompeu Léa.

– Meu Deus, é ele! Por sua causa vou aparecer com uma cara horrível – exclamou Françoise, fugindo para o quarto.

Léa fechou-se no seu, deixando Albertine e Lisa. Covardemente, elas foram chamar Estelle na cozinha para mandar entrar aquele que já começava a se impacientar.

– Já vai, já vai...

Diante dela surgiu uma espécie de gigante com farda de oficial alemão:

– *Wohnt Mme. Françoise Delmas, hier?** – perguntou ele.

Com olhos espantados, de cabeça levantada, a velha criada olhava-o balançando a cabeça. O homem repetiu:

– *Ich Komme in Auftrag von Kommandant Kramer.***

– Senhorita Françoise, senhorita Françoise, deve ser para você!

Françoise, depois de se ajeitar, consentiu em aparecer com um sorriso radioso.

– Otto!

Ficou parada diante do gigante que a saudava muito civicamente, batendo os calcanhares.

– Madame Delmas?

---

* Madame Françoise Delmas está?

 **Madame Delmas, da parte do comandante Kramer.

– Sim...

– *Herr Kommandant Kramer hat eine Mittelung für Sie. Er schickt Ehnen einen Wagen un fünf Uhr. Er bitte Sie, ein Abendkleid anzuziehen. Am frühen Nachmittag warden Ihnen ein paar Modelle Vorgeführt. Aufwierdersehen, Mme Delmas.**

Novo bater de calcanhares.

Françoise continuou imóvel, com um sorriso idiota. Estelle fechou a porta.

10

Léa chegou um pouco antes das quatro em frente à igreja de Saint-Médard, transida e com mau humor. Embora estivesse farta de percorrer Paris de bicicleta, no frio, preferia isso ao metrô que havia tomado. Raphaël não havia mantido sua promessa e não trouxera a bicicleta. Tinha descido na estação Monge e andado debaixo de chuva, que voltava a cair.

Olhou em volta; nada que se assemelhasse a um rosto conhecido. Figuras de velhas friorentas mantinham-se em longas filas diante de uma padaria e de outra loja. A multidão compacta, resignada, esperava batendo os pés, mal abrigada por velhos guarda-chuvas.

---

*O comandante Kramer encarregou-me de uma mensagem para a senhora. Vai enviar um carro para pegá-la às cinco horas. Pede que a senhora esteja em vestido de noite. No início da tarde, costureiras virão aqui apresentar-lhe os modelos. Até logo, madame Delmas.

Soaram as quatro horas. Um homem gordo saiu da igreja e fechou a porta atrás de si. Não sabendo o que fazer, Léa seguiu para a rua Mouffetard. Na esquina da rua Arbalète, duas mulheres brigavam pelo último quilo de batatas de um vendedor de legumes. Perto da rua Épée-de-Bois, Léa deu meia-volta e quase esbarrou numa mulher que subia.

– Desculpe, minha senhora... oh!

Por baixo do lenço atado no queixo, acabava de reconhecer Marthe Andrieu.

– Encontramo-nos um pouco mais abaixo à direita, no café que tem madeira e carvão, é de um primo meu. Diga-lhe que é de Montcuq, ele saberá que se trata de uma amiga.

ESTAVA AGRADÁVEL o ambiente do café do primo. No fundo da salinha um fogão de cobre verde no qual uma grande cafeteira fumegava e soprava. Todas as mesas ocupadas por homens velhos jogando cartas e dominó. A serragem amontoava-se nos azulejos de arabescos azuis. Atrás do balcão, com um bigode impressionante, grisalho, um barrete na cabeça e uma roupa escura de carvoeiro, um homem limpava o balcão defronte de dois jovens. Quando acabou de servi-los, aproximou-se de Léa.

– Bom dia, senhorita, em que posso servi-la?

– Eu sou de Montcuq – disse ela, espirrando.

Um raio de desconfiança passou em seus olhos. No entanto, respondeu, jovial:

– Todos os da minha terra são bem-vindos. O ar de Paris não vale nada, veja como está resfriada. Vou lhe preparar uma bebida quente, como antes.

– Então sirva duas, meu primo.

– Prima Marthe! Que bons ventos a trazem aqui? O que há de novo desde ontem?

– Pouca coisa, primo Jules. Resfriei-me quando estava numa dessas filas malditas. Disse-me, então: vamos nos aquecer em casa do primo e pedir-lhe um traguinho.

– Maldita Marthe! Sempre bom copo!

– Ora, nos tempos que correm, precisamos nos regalar de vez em quando. Não acha, senhorita?

– Sim, senhora.

Jules tirou de baixo do balcão uma garrafa sem etiqueta, pousou três copos no balcão enchendo-os quase até o meio com um líquido âmbar, ao qual acrescentou sub-repticiamente três torrões de açúcar e uma rodela de limão.

– Isto é bom contra o resfriado. Ei, prima, passe-me a cafeteira. Cuidado para não se queimar – disse ele, estendendo-lhe um pano.

Marthe voltou com o recipiente na mão.

– Ei! É de chumbo esta marmita – exclamou ela, ao pousá-la.

– É bem sólido – respondeu ele, pondo a água para ferver.

Cada um mexia sua colher em silêncio.

– À sua, senhoras – disse o taberneiro.

– À sua, Jules.

– À sua – disse Léa, repondo o copo precipitadamente.

– Está quente! Mas é assim é que bom.

– Vou esperar um pouquinho, se me permitem.

Por fim, o primo afastou-se.

– Tem notícias de François?

– Sim, por meu filho. Ele pede que não cometa nenhuma imprudência. Por agora, não pode vir vê-la. Se tiver algum recado para ele, posso encarregar-me disso. Meu filho, que vai vê-lo, está em casa à minha espera...

"...Não cometa imprudências... Como é fácil dizer assim de longe... É amanhã que Sarah precisará de mim, se Raphaël não nos trair às duas... Que devo fazer?... Que devo dizer?..."

– Pode encarregar-se de uma carta?
– Claro que sim.
– Não tenho nada com que escrever.
– Vou pedir ao Jules. Beba esse grogue, senão ele ficará descontente.

Léa obedeceu. Ainda quente demais, mas suportável. Era forte e bom. A meio copo sentiu pelo corpo um calor agradável. Quando Marthe voltou com uma folha de papel e um envelope, uma caneta e um frasco de tinta, Léa sentiu-se quase eufórica. Abriu o tinteiro, molhou a pena.

> Caro amigo, Camille está na mesma situação que S. Meu tio Luc, que conhece, aconselha-me voltar, que devo fazer? Raphaël ocupa-se de S. O noivo da minha irmã está de volta. Posso ter confiança nele? Dê-me notícias logo, porque me sinto muito só. Um beijo.
>
> Léa

Dobrou a folha, colocou-a no envelope que estendeu a Marthe.

– Esqueceu-se de fechar – disse a cozinheira, passando a língua pela goma. – Logo que puder, aviso-a.
– Diga-lhe que é muito importante, que preciso vê-lo.
– Minha querida filha, vou fazer o possível. Acabe o seu grogue e vá-se embora, senão vai ser apanhada pelo toque de recolher. Veio de metrô?
– Sim.
– Faria melhor se voltasse a pé. Na sua idade, leva-se menos tempo, menos de uma hora. Tome a rua Épée-de-Bois; chegue à rua Monge, vire à esquerda e ande até o Sena. Ali, já conhece o caminho. Adeus.
– Adeus, Marthe, adeus, senhor Jules, obrigada pela bebida, sinto calor em todo o corpo e parece que tenho asas.

– É o que é preciso. Vá.

O FRIO SUBSTITUÍRA a chuva, mas, graças ao grogue, nem o sentia. Estava quase anoitecendo, nenhuma luz e pouca gente pelas ruas. Era sinistro. Léa partiu, correndo.

Sem fôlego, parou no bairro de Saint-Julien-le-Pauvre. Do outro lado do Sena erguia-se a sombria fachada da Notre-Dame. Depois de alguns instantes, voltou a partir, sem correr. A ideia de estar na presença de Otto e de Françoise era-lhe insuportável.

JÁ SE HAVIAM passado 25 minutos depois do toque de recolher quando ela chegou à rua da Universidade... Presa na porta estava sua bicicleta. Era bom sinal, Raphaël tinha acabado por cumprir sua palavra. Desprendeu-a, empurrou a porta e entrou com ela. Atrás da porta, alguém agarrou-lhe o braço, e Léa conteve o grito.

– Sou amigo do senhor Raphaël, não tenha medo, tenho um recado para você: não vá amanhã ao cemitério.

– Não tem nada para me dar?

– Ah! É verdade, a página do livro, tome, aqui a tem.

Acendeu um fósforo para que ela pudesse verificar.

– Não saia de casa, é importante. Terá notícias da pessoa que sabe. Tem algum recado para o senhor Raphaël?

– Não, não tenho nada. Tudo está correndo bem?

– Não sei de nada. Só faço isto para agradar ao senhor Raphaël e porque é mais divertido do que ser guarda de cemitério.

– Como se chama?

– Para você, sou Violeta. É bonito, não acha? Foi o senhor Raphaël quem escolheu. Gosta?

– Muito – disse Léa, contendo o riso.

EM CASA TUDO estava calmo. As senhoras Montpleynet escutavam um concerto pelo rádio. A salinha estava quente.

– Não há notícias de Camille?

– Não, nenhuma. Em compensação ouvimos Laure e Ruth ao telefone. Dentro de dois dias voltam para Montillac.

Léa foi ao quarto mudar de roupa. Logo voltou, vestindo uma blusa branca muito grossa, uma saia comprida escocesa, que tinha sido da mãe. Os pés estavam enfiados em grossas meias não muito elegantes, mas quentes, os cabelos escovados enfeitavam-na maravilhosamente.

– Como está bela, minha querida! – exclamou Lisa. – Nada como a juventude! Aproveite-a bem, pequena, porque é passageira.

– Se pensa que é agradável ser jovem neste momento!...

– É bem verdade que sua geração não tem muita sorte – disse a velha senhora, retomando seu tricô.

– Françoise saiu?

– Sim, vai jantar no Maxim's, onde o noivo deve apresentá-la aos superiores – disse Albertine com um tom de fingida desenvoltura.

– Esta situação não as choca?

Lisa levantou-se para pôr uma pá de carvão no fogão, deixando à irmã a tarefa de responder.

Quando Albertine levantou o rosto de traços severos, amenizados pela bondade do olhar, seus olhos, outrora de um lindo azul, estavam cheios de lágrimas. Era algo tão raro que Léa ficou constrangida. A velha senhora tirou os óculos e desajeitadamente tentou limpá-los.

– É mais do que chocante para nós. Eu passo por cima da vergonha que é, você imagina, tão grande, para só pensar no futuro infeliz que evidentemente espera por sua pobre irmã.

– Foi ela quem o procurou.

– É maldade o que você acaba de dizer. O mesmo também poderia ter-lhe acontecido...

– Nunca! Nunca me apaixonaria por um inimigo!

– Fala como uma criança romântica. Isso talvez não tivesse acontecido se sua mãe estivesse conosco...

– Não fale de minha mãe, eu lhe peço.

– Por que não hei de falar? Acredita que nosso sofrimento é menor do que o seu? Perdendo-a, foi a uma filha que perdemos, sua tia e eu. Constantemente nos lastimamos de não termos olhado por Françoise. De ter, por egoísmo, talvez, precipitado as coisas. Se tivéssemos ficado em Montillac...

– Não mudaria nada.

– É possível, mas se tivesse havido uma chance para que isso fosse diferente... Somos imperdoáveis por não ter sabido proteger de si mesma a filha de nossa filha.

Agora, grandes lágrimas deslizavam pelo rosto de Albertine.

– Minha tiazinha, perdoe-me, sou eu a culpada, e não quero vê-la chorar. Lisa, venha ajudar-me a consolá-la.

Mas Lisa, desolada pelo desgosto da irmã, não estava em estado de consolar ninguém. Nem a própria Léa, que, por sua vez, pôs-se a chorar. Foi assim que Estelle as encontrou quando veio pôr a mesa.

– Senhoras!... pelo amor de Deus! O que está acontecendo aqui?

– Não é nada – disseram as três em coro, assoando ruidosamente.

Julgando que lhe escondiam alguma coisa, a boa Estelle pôs a mesa resmungando.

A frugal refeição foi triste. Não se ouvia a Rádio Londres. Léa deitou-se cedo.

O DIA SEGUINTE pareceu-lhe interminável. Ia do telefone às janelas que davam para a rua, das janelas à porta de serviço.

Nada, nada a não ser o silêncio entrecortado por vezes pelos gritos do bebê confiado a Estelle. Françoise não voltara.

Depois do jantar, Léa instalou-se na cadeira do saguão, tentando em vão ler os jornais.

Tinha caído a noite havia muito tempo quando bateram à porta da entrada. Léa, que estava exatamente atrás dela, estremeceu:

– Quem está aí?

– É Raphaël, abra depressa.

Com uma angústia que a fazia tremer, obedeceu.

Raphaël não vinha sozinho. Agarrava uma mulher de luto, com um véu no rosto.

– Está só?

– Sim, o toque de recolher foi retardado; minhas tias foram ao teatro e Estelle está com o pequeno.

– Perfeito.

Léa olhou para a mulher.

– Sarah? – arriscou ela.

– Sim, depressa – respondeu Raphaël. – Vamos para o apartamento dos fundos, ela vai desmaiar.

– Mas por que a trouxe para cá? É muito perigoso.

– Fui apanhado de surpresa, depois lhe explico. O essencial é que está viva...

Léa, com uma lanterna elétrica na mão, guiou-os pelo corredor escuro e abriu-lhes a porta do quarto. Com gestos de grande ternura, Raphaël estendeu Sarah na cama e retirou-lhe o véu.

– Oh! Não! – gemeu Léa, pondo a mão na boca.

Uma atadura suja rodeava-lhe a cabeça, um dos olhos estava fechado, os lábios estavam arrebentados e tinham o dobro do volume. Mas o que mais a horrorizava eram três buracos purulentos que se viam em suas faces pálidas.

– Queimaduras de charuto – disse Raphaël, a voz sem expressão.

A moça aproximou os olhos secos e olhou atentamente para sua amiga. Sem uma palavra, retirou-lhe o chapéu de viúva, desabotoou-lhe o casaco e o despiu, ajudada por Raphaël.

– Acenda a lenha que está na lareira e vá buscar o aquecedor elétrico que está no banheiro. Depois, aqueça água na cozinha.

As chamas elevavam-se altas e brilhantes. De braços cruzados, Léa caminhava de um lado para outro, seguida pelo olhar de Sarah. Não tinham trocado uma única palavra. Raphaël voltou com uma cafeteira de água quente e toalhas, que pôs na cama. Em silêncio, com precaução, despiram-na completamente. Ela tremia.

– Há água quente na cozinha, traga a bacia e a esponja que estão no banheiro.

Quando Raphaël encheu a bacia de água, segurou-a em frente a Léa.

A esponja percorreu levemente o belo corpo supliciado, contornando as queimaduras dos seios, batendo de leve no ferimento, tirando a sujeira do ventre, das coxas e das pernas. Quando a viraram de barriga para baixo, ela não pôde conter o gemido. As costas eram uma chaga. Tinham-se empenhado longamente para conseguir algo assim.

– Veja no armário o que há para curativos.

Apesar do calor do radiador, Sarah tremia. Léa cobriu-a com o edredom vermelho.

– É tudo o que encontrei.

Tintura de iodo e compressas, era tudo o que havia.

DEPOIS DE BEBER chá e de tomar um dos calmantes de Lisa, Sarah, vestida com uma camisola de Albertine e coberta com três edredons, tinha adormecido. Raphaël e Léa, sentados no tapete diante da lareira, falavam em voz baixa, fumando cigarros ingleses trazidos por Raphaël.

– O que aconteceu?

Mahl aspirou uma longa baforada antes de responder.

– Como prometido, em troca do segundo diamante, Masuy libertou Sarah, mas em que estado! O malandro deve ter tentado fazê-la falar até o fim. Queria ganhar seu dinheiro. Tinha concebido outro plano, porque o do cemitério era muito complicado e perigoso...

– Não compreendo nada: por que haveria de se esconder Sarah, pelo menos por agora, visto que foi o próprio Masuy a libertá-la?

– Porque não demorará muito a constatar que o segundo diamante é falso.

– Evidentemente.

– Tinha deixado na bicicleta-táxi este disfarce de viúva. Eu o vesti. Lembra-se de meu apartamento da rua de Rivoli?

– Claro.

– Eu não entreguei as chaves ao proprietário. Como ele foi enviado de férias para a Alemanha, pensei em utilizá-lo.

– E então?

– Então? Quando chegamos lá, havia um carro estacionado à porta. Era o de Masuy. Dei meia-volta com Sarah desmaiada. Devido ao seu estado, era impossível utilizar o cemitério. Não sabia para onde ir. Então, pensei em você.

– Tivemos muita sorte, poderia ter encontrado Françoise e o noivo. Que teríamos dito a esse brilhante oficial se nos encontrasse com uma mulher torturada?

– Teria arranjado qualquer desculpa. Ele volta esta noite?

– Acho que não. Parece que minha irmã fica com ele e o filho num grande hotel. Mas ele pode, mesmo assim, vir a qualquer momento. Além disso, a presença de Sarah irá fazer minhas tias correrem grandes riscos.

– Eu sei disso, mas, neste momento, o que mais podemos fazer? Sarah não está em condições de andar durante uns dias...

– Antes de muitos dias... Mas você se esquece de que Masuy sabe que nós nos conhecemos. Não será preciso muito tempo para saber onde eu moro. E se vier aqui seremos todos presos.

– Já pensei nisso. Se descobrir seu endereço, descobrirá também que sua irmã recebe oficiais alemães. Eu o conheço. Vai ser prudente.

– Espero que você tenha razão, porque eu nunca suportaria o que Sarah suportou, não teria coragem. Você também não, não é verdade?

– Como já lhe disse, as pessoas da minha estirpe são covardes diante do sofrimento físico.

– Psiu! Estou ouvindo minhas tias. Quando elas forem para o quarto, pode ir embora.

– Mas não vou embora! Para onde eu iria? Não tenho mais nenhum lugar para ir. Deixe-me passar a noite aqui. Amanhã, Violeta vai trazer-me alguma roupa para trocar.

– Como ele sabe que você está aqui?

– Ele deveria esperar-me em frente ao prédio da rua de Rivoli. Viu-me virar para o lado do Pyramides e tomar a direção de Pont-Royal. Correu atrás de mim. Parei na esquina do cais e ele veio ao meu encontro. Eu lhe disse que vinha para a rua da Universidade. Amanhã me trará a roupa.

– Tinha então certeza de ficar aqui?

Raphaël Mahl levantou-se penosamente.

– Não estava certo de nada.

Pela primeira vez desde o início da noite Léa olhou-o com atenção. Com que mau aspecto estava!... A gordura tornava pesados os seus movimentos, o cabelo ia rareando, um tique nervoso levantava de vez em quando um canto de sua boca, e as mãos, que eram belas, embora um tanto roliças, tremiam cada vez mais.

Notou isso e ergueu seu pesado corpo, dizendo:

– Está bem, vou-me embora.

– Não seja idiota. Fique aqui esta noite. Amanhã veremos. Não se mexa, eu vou buscar um cobertor.

LÉA NÃO CONSEGUIRA dormir um só instante. Ia constantemente ver Sarah. Seu sono agitado, a testa escaldante e as palavras incoerentes da amiga preocupavam-na. Por várias vezes quase acordou Raphaël. Mas ele dormia a sono solto no chão, enrolado no cobertor.

Não se contendo, às seis horas levantou-se, enfiou o roupão e foi à cozinha aquecer água. Ainda sobrara um pouco do café oferecido por Frederic Hanke para o Ano-novo. Egoísta, Léa pensou que iria se oferecer um verdadeiro café, porque bem o merecia. Pegou o moinho e derramou alguns dos preciosos grãos, sentou-se no banco e, com o moinho entre as pernas, começou o trabalho. Depressa o cheirinho a levou até a cozinha de Montillac, quando a cozinheira, em troca de uns caramelos ou de suas não menos famosas massas com marmelos, lhe pedia para "moer" o café.

Essa pobre lembrança dos tempos felizes veio-lhe graças à calma que demonstrara na véspera. Sentiu um aperto no peito, uma angústia subindo até a garganta, enquanto as lágrimas lhe caíam pelo rosto. Curvada sobre o moinho, soluçava, como fazem as crianças abandonadas diante da mãe morta nos bombardeios de Orléans. Todo o corpo sacudido de soluços lhe causava mal-estar. Balançava-se para a frente e para trás, como por vezes também fazem as crianças. O toque do relógio da cozinha a fez estremecer. Tentou levantar-se.

Uma silhueta escura delineou-se no limiar da porta. Ela abafou um grito. O moinho de café caiu com um estrondo que ressoou pela casa silenciosa. A gaveta abriu-se, o pó e o grão espalharam-se pela cozinha.

A sombra avançava.

– François!

De pé, frente a frente, ficaram imóveis, à espreita. Nada se ouvia.

As duas mãos de François desviaram levemente os cabelos de Léa. Com os dedos fez-lhe festas no rosto... Ela fechou os olhos e se acalmou um pouco.

– Desculpe-me.

Raphaël Mahl entrou, embrulhado no cobertor, com a cara balofa e os cabelos em desordem. Instantaneamente, François largou Léa e pôs a mão no bolso.

– O que você está fazendo aqui?

Raphaël ia responder, mas Léa interveio:

– Hospedei-o por esta noite. Ele não sabia aonde ir.

– Suponho que não tinha outra escolha. E Sarah?

– Está no quarto do fundo.

François lhe lançou um olhar admirado.

– Desde quando?

– Desde ontem à noite. Foi Raphaël quem a trouxe.

– Obrigado, meu velho. Como está ela?

– Mal – respondeu Raphaël. – É preciso chamar um médico.

– É impossível – respondeu Léa. – Ele nos denunciaria.

– Precisamos correr esse risco. Eu vou vê-la – disse François. – Enquanto esperam, veja se recupera o pouco de café que resta. Eu tomaria uma xícara.

– Espere um instante... Como é que entrou?

– Você tinha me dado a chave!

– Sim, é verdade, desculpe.

– Vim logo que soube que me chamava. Era por causa de Sarah?

– Sim, e também de...

– Dirá o resto daqui a pouco. Vou ver Sarah. Não esqueça o café.

– Raphaël, ajude-me a apanhar tudo isto. Depressa, porque Estelle deve se levantar daqui a pouco.

Durante alguns minutos trabalharam em silêncio, colocando os grãos de novo no moinho.

– Tem uma vassoura para eu limpar o resto? – perguntou Raphaël.

– Ali no armário, creio.

Ao passar, Raphaël apagou o gás porque a água fervia, encontrou a vassoura, enquanto Léa estava moendo, depois de lavar o rosto. Sorridente, ela olhou para o escritor trabalhando.

– Parece que fez isso a vida toda.

– Minha querida, sou uma verdadeira dona de casa, pergunte aos meus amigos – brincou ele.

– Não é hora para brincar.

– Minha querida, é sempre tempo de rirmos e gracejarmos, sobretudo nesta triste ocasião. Porque nem você nem eu sabemos o que será de nós amanhã, nem se estaremos vivos.

– Não diga essas coisas!

– Estará com medo, linda criança? No entanto, o valente cavaleiro acorreu ao seu apelo... Como é bela sorrindo assim. Nunca lhe tinha visto um sorriso tão doce. Ah! O amor... a juventude, como os invejo!

Sem deixar de sorrir, Léa encolheu os ombros e derramou o conteúdo do moinho no filtro da cafeteira.

– Ainda não é bastante, vou moer mais um pouco.

– Deixe-me fazê-lo, adoro isso. Vá ver Sarah, estou preocupado.

NO QUARTO, sentado na cama, François tinha entre suas mãos as da jovem.

– Como está ela? – murmurou Léa, aproximando-se.

Ele sacudiu a cabeça sem responder.

Ela ajoelhou-se ao lado dele e olhou para a amiga. Grandes gotas de suor brilhavam na testa dela, as feridas do rosto sobressaíam na pele escura.

– François!... Sarah vai morrer?

Oh! As lágrimas tremiam nos olhos daquele homem! Por que ela estava admirada? Já tinha visto homens chorar: seu pai, Laurent, Mathias, isso a tinha comovido, mas não espantado. Levantou-se.

– Vou ligar para o doutor Dubois.

– Quem é o doutor Dubois? Confia nele?

– Você o conhece. Foi o médico que cuidou de Camille. Talvez ainda esteja em Paris.

– Eu me lembro, é um excelente homem. Chame-o.

Léa se ausentou por um instante.

– Temos muita sorte. Ele acabou de chegar depois de uma noite no hospital. Custou-me fazê-lo compreender, sem falar demais, o que se passava. Ele virá. Lembrava-se muito bem de Camille e de mim.

– Que horas são?

– Seis e meia.

– Meu Deus! Estelle deve estar levantando. Se encontrar Raphaël na cozinha, vai ser um drama.

TUDO ESTAVA consumado!...

Estelle e Raphaël, sentados defronte um do outro, com uma xícara de café na mão, discutiam como velhos conhecidos.

– Ah! Aqui está a senhorita Léa. Julguei que ia morrer de medo ao ver este senhor com o meu avental, preparando a bandeja do café da manhã. Felizmente ele me explicou do que se tratava.

– Já expliquei à senhorita Estelle que tinha perdido o último metrô e que, por bondade, você permitiu que eu dormisse na sala.

– Sim, podia ter morrido de frio – resmungou a criada.

– Estelle – perguntou Léa, sorrindo –, sabe se Françoise volta hoje?

– Com certeza, o noivo da senhorita Françoise deve vir cumprimentar suas tias.

Léa e Raphaël olharam-se inquietos.

– Não sabe quando?

– Julgo que dona Albertine disse que era à tarde. Senhorita Léa, devia ter sido mais econômica com o café e misturar-lhe chicória. Além de ser menos indigesto... Embora menos gostoso – disse ela, ao acabar de beber avidamente.

Depois, com um sorriso feliz, levantou-se.

– Mas deixemos disso, estou aqui falando quando devia ir para a fila de carne da rua do Sena. Hoje o senhor Mulot recebe carneiro. Vou me vestir. As senhoras não gostam que eu passeie de roupão e com bobes.

Quando, por fim, saiu, Léa preparou uma bandeja onde pôs as xícaras e a cafeteira. Bisbilhoteiro, Raphaël tinha descoberto um embrulho de biscoitos ainda por abrir, que mostrou triunfante.

Sem barulho, entraram no quarto de Sarah.

Beberam os três, em silêncio, o café, sem deixar de fitar a infeliz que, inconsciente, gemia.

A campainha os fez estremecer. Um revólver surgiu na mão de Tavernier.

– Léa, vá abrir. Apresse-se.

A jovem obedeceu.

– Quem é? – perguntou ela atrás da porta.

– O doutor Dubois.

Como tinha mudado! Agora parecia um velho.

– Bom dia, senhorita Delmas. Quase não me reconheceu. Eu também. Cada dia, diante do espelho, digo para mim: "Quem é este velhote?" Também você mudou muito. Está ainda mais bonita. Então, chega de conversas. Por que me chamou com tanto mistério? Tem por aqui alguma quadrilha inglesa?

– Venha, doutor. Por favor, não fale muito alto, minhas tias ainda estão dormindo.

– Como estão elas?

– Bem – disse Léa, abrindo a porta do quarto.

– Meu Deus! – exclamou o médico ao ver Sarah. – Quem fez isso?

– Gente que nem o senhor nem eu apreciamos, doutor – disse François Tavernier, aproximando-se.

– Senhor?... Ah! Já sei, o senhor dos *croissants*!

Enquanto falava, examinava as queimaduras do rosto.

– Com o que eles fizeram isto?

– Com charutos – disse Raphaël.

– Que malditos!... Há muito tempo que ela estava nas mãos deles?

– Há uns dez dias.

– Pobre senhora. Senhores, façam o favor de sair.

– Nós preferíamos ficar. As senhoras Montpleynet não sabem que estamos aqui. Ignoram mesmo a presença de nossa amiga.

– Muito bem. Então voltem-se para lá. Senhorita Delmas, ajude-me a sentá-la... Assim, está bem... Segure-a nesta posição... Não perca tempo! Senhorita, meu estojo está aí a seu lado, dê-me a caixa grande metálica... Obrigado.

Tirou um creme, que aplicou nas costas de Sarah, cobrindo-a de compressas. Depois procedeu a um exame mais íntimo. No interior das coxas, as crostas de queimaduras de cigarros eram já mais antigas.

– Ela está conseguindo falar?

– Não – respondeu Léa. – Reconheceu-me, mas só disse palavras sem nexo.

– Ela tem muita febre devido ao choque emocional da tortura. Vou dar-lhe uma injeção agora e outra logo à noite. Deverá melhorar à tarde. Quanto ao resto, só o tempo dirá.

– E levará muito tempo? – perguntou Léa.

– Tudo depende de seu estado geral. Uma semana ou duas.

– Uma semana ou duas!... Mas isso é impossível; nem minhas tias sabem de nada, e a Gestapo logo desconfiará.

– Minha filha, nada posso fazer. Ela não está em condições de ser transportada, pelo menos nestes dois ou três dias. Devia avisar suas tias.

Aterrada, Léa deixou-se cair numa cadeira.

– E daqui a três dias? – perguntou Tavernier.

– Poderei escondê-la no hospital, no meu serviço, até que ela seja capaz de andar... Eis aqui o remédio para lhe acalmar as dores. Dez gotas de três em três horas. Ao fim do dia passarei por aqui. Coragem – continuou ele, virando-se para Léa –, tudo vai sair bem. Já está habituada a ser enfermeira. Lembre-se da senhora d'Argilat.

– Não é a mesma coisa. A Gestapo ainda não estava por aqui.

– É verdade, mas, como hoje, arriscava sua vida para salvar alguém... até logo à noite. Até mais, meus senhores.

DEVAGAR, Léa fechou a porta da entrada e apoiou-se nela com ar de desânimo.

– Bom dia, minha querida, julguei ouvir a porta fecharse. Alguém esteve aqui a esta hora?

Albertine de Montpleynet estava ali de roupão, coberta com um grande xale de lã dos Pireneus, de um azul pálido.

As mechas de cabelos grisalhos desapareciam por baixo de um lenço de seda branca. Com suas luvas e as meias grossas, era a imagem da França friorenta, tentando, pela força da superposição de roupas, suportar o frio que reinava nos apartamentos. Ao contrário da irmã Lisa, Albertine nunca se queixara das múltiplas privações que a ocupação lhes impunha. Dizia, às vezes, que elas eram privilegiadas em comparação com tanta gente, e que nunca deviam esquecer disso. Lisa havia ralhado quando ela levara aos refugiados do último andar parte dos víveres oferecidos por ocasião do batizado do pequeno Pierre.

Sem que nunca tivesse dito nada, Léa adivinhava repugnância da tia ao aceitar os "presentes" que a situação de Françoise lhe trazia. Temia a visita de Otto Kramer para oficializar a relação dos dois. Pensou que iria morrer de humilhação quando, na farmácia da rua do Bac, duas clientes haviam falado em colaboração, olhando-a com insistência. Impressionada, saíra sem comprar o que queria. Sabia o que se dizia dos colaboradores na Rádio Londres. Desde então repetia aquelas palavras em seu pensamento. Grande admiradora do marechal Pétain, como a maioria dos franceses no início da guerra, as medidas tomadas por Vichy contra os judeus, mas, sobretudo, a prisão da sua velha amiga, a senhora Lévy, que nascera naquela casa, afastaram-na definitivamente do marechal. Se Lisa e Estelle continuavam a ter confiança nele, era para se aproximarem de certas senhoras do clube de bridge que a irmã e ela frequentavam duas vezes por semana, na avenida Saint-Germain. Havia muito tempo se sentia só.

– Vamos, Léa, responda-me, veio alguém aqui? O que você tem, minha pequena? Está com jeito de um passarinho caído do ninho.

– Minha tia, preciso lhe falar. Vamos para o meu quarto, é muito longo o que tenho a lhe explicar.

VINTE MINUTOS depois Albertine de Montpleynet abria a porta do quarto. Aproximou-se da cama onde Sarah estava.

Um tanto inquietos, François Tavernier e Raphaël Mahl a olhavam.

– Tudo se acertou – murmurou Léa. – Minha tia aceita que Sarah fique aqui até que o doutor Dubois possa transportá-la.

A velha senhora contemplava em silêncio o que fora o rosto de uma bela mulher. Com horror e espanto, ficou pregada no chão, tornando-se cada vez mais pálida. Quando, por fim, desviou os olhos da face da torturada, Albertine perguntou a François Tavernier com uma curiosa voz de menina:

– Senhor, como é possível?

Sem responder à pergunta, François avançou até ela e tomou-a pelos ombros, levando-a até o fundo do quarto.

– Agradeço-lhe, senhora, o que faz pela senhora Mulstein. Tenho, no entanto, de lhe dizer que esta mulher é procurada pela Gestapo e que todos os habitantes desta casa se arriscam a ser presos.

– Eu sei, caro senhor, mas faltaria a todos os meus deveres de cristã e de francesa se lhe recusasse este asilo. Por ora, nada direi a minha irmã nem a Françoise e a Estelle. Léa e eu velaremos pela senhora Mulsteïn, cada uma por sua vez, quando tivermos a visita do comandante Kramer.

– Se me permite, gostaria de estar presente nessa visita. Minhas relações com certos membros do alto comando desviarão a atenção de tudo o que puder parecer suspeito...

– O senhor tem relações com o alto comando alemão?

– Sim, mas nada mais posso lhe dizer a não ser que cumpro ordens – disse ele, em voz baixa.

– Ordens? Não compreendo.

– É melhor assim. Não se esqueça de uma coisa: para a senhora, sou apenas um homem de negócios que faz a corte a Léa. É isso que é preciso absolutamente fazer crer, esta tarde, ao comandante Kramer.

Albertine de Montpleynet olhou atentamente aquele homem com traços enérgicos, o rosto por barbear, de boca muito grande, mas cujos olhos exprimiam coragem e sinceridade. Com um gesto espontâneo, estendeu-lhe a mão.

– Farei o que me disser. Confio no senhor.

Com um suspiro cúmplice, François inclinou-se e beijou-lhe respeitosamente a mão.

– Vamos, senhor, beija-se a mão das senhoras casadas, mas não das velhas solteironas.

– Minha querida tia, você é maravilhosa! Você, uma velha solteirona! Me faz rir! É a mais jovem de todas nós! – exclamou Léa, atirando-se ao pescoço da tia.

– Vai me derrubar, deixe-me, preciso ir me vestir.

No momento em que ela saía do quarto, bateram à porta da entrada, primeiro uma pancada, depois mais três. Todos se imobilizaram, com exceção de Raphaël, que, calmamente, anunciou:

– É Violeta, que me traz roupas. Tínhamos combinado este sinal. Posso abrir, minha senhora?

– Faça como melhor lhe parecer, senhor, não compreendo nada do que se passa. Prefiro deixá-los.

Antes de abrir, Raphaël perguntou a Léa:

– Posso ir para outro quarto mudar de roupa? Não queria que ele visse Sarah.

– Vá para o quarto de Françoise. É a terceira porta à direita... Cuidado, aí vem Estelle.

Léa precipitou-se para ela e puxou-a para a cozinha, apesar de seus protestos.

Finalmente abriram a porta àquele a quem Raphaël chamava Violeta. Entrou trazendo uma mala pesada.

– Bom dia, senhores e senhoras, bom dia, senhor Raphaël. Trouxe tudo o que pude. Já era tempo, porque os patifes chegaram mal eu tinha virado a esquina.

– Não se esqueceu do estojo de maquiagem?

– Nada receie, está tudo aqui.

– Obrigado, meu querido. Não foi seguido?

– Está brincando!... Ainda estão para nascer aqueles que Violeta não sabe despistar.

– Encontrou o esconderijo?

– Sim, na rua...

– Você me dirá mais tarde. Agora venha me ajudar a me vestir.

– É a primeira vez, senhor Raphaël, que quer que alguém o vista – brincou Violeta.

Mahl empurrou a porta do quarto de Françoise e ambos entraram, fechando-a em seguida.

Léa e François ficaram a sós, com expressão ávida nos rostos.

– Quero você.

– Eu também, mas... como?

– Vamos para a "casa fria".

– Mas lá está *muito* frio!

– Eu a aquecerei.

– Não podemos abandonar Sarah.

– Ela está dormindo. Venha.

ABRAÇADOS, ENTRARAM no aposento sombrio e gelado. Às apalpadelas, Léa acendeu um pequeno lampião posto numa mesa baixa perto de um dos sofás cobertos por uma capa branca como, aliás, todos os móveis daquele quarto, onde também haviam enrolado os tapetes. Assim, a sala tinha o ar de um lugar de encontro de móveis fantasmas. O frio era total.

Os braços de François enlaçaram Léa. Agarrados um ao outro, oscilando em cima do sofá, no qual caíram, levantando um pouco de poeira, misturando beijos e palavras.

– Tive tanto medo quando Marthe disse que você estava me procurando...

– Julguei que nunca mais voltaria...

– Você me fez falta, minha depravadinha... Estava sempre pensando em você, e não conseguia trabalhar...

– Fique quieto e me abrace...

Os dedos de François não se cansavam de explorar o corpo de Léa, nu sob a grossa e deselegante camisola, tremendo de frio e de prazer. Seu ventre impaciente chegava-se ao do amante. O medo da Gestapo, a tortura, a morte de Sarah, Camille, Laurent, nada mais existia, apenas aquele desejo vital para ela de ser possuída por aquele homem, do qual cada carícia era sua felicidade.

Quando ele deslizou nela, suas pernas enlaçaram-no para melhor assegurar a presa, como se quisesse capturá-lo.

No fim daquele espasmo, sentiram-se prisioneiros um do outro. Mas estavam cansados e felizes demais para tentarem se libertar.

O FRIO VENCEU seu bem-estar. Recompuseram-se e deixaram aquele local onde, numa cobertura branca, ficara o sinal de seus corpos.

Sem barulho, entraram no quarto de Sarah. A tez dela havia perdido um pouco daquela cor esverdeada e a respiração era regular: ela dormia.

De mãos dadas, os dois amantes olhavam-na com ternura.

– Ela foi sua amante? – perguntou Léa, devagar.

– Isso não lhe interessa, meu anjo, e hoje não tem importância alguma. Considero-a minha maior amiga, a pessoa no mundo que mais estimo.

– Então, e eu?

– Você? Não é a mesma coisa, você é uma criança. Mesmo a guerra e isto – disse ele, mostrando o rosto destruído de Sarah – não conseguirão fazer com que se torne adulta.

– Julgo que se engana. É conveniente para você só ver em mim uma criança irresponsável, um pequeno animalzinho de que se serve o grande adulto, o grande homem que julga ser, quando tem necessidade de um corpo fácil e amável. Eu sou uma mulher, tenho 20 anos, e você não é velho. Eu nem sequer sei sua idade. Que idade tem?

Ele a olhou, sorrindo.

– Decididamente, mesmo nessas vestes tão pouco eróticas, dá vontade de pular em cima de você.

– Oh! Meu Deus! Esqueci-me deste horrível roupão. Vou me trocar e não perderá por esperar...

QUANDO LÉA voltou, vestida com um pulôver e um casaco de lã angorá vermelho-escuro, tricotado por Lisa, e com uma saia curta preta plissada, destacando as pernas calçadas com suas melhores meias de lã preta, François, sentado na cama, falava com Sarah. Temendo aborrecê-los, parou no meio do quarto.

– Aproxime-se, querida – disse Sarah, com uma voz que mal se ouvia.

Léa hesitou um instante.

– Venha, foi a primeira pessoa que ela chamou.

Sarah estendeu-lhe a mão.

– Venha para perto de mim.

Léa obedeceu e sentou-se por sua vez perto da doente.

– Estou tão feliz por vê-la melhor! Você está sofrendo muito ainda?

– François deu-me as gotas. Agradeço tudo o que fez.

– Não foi nada, não se canse falando.

– É preciso. François vai cuidar para que a Gestapo não venha aqui.

– Mas como?

– Não importa. Faça tudo o que ele lhe disser.

– Mas...

– Prometa-me.

Apesar de tudo, Léa conformou-se.

– Quando é que terá confiança em mim? – perguntou ele.

– Quando me tratar como adulta.

– Não discutam. Aqui só há uma pessoa perigosa, é Raphaël.

– Mas foi ele quem a salvou!

Sarah não respondeu, havia abusado demais de suas forças e acabava de desmaiar.

François precipitou-se para o banheiro e voltou com uma toalha úmida, que pousou na testa da doente. A frescura reanimou-a. Com um sorriso cansado, agradeceu-lhe, murmurando:

– Calo-me para recuperar as forças.

E voltou a adormecer quase imediatamente.

– Precisamos impedir que Raphaël nos prejudique – disse François.

– Quer dizer matá-lo? – perguntou Léa, abrindo muito os olhos.

– Sem ir tão longe, é preciso neutralizá-lo durante alguns dias, dando tempo a que Sarah e você estejam em segurança.

– O que pensa em fazer?

– Tenho uma ideia. Vou propor-lhe uma estada de sibarita com Violeta.

– O que isso quer dizer?

– Isso quer dizer, minha bela ignorante, que durante algum tempo ele viverá em indolência e voluptuosidade com seu macho, impedindo-o assim de ser delator ou denunciante, se assim prefere.

– E se ele não aceitar?

– Não terá escolha. Meus homens o esperam lá embaixo para conduzi-los, a ele e ao amigo, a um lugar esplêndido.

Bateram suavemente à porta do quarto.

Uma grande mulher, bastante forte, muito pintada, com um turbante muito bem colocado, vestida de saia e casaco cinzento e uma blusa cor-de-rosa, com uma bela raposa, entrou vacilante em saltos altos com solas duplas.

– Raphaël!...

– Não estou nada mal, não acham? Você quase não me reconheceu. Infelizmente, engordei um pouco desde a última vez em que pus esta roupa. Preciso de uma cinta nova. O que acham?

Léa encolheu os ombros.

– Meu pobre Raphaël, está ridículo, assim.

– Foi o único meio que encontrei para escapar daqueles senhores.

François Tavernier dirigiu-se para a porta.

– Desculpem-me um instante. Está muito bem no seu disfarce, meu caro, muito bem.

– Aonde ele vai? – perguntou Raphaël, desconfiado.

– Não sei. Ver tia Albertine, talvez. Onde está Violeta?

– Está à minha espera no quarto de sua irmã. Amanhã mandarei alguém para saber notícias de Sarah. Vou ver como farei para sair de Paris. Eu os deixarei a par...

François Tavernier entrou.

– Até mais, Léa. Deixo-a e a Sarah em boas mãos – disse ele.

– Logo que possa, dê-nos notícias – disse-lhe este.

– Contem comigo. Cuidem bem de minha amiga. Quando acordar, deem-lhe um beijo por mim...

Léa acompanhou-o até a porta, onde estava Violeta e uma grande mala.

Pela última vez, Raphaël abraçou-a e disse:

– Tenha cuidado, seja prudente e não volte à avenida Henri-Martin.

NO PATAMAR da entrada havia quatro homens à espera.

Quando viram surgir aquela dupla, agarraram-na, levaram-na para a rua e enfiaram-na numa camioneta parada junto à porta.

Nem uma palavra foi trocada. Os dois amigos não ofereceram a menor resistência.

POR SUA VEZ, François Tavernier deixou a rua da Universidade prometendo voltar perto das três horas para estar presente durante a visita do tenente Kramer. Justamente quando ia sair, estendeu a Léa um envelope de papel escuro, com um sorriso zombeteiro.

– Tome – disse ele. – Nesta confusão, esqueci-me de que também sou correio.

Depois, tornando-se sério, acrescentou:

– Aconselho-a a ler e a queimar logo a carta. Ela chegou por caminho seguro, mas, agora que está em suas mãos, você corre perigo.

E desapareceu na escada sem mais comentários.

Léa

Seja prudente. Não quero que lhe aconteça nenhum mal por minha causa. Os sofrimentos de Camille me são dolorosos e sabê-la em liberdade é meu único consolo. Pese maduramente cada um de seus gestos e não tome nenhuma decisão sem falar com F. T.

Tenho medo. Não temo pela minha vida, já renunciei a ela há muito tempo, mas tenho medo das consequências catastróficas que podem engendrar cada um dos meus atos. A ideia de que torturam Camille neste mesmo momento, para lhe arrancar informações que ela não tem, põe-me doido. É preciso toda a força de convicção dos meus companheiros para que não caia em alguma cilada que me armaram. Nada posso fazer por ela. Seria preciso atacar o forte do Hâ!... Procuro a todo preço afogar-me na ação. A prisão de Camille mergulha-me numa angústia que me torna um adversário perigoso. Aprendi a matar. Sei dar meus golpes onde é preciso. Até aqui matei porque era preciso fazê-lo, mas hoje não estou convencido de não o fazer por prazer.

Cada dia somos mais numerosos. Muitos daqueles que fogem do STO vêm nos encontrar e tornamo-nos cada vez mais eficazes, cada vez mais móveis, mas cada novo recruta aumenta o risco de infiltrações. Nossas operações multiplicam-se. Tudo isto é tão duro e tão intenso que nos perguntamos todos como poderemos retomar o curso da vida. E, no entanto, cada um de nossos gestos é destinado a que a vida recomece, calma, mais calma ainda do que antes, se isso for possível...

Camille me prova a imensidão de seu amor pelo seu silêncio, prove-me sua afeição com sua prudência.

Um abraço,

Laurent

P.S.: Renunciei a acrescentar meu diário a esta carta. Prefiro que não seja queimado. Você deve fazer desaparecer TUDO o que tem de mim.

Ela amassou a carta e aproximou-a da lareira. Olhou as chamas destruírem o papel e não o largou senão quando sentiu o fogo perto dos dedos. Estava tão mergulhada na angústia que não podia refletir ou mesmo perceber distintamente o que quer que fosse. A única coisa que teria podido, talvez, ajudá-la naquele momento era refugiar-se nos braços de François.

11

Otto kramer não percebeu em nenhum momento que Léa e Albertine nunca tinham estado juntas no pequeno salão onde as senhoras Montpleynet, com sua amabilidade habitual, receberam o noivo da sua sobrinha. Françoise, muito feliz por ter reencontrado seu amante, também nada notou. Sem dúvida, isso se deveu, em parte, à presença e à conversa ora divertida ora provocante de François Tavernier, que havia retomado, para a circunstância, seu ar de cosmopolita mundano. Falando em alemão, assuntava sobre aquela guerra que nunca mais acabava, as restrições do mercado negro, que lhe permitia sobreviver, o *Voyageurs de l'Imperiale,* último romance de Aragon, Léa, por quem estava apaixonado (sem sucesso, ai!), e, sobretudo, o pequeno Pierre, que dormia nos braços da mãe, e que ele achava o bebê mais bonito do mundo.

– *Das ist genau meine Meinung** – havia declarado o pai.

---

*Estou completamente de acordo.

Françoise falava com entusiasmo do soberbo apartamento mobiliado que haviam descoberto no Bois, da babá, da cozinheira e do camareiro que haviam contratado.

Irritada com aquela conversa, Léa perguntara perfidamente num tom inocente:

– E o casamento? É para quando?

Interrompida na descrição de suas alegrias domésticas, Françoise corou e respondeu com aspereza:

– Logo que Otto receba a autorização do Führer, o que não deve demorar, visto que seu pai já consentiu.

– Fico contente por você, minha querida, e por você também, Otto. Mas pensava que o casamento entre alemães e franceses estava proibido.

O ar constrangido do comandante Kramer não escapou a ninguém.

– Nem sempre...

– Tanto melhor; nesse caso, teremos brevemente umas bodas.

Léa voltara-se para o oficial alemão.

– Espero que graças às suas relações os seus amigos de Bordeaux soltem Camille d'Argilat.

– Françoise já me falou nisso. Mandei telefonar ao chefe da Gestapo e ele deve responder-me esta noite.

– Como? A senhora d'Argilat foi presa e vocês ainda não me haviam dito nada? – exclamou François Tavernier, fingindo-se inocente.

– Caro amigo, eu o tenho visto tão pouco nestes últimos tempos.

– Foi há muito tempo?

– Nós soubemos no dia 10 de janeiro.

– De que a acusavam?

– Eles querem saber onde se encontra seu marido.

Naquele momento, Albertine entrou trazendo um bule e disse, num tom despreocupado:

– Trago chá quente, o outro já deve estar frio.

Era o sinal combinado. Léa, por sua vez, deveria substituir a tia junto de Sarah.

– François, quer vir comigo? Quero lhe mostrar uma coisa – disse ela a Tavernier, quando saiu.

Foi no quarto, junto de Sarah adormecida, que lhe contou o que sabia da intervenção de seu tio Luc em relação a Camille.

Diante do ar preocupado, Léa murmurara:

– É grave?

– Muito. Na sua opinião, a senhora d'Argilat sabe onde está o marido?

– Bem, evidentemente que não, se não teria me dito.

– Isso muito me espantaria.

Léa ficara sem respiração.

– Como é que ousa? Julga-me capaz de denunciar Laurent?...

– Que impetuosidade! Não, claro. Mas, sob tortura, nunca se sabe como as pessoas se comportam.

– Preferiria morrer a dizer qualquer coisa que pudesse prejudicar Laurent.

Com uma pontinha de ironia maldosa, ele continuou:

– Eu não duvido da sua coragem, mas eu conheço os métodos desses senhores. É mais fácil aceitar morrer do que suportar certas torturas. Todos temos em nós uma falha que nos pode fazer capazes de denunciar os seres a quem mais queremos. Ao carrasco compete descobrir. Para alguns, é a violação, para outros, a castração, o estripamento, a ausência de sono, as serpentes, os insetos, as ameaças contra um filho. Bem entendido, eu falo de autênticos heróis capazes de suportar as mais severas sevícias...

– Não acredito. Tenho certeza de que há gente que nunca fala.

– Isso acontece, mas é muito raro. Os mais corajosos preferem matar-se, como o seu compatriota de Bordeaux, o professor Auriac, depois do primeiro interrogatório, dirigido pelo famoso comissário Poinsot, com quem já travou conhecimento.

– E Sarah, ela não falou?

– O que sabe disso?

De novo Léa ficara de boca aberta.

Seu olhar fixava ora Sarah, ora François. De olhos úmidos, cuspiu-lhe no rosto:

– Como ousa dizer isso daquela cuja opinião, segundo diz, está acima de tudo? É imundo!

– Não, realista.

– Ele tem razão – disse uma vozinha vinda da cama.

Num mesmo ímpeto, Léa e François encontraram-se junto da amiga.

– Ele tem razão – continuou Sarah. – Mais um dia sofrendo as ignóbeis carícias daqueles sujos, e eu teria falado. Sabe, Léa, ao sofrimento podemos nos habituar, mas à humilhação de estar amarrada, presa pelas mãos e o sexo coberto do sangue de outras vítimas, a boca forçada por um membro sujo dos seus próprios excrementos... A promessa de ser lançada a um cão de guarda se nos obstinarmos em calar... é horrível. Se Raphaël não tivesse conseguido tirarme das patas de Masuy e de seus cúmplices, eu teria contado tudo o que eles quisessem...

– Não fale mais nisso, Sarah. Eu nunca duvidei um só instante da sua coragem. Sou um imbecil por ter pretendido duvidar para dar uma lição a Léa... Tenho de ir. Voltarei para a visita do doutor Dubois, Sarah... peço-lhe, não chore. Eu não queria magoá-la.

– Não me magoou... É a recordação de tudo aquilo. Vá agora e volte logo. Quando voltar, dará notícias de Raphaël.

– Não se preocupe, está num lugar seguro e está sendo bem tratado... Até logo.

Depois da partida de François, Sarah quis ir ao banheiro, amparada por Léa. Dera um grande grito ao ver-se no espelho, por cima do lavatório.

– Fizeram de mim um monstro!

Léa tentara dizer qualquer coisa. Sentira, retrospectivamente, ter tido por momentos inveja da beleza de Sarah. Era horrível ver aquelas lágrimas contornarem as crateras sanguinolentas.

– Deixe-me só, um instante – pedira ela.

Léa obedeceu. Nesse exato momento, bateram à porta. Não era o sinal de Albertine.

– Quem é?

– Vamos embora – gritou Françoise, através da porta. – Queríamos lhe dizer adeus...

Rapidamente Léa arrumou a cama e correu a dar a volta à chave.

– Agora você se fecha a chave no quarto?

– Devo ter feito isso sem perceber, estava com muita dor de cabeça.

– Agora está melhor? – perguntou delicadamente o noivo de Françoise.

– Sim, estou, obrigada. Deitei-me por um momento – disse ela, fechando a porta com o ar mais natural.

Graças a Deus as despedidas não se eternizaram, mas Léa teve de prometer que iria qualquer dia almoçar com eles.

Quando voltou ao quarto, Sarah voltara a deitar-se e parecia dormir. Numa das cadeiras, Léa adormeceu também.

FOI DESPERTADA pela voz do doutor Dubois, de Albertine e de Tavernier. Envergonhada, levantou-se, esfregando os olhos.

– Desculpem-me, deixei-me adormecer.

– Já vimos isso – disse, em tom divertido, o médico. – É muito feio para uma enfermeira.

– Sinto muito. Como está agora a senhora Mulsteïn?

– O melhor possível. Felizmente, é de forte constituição. Daqui a dois dias estará em pé. Consegui uma ambulância para depois de amanhã. Oficialmente, virá para sua tia, que terá se sentido mal, necessitando internação. Tudo correrá bem. Um dos meus amigos, residente e especialista em grandes queimaduras, tomará conta dela.

– Obrigada, doutor. Depois trataremos de passar a senhora Mulsteïn para a Suíça ou para a Espanha. Quanto tempo pensa que ela deva ficar no hospital? – perguntou François Tavernier.

– No máximo cinco dias, para sua segurança e a de meus colegas.

– Será em 18 de janeiro?

– Sim, uma ambulância a transportará no dia 18 pela manhã, é o mais normal para as saídas, e irá conduzi-la aonde quiserem. Depois, a senhorita Delmas poderá ir buscar a tia.

– Eu terei de ficar todo esse tempo no hospital? – perguntou Albertine.

– É a condição para o êxito do nosso plano.

Nesse momento, Sarah ergueu-se e murmurou:

– Estou envergonhada por lhes causar tantos contratempos.

Não pareceu compreender as razões por que todos se puseram a rir.

– Não se preocupe com nada, minha filha – disse a velha senhora –, pense só em ficar curada. O mais difícil será mentir a Lisa e preocupá-la...

– É muito importante que sua irmã seja a primeira a acreditar na sua doença – disse o médico.

– Eu sei, doutor, mas desde a nossa mais tenra infância nós nunca tivemos nenhum segredo uma para a outra...

AGARRADA AO BRAÇO de François, Léa tremia no frio desagradável e úmido que cobria Paris. Em frente das lojas, as donas de casa formavam intermináveis filas, batendo com os pés numa tentativa vã de se aquecer.

Tudo se passara como previsto. Sarah havia recobrado as forças e partido para um destino ignorado, e Léa tivera de cuidar de Lisa, que caíra realmente doente com a ideia de que a irmã estava no hospital... Mathias escrevera para dizer que estava em Bordeaux, e Françoise havia telefonado. As notícias eram boas: Camille seria solta e Léa podia livremente voltar para Montillac. O comandante Kramer dava sua garantia. Léa voltara a encontrar parte de sua alegria de viver e sua boa disposição, e para festejá-las François decidiu levá-la ao Chataîgnier para almoçar, na rua Cherche-Midi. Ao passarem pela livraria Gallimard, na avenida Raspail, maquinalmente, tinham atrasado o passo e deitado um olhar para a vitrine onde *Les Décombres*, de Rebatet, parecia esmagar todos os outros livros.

– Aqui está a obra mais imunda publicada este ano – disse François Tavernier. – Embora cheia de talento, em meio a um ódio incontido e porcarias sobre os judeus e outros estrangeiros...

Saindo da livraria, como um diabo de uma caixa, Raphaël Mahl acercou-se deles:

– Léa, François!

– Que faz em Paris? – disse secamente François. – Eu julgava que tínhamos combinado que partiria para o Midi imediatamente depois do nosso último encontro.

– Não me leve a mal, caro amigo, essa viagem ficou adiada por uns dias.

– Mas eu julgava que Masuy o procurava... – disse Léa.

– Agora não mais. Graças a mim, ele conseguiu um fornecimento de ouro muito importante. Voltamos a fazer negócios.

– Depois do que ele fez a Sarah?...

– Minha querida Léa, ele teve a bondade de esquecer minha participação no desaparecimento da sua amiga e a maneira como o enganei. Em troca, eu esqueço as sevícias sofridas pela nossa pobre Sarah.

– Pode esquecer?!...

Raphaël pegou a mão da moça, que se levantava contra ele.

– Não tenho escolha. É assim ou uma boa bala na barriga – disse ele, energicamente. – Isso dói, bela criança, uma bala na barriga – continuou ele, retomando um tom prazenteiro... – Fique tranquila, não tem nada a temer. Ele já sabe das relações alemãs da sua família e é prudente demais para atacar uma amiga do senhor François Tavernier, frequentador do hotel Lutétia e da embaixada da Alemanha.

Pálida e gélida, Léa percebera as ameaças escondidas na evocação daqueles lugares. E não se enganava.

– Caro François, se não nos tivesse tratado tão bem, a Violeta e a mim, nunca perdoaríamos nosso sequestro, e não duvido que seus amigos da Abwehr ou seu amável embaixador, sua excelência Otto Abetz, não se tivessem interessado por suas atividades, um tanto contraditórias. Mas você agiu como um homem civilizado e prudente, cumulando-nos, ao meu amigo e a mim, com uma mesa bem servida, com vinhos excelentes, num local esplêndido, onde não faltava música nem literatura. Mostrei-me, portanto, reconhecido, esquecendo-me de falar em você...

– Julgo que devo agradecer-lhe – respondeu secamente François.

– Não peço tanto.

– Sabe, no entanto, que mais cedo ou mais tarde, será preso e talvez assassinado.

– Talvez... Sabe, é preciso pensar; a morte nunca é acidental.

– É completamente louco, dá vontade de rir.

Raphaël Mahl abandonou os gracejos e em seu olhar passou uma súbita expressão de sofrimento.

– Se pensa que é divertido ser quem sou... Vocês ainda podem rir das minhas loucuras, mas é preciso que eu sofra!

Através da vidraça, Mahl fez um sinal amigo ao jovem vendedor que arrumava os livros. Léa reconheceu-o e também acenou com a mão.

– Que rapaz encantador! Conhece a última de Cocteau? Foi ele quem me repetiu. O poeta estava jantando no café da senhorita Valentin com Auric. Este lhe contava que um judeu se queixava por ter de usar a estrela amarela. "Console-se", respondeu o amigo, "depois da guerra irão fazer-nos usar um nariz postiço." Sempre engraçada aquela querida, não está de acordo?

François Tavernier absteve-se de responder, mas custou-lhe reprimir um sorriso. Quanto a Léa, deu uma gargalhada, mas quase imediatamente arrependeu-se.

– Ria, minha jovem, ria, o riso fica-lhe bem... É preciso rir em vez de chorar. Até logo, linda menina. Deus a guarde. Adeus, meu caro senhor, espero não ter de voltar a encontrá-lo – disse ele, fechando a porta da livraria.

Antes de entrar, voltou-se e disse, olhando-os:

– Obrigado por tudo o que fizeram por Sarah.

ATÉ A RUA Cherche-Midi, Léa e François não trocaram nenhuma palavra. Ao chegarem ao Chataîgnier, a sala estava cheia. O garçom conduziu-os ao seu lugar perto de uma longa mesa de 12 lugares.

– Espero que nossos vizinhos não sejam muito barulhentos – disse Tavernier.

– Embora seja gulosa, não gosto destes ambientes – disse Léa, olhando em volta.

– Eu também não, mas que isso não lhe tire o apetite. Hoje, quero fazê-la esquecer tudo o que não seja nós dois. Quero, egoísta, você só para mim.

– Bebamos uma garrafa de Bordeaux. Estou com vontade de sentir o perfume da minha terra.

Momentos mais tarde o *sommelier* trazia, com todas as precauções costumeiras, uma garrafa sublime.

A cozinha estava à altura do vinho.

Cumpriam fielmente seu programa, não falando senão de coisas ternas e simples: das saias que se usavam mais curtas, dos penteados que haviam mudado, das *boîtes* clandestinas, dos excêntricos que impunham a moda a toda a juventude, das viagens que fariam juntos quando acabasse a guerra... Por baixo da mesa haviam entrelaçado as pernas.

Várias pessoas passaram por eles: homens com uma expressão satisfeita, falando alto, lindas mulheres com trajes vistosos e rindo alegremente. Instalavam-se na mesa grande, onde chegou um homem de aspecto pesado, com olhar vivo e inteligente através dos óculos grossos, com um corpo de atleta.

– Quem é? – perguntou Léa.

– Um homem notável que se perde: Jacques Doriot, o fundador do PPF, Partido Popular Francês. Estamos já longe das campanhas do *Cri du peuple** contra o mercado negro e os restaurantes a 500 francos por pessoa!

– Mas nesses restaurantes você se sente bem.

– É verdade.

---

 *Jornal colaboracionista criado em 1940 por Jacques Doriot.

A harmonia do início se rompera. A refeição terminou em silêncio.

NA RUA, APESAR de sua reticência, ele deu-lhe o braço.

– Não fique agastada, meu amor, resta-nos tão pouco tempo para ficarmos juntos!

– O que você quer dizer com isso?

– Parto amanhã, logo cedo.

– Para onde?

– Não posso lhe dizer.

– Por muito tempo?

– Não sei.

– Não pode me deixar sozinha!

– É preciso, já tem idade para se defender.

– Sarah também tinha idade para se defender. E veja o que lhe fizeram.

Uma leve crispação passou pelo rosto de Tavernier. Ele não podia, mesmo assim, dizer-lhe que se desesperava por ter de deixá-la à mercê de Masuy e companhia! Maldizia a hora em que se deixara apaixonar por aquela garota. Nas suas funções, todo o sentimento devia ser banido. Era correr riscos inúteis e, sobretudo, também fazê-la correr riscos. Desde seus breves encontros em Montillac, consciente do perigo, tinha evitado pensar nela. Sem muita dificuldade, tinha de reconhecê-lo. Desde o princípio da guerra, as moças, mesmo as mais ajuizadas, eram menos esquivas. A urgência de viver era tal que elas esqueciam as conveniências, e entregavam-se com tanta simplicidade como Léa. Mas por tê-la reencontrado, às vezes mais forte, às vezes mais frágil, reavivara esse sentimento pelo qual não sentia gosto e que só servia, segundo o que julgava, para lhe complicar a vida.

– Por que não diz nada?

– Que quer que eu diga? Mahl tem razão: as relações de sua irmã irão protegê-la, pelo menos enquanto o comandante Kramer estiver em Paris. Se eu fosse você, iria para Montillac, pelo menos por três razões. A primeira é que seu tio dominicano e seu querido d'Argilat não estão longe...

– Como sabe disso?

– Sei... A segunda é que a senhora d'Argilat precisa de você e a terceira é que não pode deixar a propriedade nas mãos de seu vinhateiro.

– Se Laurent e tio Adrien estão perto como diz, por que não fizeram nada por Camille?

– Fazer qualquer coisa por ela seria arriscar, agravar seu caso, e não se foge do forte do Hâ. Ao contrário, é mais fácil sair do campo de Mérignac.

– Mas eu pensei que ela seria solta!

– Isso foi adiado.

– Por quê?

– Não sei... Talvez para levar Laurent a cometer alguma imprudência. Eles manobram muitas vezes assim, na esperança de que o adversário se exponha. Está bem claro que não arrancaram nada de Camille. Ou porque ela nada sabe, ou por ter dado prova de verdadeira coragem.

– Ela é bem capaz disso. Por baixo daquele ar doce e tímido, é a pessoa mais teimosa que conheço.

– Felizmente, para o marido.

Aborrecida, Léa encolheu os ombros.

– Tenho certeza de que ela não sabe de nada. Acho que vou seguir seu conselho. Vou voltar para Montillac.

Enquanto falavam, chegaram à casa de Léa.

– Quer subir? – perguntou ela.

– Não posso, tenho um compromisso. Vou tentar passar por aqui antes do toque de recolher. Se não voltar, não me queira mal...

– Fique tranquilo, não lhe quero mal.

Ficou com a impressão de que o ferira, e sentiu uma alegria maldosa, seguida da sensação de um grande vazio. Puxou-o para o saguão do prédio e ali, ao abrigo dos olhares dos que passavam, atirou-se em seus braços.

– François...

Com a mão ele fechou-lhe os lábios.

– Não diga nada. Continue assim colada em meu corpo sem se mexer. Beije-me.

Naquela noite, Léa o esperou em vão.

12

Querida Léa,

Saio do inferno. Depois de meu último interrogatório com Dohse na filial Gestapo, na estrada Médoc, número 197, jogaram-me num dos calabouços. Era tão baixo que não podia ficar em pé. No chão, terra úmida e palha, e, em volta, excrementos e vômitos: um horror. Das celas vizinhas vinham os gritos dos outros. Um homem, a quem arrancaram os testículos, e que berrava. Uma mulher que não cessava de gemer. Eu deixei-me cair de cansaço e de terror. Não sei mesmo quantos dias passei ali, meio sonolenta, tremendo de febre, sem comer, fazendo as minhas necessidades no chão, como um animal.

Quando compreendeu que, mesmo que eu quisesse, não podia falar, Dohse mandou-me levar para o forte do Hâ. Passei três dias com quarenta graus de febre na enfermaria e agora estou numa cela com três outras mulheres. Quase um luxo. Podemos ficar em pé, podemos lavar-nos, podemos mesmo usar pó contra os piolhos. Ao subir para uma das camas, podemos ver através das grades os telhados da cidade. Um "café" da manhã, 200 gramas de pão, uma sopa às dez horas, outra às quatro e, de tempos em tempos, uma boquinha da Cruz Vermelha com biscoitos que cheiram a azeite rançoso. E, depois, a vida da prisão: as mensagens entre os muros, as novidades que se ouvem na missa do domingo, a alegria de conseguir um bocadinho de papel, a felicidade de arranjar uma mensageira para enviar uma carta... Recebi a visita de Amélie Lefèvre, a mãe de Raul e Jean, e de Ruth, que veio me trazer notícias de meu querido, Charles. Penso nele a cada instante e é ele quem me dá forças para continuar. Estou sem notícias de L. Não tenho a menor ideia do que vai ser de mim, nenhuma ideia do tempo que irei passar aqui. Minha única certeza é que em um dia próximo eles virão me buscar para um novo interrogatório e que não sei como irei suportar as bofetadas, os maus-tratos e a prisão. Minhas companheiras são admiráveis: Odile, uma ativista de 19 anos, que foi presa porque distribuía panfletos; Élisabeth, comunista, cujo marido foi fuzilado em 21 de setembro de 1942; Hélène, cujo esposo foi juntar-se aos maquis e foi denunciada porque albergava aviadores ingleses. Juntas, vamo-nos animando nos momentos de depressão.

Se me acontecer alguma desgraça, cuide de Charles, que é o que tenho no mundo de mais precioso. Perdoe-me escrever tão pouco, mas o papel vale ouro. Tenha cuidado. Eu a amo com ternura. Que Deus a proteja.

Camille

Léa, enrolada num cobertor, levantou-se lentamente e pousou o papel na cama. Seu rosto jovem exprimia ao mesmo tempo incredulidade e horror.

– Como pudemos chegar a isso? – disse em voz alta.

Parecia-lhe que as paredes do quarto se fechavam e se tornavam as de uma prisão.

Com as costas da mão, esfregou os olhos, e acabou por tomar uma decisão: voltar a Montillac. Lá, no próprio local, veria com Mathias, com o casal Debray e a senhora Lefèvre o que poderiam tentar para obter a libertação de Camille. Esta decisão trouxe calma a seu espírito, mas, antes de partir, era preciso ter uma conversa com Otto Kramer.

O toque longínquo do telefone soou. Alguém atendeu. Pouco depois batiam-lhe à porta: era Estelle, que vinha lhe dizer que Françoise a chamava. Mais uma vez, lhe pareceu auspicioso.

Léa aceitou o convite para jantar no dia seguinte.

DEPOIS DA REFEIÇÃO da noite, feita na salinha, Léa, sentada no chão diante da lareira, leu para as tias e Estelle a carta de Camille. Nenhuma das três velhas a interrompeu. Por fim, Lisa enxugou com gestos largos os olhos lacrimejantes, Albertine bateu no peito com a mão trêmula, Estelle assoou ruidosamente. Os trabalhos de tricô, de tapeçaria ou de cerzimento ficaram abandonados em seus joelhos.

Léa levantou-se e foi ligar o rádio.

Depois de algumas tentativas, encontrou a Rádio Londres. O nevoeiro daquela noite não encobria as vozes. Eram vinte e uma horas e vinte e cinco minutos do dia 15 de janeiro de 1943.

> Filho de um operário do norte, assassinado pelos alemães em 1917, antigo combatente da guerra em França, companheiro de cativeiro de 27 mártires de Châteaubriant, fugido em julho de 1941, depois de nove meses de tortura nas prisões alemãs, Fernand Grenier, deputado de Saint-Denis, fala-lhes...

"Franceses e francesas,

Depois de ter conhecido as prisões de Fontevrault e de Clairvaux, depois de ter vivido nove meses com Charles Michel, Guy Môquet e os mártires de Châteaubriant, depois de partilhar, em Paris mesmo, o perigo diário dos combatentes da resistência, depois de ter conhecido as mesmas privações, os mesmos sofrimentos morais, as mesmas esperanças que o nosso povo vencido, mas indomável, recém-chegado a Londres, delegado pelo comitê central do Partido Comunista Francês para levar ao general De Gaulle e ao Comitê Nacional Francês a adesão de dezenas de milhares dos nossos que, apesar do terror, nas fábricas assim como entre os franco-atiradores e partidários, nas universidades e também nos *oflags* do Reich, de Nantes a Strasbourg, de Lille a Marselha, travam a cada dia, com o risco de suas vidas, uma luta implacável contra o detestado invasor hitlerista.

Vim aqui afirmar que, no espírito do camponês como do operário, do industrial patriota como do funcionário, do professor laico como do padre, não existe nenhum equívoco: ou se está com Vichy ou com a França que resiste e combate..."

O barulho que aumentara havia alguns instantes tornou as propostas do orador inaudíveis.

Lisa rolava os olhos assustados.

– Ouviram!... O general De Gaulle aceita os comunistas!... Esse homem está completamente louco. Os comunistas!

– Cale-se – disse secamente Albertine. – Você não sabe o que diz. A França tem necessidade de todos os que querem combater. Por enquanto, não são muito numerosos...

– Não há razão para rejeitar seja quem for!

– Calem-se, o sinal está um pouco melhor.

> ... a imensa massa de franceses, todos aquele que lutam, todos os que resistem, todos os que esperam – e esses são a França inumerável, França simplesmente –, estão com o general De Gaulle, que teve o mérito, doravante histórico, de não se desesperar quando tudo parecia ruir e, com os homens da resistência, que pouco a pouco se vão juntando e continuam a se unir no seio da França combatente, em vista do combate sagrado, para a libertação da Pátria...

De novo os ruídos cobriam a voz de Fernand Grenier. Léa continuava a procurar. Estelle aproveitou para ir buscar a infusão da noite; Albertine pôs carvão no fogão.

– Vai ser preciso economizar lenha, quase não temos mais.

> ... Amigos da França, os seus sofrimentos são terríveis, a sua coragem é magnífica, e grandes as suas esperanças. Celebrem cada vitória do Exército Vermelho, cada raio destruidor da RAF, cada tanque ou canhão que sai do arsenal americano. Continuem a resistir... Sejam solidários uns com os outros e ajudai-vos mutuamente. Acentuem sempre sua ação tenaz e heroica contra o invasor! Que um imenso sopro de fraternidade, que uma permanente coragem os anime!...

O ruído voltou, desta vez definitivamente.

As quatro mulheres sorveram em silêncio a bebida quente, depois separaram-se.

NO DIA SEGUINTE, Léa vestiu-se com o maior cuidado para o jantar da irmã. Pôs um vestido de lã fina, preto, drapeado nos quadris e com um grande decote, presente de François Tavernier. Era um vestido de Jacques Fath, que devia lhe ter custado muito caro. Era a primeira vez que Léa o usava.

Fixou nos cabelos, puxados para cima, um minúsculo adorno com um pequeno véu, atrás do qual brilhavam seus olhos cuidadosamente pintados. Colocou no pescoço o colar de pérolas dado por Camille e usou a inevitável capa de raposa de Albertine. Por sorte, meias de costura impecavelmente reta, outro presente de François, moldavam-lhe as pernas, que ela sabia bonitas e que, realçadas por sapatos de salto alto, lhe davam um ar que ela julgou "alucinante". Foi exatamente a opinião de Lisa, que lhe emprestou seu último par de luvas em bom estado.

Tomou o metrô até a Étoile.

DESDE A CHEGADA detestou o apartamento da avenida Wagram. Otto Kramer e a irmã tinham-no alugado mobiliado de um célebre médico que preferia o ar da Cotê d'Azur ao de Paris.

– Um judeu, sem dúvida – disse Françoise, falando de seu proprietário.

Esta reflexão irritou Léa.

– Evidentemente, isso não se parece nada com os apartamentos da alta burguesia de Bordeaux, que gosta de esconder suas riquezas. Aqui, pelo contrário, gosta-se de mostrar, até um pouco demais.

– É também minha opinião – disse Otto Kramer, rindo –, mas tínhamos pressa. Como está bela e elegante! Venha ver o quarto do bebê e verá como seu sobrinho está sendo bem-tratado.

O quarto era uma grande peça, muito clara, onde encontraram Frederic Hanke, que tentava calar, embalando talvez com força demais, os gritos do afilhado.

– Mas vocês não veem que esta criança está com fome? – exclamou ele, quando entraram. – Léa, estou contente por tornar a vê-la. Não quer tentar usar de sua autoridade de madrinha?

Léa pegou o bebê e disse-lhe, deitando-o de novo no berço:

– Agora, tenha juízo e durma.

Para espanto de todos, a criança calou-se e fechou os olhos.

– Bravo! Que autoridade! É preciso que venha mais vezes, pois nem a mãe nem eu conseguimos evitar que chore.

– Falaremos disso mais tarde... Quando ele tiver recomeçado! Por enquanto, tenho um favor para lhes pedir; quero voltar o mais rápido possível para Montillac e meu visto para ir a Bordeaux já está vencido.

Léa estendeu-lhe o mapa marcado com o guia hitlerista que cobria grande parte de sua foto.

– Amanhã lhe mandarei nova autorização. Daqui a pouco deixará de ser preciso, pois a linha de demarcação vai ser suprimida em virtude da ocupação da zona sul.

– Eu sei – disse Léa, com mais tristeza do que queria.

– Oh! Desculpe-me, não queria aborrecê-la. Um dia seu país será de novo livre e nossas duas nações estarão unidas e reconciliadas.

Ela não respondeu, mas os dois oficiais alemães leram claramente em seus olhos: nunca.

Passaram à sala de jantar com a mesa luxuosamente posta.

– Somos só os quatro?

– Isso a aborrece? Pensamos que não teria vontade de se encontrar na companhia de meus compatriotas.

– Agradeço-lhes, está muito bem assim.

Léa havia receado tanto encontrar-se no meio de oficiais alemães de uniforme que sentiu um real alívio, a ponto de lhe devolver seu bom humor. Tanto mais que Otto e Frederic estavam vestidos como civis.

– Mandei preparar tudo que você gosta – disse Françoise, com um grande sorriso.

– O quê? Diga depressa.

– Verá, minha gulosa.

A REFEIÇÃO TRANSCORREU de maneira agradável e Léa a cada prato manifestava sua gratidão à irmã, por todos os cuidados que teve para lhe agradar: ovos recheados, guisado de carneiro com nabos e batatas...

– Fiz isso apenas com 15 gramas de manteiga, pela receita de Édouard de Pomiane. Sabe, aquele que publicou um livro indispensável neste momento: *Cozinha e restrições* – disse Françoise com orgulho.

Quanto aos *clafoutis* de damascos secos, estavam deliciosos. Léa os repetiu duas vezes.

Em nenhum momento durante o jantar falaram de guerra. Só se falou de música, de literatura, de teatro e de cinema. Para o café, passaram para a sala onde ardiam as brasas da lareira. Françoise disse à criada que ela mesma serviria o café.

Beberam lentamente e, em silêncio, olharam as chamas. Otto levantou-se e foi para o piano, que ocupava grande parte da sala.

– Foi sobretudo por causa do piano que nós o alugamos – cochichou Françoise, ao ouvido da irmã.

Durante uma hora o tempo foi abolido. Não havia mais franceses nem alemães, vencedores nem vencidos, apenas a música que os unia numa fraternidade sem fronteiras.

LONGAMENTE, depois de a última nota se extinguir, ficaram silenciosos, temendo ter de voltar à realidade. Foi Léa quem rompeu o precário silêncio, dizendo com a voz emocionada:

– Obrigada, Otto, por nos ter proporcionado instantes de verdadeira paz.

Comovido, o comandante Otto levantou-se e veio beijar-lhe a mão.

– Obrigado por ter vindo.

Agora, Léa podia lhe falar do que sabia sobre o "assunto" Camille. Otto Kramer não respondeu logo em seguida à questão da jovem, absorto em sombrias reflexões. Quando, enfim, decidiu-se falar, foi ao amigo que se dirigiu:

– *Scholl ich him alles Sagen?**

– *Ya.*

– Não vamos esconder que eu e Frederic estamos muito preocupados por causa da senhora d'Argilat. Ela foi, como sabe, presa por denúncia, acusada de servir de agente de ligação entre o marido e seu tio, padre Delmas, ambos na resistência, procurados pela polícia francesa e pela Gestapo. A senhora d'Argilat foi encontrada de posse de panfletos chamando os jovens para se juntarem aos *maquis*. Isso era suficiente para a prenderem. Além disso, Dohse suspeita que ela pertença ao mesmo grupo de Laurent d'Argilat...

– É completamente absurdo! Camille só se interessa pelo filho e não entende nada disso. Além do mais, sua saúde não é boa e está sem notícias de Laurent há meses.

– Léa, não nos tome por imbecis. Quando eu estava em Langon, foi às dezenas que recebemos denúncias a respeito da senhora d'Argilat e de você. Frederic e eu destruímos muitas, embora algumas fossem bastante comprometedoras. Quando se tratava de passar o correio de uma zona para outra, nós fechamos os olhos. Mas agora as coisas são mais graves, fatos atribuídos à senhora d'Argilat são passíveis, se forem provados, de pena de morte. Sua amiga é um peão

*Devo dizer tudo?

nas mãos de Dohse, do qual ele quer se servir, na esperança de que Laurent d'Argilat e os do seu grupo cometam uma imprudência para salvá-la. Por sorte, ele não parece crer que ela conheça realmente a atividade do marido nem que saiba onde ele se encontra... Nessas condições, ele se mostra prudente durante os interrogatórios. Mais ainda desde que sabe dos laços familiares que unem seu tio Luc Delmas ao nosso país.

O rosto torturado de Sarah Mulsteïn perpassou-lhe os olhos.

– Eu sei o que seus amigos da Gestapo infligem àqueles que interrogam e de que maneira tratam seus prisioneiros.

– Sou o primeiro a deplorar tais atos. Mas você devia ignorá-los. Para sua tranquilidade futura, eu lhe suplico que esqueça.

Léa levantou-se, furiosa.

– Esquecer!... Tem coragem de me dizer que esqueça que os alemães diariamente fazem sofrer homens, mulheres e crianças? Sabia que Guy Môquet tinha 17 anos quando o fuzilaram, e os de Souges, em setembro último, assassinados porque fora cometido um atentado em Paris, sabe que ao todo eram setenta? E aquela velha judia amiga das minhas tias que removeram para um de seus campos e que dizia chorando: "Senhores, deve haver um engano, eu sou francesa, meu marido foi morto na guerra de 1914 e meu filho está preso porque lutou pela França."

Françoise, com os olhos cheios de lágrimas, agarrou-lhe o braço.

– Cale-se, por favor.

– Não me toque! Deixe-me!

– Léa, eu a compreendo, mas é a guerra, nem você nem eu podemos fazer nada. Tudo o que puder fazer que não seja contra a minha honra de soldado, prometo fazê-lo pela senhora d'Argilat. Mas, para sua segurança e dos seus, suplico-lhe não repetir em público o que disse aqui.

– Pode me jurar que o que vou lhe confiar a respeito da detenção de Camille no forte do Hâ não será utilizado contra ela?

Otto Kramer pensou uns instantes antes de responder.

– Tem minha palavra.

– Poderei falar-lhe a sós?

Françoise levantou-se.

– Venha, Frederic, acho que incomodamos.

Como ela podia ser irritante com sua falsa arrogância. Já em pequena era de uma susceptibilidade que sempre horrorizara Léa e da qual o próprio pai zombava.

– O que tenho para dizer não diz respeito a mim, é por isso que acho...

– Você não precisa se justificar – interrompeu a irmã, deixando a sala, seguida por Frederic.

– Honestamente, não sei como pode suportá-la.

– Parem de brigar como duas garotas – disse ele, com um sorriso. – Sente-se aqui à minha frente.

– Pois bem – disse ela –, recebi uma carta de Camille. Deixaram-na vários dias trancada num porão, onde ela nem mesmo podia ficar em pé. Foi por três vezes interrogada por Dohse. Não obtendo nada dela, mandou que a jogassem numa cela infecta, de onde saiu doente. O que ele fará na próxima vez? Os guardas de Bouscat não têm boa reputação. Diz-se em Bordeaux que em certos dias os gritos atravessam as paredes dos porões. Peço-lhe que aja para que Camille escape das mãos dessa gente.

– Desprezo tanto como você "essa gente". No Exército não gostamos dos da Gestapo. Infelizmente, ela está cada vez mais poderosa, e seu poder judicial estende-se igualmente sobre nós. Acredite-me, a França é um dos países ocupados que menos sofre. Quanto à senhora d'Argilat, não estava a par do tratamento que lhe fizeram sofrer. Portanto, mentiram-me quando me afirmaram que ela estava sendo bem tratada. Dohse deve estar convencido de que ela tem informações importantes para que, apesar de nossas relações, ele a detenha nessas condições. Não vai ser nada fácil fazê-lo largar a presa.

– Mas eu lhe asseguro que ele está enganado. Camille não está a par das atividades de Laurent!

– Ela lhe disse?

– Não, mas nós vivemos juntas e se ela tivesse notícias de Laurent eu seria a primeira a saber.

– Eu não quero magoá-la, Léa, mas quando se faz parte de uma atividade clandestina não se vai gritar aos quatro ventos. Embora os resistentes, como você os chama, sejam de uma imprudência de que nós somos frequentemente os primeiros a admirar.

– Não acredito em nada disso, Camille sabia muito bem que podia confiar em mim e que eu estava pronta...

Léa parou de repente.

– Não tenha medo, continue. Eu não posso censurá-la, sei que no lugar deles teria feito o mesmo que seu tio e o marido da sua amiga, teria continuado no combate. Dito isto, meu dever e o dos soldados alemães engajados nessa guerra é o de impedi-los. Isso, também, você deve compreender. Se prendemos e fuzilamos os que colocam bombas, executamos os reféns, aprisionamos quem distribui panfletos, aqueles que escondem aviadores ingleses ou se comunicam com Londres com a ajuda de emissores clandestinos, é, apesar do armistício, porque a guerra continua. Disso não tenho de que me envergonhar. Mas quando a Gestapo interroga brutalmente os supostos resistentes e as mulheres, tenho vergonha. Embora a maior parte do tempo ela deixe essa sinistra função aos da Gestapo francesa. Saiba que, quando estava em Langon, duzentos agentes franceses inscritos reforçaram as fileiras da Gestapo e dos grupos auxiliares. Desde a reunião do chefe da Gestapo em Bordeaux, Dohse, com os comissários da brigada Poinsot, em abril de 1941, seus compatriotas fizeram um bom trabalho, e com muito zelo.

– Cale-se.

– Isto é apenas parte da triste realidade. Acredita que nós forçamos muito a mão dos governadores, dos prefeitos, dos juízes, dos policiais da França? Eles obedecem ordens do chefe do Estado francês, o marechal Pétain, que lhes pedira, assim como a todos os franceses, que colaborassem conosco. São eles que estão na legalidade. Seu marechal chegou ao poder por um golpe de Estado, que eu saiba.

– A honra era continuar a guerra.

– Com o quê? Esqueceu a derrota do Exército francês, consumada em poucos dias?

Léa virou a cabeça. Reviu na estrada de Orléans aqueles grupos de soldados sujos, barbudos, depenados, jogando fora suas armas para correrem mais rápido, pilhando as casas abandonadas, puxando os civis para fora de seus carros...

– Voltando à senhora d'Argilat, vou usar o pouco de poder que tenho a seu favor, é tudo o que posso lhe prometer. Se conseguir fazê-la sair do forte do Hâ, procure uma maneira de ela não se envolver com qualquer tipo de ação da resistência, porque será vigiada ainda mais atentamente do que antes da prisão. Se não conseguir, não só terei perdido todo o crédito, mas minha intervenção me fará, com certeza, ser novamente enviado à frente do Leste. Não é por mim que eu temo essa eventualidade, mas por Françoise e por meu filho. Não gostaria de deixá-los sozinhos aqui, antes de poder regularizar nossa situação.

Léa levantou-se.

– Obrigada.

Dirigiu-se para a porta da sala e disse:

– Françoise! Françoise! Frederic! Podem vir.

– Está louca, gritando assim, vai acordar Pierre!

NO DIA SEGUINTE, Léa não só teve seu visto renovado, mas também um lugar marcado em primeira classe no trem de Bordeaux, que partiria em dois dias. Empregou esse tempo indo ao cinema e ao teatro com Françoise, e consolando as tias entristecidas por sua partida. Deixou com Albertine uma mensagem para François Tavernier. Para o caso de ele passar pela rua da Universidade para saber notícias suas.

Deixou Paris sem saudade.

13

Ao chegar à estação de Saint-Jean, em Bordeaux, Léa teve a surpresa de avistar Mathias na plataforma. Fora esperá-la. Ela o viu logo, antes mesmo de o trem parar. Parecia maior, mais forte, e tinha a cabeça quase raspada. Sentiu no mesmo instante alegria e um mal-estar indefinido.

Ele precipitou-se para pegar sua mala, beijou-a nas faces, balançando-se à sua frente como se não soubesse por onde começar, como se medisse o tempo passado, e depois conduziu-a até o trem de Langon. Quando estavam instalados em seu compartimento, ele tomou-lhe a mão, que Léa retirou.

Por que teriam seus olhos perdido aquele fulgor malicioso?

– Eu queria ser o primeiro a lhe anunciar uma boa notícia: a senhora Camille deixou o forte do Hâ.

– Ela está em casa?

Mathias tinha um ar um tanto constrangido.

– Não. Ela foi transferida para o campo de Mérignac...

– E é isso que você chama de boa notícia?

– Sim, porque no campo de Mérignac circula-se mais livremente, os guardas são franceses e eu conheço o diretor.

– Tanto faz para mim que você conheça ou não o diretor, o que eu quero é que Camille seja libertada.

– Tenha paciência, estamos cuidando disso, é uma questão de dias. Acredite-me, para arrancá-la de Dohse não foi fácil, e foi preciso negociar.

– Negociar? Quem? Você... Você conhece esse sujo?

– Na verdade, sujo não é uma palavra justa. Ele faz seu trabalho para manter a ordem numa cidade como Bordeaux, onde fervilham agentes ingleses, terroristas, comunistas e patifes, que só querem desencadear a luta.

Ela o fuzilou com o olhar.

– Sabe bem o que está dizendo? – sibilou ela entre os dentes, para que os vizinhos não a ouvissem.

– Estou vendo que você e Camille não mudam de atitude; se continuarem a lançar olhares para o lado da resistência, vocês serão executadas. E eu não quero que você seja executada.

Léa encolheu os ombros no banco. Estava impressionada por aquela paixão ingênua e brutal de Mathias, mas aterrada com a ideia do que ele poderia fazer. Tal como o via ali, era capaz de tudo para lhe agradar e, com certeza, para trair. O que fazia ele com os alemães? Preferiu mudar depressa de assunto. Falou das vinhas e da propriedade e acabou por fingir que dormia.

NA ESTAÇÃO reencontrou com prazer a bicicleta azul que Mathias trouxera para ela, junto com a dele. Apesar de um ventinho frio que soprava na encosta dos domínios de Prioulette, Léa chegara antes que ele às cancelas brancas que marcavam a entrada da propriedade. Por um instante escutou, esperando ouvir a voz do pai.

UM JANTAR ESTAVA à sua espera na grande cozinha de lajes de pedra. Na lareira escurecida, ardia uma chama de ramos de videira que fazia brilhar o cobre das caçarolas e das bacias penduradas nas paredes caiadas de branco. Na mesa comprida recoberta por uma toalha azul impermeável estava posta a louça dos dias de festa. A primeira coisa que Léa notou ao entrar foi que haviam disposto os móveis em volta da lareira. Seguindo seu olhar, Ruth explicou:

– Não tínhamos carvão suficiente, nem lenha para aquecer outro compartimento. Aqui aproveitamos o calor do fogo que acendemos para fazer as refeições e, à noite, para o prazer de nossos olhos, jogamos uma braçada de sarmentos na lareira. Com esse frio, a cozinha tornou-se o único lugar agradável da casa. Há dias em que não nos resignamos em ir para nossos quartos. As camas estão congeladas, apesar das chaleiras. Eu ainda suporto; na Alsácia, o frio é muito mais cortante do que aqui, e fui educada duramente, mas sua irmã e sua tia sofrem muito. Seus pés e suas mãos estão cobertos de frieiras. Eu só as tenho nas mãos, mas é por lavar com água quase gelada.

Pobre Ruth, de governanta, professora e dama de companhia tinha se tornado, com a mesma bondade, o mesmo desejo de ser útil, a criada que fazia tudo na casa. Como outrora, Léa agarrou-se em seu pescoço.

– Meu lindo sol, minha pequenina... minha selvagenzinha... Estou feliz por estar de volta. Montillac sem você já não é Montillac. Lembra-se do que seu pobre pai dizia?

Léa fez que não com a cabeça.

– Ele dizia que você era o gênio da casa, que sem você ela não existiria da mesma maneira e que perderia a alma se a deixasse para sempre.

– Isso não vai acontecer, Ruth, e o meu pai o sabia. Há aqui, nesta terra, entre estas paredes, alguma coisa que faz parte de mim, tal como meus braços, minha cabeça ou meu coração, sem os quais não posso viver. Você vê, cada vez que deixo a casa, receio não voltar, e, cada vez que volto, sobe em mim uma felicidade e uma força que sempre me surpreendem.

– Isso é amor, minha pequena.

Bernadette Bouchardeau juntara-se a elas. Instalaram-se à mesa para comer o feijão e um frango que Fayard lhes dera. Léa contou as notícias de Paris, e Ruth, sua prisão com Camille e Laure.

Léa não conseguia desfazer-se daquela má impressão que sentira desde a estação de Saint-Jean. Não conseguia encontrar-se de novo em Montillac. Aquela grande casa fria não era realmente a sua. Já estava farta do frio e da fome: desejava o verão, o sol e as frutas... Laure crescera muito, era agora uma mulher. Charles andava por toda parte – parecia com a mãe: a mesma boca e os mesmos olhos... Léa tinha a impressão de que tudo correra sem ela saber, quase às suas costas. Apesar de reencontrar os gestos de todos os dias, seus hábitos, Montillac escapava-lhe. Haviam mudado os móveis, Ruth parecia menos ativa, mais envelhecida...

NO EXATO MOMENTO em que a governanta pegava o pequeno Charles para levá-lo para dormir, a porta abriu-se inteiramente.

Um homem, com bigodes caídos, um barrete enfiado na cabeça até as sobrancelhas, uma sacola na mão, vestindo uma japona, avançou pelo limiar da porta.

– Feche depressa, que o calor sai todo – disse Bernadette Bouchardeau.

O homem obedeceu.

– Quem é o senhor? O que quer? – perguntou ela. – Já é noite, não é hora de chegar à casa de ninguém.

O homem não respondia nada, olhava em volta como alguém que quer reencontrar um lugar familiar.

Léa levantou-se com o coração palpitante.

– Mas, então, meu senhor, não me responde: quem é?

– Cale-se, minha tia. Seja bem-vindo, Laurent!

Houve um instante de pânico. Todos queriam cumprimentar Laurent ao mesmo tempo e apertá-lo ao peito. Ruth queria a todo custo pôr-lhe o filho nos braços. O pequeno berrava de terror diante daquele grande bigodudo que não conhecia...

Laurent acalmou-os.

– Sejam discretas. Prefiro que Fayard e Mathias não acorram aos seus gritos.

Sentou-se à mesa e comeu um pouco, seu olhar não cessava de ir de Léa para Charles, a quem haviam permitido ficar acordado até mais tarde e que brincava no chão.

– Tavernier avisou-me de que Léa chegaria esta noite. Espero que esteja aqui com a aprovação das autoridades e que possa fazer uma visita a Camille. Queria lhe entregar uma mensagem para ela... Tenho um encontro importante em relação a ela, amanhã em Bordeaux.

Bernadette Bouchardeau vasculhava os armários procurando algo para comer. Custou a Laurent persuadi-la de que não sentia fome. Colocou-se de quatro no chão e Charles aceitou sem discutir aquele novo companheiro de brincadeira. Deixou-se mesmo levar até a cama e prometeu brincar de esconde-esconde no dia seguinte...

Por fim, quando todos se recolheram, Léa e Laurent encontraram-se apertados um ao outro no banquinho de pedra que fazia parte da lareira; Léa sentia-se feliz. Rindo, fazia festas no bigode de Laurent, passando-lhe a mão pelo peito. Tornara-se duro como uma pedra. Passou-lhe o polegar pelas rugas, que agora existiam no canto de seus olhos.

– Você envelheceu.

– Você também. Mas está ainda mais bonita. Agora, tem o ar de uma verdadeira dama. Até Tavernier percebeu isso.

Durante horas falaram do que tinham sido suas vidas desde a separação.

PROCURADOS PELOS homens de Lécussan, Adrien e Laurent foram obrigados a deixar Toulouse e a se refugiar no Limousin, dormindo nos celeiros ou nos palheiros da casa de resistentes ou de simpatizantes. A zona estava sob as ordens de um tal Raul, antigo professor comunista, que passara à clandestinidade desde fevereiro de 1941, procurado pelos homens do comissário Combes, depois pela Gestapo. No fim de dois meses de vida errante, Adrien optara por voltar clandestinamente a Bordeaux, onde pensava poder fazer melhor trabalho que nos bosques. Laurent, por sua vez, ficara para dar instrução militar aos jovens. Juntos, tinham atacado as câmaras e agido para recuperar bilhetes de alimentação, indispensáveis à sua sobrevivência, carimbos oficiais, carteiras de identidade sem uso e dinheiro.

– Com a guerra, tornei-me assaltante de estradas!

No entanto, não era comunista, e bem depressa divergências muito profundas tinham surgido entre ele e os responsáveis clandestinos do partido. Pretendia, cada vez mais seriamente, voltar a Toulouse para tentar que o enviassem a Londres, depois para a África do Norte para combater. Estava refletindo sobre tais propósitos quando soube da prisão de Camille e da sua detenção no forte do Hâ. Nessa mesma noite, deixou os resistentes de Limoges e entrou em contato em Toulouse com seu antigo grupo. Tinham-lhe arranjado um encontro com Grand-Clément.

– O segurador de meu pai! – exclamou Léa.

O mesmo que se tornara *o* chefe da organização civil e militar da região de Bordeaux, o que não deixara de surpreender Laurent, tanto mais que em 1940 Grand-Clément não escondera suas simpatias pelo governo de Vichy. Mas, entre os resistentes, ele não era o único a ter confiado no marechal Pétain. Em Toulouse tinham dito a Laurent que fosse ao café Bertrand e perguntasse por David, que em agosto de 1942 descera de paraquedas, vindo de Londres, perto de Châteauroux. Laurent devia se apresentar com o pseudônimo de Lucius. David seria avisado da sua próxima chegada por uma mensagem da Rádio Londres. O encontro seria no dia seguinte.

Léa mostrou-lhe a carta de Camille, que Laurent leu com uma emoção que não lhe fez sentir nenhum ciúme. Contou-lhe sua conversa com Otto Kramer e suas promessas. Curiosamente, não lhe contou a volta de Mathias nem o que ele lhe tinha dito sobre suas novas relações. Contentou-se em lhe contar que Camille se encontrava agora no campo de Mérignac.

– Amanhã é o dia de visita, e eu vou lá. Escreva-lhe se quiser, eu tratarei de lhe entregar a carta.

– Não, isso não posso aceitar, é perigoso demais.

– Escreva, mesmo assim; se perceber que estamos muito vigiadas, guardo-a. Vou buscar papel e tinta.

Quando voltou, ele sentara-se à mesa.

Suavemente, ela pousou a mão em seu ombro.

 – Não se preocupe.

Ele ergueu os olhos em sua direção, abraçou-a e pousou a cabeça em seu ventre. Durante muito tempo ficaram assim, imóveis.

Léa caiu em si.

– Vou me deitar. Ruth preparou sua cama no quarto de meu pai, espero que não esteja muito frio, ela pôs lá dois sacos de água quente. A que horas quer se levantar amanhã?

– Não muito cedo, o meu encontro é às três horas da tarde.

– Então durma bem. Até amanhã – disse ela, beijando-o como uma irmã.

– LÉA... LÉA... Não tenha medo... É apenas um pesadelo...

Laurent havia despertado em sobressalto com os gritos e os gemidos que vinham do quarto da moça. Correra. Com o pesadelo habitual, sentada na cama, em lágrimas, ela repelia o assalto do homem que ela havia matado em Orléans. Por um refinamento do destino, o homem agora tinha um companheiro: Masuy, o torturador de Sarah, que avançava para ela arrastando uma banheira cheia de imundícies, de onde surgiam serpentes.

Léa despertou molhada de suor e viu na leve claridade do candeeiro o rosto de Laurent.

– Peço-lhe, venha para perto de mim, tenho medo.

Logo que ele a apertou contra si, ela voltou a adormecer como uma criança.

LÉA CONVENCEU Laurent a não descer daquele andar enquanto ela não se certificasse de que Fayard e a mulher não estivessem por ali. De fato, o que temia era a perspicácia de Mathias. E tinha razão. Na véspera, por discrição, o jovem se eclipsara logo depois de colocar a bagagem de Léa em seu quarto, e não voltara a aparecer.

Quando ela entrou na cozinha, ele estava lá, conversando com Ruth, que acabava seu almoço. Léa beijou a velha governanta e o amigo de infância.

– Está com ótimo aspecto – disse-lhe. – Tem um ar descansado, apesar da hora tardia em que se deitou.

Ela pôs-se logo na defensiva.

– Deito-me à hora que me agrada.

– Não se zangue, disse por dizer.

Léa ficou aliviada.

– Dormi muito mal, tive pesadelos horríveis.

– Esta noite vou lhe dar um chá de tília – disse Ruth, sempre solícita.

– Você bem sabe que a tília me agita, desde pequena...

– Sim, sim, é verdade, confundo-a com Françoise. A você faz bem o de flor de laranjeira. Quer que lhe prepare uma torrada?

– Não, obrigada, eu mesma faço.

– Há um pouco de café em cima do fogão.

– Obrigada, Ruth.

Enquanto falava, ia cortando uma grossa fatia de pão duro; depois de picá-lo com o garfo, colocou os pedaços diante das brasas da lareira.

– Também quer uma? – perguntou a Mathias.

– Não, obrigado, já almocei. Tome, trouxe-lhe manteiga.

– Mas isso é sua ração de um mês!

– Não se preocupe. Sei onde arranjá-la.

Sentado à sua frente, olhava-a comer.

De repente, o rosto de Léa se entristeceu.

– O que você tem?

– Penso em Camille, não tenho nada para lhe levar, a não ser uns doces e alguma roupa.

– Eu pensei nisso. Tenho para ela um cesto cheio de coisas boas.

– Com manteiga também?

– Com manteiga, açúcar, docinhos, chouriços, empadas e até sabão.

– Você é formidável!

– Eu sei – disse ele, orgulhoso.

Léa deu uma gargalhada.

– O campo abre às duas horas, é preciso tomar o trem das onze, mas você não tem muito tempo.

Ela olhou para o relógio da lareira.

– Subo para me preparar, venha buscar-me daqui a meia hora.

Logo que ele saiu, preparou uma bandeja para Laurent, que se extasiou ao ver a manteiga.

O tempo era pouco para combinar um encontro em Bordeaux, tanto mais que Laurent não sabia a que horas poderia ver Grand-Clément. Decidiram, portanto, despedir-se. Quando Léa estava pronta para partir, abraçou-o.

– Seja prudente e não corra riscos inúteis.

Fatalista, ela deu de ombros e saiu. A carta para Camille estava escondida na meia direita.

14

A mãozinha com luvas remendadas apertava com força o pesado cesto, enquanto os pés, calçados com botas de solas de madeira, trotavam na lama do caminho rodeado de arame farpado que conduzia ao campo de Mérignac. Uma multidão, mulheres na maioria, fazia fila, esperando que a porta se abrisse. Todos tremiam nos velhos agasalhos, silenciosos, de cabeça baixa, como se sentissem vergonha de estar ali. De repente, um mesmo movimento os anima: além, fora aberto um dos batentes da grande porta de madeira, coberta de arame farpado. Endireitam-se os corpos... os corações palpitam mais depressa. Léa muda o cesto de braço. A coluna avança lentamente, cada qual prepara seus papéis. Uma velhinha, cheia de embrulhos, deixa cair os seus. Ninguém esboça um gesto para ajudar. Por fim, chega sua vez. Lastima ter dito a Mathias que a deixasse sozinha. Depois de olhar para sua carteira de identidade, o guarda a deixa passar, enquanto outro lhe faz sinal para entrar na barraca junto da entrada. Ali, os guardas examinam sobre a mesa o conteúdo das carteiras, cestos, sacos ou embrulhos, anotam o nome do visitante e do visitado. Atrás de uma cortina suja, uma vistoria mais íntima: para as mulheres, é uma guarda que está encarregada da inspeção. Léa encolhe-se sob as mãos que apalpam seu casaco e seu corpo por baixo do vestido.

– Tire as meias.

Léa fecha os olhos para esconder a alegria que sente. Que bela ideia tivera ao retirar a carta no lavabo do trem. Calmamente estende as meias à mulher, que as apalpa.

– Não me leve a mal. Sabe bem que há quem esconda cartas nas meias – disse ela, ao entregá-las. – Pode sair.

Volta a pegar o cesto. Não tirou as luvas. A carta estava escondida na mão esquerda. Dá alguns passos no chão barrento sem ver nada à sua volta, não ousando acreditar em seu êxito. Alguém, empurrando-a, fez com que voltasse à realidade.

Então é isso o campo de Mérignac, de que tanto se fala na região, a reserva de reféns: uma dúzia de barracas de madeira com teto de zinco, ondulados, rodeados de arame e de torres de vigia. Alguns dos detidos erravam livremente.

Uma barraca tinha sido transformada em parlatório: um cantinho para mulheres, um maior para os homens, aquecida por um fogão de lenha que se encontrava no centro da sala. Léa parou à entrada.

– Saia da porta, por Deus! – berrou a voz de um homem.

Léa entra, empurrada por um guarda, que a fecha atrás dela.

– A quem procura, minha pequena?

– À senhora d'Argilat – murmura ela.

– Vai chegar, não tenha pressa. Foram chamá-la na enfermaria.

Na enfermaria! Camille, então, continua doente!

– Léa!... Oh!... Léa!...

Aquele corpo frágil, aquele rosto pálido tão emagrecido, aqueles cabelos descorados, aquelas mãos escaldantes, aqueles olhos diziam toda a alegria que sentia ao vê-la... aqueles beijos que lhe cobriram as faces. Aquelas lágrimas que a molhavam e vinham se misturar às dela...

– Como está Charles?

– Está bem – respondeu Léa. – Tenho notícias de Laurent – murmurou.

Sente contra si o corpo frágil vacilar. Com a ajuda de uma das prisioneiras, estende-a no banco.

– Doente como está, devia ter ficado deitada.

– Não, não – murmurou Camille, erguendo-se –, não é nada – continuou ela, por causa do guarda que se aproximava.

A jovem mal olha para o conteúdo do cesto, mas embrulha-se com ar encantado num grande xale de lã tricotado por Ruth. É o momento que Léa escolhe para lhe entregar a carta.

– É de Laurent.

Camille cora e aperta, tremendo, o papel amarrotado.

– Oh! Obrigada.

Tosse. Léa põe a mão na sua testa. Está escaldante.

– Está com febre. Foi uma loucura levantar-se.

– Não brigue comigo. As visitas são proibidas na enfermaria e não poderia vê-la. Sobretudo, não diga a Laurent que estou doente.

– O médico a viu?

– Sim, veio aqui ontem. Passa uma vez por semana. Fale-me de Paris, de suas tias, de Françoise e do bebê. Está bonito?

Léa fala de mil coisas. Camille está radiante.

Quando o tempo de visita acaba, têm a impressão de não terem dito nada.

Camille faz Léa lhe prometer que voltará e explode em soluços.

– Tenho medo de não aguentar – disse ela.

DE BRAÇOS CAÍDOS, vazio o cesto, Léa afasta-se do campo com um único pensamento: tirá-la dali.

Mathias, de bicicleta, para a seu lado.

– Senhorita, posso levá-la para algum lugar?

Tinha vindo buscá-la! Era um gesto simpático, porque os trens entre Bordeaux e Mérignac eram raros, mas aquilo não lhe convinha: ela queria discretamente ir ao café Bertrand, no cais de Chartrons.

– Pode me levar até a casa de tio Luc?

– Claro. Vai demorar-se muito?

– Não sei, uma hora ou duas, talvez. Encontramo-nos às seis horas no café perto do Grand Théâtre.

– Como quiser.

Léa acomodou-se de lado na bicicleta, quase confortavelmente, entre os braços de Mathias.

Quando rodavam, falaram de Camille, do seu estado de saúde. O jovem reafirmou que ela não ficaria muito mais tempo e que Rousseau, o diretor do campo, havia lhe prometido velar por ela para que tivesse um pouco de conforto. Um mal-estar inexplicável impedia Léa de lhe fazer as perguntas que lhe queimavam a língua.

Deixou-a na alameda de Chartres, diante da casa do tio. Entrou no prédio e esperou alguns instantes no vasto átrio de mármore branco, depois voltou a sair. Mathias havia desaparecido. Rapidamente, dirigiu-se para o cais de Chartrons, que era perto.

EXCETO POR ALGUMAS figuras sombrias, encolhidas pela chuva gelada e fina que começara a cair, o cais estava deserto. Léa diminuíra o passo para não se arriscar a passar diante do café Bertrand sem o ver. Sua entrada não interrompeu os jogadores de cartas, instalados numa das mesas. Avançou sob o olhar bonachão de um criado gorducho, com a barriga envolta pelo avental azul dos homens do vinho. Além dele e dos jogadores, o café estava vazio. O homenzinho passou para o outro lado do balcão.

– O que quer tomar, senhorita?

– Queria ver David – disse ela, num sopro.

Aquele rosto aberto tornou-se grave.

– Deve estar enganada, aqui não há nenhum David.

– Tenho certeza de que sim, um de meus amigos tinha um encontro com ele esta tarde.

– É possível, mas não sei de nada.

Um cansaço imenso invadiu Léa, que, vendo que não conseguia nada do homem, instalou-se à mesa.

– Dê-me um café, por favor.

A mistura que lhe trouxeram era infecta, mas estava quente. O dono do café desapareceu na sala dos fundos.

Uns segundos depois, Laurent estava de pé, junto dela.

– Você é doida, o que está fazendo aqui?

– Estava à sua espera.

– Venha, não fique aqui.

Sem responder, ela o seguia à sala de trás do bar. Não havia janelas, apenas uma cama desfeita, uma mesa de madeira clara, um armário normando e cadeira de bar. Dois homens em pé olhavam para ela.

– É mesmo ela – disse Laurent, empurrando-a à sua frente. – Podem ter confiança. Fortunat e eu mesmo já a utilizamos várias vezes.

– Mas por que foi que ela veio aqui? É terrivelmente perigoso.

Aqueles dois começaram a irritá-la com seus ares inquisidores. E quem era Fortunat, de quem falava Laurent? Ela não conhecia ninguém com aquele nome. Eram ridículos os três, com seus modos conspiradores. De repente, o mais baixo dos desconhecidos sorriu-lhe.

– Deixe-a, não vê que dá medo?

Medo!... Enfim, se lhe causava prazer tomá-la por uma mulher fraca...

O pequeno moreno que lhe havia falado perguntou-lhe:

– Por que pediu para ver David?

– Eu não sabia que Lau...

– Não diga nomes.

– Eu sabia que meu amigo tinha um encontro com ele.

– Quem lhe disse?

Léa deu um suspiro, aborrecida.

– Evidentemente que foi ele.

– É verdade? – perguntou ele, num tom seco, voltando-se para Laurent.

– Sim.

– Não vê que cometeu uma grande imprudência? E julgo que teve alguma razão – disse, pondo-se a rir. – Desculpe-me, senhorita, este interrogatório. Deixe que me apresente: Aristide, e aqui está David. E você, como devemos chamar?

Léa deu por si respondendo sem pensar:

– Exupérance.

– Exupérance... – disse Aristide. – É um nome engraçado; soa como "esperança", é uma boa escolha.

Laurent olhou-a com um sorriso cúmplice. Ele sabia de onde lhe vinha aquele nome: juntos, tinham contemplado a "santinha" no relicário da basílica de Verdelais.

– Vi Camille e consegui lhe entregar sua carta.

– Como está ela?

Léa resolveu esquecer sua promessa.

– Está doente, é preciso fazê-la sair depressa.

Laurent apoiou-se no espaldar da cadeira sem deixar transparecer seu cuidado.

– Aristide acha que é muito arriscado procurar Grand-Clément. Não tem confiança.

– Mas faz mal – exclamou David, que até então permanecera calado. – Eu conheço Grand-Clément. Juntos reformamos e instalamos novos campos para paraquedistas e arranjamos onde esconder mais armas. É um homem seguro, que tem toda a confiança do OCM. Não sei o que Aristide tem contra ele, nunca quis encontrá-lo.

– Escute, David, não vamos discutir de novo por causa do seu grande homem. Ele talvez seja "seguro", como você diz, mas fala demais, leva uma vida demasiado vistosa e negocia muito. Todos aqui sabem que o Grand-Clément é um chefe da resistência. Não compreendo o que lhes deu em Paris para nomear um fantoche daqueles responsável pela região B2. Em Bordeaux, só a Gestapo é que não sabe.

– Você exagera! Cada um tem sua maneira de combater.

– Eu sei que talvez seja injusto, mas algo me diz que esse oficial da Marinha, antigo monárquico, íntimo do coronel Rocque, irá nos pregar uma peça.

– Você e suas premonições.

Léa assistia, divertida, àquela troca de pontos de vista sobre o "segurança do pai". Tentava lembrar-se da impressão que lhe causara em seu primeiro e único encontro. Revia um homem alto, com boa aparência, do gênero de homem de negócios, como se apreciava em Bordeaux, nada de extraordinário.

– E se eu fosse vê-lo?

Três pares de olhos fixaram-na.

– Eu já tratei de negócios com ele.

– Como? – perguntou Aristide.

Léa contou como ela havia se encarregado de lhe entregar alguns documentos num envelope com os contratos de seguros do pai.

Aristide escutou-a sem dizer nada. Não era talvez má ideia, era preciso ver.

– Quando está marcado o encontro?

– Amanhã, em casa dele, uma hora antes do toque de recolher.

– Pode-se desmarcá-lo – disse David. – Se for preciso, encarrego-me disso.

– De acordo, cancele – disse Aristide.

– Eu devia voltar para Montillac esta noite. Tenho de telefonar, senão ficarão preocupados. Tenho também de encontrar um amigo com quem voltaria a Langon.

– Não há muito tempo. Alguém vai telefonar do correio para sua família. Quanto a seu amigo, é preciso arranjar uma desculpa. Um dos nossos vai segui-los de longe até o pátio de Verdun e esperará por você para se assegurar de sua proteção. Fará uma pergunta ao Grand-Clément: "A OCM está de acordo em ajudar a senhora d'Argilat a fugir?"

Havia alguns instantes Léa, visivelmente, não ouvia: refletia rapidamente.

– É absurdo. Se eu falar assim, Grand-Clément, que, como vocês dizem, fala demais, saberá que os ajudo e também serei suspeita. Além disso, se desse certo a fuga de Camille, ela seria obrigada a se esconder até o fim da guerra. Ora, isso não é desejável, dado o seu estado e por causa do filho.

– É verdade! – disse Aristide. – O que propõe?

– Ir vê-lo em meu nome e suplicar-lhe que faça algo por humanidade.

– Mas ele sabe que você está metida na resistência, uma vez que já lhe transmitiu documentos – disse David.

– Já pensei nisso. Vou fazer o papel de uma boba que não percebeu a importância de sua incumbência.

Aristide não pensou muito. O bom-senso da proposta o seduziu.

– Creio que ela tem razão. David, avise Tête-de-pioche para segui-la discretamente, assim que ela sair. Exupérance, não deve voltar aqui. Seria perigoso demais.

David deixou o aposento.

– Vou me incumbir disso.

– Não sei se devo deixá-la se arriscar por minha causa – disse Laurent.

– Não é por você, mas por Camille.

O mais engraçado é que ela era sincera e percebera que, desde aquela fuga dramática pelas estradas do êxodo, nunca mais deixaria de se sentir responsável pela jovem mulher.

Sem dizer nada, Laurent abraçou-a.

David voltou.

– Tête-de-pioche a espera lá fora. Se, quando sair da casa do Grand-Clément, alguma coisa der errado, ponha este lenço na cabeça em vez do chapéu. Ele compreenderá e estará pronto para intervir. Irá segui-la até que lhe faça sinal, pondo os dedos sobre a boca, para lhe indicar que está em segurança. Compreendeu tudo?

– Claro que sim. Não é tão complicado.

– Espero por você na praça Gambetta, no Régent, a partir do meio-dia.

O dono do bar, por sua vez, entrou.

– Tudo em ordem, ela pode sair.

Léa fez um pequeno gesto cumprimentando-os e saiu, passando diante do homem do café, que disse:

– Não me leve a mal, senhorita, mas há regras que não podem ser descumpridas.

Como resposta, Léa lhe deu o seu sorriso mais bonito.

LÁ FORA era quase noite, luzes mortiças escapavam por debaixo das portas, mas não havia luz nas janelas nem nas vitrines. Os candeeiros estavam apagados. Estava frio e úmido. Felizmente o pátio de Verdun não era longe da plataforma dos Chartrons.

Em frente ao número 34 alguns carros estacionavam e pessoas elegantemente vestidas entravam. Léa hesitou. Decerto, não era o melhor momento para ver Grand-Clément. O que podia fazer? Estava ali, tinha de entrar. Tocou a campainha.

Uma criada abriu a porta e afastou-se para deixá-la passar sem lhe perguntar nada.

– Você aqui, querida amiga?...

Léa voltou-se e reconheceu logo aquele que temia não reconhecer. Também ele a reconheceu.

– O que quer?

– Preciso lhe falar.

– Não é o momento, espero amigos, volte amanhã.

– Não, é uma questão de vida ou morte – disse ela, forçando dramaticamente –, só o senhor pode me ajudar.

Grand-Clément deu um sorrisinho satisfeito.

– Acredite, senhorita, que não desejo outra coisa senão ajudar uma pessoa encantadora, mas o momento é mal escolhido.

– Peço-lhe, eu direi rapidamente do que se trata.

– Está bem, venha ao meu escritório. Minha querida – disse ele a uma mulher jovem que caminhava para eles –, são só alguns instantes, receba os convidados por mim.

Mandou-a entrar no escritório, que ela já conhecia. Ali, ela tentou seduzi-lo, comovê-lo e convencê-lo.

No fim da conversa, ele prometeu que uma pessoa tão calorosamente recomendada seria libertada brevemente.

– Brevemente não, imediatamente.

– Como anda depressa. Ao ouvi-la, pode-se acreditar que os alemães só esperam uma ordem minha para soltar seus prisioneiros.

– Tenho certeza de que vai conseguir.

– Volte a procurar-me amanhã às quatro horas, eu lhe direi o que houver – concluiu ele, levantando-se.

À entrada, um homem bastante grande tirava o casaco, ajudado pela criada.

– Tio Luc!

– Léa, o que faz aqui? Julgava-a em Paris, em casa de suas tias.

– Eu vim pedir ao senhor Grand-Clément que me ajude a tirar Camille d'Argilat do campo de Mérignac.

– Conhece esta senhorita?

– É filha de meu irmão Pierre, que morreu no ano passado. A senhora d'Argilat é uma de suas amigas. Moram juntas perto de Langon com uma de minhas irmãs, desde que o marido dessa senhora desapareceu. Conheço-a bem. É uma pessoa excelente. Se puder fazer alguma coisa por ela, eu lhe serei grato.

– Caro mestre, prometi à sua sobrinha fazer todo o possível.

– Eu lhe agradeço muito.

– Até mais, tio Luc.

– Aonde vai? Não volta esta noite para Montillac? Já não há trens e daqui a pouco é o toque de recolher. Se quiser, pode dormir em minha casa.

– Agradeço-lhe, tio, mas tenho um encontro com alguns amigos.

– Como quiser. Vai tudo bem em Montillac?

– Vai, sim. Até logo, caro senhor.

– Até logo, senhorita, até amanhã. Espero ter boas notícias para lhe dar.

JÁ ESTAVA ESCURO, Léa não havia tirado o chapéu. Agora era preciso saber se Mathias ainda estava no café do Grand Théâtre. Ele estava. Furioso.

– De onde você vem? Por que me armou esta cilada? Você não esteve na casa de seu tio, ninguém a viu lá! Onde esteve?

– Eu lhe explico.

– Ei! Apaixonados, eu vou fechar! Daqui a dez minutos é o toque de recolher.

– Está bem! Está bem, já vamos. Você não perde por esperar. Não gosto que zombem de mim.

– Sinto muito, senhor, mas está fechado.

O homem que estava à porta, com as mãos enfiadas nos bolsos do impermeável, não tirava os olhos de Léa. Era

Tête-de-pioche, ela o havia esquecido. Fez-lhe o sinal combinado. Ele partiu, dizendo:

– Adeus, companhia.

– AONDE VAMOS? – perguntou Léa, logo que saíram para a chuva e para o frio.

– Explique-me onde esteve enquanto eu fiquei plantado esperando.

– Mais tarde lhe digo. Agora, estou gelada e morrendo de fome.

– Ruth e sua irmã devem estar preocupadas!

– Já foram avisadas. Sabe aonde poderemos ir?

Sua pergunta ficou sem resposta. Caminharam por alguns instantes em silêncio e atravessaram a praça de Quinconces, que parecia um buraco negro. O rapaz tirou do bolso uma lanterna que entregou a Léa. Contornaram os sacos de areia das calçadas de Tourny e chegaram a uma ruela próxima da igreja.

Uma escada estreita, íngreme e escorregadia subia até uma porta envidraçada, onde estava escrito em letras grandes "OTEL"; o "h" havia desaparecido, deixando a marca de seu contorno. Mathias, que não largara a bicicleta, empurrou a porta, fazendo tilintar durante muito tempo os tubos de cobre do carrilhão. O local estava mal iluminado, cheirava a urina de gato e a sopa de cebola, e tinha ainda por cima o odor açucarado de um perfume barato.

– Isso aqui fede – disse Léa, em voz baixa.

Mathias encolheu os ombros.

– Quem está aí? – disse uma voz rouca.

A ponta incandescente de um cigarro brilhou no fundo do aposento.

– Sou eu, senhora Ginette. Guardou-me o quarto?

– Ah! É você, rapaz. Está com sorte, podia tê-lo alugado dez vezes, mas eu disse cá pra mim: "É pena que um rapagão daqueles fique ao relento." Cacete!... Está acompanhado?

Da sombra surgiu a mulher mais gorda que Léa já vira. Em sua carantonha excessivamente pintada luziam dois olhinhos inteligentes e maus, manchados de rímel, enfiados na gordura. O corpo disforme, envolvido num roupão de veludo puído, avançou para eles, arrastando os pés calçados com chinelos moles. Léa recuou como uma criança amedrontada.

– Senhora Ginette, esta é a minha amiga de infância de quem já lhe falei.

– Eh! Caipira, você não tinha dito que essa tipa era tão meiga nem que tinha esse ar de virgindade. Com uma pombinha dessas você não deve afiar a vara frequentemente.

– Senhora Ginette!...

– "Senhora Ginette" o quê? Eu tenho o direito de dizer o que quero em minha casa. Palavra de honra, parece um apaixonado. Eu não vou envergonhar sua donzela. Apesar dessa carapuça, custa a crer que já não tenha perdido a argolinha. Né verdade, gracinha? Não é a uma mulher calibrada como eu que se contam vantagens.

Léa abria os olhos diante dessa avalanche de palavrões que nem compreendia, ditos com sotaque bordelense, do Mériadeck, dos mais acentuados.

– Senhora Ginette, peço-lhe!...

– Pede o quê, seu tarado? Com um pelo do cu você faz o freio de uma carroça. Eu sou brava e você vai me fazer bufar. Eu lhe dou os parabéns por sua donzela, e não lhe digo o contrário. Não sei o que me detém para não enfiar uma vara na sua bunda. Cacete! Você me irrita.

– Mathias, acho que devemos ir embora, creio que esta senhora não quer nos receber...

– Que bela fala tem esta linda pomba! "Creio que esta senhora não quer nos receber..." Não é isso, meu coração. Mas tem um preguiçoso que me toma por besta, que some sem dizer nada e volta na mesma com a bicicleta, e com a amiga de infância. Quer brincar de dândi agora que não tem com que pagar o que deve. Se quer dormir aqui, filho da puta, é preciso pagar; se não, fora!

– Tome, senhora, o que trago comigo. É suficiente? – perguntou Léa, friamente, tirando umas notas da carteira.

A gorda contou-as e enfiou-as no roupão.

– Podemos dizer que você é sortudo. Já conhece o caminho.

– Sim, obrigado.

Mathias apertou o interruptor. Uma luz frouxa vinda de uma única lâmpada revelou um longo corredor para o qual ele empurrou Léa.

– Ei fedelho, esqueceu a bicicleta.

Ele voltou para pegá-la e a carregou no ombro.

O quarto era o retrato do resto: sinistro e gelado. Com os nervos à flor da pele, Léa pôs-se a chorar em pé no meio do quarto, desamparada. Mathias podia suportar tudo, menos vê-la chorar. Tentou consolá-la. Ela o repeliu.

– Não me toque.

Estendeu-se na cama, tirou as botas e cobriu-se com o pesado edredom azul, que parecia de luxo e de um asseio espantoso naquele lugar miserável.

– Eu já volto.

Ela ergueu-se inquieta; ele não podia deixá-la ali, sozinha naquele lugar asqueroso com aquela mulher gorda que lhe causava medo.

– Não se preocupe. Vou buscar o que comer. Demoro dez minutos.

Durante sua ausência, Léa deixou-se ficar escondida debaixo do edredom.

– Vai sufocar debaixo disso – disse ele, descobrindo-a. – A sopa está à espera e vai esfriar. Se a senhora quer fazer o favor, está servida.

Era incrível! Onde teria ele ido buscar aquela mesa de rodinhas coberta por uma toalha impecável, com vincos marcados, sobre a qual estavam talheres de prata, dignos de um hotel de luxo? Uma garrafa de Margaux reclinada num cesto junto de um prato com pãezinhos brancos, um frango frio, uma salada, creme de chocolate e uma grande sopeira de onde escapava um delicioso cheiro de alho.

Léa não o teria sonhado! Aquele rapaz, que julgava conhecer de cor, era cada vez mais misterioso. Era, talvez, a única pessoa que podia, depois do toque de recolher, encontrar em Bordeaux uma refeição que não teria afastado nenhuma mulher honesta de antes da guerra.

– De onde vem isso tudo?

– Não é daqui, em todo caso. Tenho um amigo que é cozinheiro de um restaurante aqui perto. Pode comer sem medo, o melhor de Bordeaux está ali.

– Deve ser caro demais. Pensei que você não tivesse dinheiro!

– É verdade, mas tenho crédito. Vamos para a mesa. Deixe de melindres e venha comer.

Léa engoliu uma colher e afastou o prato.

– Por que foi para a Alemanha?

– Isso lhe importa? Você não suporta que eu esteja do lado do mais forte. Eu bem sei que desde que você voltou de Paris procura me evitar... Você não está imaginando que serão Laurent d'Argilat ou Adrien Delmas que farão a lei? Julga que vamos nos deixar esmagar pelos comunistas sem dizer nada?

– Mas nem Laurent nem tio Adrien são comunistas!

– Talvez, mas são terroristas como eles...

– Está completamente louco, meu pobre Mathias... Você acha normal que se torturem as pessoas?

– É a escória judia que se tortura.

– Escória judia! Camille?

– Ela só devia ter prestado atenção e não se casar com qualquer um!

– Seu sujo!

– Você vai ver, sujo!... Você nem sempre disse isso.

Ele estendeu a mão.

– Se me tocar, não precisará mais pôr os pés em Montillac. Nunca mais.

Ele empalideceu. Ali, já não estava a amiga de infância, mas a patroa da propriedade que seu pai e ele cuidavam. Era a primeira vez que Léa lhe falava naquele tom. Um operário! Um criado! Eis o que ele era. Ela o havia tratado como as marquesas e as princesas tratavam seus pajens.

– Você esquece, minha pobre pequena, que a "sua" Montillac está hipotecada e que, se o meu pai e eu a deixarmos ir abaixo, só lhe restará vendê-la barato.

– É vergonhoso o que está dizendo. Pensei que gostasse tanto da terra como eu.

– Não se gosta por muito tempo do que não nos pertence.

Agarrou-lhe os pulsos com uma das mãos, deitou-a no leito e sentou-se sobre suas pernas para imobilizá-la. Com a outra mão livre, desabotoou a braguilha e expôs o sexo.

– Não, Mathias. Pare.

– Não quer que eu acredite que já não gosta disto!

Levantou-lhe a roupa, arrancou-lhe as calcinhas. Léa debateu-se, encolheu-se e cuspiu-lhe no rosto, fechou as pernas... Ele esbofeteou-a com toda a força. Seu lábio partiu-se e começou a sangrar. Ela gritou... Ele abriu suas pernas e deitou-se sobre ela.

Léa olha para ele horrorizada. Sente-se mal, como nunca se sentira, um medo horrível a invade. As lágrimas molham o travesseiro.

– Pare Mathias... Pare! Estou mal.

– Escute bem! Agora você vai parar de ser pretensiosa. Tenho tudo o que é preciso para fazer com que a enjaulem! As cartas que distribuía, os recadinhos na bicicleta azul... Eu sei de tudo. Tenho muitos amigos na Gestapo. Você me pertence. Portanto, vai ter muito juízo. Retorno para a Alemanha até que se acabe com esta escória e depois voltarei tranquilamente. Você se casa comigo e seremos os senhores de Montillac... Sou paciente.

Deixou-se cair com todo o seu peso sobre ela, procurando sua boca, seu sexo vasculhando-lhe o ventre. Léa cerrou os dentes, todo o corpo tremendo.

– Eu a amo, Léa, a amo.

Gozou nela e deixou-se cair.

Um longo momento depois, desprendeu-se. Em seu sexo havia sangue.

Léa puxou o edredom sobre o corpo dolorido e ficou prostrada.

Ele acariciou-lhe o rosto; ela o repeliu secamente com a mão. Ele olhou-a demoradamente sem dizer uma palavra. Ela adormeceu ou fingiu adormecer. E ele apagou a luz.

15

Léa acordou primeiro, com uma dor terrível no ventre. Parecia estar fazendo um belo dia, um raio de sol tentava penetrar no quarto por entre as cortinas de um tecido ordinário avermelhado, revelando um horrível papel de parede com grandes flores azuis e vermelhas, desbotado e rasgado em alguns lugares. Um grande espelho defronte da cama revelava-lhe sua imagem e a de Mathias, adormecido.

Sentou-se. Seu relógio marcava onze horas. Onze horas! Com grande esforço conseguiu levantar-se. Tremendo de frio, no quarto gelado, enfiou as botas e o casaco. Mathias revirou-se, deitado. Por alguns instantes, ela ficou imóvel, depois procurou sua bolsa debaixo da cama. Tropeçou na mesa, sobre a qual os copos e os pratos tilintaram. Mathias continuava dormindo.

No fundo do corredor, um homem magricela, amarelado, com uma guimba apagada no canto da boca, varria vagarosamente.

LÁ FORA, O CÉU AZUL tinha substituído a garoa da véspera. Havia no ar como que um perfume de primavera que se infiltrava nas ruas sem alegria. As doze badaladas soaram na Notre-Dame. Léa pôs-se a correr ao longo da rua Montesquieu. Sempre correndo, atravessou a praça da Intendance, teve de parar para deixar passar um bonde e chegou ofegante diante do Régent. Era a hora do aperitivo, a varanda estava cheia. Muitas mesas estavam ocupadas por oficiais alemães.

David devia estar louco ao marcar um encontro ali! Ele não estava na varanda. Léa resignou-se a entrar no estabelecimento. Logo em seguida, viu-o num banco, lendo *La Petite Gironde*. Tinha um ar rejuvenescido e feliz.

– Já sabe da novidade?

Ela negou com um gesto de cabeça.

– Ontem, a Rádio Londres anunciou que Leningrado foi libertada. Eu e Aristide quase choramos quando ouvimos Jacques Duchesne dar a notícia com a voz emocionada. Percebe? Eles aguentaram 16 meses... Você não está com um ar muito contente...

– Não é isso, mas tenho uma enxaqueca terrível... É uma ótima novidade.

Ele olhou-a mais atentamente.

– É verdade que seu aspecto está pior do que ontem. Não teve problemas?

– Não, tudo foi bem.

– E o Grand-Clément?

– Prometeu-me fazer tudo o que lhe fosse possível. Marcou comigo um encontro na casa dele hoje às quatro horas.

– Perfeito. Direi ao Tête-de-pioche para estar lá. Não se esqueça, se qualquer coisa não correr bem, ponha o lenço.

– A senhorita quer beber alguma coisa?

– Sim... Não... Nem sei.

– Já comeu esta manhã?

– Não, estou sem fome. Dê-me um refresco de morango e uma aspirina, se tiver.

– Vou ver, senhorita.

Um grupo de jovens entrou rindo com grande alvoroço. Léa sentiu David se retesar. Aqueles rapazes tinham, no entanto, um ar inofensivo.

O garçom voltou com o pedido e dois comprimidos num pires.

– Tem sorte, a patroa ainda tinha isto na bolsa.

– Agradeça-lhe por mim.

– Quanto devo?

– Um refresco de morango e um copo de vinho branco... Seis francos, senhor, sem serviço.

– Vamos! Apresse-se, temos que escapar.

Léa engoliu os comprimidos e seguiu David. Lá fora ele deu-lhe o braço e arrastou-a à rua Judaïque.

– Por que saímos tão depressa?... Por causa daqueles rapazes?

– Sim.

– Por quê?

– Espero, por seu bem, que nunca mais volte a vê-los. São os homens do comissário Poinsot.

– Aqueles? Pareciam estudantes!

– Falsos estudantes! Sabem manejar melhor o porrete do que a língua francesa. São perigosos, brutamontes sem escrúpulos que torturam e matam tanto por prazer como por dinheiro.

– Por que marcou o encontro num lugar daqueles?

– Porque ainda é no meio do inimigo que se está mais em segurança. Nós vamos separar-nos ali. O que pretende fazer enquanto espera a hora de ir ao Grand-Clément?

– Vou caminhar um pouco, o ar me faz bem. Depois irei ao cinema.

– É uma boa ideia. Está passando *Os visitantes da noite*, de Carné, no Olímpia. É um bom filme, apesar de o fim ser um pouco decepcionante.

– Já o vi em Paris. O que farei quando deixar Grand-Clément?

– Irá para a estação de Saint-Jean tomar o trem. Diante do quiosque de jornais, uma mulher com um guia de vinhos na mão irá abordá-la, dizendo: "O trem de Paris está atrasado hoje", e você responderá: "Parece-me que não." Conte-lhe o que se passou antes de tomar o trem de Langon.

– E se por uma ou outra razão eu não puder estar na estação?

– Viremos a saber por Tête-de-pioche, que nunca deixará de segui-la. Mas as ordens são de que volte para casa o mais depressa possível.

– As ordens? – disse Léa, franzindo as sobrancelhas.

– Sim, quer queira, quer não, agora pertence ao grupo e tem de obedecer, no seu interesse e no nosso. Aristide é muito exigente nisso.

– Onde está Lau... Lucius?

– Num lugar seguro nas Landes. Logo terá notícias dele. Até logo, Exupérance. *Good luck.*

– Até logo, David.

– SUA AMIGA será solta amanhã.

Léa nem queria acreditar. Estava brincando, não era possível!

– Como?

– A Gestapo chegou à conclusão de que a senhora d'Argilat não sabia nada das atividades do marido e que ignorava o endereço onde ele estava. A senhorita, por acaso, não saberia?

O inesperado da pergunta quase a fez se trair. Como escondeu a palidez que a angústia estampava em seu rosto e pôde responder com uma voz perfeitamente inocente?

– Eu? Não, não o tornei a ver desde o enterro do meu pai.

Enganado ou não, Grand-Clément nada deixou transparecer.

– Ora, aí está um homem prudente, como gostamos entre nós.

– Entre nós?

– Sim, na resistência.

– Mas é muito perigoso – disse ela, com um misto de medo e de admiração tão bem-feito que seu interlocutor aprovou com jactância.

– Muito, mas a libertação do país tem esse preço.

Léa, que começava a ficar farta de se fingir de idiota e se sentia pouco à vontade na frente daquele homem que ela não apreciava, perguntou-lhe:

– A que horas é que a senhora d'Argilat deve sair?

– No final da manhã. É preciso providenciar um carro porque ela está muito enfraquecida pela doença. Tomei a liberdade de falar com seu tio, o senhor Delmas, que me disse que pusesse seu carro à sua disposição, para acompanhar a senhora d'Argilat até em casa.

– Fez bem, agradeço-lhe muito por tudo. Mas como conseguiu isso?

– Para falar a verdade, pouco fiz. Quando entrei em contato com o diretor do campo de Mérignac, ele disse-me que recebera ordens para soltar a senhora d'Argilat e uma dúzia de presas, por razões familiares.

Seria verdade? Em todo caso, era admissível. Léa contentou-se com aquela explicação e deixou Grand-Clément, que lhe disse:

– Espero voltar a vê-la em circunstâncias mais agradáveis.

SE NÃO FOSSE a lembrança da noite como uma mancha negra impregnada no ventre, teria dançado de alegria na calçada de Verdun. Deixava-se acariciar pelo último raio de sol naquela bela tarde de inverno. Decidiu ir até a casa de tio Luc Delmas para se lavar enfim, e acabar com aquela sensação de imundície... E pela primeira vez naquele dia refletiu sobre o que havia acontecido.

O Mathias de sua infância e de sua adolescência morrera num hotel sórdido de uma prostituta imunda. Nunca teria perdão. O que não conseguia perceber era o grau de realidade das ameaças de Mathias. Ela sabia que ele era capaz de tudo, mas ignorava a extensão exata de seu poder sobre ela. Não podia pensar em expulsá-lo de Montillac enquanto não soubesse a verdadeira situação da propriedade e as revelações que ele poderia fazer à Gestapo...

ESTAVA QUENTE na sala de jantar do doutor Delmas e a refeição servida pela velha e fiel cozinheira era tão insípida como antes da guerra.

Entre tio Luc e seu primo Philippe, que, por fim, acabara seu curso de direito, para substituir o pai no escritório, Léa sentia-se cada vez menos à vontade.

– É uma sorte meu pai ser amigo do governador; sem isso, a senhora d'Argilat teria grandes chances de passar muitos meses na prisão.

– Então você acha normal, você, um advogado, que se ponha na prisão alguém que nada fez?

– Ela talvez não tenha feito nada, mas o marido está, e muito, sendo procurado pela polícia.

– Qual polícia? A francesa ou a alemã?

– Você bem sabe que aqui as polícias colaboram.

– É difícil ignorá-lo...

– Meus filhos, não discutam. Você não tem razão, Léa, de adotar essa atitude. Aqui em Bordeaux nós apenas seguimos as diretrizes do chefe do governo. Qualquer outra conduta seria contrária aos interesses do nosso país. Pela escolha que fez, o marechal Pétain preservou a França da desordem e da anarquia comunista, sem contar os milhares de vidas humanas poupados...

– Tio Luc, o senhor esquece que, aqui, as vidas humanas, como diz, não pesam muito, e que dezenas de reféns foram executados.

– É a triste consequência de atos de vandalismo cometidos por irresponsáveis pagos por Moscou e Londres...

– Meu tio! Como ousa dizer isso quando homens como tio Adrien e Laurent d'Argilat...

Mestre Delmas levantou-se tão bruscamente que a pesada cadeira de castanho caiu. Com um gesto de cólera atirou o guardanapo na mesa.

– Eu não quero ouvir falar de meu irmão. Para mim, morreu, já tinha dito. Quanto a Laurent d'Argilat, não compreendo o que lhe aconteceu; era, no entanto, um bom oficial. Boa noite, você me tirou o apetite.

Luc Delmas saiu, batendo a porta. Léa esvaziou seu copo de vinho.

– Não devia deixá-lo neste estado. Será difícil dormir esta noite.

– Isso não lhe fará mal, um pouco de insônia. Poderá refletir no que fará depois da guerra, quando os alemães a tiverem perdido.

– Minha pobre pequena! Talvez essa afirmação não se concretize; na verdade, você faria melhor em se ocupar de seus namorados em vez de se meter em negócios de homens.

– Meu pobre Philippe! Será para sempre tão estúpido? Incapaz de ver o mundo de outra maneira senão através dos olhos do pai. Pierrot compreendeu. Preferiu escapulir.

Foi a vez de seu primo se levantar, repentinamente pálido.

– Felizmente você não falou de meu irmão diante de meu pai, senão eu a teria posto para fora.

Léa encolheu os ombros e perguntou:

– Onde está ele? Têm tido notícias dele?

– Está preso na Espanha.

– Preso?...

– Sim, e ele não é nenhum criminoso. Papai quase morreu quando achou em seu quarto um bilhete anunciando sua intenção de ir alistar-se na África do Norte.

– Evidentemente, não teria sido você a fazer uma coisa dessas.

– Você pode tirar as conclusões que quiser. Se não fosse o mau exemplo de tio Adrien, ele nunca teria partido. Felizmente, foi preso antes de poder ir para Marrocos...

– Felizmente!...

– Sim, papai tem amigos advogados em Madri, que lhe prometeram repatriá-lo.

– Ele voltará a fugir.

– Isso me surpreenderá. Não se sai facilmente de um colégio de jesuítas, sobretudo se o pai insiste na necessidade de preservar uma alma em perigo.

– Os grandes meios!

– Indispensáveis nos tempos de hoje, minha querida. Você faria melhor em tomar como exemplo o filho do seu feitor.

– Mathias?

– Sim, o Fayard filho, que, apesar da sua origem, se comporta melhor do que os rapazes do nosso meio.

– Ah, isso! Por aceitar os alemães, comporta-se muito bem! Você é ridículo, meu pobre amigo, parece-me ouvir tia Bernadette: "Os jovens de nosso meio!" Nosso meio, ele está estragado, foi varrido, desapareceu para sempre! Você e os seus companheiros são uns covardes, uns entreguistas...

– Entreguistas ou não, enquanto esperamos, é graças a gente como nós que o país se mantém de pé.

– Você acha que é estar de pé viver esmagado pelas botas alemãs e lamber-lhes as solas?

– Estou vendo que ouve com atenção os pobres tipos da Rádio Londres, os quais, bem protegidos na sua ilha, chamam à subversão os vadios comunizantes do nosso infeliz país.

– Você esquece os bombardeios diários na Inglaterra.

– Nunca serão demais contra esses malandros ingleses.

– Você, um homem de Bordeaux, falando assim dos nossos queridos primos!

– Você não tem graça, cretina!

Era, de novo, a mesma incompreensão, as mesmas discussões, as mesmas injúrias desde a infância.

Léa quase o deixou ali plantado para ir deitar-se, mas o que ele dissera sobre Mathias a inquietava.

– Que queria dizer quando falou de Mathias?

– Simplesmente que sua estada na Alemanha lhe pôs chumbo no cérebro e que, em vez de passar o tempo olhando para você com olhos apaixonados, tornou-se um homem com quem se pode contar.

– Que quer dizer com isso?

– É muito complicado explicar, você verá. É tarde. Tenho de estar amanhã no tribunal. Boa noite. Você fica no quarto de Corinne. Não esqueça de apagar a luz antes de subir.

– Boa noite.

Léa permaneceu ali muito tempo, tentando concatenar as ideias, encostada à mesa com o queixo nas mãos, perguntando-se, com inquietação cada vez maior, o que Philippe teria para dizer a respeito de Mathias.

NA MANHÃ SEGUINTE, o doutor Delmas e Léa foram ao campo de Mérignac buscar Camille. A pobre senhora estava tão fraca que um guarda teve de levá-la até o carro do advogado. Uma vez cumpridas todas as formalidades administrativas, deixaram, por fim, o campo, sob os olhares amorfos dos raros prisioneiros que perambulavam sob uma chuvinha miúda e fria.

Recostada no banco traseiro do automóvel, Camille olhava e via abrir-se, à sua frente, o portão de arame farpado, enfraquecida demais para sentir alegria.

16

Camille mal teve forças para abraçar o filho; a febre a enfraquecera e fizera perder a consciência de tudo o que a rodeava. O doutor Blanchard diagnosticou uma congestão pulmonar e uma comoção cerebral. Durante três semanas esteve entre a vida e a morte. Uma de cada vez, Ruth, Laure e Léa ficavam à sua cabeceira ansiando ver ceder aquela febre que queimava no pobre corpo, cada vez mais descarnado. O médico, que vinha todos os dias, arrancava os velhos cabelos brancos, chegando mesmo a se perguntar se a novena de Bernadette Bouchardeau à Virgem de Verdelais não teria mais chance de vencer a doença do que seus remédios, o que era o cúmulo para um velho ateu como ele.

NO MEIO DE FEVEREIRO, a febre cedeu de repente, e nos dias seguintes Camille recuperou pouco a pouco a lucidez. Mas estava tão fraca que não conseguia alimentar-se sozinha, e Ruth teve de alimentá-la como a um bebê. Falar exigia-lhe também grande esforço. Enfim, nos primeiros dias de março o doutor Blanchard declarou-a fora de perigo e a viu, emocionado, levar à boca uma colher de sopa. Por fim, conseguiu ler as cartas de Laurent e os fragmentos de seu diário que puderam chegar até ela. Isso deu-lhe forças de novo. Guardava-os preciosamente em sua bolsa de costura, que nunca largava.

Nem uma única vez, durante essa longa doença, Léa deixou Montillac. Não soube nada sobre Laurent e nunca mais teve nenhum sinal de Mathias. Teria voltado para a Alemanha? O casal Fayard estava cada vez mais distante, cumprindo suas obrigações sem dizer nada aos habitantes do *château*, apenas o bom-dia e boa-noite, quando, por acaso, se encontravam.

No fim de março puderam instalar Camille ao sol, sentada numa *chaise-longue*, coberta por uma manta. Havia recuperado um pouco de peso, mas sua magreza e sua fraqueza eram assustadoras. Ruth a carregava para o jardim e a trazia de volta sem esforço.

O DINHEIRO era cada vez mais raro em Montillac. Léa e Laure foram ver o notário do pai em Cadillac. Ele aconselhou-as a vender um pouco de terra, não lhes escondendo que lhes seria difícil, porque não se vendia nada naquele momento, ou, então, quando se fechava algum negócio, era sempre abaixo do preço real.

– Não poderíamos hipotecar os pinheiros? – perguntou Laure.

– Suas propriedades estão amplamente hipotecadas. Não sei se posso deixá-las comprometer ainda mais seus bens.

– Se tivéssemos outras soluções, não estaríamos aqui pedindo-lhe conselho – exclamou Léa.

– Eu sei, minha filha, eu sei. Em nome da amizade que me unia aos seus pais, poderei adiantar-lhes algum dinheiro, que me devolverão quando a sucessão de seu pai estiver feita.

Léa ia recusar, mas Laure disse logo:

– Muito obrigada, senhor Rigaud, aceitamos com gratidão.

– Levarei o dinheiro a Montillac na próxima quinta-feira, com alguns papéis para assinar. Não se esqueçam de que, se quiserem vender ou hipotecar, será preciso uma autorização de sua irmã mais velha e de seu tio Luc, que é o tutor de Laure.

– É, na verdade, indispensável?

– Sim, absolutamente, Laure ainda é menor.

ENQUANTO PEDALAVAM de volta, Léa teve a impressão de que um ciclista, que ela já havia percebido vagamente na ida, vinha atrás delas. Não era a primeira vez, desde a libertação de Camille, que tinha a impressão de ser vigiada.

– Pare – disse ela à irmã.

Admirada, Laure obedeceu e desceu da bicicleta.

– O que há?

– Vamos sentar-nos um pouco, estou cansada.

Sentaram-se na grama, no acostamento da estrada. O ciclista passou sem olhar para ela. Era jovem e bem-vestido. Seu rosto lembrava vagamente alguma coisa a Léa.

– Já viu alguma vez esse rapaz? – perguntou à irmã.

– Sim, no correio de Langon, quando mandei uma encomenda para tia Albertine, estava logo atrás de mim...

– Ele falou com você?

– Não, sorriu-me. Ontem, também, quando passei por ele em Verdelais. Mas...

Laure olhou para a irmã com uma expressão inquieta.

– Você não está pensando?...

– Sim. Eu também já vi esse rosto em algum lugar. É a primeira vez que saio da propriedade desde que trouxe

 Camille de Bordeaux... Já sei! Lembro-me agora! Foi no

Régent, estava com um bando de rapazes da sua idade, muito barulhentos.

– Talvez esteja de férias aqui na região.

– De férias? No mês de março?

– E por que não? Daqui a pouco é Páscoa.

– Não acredito. Será preciso tomar muito cuidado. E isso é ruim, amanhã tinha a intenção de ir a La Réole.

– Por quê?

– Não posso lhe dizer, mas é preciso que me ajude.

Laure olhou para a irmã sem dizer nada. Desde o dia em que a Gestapo a levara com Ruth e Camille e ouvira os policiais dizerem, rindo, que tinham meios de fazer falar quem quer que fosse, seu ardor por Pétain ficara terrivelmente abalado. Estava pronta a ajudar a irmã a passar a linha de demarcação.

– Farei o que me disser.

AS DUAS IRMÃS entraram rindo no açougue Saint-Macaire, depois de colocarem as bicicletas no passeio contíguo à loja. O açougueiro, cujo filho era afilhado de sua mãe, acolheu-a com grande demonstração de amizade.

– Olhe, as pequenas Delmas! É raro vê-las juntas, minhas lindas.

Depois, em voz baixa, embora só estivessem os três:

– Arranjei aqui um bom pedaço para dona Camille, isso vai-lhe dar forças. Ela está melhor?

– Um pouquinho, obrigada, Robert. Sem você, nunca se comeria carne em Montillac. Vamos poder reembolsá-lo. O notário vai nos adiantar dinheiro.

– Não se preocupe com isso, senhorita Léa, veremos depois quando essa maldita guerra acabar. Eu tenho pouco, mas bastante para fazer uma sopa forte. Mas se pudessem me ceder algumas senhas, eu ficaria grato.

– Você tem senhas, Laure?

– Tenho...

Laure segredou à irmã:

– Acabo de vê-lo. Agora não vem sozinho, outro rapaz o acompanha.

– Robert, olhe discretamente para a rua. Conhece aqueles rapazes que estão ao lado da loja de ervas?

O homem do açougue avançou até a porta, limpando as mãos no avental.

– Não. Mas já os vi rodando por aí. Eles não têm um ar muito católico, estão muito bem-vestidos para os dias de hoje.

– Laure? Sabe o que deve fazer. Robert, posso sair pelos fundos?

– Claro, senhorita Léa. Vamos deixá-los criar raiz, aqueles tratantes. De onde estão não podem ver o quintal.

LÉA DESCEU a toda velocidade a rua íngreme por trás da igreja, passou diante das grutas, tomou o caminho que beirava o rio Garonne e voltou à estrada de La Réole, em Gaillard, pouco antes de Saint-Pierre d'Aurillac.

Ao chegar ao posto de guarda da linha de demarcação, encontrou a cancela aberta. No entanto, parou e desceu da bicicleta. Um velho soldado alemão saiu da barraca.

– Ah! A moça da bicicleta azul, há muito tempo não a vejo passar por aqui. Não precisa parar, passagem livre agora. Boa viagem.

"É verdade", pensou ela, voltando a subir na bicicleta, "tinha me esquecido que desde o fim de fevereiro já não existia linha de demarcação entre as duas zonas."

Foi para acalmar a ansiedade de Camille e a sua que Léa decidiu ir a La Réole perguntar ao casal Debray se havia notícias de Laurent, e se podiam fazer-lhe chegar uma mensagem. Ruth, para quem contara sobre o receio de estarem sendo vigiados em Montillac, havia tentado dissuadi-la de ir a La Réole, dizendo que era perigoso não apenas para ela mas para as pessoas que ela ia ver. Léa respondera que sabia disso muito bem, mas que não podia ficar mais tempo sem saber da sorte de Laurent. Resignada, a velha governanta vira partir "suas" duas filhas com uma apreensão que não podia dominar.

Léa percorreu a grande encosta até a vila. Na ponte, cruzou com três camionetas pretas, e outras duas militares, de onde soldados alemães lhe fizeram sinais. Esse encontro impressionou-a. Subiu a rampa empurrando a bicicleta, sentindo um mal-estar cada vez maior. Ao atravessar o largo Gabriel-Chaigne, um grupo de pessoas, que parecia em grande agitação, calou-se à sua passagem. Ela se afastara por apenas alguns metros quando um homem a ultrapassou, dizendo sem olhá-la:

– Vá ao largo de Saint-Pierre, na rua de Glacière, depois ao número 1. Entre e espere por mim.

Havia tal autoridade na voz daquele desconhecido atarracado, com roupa de trabalho e um boné da Marinha, que, sem refletir, Léa dirigiu-se para a rua Numa-Ducros. Na rua de Glacière a cancela estava aberta. Ela entrou. Ainda não tinham passado nem cinco minutos quando o homem do boné entrou, por sua vez.

– É do *château* de Montillac, perto de Saint-Maixant?

– Sou.

– O que veio fazer em La Réole?

Por que tinha ele que se meter?

– Você não tem nada a ver com isso.

– Não seja agressiva. Estou tentando evitar-lhe aborrecimentos.

– Que aborrecimentos?

– De ser presa pelos alemães, por exemplo.

Léa sentiu o medo minar-lhe a coragem. Balbuciou:

– Por que iriam me prender?

– Acabam de prender dois dos meus amigos que você conhece.

– Os Debray?

– Sim. Ei! Pequena! Não vá desmaiar.

Agarrou-a por um braço e a fez sentar-se no degrau.

– Simone – gritou –, traga depressa um copo d'água.

A porta diante da qual Léa estava sentada abriu-se e uma jovem mulher, com uma blusa xadrez azul, apareceu com um copo d'água na mão.

– O que está acontecendo, Jacques?

– É para a senhorita, que não se sente bem. É uma amiga dos Debray.

– Ah! Coitada!... Tome, beba.

Com as mãos tremendo, pegou o copo. A garganta apertada não lhe deixava passar a água.

– O que aconteceu? – conseguiu balbuciar com dificuldade.

– Não fique aí – disse Simone –, entre.

Com cuidado, ajudou Léa a levantar-se. O cômodo onde entraram era uma grande cozinha, onde no fogão fervia uma sopa de repolho. Sentaram-se nos bancos em volta da mesa.

– O que aconteceu? – perguntou de novo Léa, com voz mais firme.

– Devem ter sido denunciados. Esta madrugada, uns vinte soldados alemães e uns patifes de uns civis franceses cercaram a casa. Um amigo que ia para a vinha escondeu-se e viu tudo. Com a ajuda de um porta-voz, um dos civis lhes disse que saíssem, senão daria ordem para disparar. Houve

 um momento de silêncio; depois, vindo do interior da casa,

ouviram-se dois tiros. Os boches começaram a disparar como loucos. Quando, por fim, pararam, tudo estava cheio de fumaça azul. Dois civis, de pistola em punho, entraram na casa. Saíram muito depressa, trazendo pelos ombros o corpo da senhora Debray. A coitada estava de camisola, com os longos cabelos grisalhos cheios de sangue arrastando-se pelo chão. Encostaram-na a uma árvore, depois voltaram para a casa. Quando reapareceram, sustentavam pelos sovacos o senhor Debray, que ainda se defendia. Seu rosto desaparecia sob o sangue. Puseram-no ao lado da mulher. Segundo o tal homem, não era agradável de ver. Ele deve ter disparado uma bala na boca, depois de ter disparado contra a mulher. Além disso, falhara.

– Que horror! Por quê?

– Era da casa deles que seguiam as mensagens para Londres. Na semana passada, nos enviaram por paraquedas material de rádio de primeira qualidade. O pianista chegou no dia seguinte de trem.

– Ele também foi preso?

– Não. Ele não morava lá. Logo que se soube o que acontecera, levaram-no para os lados de Duras, para o bosque.

– E depois?

– Os civis e alguns soldados vasculharam a casa. Jogaram pela janela o material de rádio, livros e móveis. Um dos civis voltou a sair correndo e levantou brutalmente o senhor Debray, que se deitara sobre o corpo da mulher. Meu companheiro disse-me que do lugar onde estava via bem os ombros do infeliz tremerem com os soluços. O outro começou a sacudir o ferido com violência, gritando:

– A lista!... Onde está ela?... Você vai falar, velhote.

Da boca dilacerada não saía nenhum som.

– O patife deitou-o no chão e começou a dar-lhe pontapés. O mais horrível, parece, é que o senhor Debray não fazia o menor gesto para se defender, como se estivesse esperando um golpe mortal. Quando ele levantou a cabeça, os alemães atiraram os dois corpos para uma das camionetas.

"Eles deviam ir numa daquelas que há pouco me ultrapassaram e nas quais os soldados riam", pensou Léa, enjoada.

– Houve ordens em alemão e, pouco depois, as chamas saíram das janelas. Aproveitando a fumaça que vinha em sua direção e o escondia, meu companheiro fugiu e veio me avisar. Nós dois fomos dar a notícia aos camaradas.

Bateram à porta, que se abriu a um policial.

Paralisada, Léa viu-o avançar.

– Não tenha medo, senhorita. Ele é um dos nossos.

– Albert, esta é a sobrinha do dominicano, ia para a casa dos Debray. Você se lembra, eles nos falaram sobre ela.

– Escapou de boa. Eles deixaram lá homens que impedem a população de se aproximar, e prendem aqueles que lhes parecem suspeitos. Prenderam até Manuel, o empregado dos Rosier. Felizmente o prefeito veio ao local do incêndio e o garantiu, e como ele não está a par de nada, o fez de boa-fé.

– Tem certeza de que o senhor Debray morreu?

– Segundo o que ouvi de meus colegas, penso que sim. De qualquer maneira, urinava tanto sangue que, sem cuidados, deve ter-se esvaído. Mas, mesmo assim, os amigos não dormirão em casa durante alguns dias. Pai Terrível, posso lhe dizer uma coisa?

Os dois homens saíram.

– Teve sorte que o Terrível a tenha reconhecido – disse Simone.

 – Quem é o Terrível? – perguntou Léa.

– É o marceneiro, um tipo formidável. Foi ele quem trouxe o posto emissor para a casa dos Debray.

– Você também é da resistência?

Simone deu uma gargalhada.

– Isso é um palavrão. Com algumas mulheres daqui e da região, passamos mensagens, às vezes armas, escondemos os aviadores ou as crianças judias. Prepara-se a sopa para os que chegam no meio da noite de paraquedas.

– Não tem medo?

– Não, não pensamos nisso, e, depois, com homens como Albert Rigoulet e o Terrível, sentimo-nos em segurança.

– Mesmo depois do que acaba de acontecer?

– Isso é a fatalidade. Todos os que têm postos emissores em casa sabem o que arriscam, e os Debray sabiam-no melhor do que ninguém. O que me espanta é que gente tão crente como eles tenha decidido suicidar-se.

– Não tinham escolha – disse Jacques, o Terrível, que acabava de entrar. – O senhor Debray não teria falado sob tortura, disso tenho certeza, mas não suportaria ver a mulher sofrer. Se Deus existe, tenho certeza de que o perdoa. Diga-me, Simone, pode nos dar alguma coisa para beber?

– É verdade, aquela desgraça me fez esquecer as boas maneiras. – Tirou de um armário uma garrafa de vinho, já aberta, e quatro copos.

– Bastam três, Rigoulet deve ter ido encontrar a guarda.

Simone serviu o vinho e, depois de tocarem os copos, beberam em silêncio. Terrível pousou o copo, estalando a língua contra o céu da boca.

– Ainda é o seu vinho de Pied-de-Bouc?

– Sim, mas é um vinho bem aceitável.

– Senhorita, agora que já sabe quem somos, quer dizerme o que ia fazer na casa dos Debray e se eles estavam avisados de sua visita?

– Não, eles não sabiam de nada. Eu vinha lhes perguntar se tinham notícias de um amigo e se poderiam encontrá-lo.

– Que amigo?

Léa hesitou. Que nome lhe devia dar?

– Laurent d'Argilat.

– Conheço-o.

– Sabe onde ele está?

– Sei.

– Leve-me até lá.

– Isso assim não é possível, mas posso entregar-lhe um recado.

– Diga-lhe que a mulher está melhor, mas ainda muito fraca; que a casa está vigiada e que me dê notícias.

– A mensagem será transmitida. Diz que sua casa está vigiada; tem certeza de que não foi seguida?

– Completamente segura. Mas tenho de voltar e não devo demorar-me muito.

– Quer, por sua vez, transmitir uma mensagem?

– Que mensagem?

– Em Saint-Pierre d'Aurillac verá, perto da igreja, um café com uma bela parreira. Pergunte por Lafourcade e vão lhe dizer onde encontrá-lo. Quando estiver com ele, diga-lhe: "O cão dos Hostens está bem."

– "O cão dos Hostens está bem?"

– Ele sabe o que isso significa. Que não se esqueça de avisar os de Barie.

– "O cão dos Hostens está bem." Compreendi.

– Obrigado, senhorita, faz-nos um grande favor. Se tiver alguma coisa para lhe dizer, não tem nenhum nome de guerra?

– Exupérance.

– Como a santa de Verdelais. A primeira vez que ouvi esse nome, foi na boca do seu tio.

– De tio Adrien? Como ele está?

– Muito bem. É ele quem levanta o moral dos jovens e sempre acompanha os que querem passar para a Espanha.

– Sabe se meu primo Lucien está com ele?

– Lulu? O atirador de bombas? É claro que sim.

– Peço-lhe, diga ao meu tio que preciso vê-lo. É muito importante.

– Eu lhe direi. Mas agora vá embora. Simone vai acompanhá-la até a saída da vila. Seja prudente. Se qualquer coisa correr mal, mande-me um bilhete à marcenaria dizendo: "As portas se fecham mal" e logo a ajudaremos. Adeus.

QUANDO LÉA ENTROU pelos fundos da cozinha de Albert, em Saint-Macaire, soava uma hora da tarde no relógio da torre. O homem do açougue e a mulher Mireille, o ajudante e Laure estavam instalados na frente de uma perna de carneiro, que lhe deu água na boca.

– Bravo! Parece-me que não se aborreceram por aqui sem mim.

– Estávamos à sua espera – disse Laure, mostrando os talheres diante de um lugar vazio.

– Os outros repararam na minha ausência?

– Não, eu saí para buscar o pão com Mireille e ao passar diante deles agradeci com voz muito alta terem nos convidado para almoçar. Eles seguiram-nos de longe. Depois, puseram-se à espreita por turnos. Viu seus amigos?

As lágrimas que conseguira reter até ali deslizaram por suas faces. Mireille, a mulher de Robert, levantou-se e apertou-a contra si. Este gesto maternal redobrou o pranto de Léa. Atrapalhado, comovido, o açougueiro andava em volta das duas mulheres.

– Santo Deus, o que aconteceu? O que lhe fizeram, pequena?

– Nada... mas... esta manhã vieram prender meus amigos... eles morreram...

– Mortos!

– Ambos?

Um pouco mais calma, mas ainda chorando, Léa contou-lhe o que se passara. Um longo silêncio pesado seguiu-se ao final de sua narração. Robert assoou com força. Seu rosto, habitualmente corado, empalidecera. Seu enorme punho bateu na mesa, fazendo tilintar copos e pratos.

– É preciso que um dia esses malditos paguem por tudo isso. Senhorita Léa, peço que não se meta nisso. Seus amigos, isso é outra coisa, o filho tinha sido morto, eles não tinham nada a perder. Mas a senhorita, a senhorita Laure e a senhora Camille são muito jovens, deixe os velhos como eu, que não foram capazes de detê-los em 1940, tentarem fazer qualquer coisa.

– Patrão, nós também temos alguma coisa a dizer. E Jeannot? Ele foi para a resistência?

– É verdade, mas vocês... v cês são homens.

– Sempre a mesma lengalenga – exclamou Mireille –, não é por vocês usarem espingarda que nós, as mulheres, nos arriscamos menos. Até me dá dor de barriga!

– Não se zangue, não era isso que eu queria dizer.

– Mas disse, mesmo assim! Que uma mulher é menos que um homem, que só serve para pôr as fraldas nas crianças, estar na loja, cozinhar, lavar o chão e lhe fazer carinho de quando em quando. Mas isso não impede que quando se trata de esconder suas armas ou seus ingleses você e seus companheiros apelem para as mulheres.

Foi graças àquela briga conjugal que Léa teve a confirmação de que Robert trabalhava para a resistência. Achou isso tão estimulante que sentiu fome de novo.

– Vocês são ambos espantosos, mas a carne vai esfriar, e é uma pena.

– Isso é que é falar bem – disse o homem. – Deixar-nos morrer de fome não dá vida aos desgraçados. Mas juro que haveremos de nos vingar.

TRÊS DIAS depois, Léa recebeu uma carta de François Tavernier. Evidentemente, o envelope tinha sido aberto pela polícia e depois fechado de novo. Ela foi ler no escritório, deliciando-se com cada palavra escrita com a letra grande e inclinada de François.

> Léa, minha linda,
>
> Não pode me acusar de não pensar em você, visto que me decidi a perder alguns dos meus preciosos minutos para lhe escrever. Queria simplesmente felicitá-la pelo seu forte talento para os negócios. Tive a felicidade de beber ontem à noite, em Paris, em casa de Otto Abetz, uma garrafa do vinho de Montillac. Uma pequena maravilha de simplicidade e de franqueza, com verdadeiro caráter e um malicioso gostinho adocicado. Esse vinho se parece com você como um irmão, e lhe agradeço tê-lo negociado. Se continuar assim, vai se tornar uma mulher de negócios sufocada de trabalho e de responsabilidades, presa *ad vitam aeternam* às vinhas. Essa sua imagem me agrada.
>
> Logo que me canse de beber de longe, não perderei a ocasião de ir beber na fonte. Seja ajuizada e prudente. Ternamente a abraço.
>
> François
>
> P.S.: Já sei dos Debray.

Esta carta breve paralisou Léa. Como é que o vinho de Montillac teria chegado a Paris? Como podia ter sido servido à mesa de Otto Abetz? Pensou logo em Mathias e em Fayard. Como teriam eles ousado? Sentiu-se humilhada, tratada como colaboracionista...

Em pânico com a ideia de se defrontar com Fayard, concedeu-se o prazo de uma carta. Escreveu logo a François para lhe pedir pormenores e conselhos. Aproveitou para encher cinco longas páginas, onde lhe dava notícias de todos e de cada um, não deixando de lhe fazer notar a que ponto era lacônico...

COMO PROMETERA, o notário trouxe, na quinta-feira seguinte, uma importante soma, com a qual Léa pagou a Fayard o que lhe era devido, sem fazer nenhuma alusão ao seu comércio. Sem uma palavra, ele pegou o dinheiro.

Sentada à escrivaninha do pai, contemplou as encostas plantadas de vinha verde e tenra, aquele prado onde corria atrás de Mathias com grandes gritos; com ele, na estação dos fenos, ela brincava, escondendo-se nos túneis perfumados, antes de subir na alta carroça cheia de ervas secas, onde se deixava embalar, com as mãos na nuca, os olhos muito abertos para o azul do céu, no qual voltejavam as andorinhas, ao ritmo do passo dos dois bois, Larouet e Caoubet. Ela nunca podia evocar esses momentos calmos da sua infância, nos quais Mathias tomara parte, sem sentir uma tristeza e um desânimo que a prostravam por muitas horas...

Decidira mergulhar nas contas, para tentar ver claramente e compreender como Fayard podia desviar as garrafas em seu proveito. François não respondera a sua carta. Os números dançavam-lhe diante dos olhos. Como poderia ela comparar-se a Fayard, habituado a esses pequenos gráficos havia tantos anos? Como encontrar a falha na contabilidade? Cansava-se em cálculos inúteis e ninguém da casa podia ajudá-la porque decidira guardar em segredo a revelação de François.

Cada vez que se achava sozinha, um surdo terror a invadia com a ideia de que era prisioneira de Mathias. Quanto mais silencioso ele ficava, mais ela sentia medo.

ESTAVA MUITO escura aquela noite de abril. Chovera durante todo o dia e um vento frio, vindo do norte, agitava os ramos dos plátanos da grande alameda. Sentadas na cozinha diante de um fogo de sarmentos, Laure e Léa, com uma mesinha entre elas, jogavam cartas, Ruth remendava, Camille tricotava, Bernadette Bouchardeau subira, para se deitar. Só a luz da lareira iluminava a sala, dando às mulheres o ar de pertencerem a um quadro de Georges de la Tour. O assobio da tempestade, o crepitar das chamas, o barulho das agulhas, o riso das jogadoras, intensificavam a impressão de calma e de bem-estar familiar. A guerra parecia longe.

Uma corrente de ar fez Camille estremecer. Pousou o tricô nos joelhos e cruzou o xale à sua volta. Seus olhos dirigiram-se para a porta. Estava ligeiramente entreaberta; o vento, decerto. Apesar de sua fraqueza, levantou-se para fechá-la. Já estendia a mão para o trinco quando a porta se abriu brutalmente, machucando-lhe os dedos. Junto da lareira, suas companheiras ficaram imóveis. Um homem de roupas molhadas, que sustinha outro, entrou, empurrando a porta com o pé.

– Depressa... ajude-me.

– Camille, saia daí, sente-se, você está atrapalhando. Ruth e Laure, ajudem-nos!

Com a ajuda das mulheres, o homem estendeu o camarada na mesa. Depois, habituado ao local, acendeu a luz.

– Lucien – exclamaram, ao mesmo tempo, Léa e Laure.

– Ele perdeu muito sangue. Ruth, vá buscar algumas ataduras.

– Sim, padre.

– Tio Adrien!

– Minhas queridas, não é hora para nos enternecermos. Léa, é preciso ir a Verdelais buscar o doutor Blanchard.

– Mas não se pode telefonar?

– Não, desconfio do telefone.

– Está bem, então vou.

– Passe por Bellevue, não quero que os Fayard desconfiem de nada. Vi luz na casa deles.

UMA HORA DEPOIS Léa trazia o médico, resmungando contra o "bendito tempo".

– Félix, fale mal de Deus outra hora; agora cuide do rapazinho.

O doutor Blanchard tirou o velho casaco impermeável e aproximou-se de Lucien, cujas mãos estavam envolvidas em ataduras ensanguentadas. Com gestos sóbrios retirou aquele curativo precário.

– Meu Deus! Quem fez tal coisa?

– Uma bomba.

– Por que ele estava com uma bomba?

– Estava fabricando-a.

Esta razão, que decerto lhe pareceu boa, pôs fim às perguntas do médico. Ele pôs-se a fazer um exame dos ferimentos.

– É preciso levá-lo ao hospital.

– Isso não é possível. Eles avisarão a polícia e a Gestapo.

– A mão direita está perdida, temos de amputá-la.

Por baixo da sujeira e da lama que cobriam seu rosto, Adrien Delmas empalideceu.

– Tem certeza?

– Veja, ela é uma pasta de sangue.

– Coitado! Vou chamar a mãe dele.

– Não, Ruth! Sobretudo, isso não. Minha irmã vai gritar, chorar, acordar os vizinhos. Félix, vamos ajudá-lo, diga-nos o que é preciso fazer.

– Mas não posso amputar este rapaz. A última vez que amputei alguém foi num bom hospital em 1917. Sou um médico de província, não sou cirurgião.

– Eu sei, mas não temos escolha. Se a Gestapo o encontrar, vai torturá-lo até que denuncie seus companheiros, matando-o em seguida.

Blanchard olhou aqueles que o rodeavam, amigos de sempre, depois olhou o rapaz, que vira crescer e que agora perdia sangue.

– De acordo. Peça ao seu maldito bom Deus que minhas velhas mãos não tremam. Mande ferver água. Foi sorte ter trazido meu estojo grande. Espero que meus bisturis não estejam enferrujados. Ruth, Adrien e Léa, vocês vão me ajudar. Camille, vá se deitar, não pode ficar em pé. Laure, cuide dela.

Léa teria dado tudo no mundo para não ficar ali. Foi, no entanto, sem tremer, que aplicou um tampão de clorofórmio no nariz do primo.

Nunca mais esqueceria o barulho da serra cortando o osso.

Durante a operação, uma vez ou duas Lucien gemeu.

Quando o doutor Blanchard fixou a última atadura, o jovem, de 20 anos, tinha perdido a mão direita e dois dedos da esquerda.

No dia seguinte, acordou por volta do meio-dia e viu os rostos inquietos da mãe, do tio e do doutor Blanchard, debruçados sobre ele, e sorriu-lhes dizendo:

– Tinha me esquecido o que era uma boa cama.

Bernadette Bouchardeau voltou a cabeça para esconder as lágrimas. Ao amanhecer, havia surpreendido a todos pela calma com que recebera a notícia da amputação de seu filho.

Todos esperavam gritos e desmaios. Só as lágrimas correram, e ela disse apenas:

– Graças a Deus! Está vivo!

Lucien virou-se para ela.

– Mamãe!...

– Não se mexa, meu rapaz. Você perdeu muito sangue. Precisa de repouso absoluto – disse o doutor Blanchard.

– E minha mão, era muito grave, doutor?

Todos baixaram a cabeça. Um gemido escapou à mãe.

– Por que não dizem nada?

Como estava pesada aquela mão enfaixada, que ele tentava levantar. Que forma esquisita ela tinha, assim envolvida.

Em pé, atrás da porta, Léa recebeu como uma punhalada o grito de Lucien. Era aquele que toda a noite havia martelado em sua cabeça:

– Não!... Não!... Não! Não! Não!

17

No quarto das crianças, Adrien Delmas andava de um lado para outro, mergulhado no mais profundo desespero que um padre possa conhecer: já não tinha fé. Desde o início da guerra, lutava contra a dúvida. Antes de entrar para a clandestinidade, havia falado sobre isso a seu confessor, que o aconselhara a aceitar essa provação enviada por Deus para provar sua fé. Por amor e pelo serviço de Deus, o dominicano estava pronto a aceitar todos os sofrimentos, mas agora se sentia farto de suas orações estéreis, cujas palavras lhe pareciam privadas de seu sentido original. Tudo isso lhe parecia de uma confusa ingenuidade, e os homens que tinham dado a própria vida a serviço de um logro lhe pareciam loucos ou seres nocivos, espiritualmente desonestos. Em seu desconsolo, esquecia os mestres, essas grandes inteligências católicas, aos pés das quais a sua havia evoluído. Lançados às urtigas, os Pascais, os abades de Rancé, os Agostinhos, os Sãos Joãos da Cruz, as Teresas d'Ávila, os Chateaubriands, os Bossuets e outros servidores da Igreja. Todos estavam enganados, todos o enganaram. O que podiam suas vãs palavras contra o desespero de uma criança mutilada? O que poderia ele responder à censura muda de uma mãe? O que acontecera àquelas doces palavras que tão bem soubera prodigalizar aos moribundos e aos feridos da revolução espanhola? Ele era como a figueira estéril do Evangelho: seca e sem frutos. De que lhe valia existir, se sua existência não trazia nenhum conforto? Por culpa sua, Lucien ficara aleijado para sempre. Porque fora realmente por sua causa que o garoto entrara na resistência. Se tivesse se contentado em ficar no convento da rua de Saint-Genès, como lhe ordenara seu superior, em vez de brincar de padre resistente, seu sobrinho nunca teria ido procurá-lo.

Ele sabia também que isso poderia ser falso, que seu engajamento em nada influenciara Lucien. Eles haviam conversado longamente durante intermináveis noites de inverno, passadas na fazenda que servia de abrigo aos rapazes da resistência. No início, eram menos de uma dezena, mas, pouco a pouco, aqueles que não queriam partir para o STO vinham procurá-lo. Agora eram uns trinta jovens, pelos quais se tornara responsável. Não era apenas o chefe militar incontestável do pequeno grupo, mas seu sustentáculo moral.

Nunca, em nenhum momento, os resistentes haviam percebido seu sofrimento espiritual. Poucos entre eles, aliás, sabiam que era padre. Todos admiravam sua prudência, seu senso de organização clandestina e o relativo conforto em que os fazia viver. Graças a seu perfeito conhecimento da região, do terreno e dos habitantes, sempre sabia em que portas bater para conseguir ajuda, dinheiro e alimento. Um de seus amigos de colégio, franco-maçom e notável de La Réole, havia, com a ajuda de outros maçons, criado uma rede de contatos regulares com os meios maçônicos ingleses e tinha feito vir, de paraquedas, víveres, armas e vestuário. Os trabalhos cotidianos, a proteção, as ações contra as cobranças, as prefeituras, a sabotagem das linhas clandestinas, a busca de documentos falsos, a passagem para a Espanha de famílias judias, tudo isso ocupava suficientemente suas horas do dia e de parte da noite. Mas, durante a noite, durante a noite interminável, desgastava-se lendo os Evangelhos, tentando o diálogo com esse Deus que lhe fugia. Pela manhãzinha, mergulhava num curto sono povoado de símbolos demoníacos saídos da imaginação da Idade Média, ou das torturas refinadas dignas de um *Jardim dos suplícios*, de Octave Mirbeau, que haviam perturbado sua piedosa adolescência. Emergia desse breve entorpecimento fatigado e cheio de tristeza. Com esse regime, seu rosto estava cavado por profundas rugas, seus cabelos embranqueceram e sua roupa dançava no corpo. O doutor Blanchard, diante de tal mudança, ficara preocupado com sua saúde. Adrien o havia feito se calar, rindo. O que iria fazer agora com Lucien? Impossível deixá-lo por muito

 tempo em Montillac, seria muito perigoso. Levá-lo para o

campo? Não antes de três ou quatro meses. Mandá-lo para a Espanha? Possível, mas difícil. Muitos dos que tentavam passar eram detidos nesses últimos tempos. Era preciso contatar o padre Bertrand, de Toulouse, que mantinha ligação com os frades suíços.

Bateram à porta.

– Sou eu, tio Adrien.

– Entre. Perdoe-me ter invadido seus domínios. Vem muito aqui?

Léa sorriu.

– Cada vez menos. Cresci muito, você sabe.

– Eu sei.

– E você, tio Adrien, é porque está infeliz que veio aqui?

Com a mão, ela reteve um gesto negativo e continuou:

– Não tente me dizer o contrário, eu o estou vendo. Eu o conheço. Desde pequena olho para você. Já não tem no olhar aquela chama que nos atraía a todos, que nos fazia querer ser como você...

– Você é dura!

– Talvez, mas eu sei que não gostaria que lhe falasse de outra maneira... É horrível o que aconteceu a Lucien, mas a culpa não é sua. Lucien tinha escolhido; Laurent, Camille e eu também escolhemos.

– Não vai me dizer que não a influenciei. Fui eu quem a enviou a Paris.

– E então? Não me aconteceu nada.

– É preciso não desafiar o destino. Vi muitos rapazes e moças da sua idade morrerem na Espanha e agora aqui. Abandone tudo isso.

– Não, é tarde demais. Sabe qual é o meu nome de guerra?

– Exupérance!...

– Sim, como a santinha de que tanto gostava, lembra-se? Foi por sua causa que, por minha vez, também a amei.

– Com tal proteção, não se arrisca nada.

Adrien não pôde deixar de sorrir. Não valia muito a proteção de uma santinha cuja existência a própria Igreja ainda questionava.

– Pretende ficar muito tempo em Montillac?

– Não, seria muito perigoso para vocês. A presença de Lucien já as compromete. Logo que esteja melhor, partirá.

– Mas aonde ele irá? Que fará? Agora é um enfermo.

O dominicano ergueu a cabeça.

– Estava pensando nisso quando você entrou.

– Tia Bernadette diz que, seja para onde for que ele vá, ela irá também.

– Só faltava isso. A minha querida irmã na resistência!

– O que achou de Camille?

– Não muito mal. É uma mulher corajosa. Sou da opinião de Félix. Ficará boa.

– Se Laurent a viesse ver, estou convencida de que se curaria num instante.

Adrien olhou-a com uma surpresa divertida.

– Ora, ora, já não está apaixonada por ele?

O rosto de Léa enrubesceu.

– Isso não tem nada a ver.

– Você não deve voltar a pensar nele, é um homem casado, pai de família, e gosta da mulher.

A mudança de humor da sobrinha não lhe escapou.

– Sempre tão esquiva a lições de moral, segundo vejo. Não se inquiete, não quero importuná-la com isso, mas simplesmente colocá-la ao abrigo de eventuais desilusões. Alguém que parece interessar-se muito por sua pessoa falou-me a seu respeito há algum tempo.

– Quem?

– Não adivinha?

Não estava com vontade de brincar de adivinhação.

– Não.

– François Tavernier.

Como não havia pensado nele? De novo um rubor lhe cobriu o rosto.

– Diga depressa, tio, quando é que falou com ele?

– Há 15 dias, por telefone, em Bordeaux.

– Onde estava?

– Em Paris.

– Por que lhe telefonou? O que disse de mim? Ele não respondeu à minha carta.

– Vejo que está muito impaciente. Pensei que não o suportasse.

– Por favor.

– Apenas coisas banais. Pediu-me notícias suas e da família...

– Foi tudo?

– Não, ele tentará vir vê-la depois da Páscoa.

– Depois da Páscoa! Ainda falta tanto!

– Que impaciência! Estamos em 10 de abril e a Páscoa é dia 25.

Léa sentia-se tão desamparada e perturbada que renunciou a lhe falar de Mathias.

O barulho de um carro nas pedras da calçada, portas se fechando e vozes de homem petrificaram-nos instantaneamente.

– Vá ver depressa. Se for a Gestapo, estamos perdidos.

Léa precipitou-se para o corredor e olhou pela janela que dava para a entrada. Não! Não podia ser verdade; que viria ele fazer ali? Abriu a janela e gritou, esforçando-se por parecer alegre.

– Vou já!

Correndo, voltou para o quarto das crianças.

– Não é a Gestapo, mas talvez não seja melhor.

– Vou para o quarto de Lucien – disse Adrien, levantando-se.

ANTES DE DESCER, Léa passou pelo quarto de Camille e explicou-lhe rapidamente o que estava acontecendo.

Embaixo, Ruth havia mandado os visitantes entrarem na sala.

– Léa, que prazer em revê-la neste cenário!

– Raphaël Mahl! Que agradável surpresa!

– Minha querida!... Eu bem sabia que ficaria contente ao ver o velho amigo.

Fervia de raiva, mas esforçou-se por sorrir. Era preciso a todo custo que ele não notasse seu medo. Um dos três jovens que o acompanhavam olhava o retrato de sua mãe, pintado por Jacques-Emille Blanche. Quando se voltou, as unhas de Léa cravavam-se na palma da mão. Tentou dominar o pavor.

O jovem que agora se encontrava à sua frente era o que ela havia notado em Cadillac e em Saint-Macaire. Com desenvoltura, aproximou-se dele.

– Bom dia, senhor, é da região? Tenho impressão de já tê-lo encontrado.

O rapaz deixou transparecer visivelmente ter sentido o golpe.

– É muito possível, senhorita, meus avós são de Langon.

– Foi talvez aí que eu o vi, na câmara, num dia de compras. Como se chama?

– Maurice Fiaux.

Léa afastou-se dele e dirigiu-se a Raphaël, a quem deu o braço, levando-o para o jardim.

– Venha, para eu lhe mostrar Montillac. Enquanto isso, vai me contar que bons ventos o trazem.

– Você sabe que eu tinha certos probleminhas com pessoas que você conhece. Tive de me resolver a partir, o ar de Paris não me era favorável. Lembrei-me dos momentos agradáveis passados em Bordeaux, em junho de 1940, das minhas relações com a imprensa local, da Espanha não muito longe. Assim, pensei: por que não Bordeaux? Devo confessar-lhe que até ontem não pensava em você. Estava com estes encantadores rapazes, no Régent, bebendo alguma coisa antes do jantar, quando um dos seus camaradas chegou. Na conversa, o nome da sua propriedade foi citado. E perguntei se era mesmo a propriedade da família Delmas, e responderam-me que sim. Foi assim que eu soube que aquele jovem era seu amigo de infância e que você estava em Montillac. Falei do desejo de vê-la e seu amigo propôs me trazer até aqui. Eis por que aqui estou.

– Veio com Mathias?

– Sim, ele foi dar um abraço nos pais. Não se aborrece que eu tenha aceitado seu convite?

– De maneira alguma. Tenho de agradecer por dar-me esse prazer...

– Que lindo lugar, minha querida! Se morasse aqui, nunca mais iria querer deixá-lo. Que calma!... Que harmonia entre o céu e a terra!... Sinto que aqui poderia escrever obras-primas.

Debruçado no terraço, Raphaël Mahl contemplava a paisagem que as videiras demarcavam com linhas negras e regulares.

– Poderia dizer que isto foi desenhado com lápis e régua, de tão regular.

– Veio cedo demais. Daqui a uma, duas ou três semanas, a vinha ficará como que prateada, depois se tornará de um verde pálido, depois terá flores... Olhe, aqui está Laure. Raphaël, apresento-lhe minha irmã mais nova.

– Bom dia, senhorita. Agora fico conhecendo todas as graças de Montillac.

Laure deu uma gargalhada, o que aborreceu Léa.

– Camille está com Mathias. Pedi a Fayard que abrisse o tonel para que nossos visitantes possam degustar nosso vinho.

– Fez bem. Venha, vamos provar o célebre Château-Montillac – disse ela, amável, tentando esconder a angústia que a invadia ao ouvir o nome de Mathias.

Então ele ousara voltar!

Os três jovens os seguiram em silêncio. Na adega, encontraram Camille, Mathias e o pai. Léa foi beijar Mathias como se nada tivesse acontecido entre eles, fingindo não notar a brusca contração de sua boca.

– Você exagera, poderia ter vindo nos visitar mais cedo.

– Léa tem razão – disse Camille. – Eu queria agradecer sua participação na minha libertação.

– Não tive nenhuma influência nisso, fiz pouca coisa.

– Não diga isso. Sem você, talvez ainda estivesse lá.

– A senhora partiu no momento em que aquilo ficou confortável. Agora há duchas – disse um dos amigos de Mathias.

– Até que é interessante – disse Léa secamente. – E para quando é o salão de beleza e a sala de cinema?

O rapaz corou, enquanto os camaradas escarneceram. Raphaël disfarçou.

– Vamos, crianças, experimentar esse vinho.

Fayard desvirou os copos postos numa prancha coberta por papel branco e, cerimoniosamente, serviu o vinho.

– A garrafa só tem dois anos, mas os senhores vão me dizer o que acham.

– Até em Paris se regalam com ele! – lançou Léa.

Fayard não esboçou nenhuma reação.

Quando todos já estavam servidos, em silêncio cada um levou seu copo à boca.

Já estavam no terceiro copo quando Léa, aproximando-se de Mathias, lhe disse:

– Venha, vamos sair. Quero lhe falar.

Depois do frescor e odor do vinho, que impregnavam o solo, a terra batida e as paredes, a doçura do ar e o perfume dos primeiros lilases fizeram Léa sorrir.

Saiu, seguida por Mathias. Voltou-se bruscamente e, ofegante, perguntou-lhe:

– Pensei que tivesse voltado para a Alemanha.

– Mudei de opinião. Tenho o que fazer aqui.

– Por que me trouxe Mahl e seus amigos? Eu não quero mais ver você.

– Pensei que lhe agradaria. Parecia conhecê-la tão bem!

Léa encolheu os ombros.

– E os outros também me conheciam?

– O carro era deles e se ofereceram para nos trazer.

– Eu não os acho muito simpáticos.

– Problema seu. A mim me convém. E você deveria fazer o mesmo.

– O que faz com eles?

– Trabalhamos juntos.

O que ele queria dizer? Se o que ela temia era verdade, Mathias não podia "trabalhar" com eles, como dizia. Ela não podia deixar que o pânico se manifestasse e tinha de se mostrar calma, despreocupada. A vida de Adrien e a de Lucien dependiam disso. Quem sabe se Raphaël não teria feito negócios com a Gestapo, em Paris, para tentar reencontrar Sarah? Deu-lhe o braço e com o tom mais natural e seu melhor sorriso perguntou:

– Diga: o que você faz?

Ele se contraiu contra aquele corpo, no qual só o pensamento já o fazia tremer. Diante daqueles olhos cândidos que se erguiam para ele, voltou a cabeça com ar constrangido.

– Negócios.

– Espero, por você, que não sejam os mesmo de Raphaël. Ficaria aborrecida se fosse procurado por tráfico no mercado negro – disse ela, conservando o sorriso.

– Não tema por mim. Não há nenhuma comparação entre mim e esse seu amigo. Serei o intermediário entre os vinhateiros e os negociantes de vinhos de Munique, de Berlim e de Hamburgo. Você sabe como os alemães gostam dos nossos vinhos. Aliás, a maior parte dos oficiais superiores alemães que estão na Gironda tinham negócios antes da guerra com os grandes proprietários. Eu estabeleço as relações entre os pequenos proprietários e os comerciantes alemães.

– E isso está indo bem?

– Muito bem. Negócios são negócios e as pessoas continuam a beber do bom vinho, com guerra ou sem guerra.

– Eu o proíbo, Mathias, de vender uma única garrafa de Montillac. Nunca!

Léa não conseguira se conter. A palavra estalou sonora. Eles encontraram-se de novo num face a face hostil. Ambos pálidos, observaram-se tal como gatos prontos a saltar.

Bom Deus! Como era bela aquela garça naquela irritação que lhe arfava as narinas e fazia acelerar o coração. Estava indeciso entre o desejo de bater nela ou de abraçá-la.

– Quando nos casarmos, venderei o vinho a quem eu quiser.

Raphaël, saindo da adega, gesticulava em sua direção... Berrava, cambaleando:

– Léa, este vinho é uma maravilha! Não posso continuar, já estou embriagado.

O querido Raphaël! Ela o teria abraçado. Ele se aproximou.

– Não acredito. É preciso muito mais para lhe subir à cabeça.

– Não creia nisso, minha boa amiga. Envelhecemos. Veja um exemplo: antes da guerra, podia comer fosse o que fosse, puf!, nada me fazia mal. Agora, um prato mais temperado, um almoço um pouco regado demais, e fico com uns quilos a mais. Olhe para mim, para meu talhe!... Eu sei que há um certo encanto no excesso da carne!... mas mesmo assim!... É uma pena não voltar a ter a silhueta de um jovem.

Léa não pôde deixar de rir ao vê-lo afastar o casaco para mostrar o volumoso abdômen.

– Ria, ria, mas verá... Por agora, orgulha-se de seus seios firmes, do ventre reto e de seu lindo traseiro... Mas espere alguns anos e três ou quatro filhos... Depois falaremos.

– No entanto, não quer que eu lastime você ter uns quilos a mais. A maioria dos franceses está tendo de apertar o cinto! Faça como eles: coma nabos.

– Puf!... Quer me matar?

Que sujeito divertido! Léa chegou a esquecer que espécie de criatura era Raphaël Mahl.

– Diante de um pelotão de fuzilamento ainda seria capaz de gracejar e de me fazer rir.

Os olhos de Raphaël voltaram a ter aquela expressão de doçura um tanto triste.

– Não poderia me fazer maior elogio; rir ou fazer rir diante da morte. Prometo que irei me lembrar, querida amiga.

E continuou, reencontrando a faceta de alegria e levando-a para longe:

– Tem notícias do nosso amigo Tavernier? Eis um homem que me intriga. Tanto dizem que está com a Alemanha como com Londres. Que pensa disso?

– Vamos, seja razoável. François Tavernier estava em Paris na última vez que o vi, depois desapareceu completamente. Estou aqui, afastada de tudo, e tenho trabalho demais para me interessar por um aventureiro. Mas o que é que isso lhe interessa?... Deixe-me!

– Não me tome por imbecil, minha querida, você estaria errada. Julga que não reparei que ele estava apaixonado por você e que suas relações não eram platônicas?

– Não compreendo o que quer dizer.

– Julga que me esqueci da peça indecente que ele me pregou?

– Talvez salvando-lhe a vida.

– Isso é possível. Mas não gosto de ser tratado dessa maneira.

– Vamos, Raphaël, não seja tão susceptível.

Sem perceberem, tinham se afastado de casa e caminhavam na vereda que conduzia a Bellevue, entre as vinhas. Os outros não os haviam acompanhado.

Mahl parou, olhou à sua volta e de repente, com um ar cansado e envelhecido, disse:

– Como deve ser bom viver aqui! Como este lugar me parece propício à inspiração! Nunca terei um lugar semelhante, nunca conhecerei essa felicidade; escrever em paz comigo mesmo e com a natureza que me rodeia. Por que será que sou conduzido pelas forças do mal, que me afastam do meu eu profundo, do esforço criador? O esforço é tudo, mesmo que não conduza a nada. Tudo é produtivo e, no entanto, imediatamente estéril. Isso não importa. Há sempre uma alegria no esforço. Ah! Falta-me suficiente

 entusiasmo para ser um grande escritor. A maior parte do

tempo, os escritores são uns entusiastas que se opõem ao serviço dos indiferentes. Fala-se como se quer, escreve-se como se é...

Quanto desespero havia naquele homem aparentemente fútil, pouco honesto e sem escrúpulos! Como sempre, Léa percebeu seu sofrimento de não ser o grande escritor que sonhava, e sentiu por ele uma ternura que não conseguia esconder.

– Olhe estes campos, estes bosques! Mesmo que o homem e sua obra desapareçam de uma só vez, a terra continuará como se nada tivesse acontecido. A inutilidade do homem parece-me flagrante, em vista do Infinito. Inútil e medíocre. Um dia escreverei o *Elogio da mediocridade*, talvez já lhe tenha dito. Passo meu tempo a contar os livros que não escrevo. Bom assunto, não acha? A não ser que eu faça uma antologia dos horrores cometidos pelo homem. Assunto inesgotável. Mas a glória do homem é ter extraído a beleza do horror... Uma das razões que mais me impedem de acreditar em Deus, um Deus bom, atento, conhecedor absoluto de todos nós, sou eu mesmo. Eu digo que, se Deus fosse tudo isso, não permitiria que eu existisse nem, sobretudo, que eu fosse como sou. Por vezes meu corpo inteiro está inchado de lágrimas, que meus olhos não conseguem esgotar e das quais não sei como me esvaziar.

Chorava ao dizer isso, e o espetáculo era completamente insuportável.

– Você me despreza, não é? E tem razão. Nunca me desprezará tanto como eu desprezo a mim mesmo... Prefiro o desprezo à sua compaixão. Entremos, meus amigos vão se perguntar o que estamos conspirando.

– Por que veio aqui, Raphaël?

Antes de responder, tirou o lenço e limpou os olhos.

– Já lhe disse, tive vontade de vê-la.

– Há outra razão.

– Talvez. Saberia? O que está acontecendo com nossa amiga Sarah?

Léa se retraiu.

– Não!... Não me leve a mal, não estou aqui para me informar sobre ela, pergunto-lhe simplesmente se tem notícias de alguém de quem tanto gosto.

– Não sei de nada.

– Esperamos que tenha escapado. Está completamente segura de seu amigo Mathias Fayard?

"Aqui estamos", pensou ela.

– Tanto como de você.

– E tem razão – disse ele, sem pestanejar. – Os amigos dele estão convencidos de que você trabalha para a resistência. Eu lhes afirmei o contrário. Não acho que tenham acreditado.

– Por que me conta isso?

– Porque gosto de você e sentiria muito se lhe acontecesse alguma coisa.

A simplicidade com que dissera isso tinha o tom da sinceridade. Léa deu-lhe o braço.

– Raphaël, tudo neste momento é complicado. Sinto-me aqui tão só entre Camille doente, minha tia queixosa, minha irmã, que se aborrece, e os Fayard, que esperam o momento de me tomar Montillac; só tenho Ruth, que sinto verdadeiramente sólida.

– Tem sua família em Bordeaux.

– Quero vê-los o mínimo possível.

– E seu tio padre?

Léa largou-lhe o braço.

– Você, decerto, já sabe que ele desapareceu e que é procurado pela Gestapo.

– É verdade, tinha esquecido!... Perdoe-me. Julguei avistá-lo pouco depois de minha chegada a Bordeaux; ele estava mudado e, depois, a ausência do hábito...

– Quando me falou nele a primeira vez já o conhecia?

– Havia assistido às suas pregações da Quaresma na Notre-Dame. Gostei muito do modo como falava da Graça e da devoção à Virgem. Nessa época eu desejei ser apresentado a ele, mas não aconteceu. Lastimei muito.

– Então, ele não o conhece?

– Não.

– É pena, uma pessoa como você lhe teria interessado.

– Quem sabe não nos encontraremos ainda um dia?... A vida é tão estranha.

– Gosto demais dele, faz-me muita falta. Nunca mais o vi depois do enterro de meu pai.

– Falaram-me em Bordeaux desse enterro. Estranho, não? A Gestapo não prendeu o marido de sua amiga...

– Foi por causa de meu tio Luc.

– É verdade que as posições tomadas por mestre Delmas, o casamento da filha com um alto oficial alemão e o próximo casamento de sua irmã com o comandante Kramer criam laços com os ocupantes que devem valer.

– Sinto muita vergonha!

– Aí está uma coisa que é preciso não repetir diante de ouvidos indiscretos.

– O que você não vai hesitar em fazer, suponho.

– Minha pobre amiga, você sempre se engana a meu respeito. Você sabe que o faço por interesse. Qual seria o meu ao denunciar sua simpatia? Todos sabem. Ainda se escondesse ingleses ou resistentes!... Mas não é o caso. Porque não é o caso, não é verdade?

Léa desatou a rir.

– Sabe bem que você seria a última pessoa a quem eu diria.

– E teria razão.

Chegaram de braços dados, rindo, ao pátio da casa onde se encontravam Camille, Laure, Mathias e os três rapazes.

– Ah! Aqui estão – disse um deles. – Estávamos sem saber para onde tinham ido. Temos de ir, porque estão à nossa espera.

– É verdade, onde eu estava com a cabeça! Havia me esquecido completamente. Léa, obrigado pela sua acolhida. Se for a Bordeaux, não deixe de me ver. Estou no Majestic, na rua Esprit-des-Lois. É muito agradável, há belos móveis antigos.

– Pretende ficar muito tempo em Bordeaux?

– Isso vai depender da publicação, caso sejam aceitos, de alguns artigos na *Petite Gironde* ou no *La France*, senão...

– Senão...

Raphaël Mahl não respondeu. Beijou a mão de Camille e beijou Laure nas duas faces. Os jovens saudaram polidamente. As três mulheres beijaram Mathias.

DURANTE A NOITE, Adrien Delmas deixou Montillac, depois de indicar a Léa que as armas estavam escondidas numa das capelas do Calvário de Verdelais; a da sétima estação, levantando-se a laje fendida, à direita da entrada.

– Não vá buscá-las a não ser em caso de absoluta necessidade e urgência. Há lá dez espingardas e vinte pistolas das quais você deve saber se servir.

– Assim espero.

– Perfeito. Há também granadas e uma metralhadora. Não toque nelas.

– Quando voltará?

– Logo que Félix lhe diga que é possível transportar Lucien sem perigo. Enquanto espera, redobre a prudência. A visita de hoje é das mais inquietantes, ainda mais porque o inimigo está aqui.

– Inimigo?

– Sim, o pai Fayard. Ele conhece cada recanto da propriedade e circula por toda parte sem que se note, de tal maneira faz parte da paisagem. Quanto aos três rapazes que vinham com Mathias, são todos nossos conhecidos. Um deles foi mesmo condenado à morte e será certamente executado dentro em breve.

– Que fez ele?

– Denúncias, roubos, violações, torturas e assassinatos de todos os tipos. Eu sei que ele abateu um judeu, com as próprias mãos, para roubar. Conhecia o desgraçado desde a infância.

– Fala como se você mesmo o conhecesse...

– A mãe dele fazia todo o serviço em casa de um amigo meu, médico de Bouscat. Como o pequeno não tinha pai, meu amigo cuidou dele, mas só teve desilusões. À chegada dos alemães, ele foi imediatamente oferecer seus serviços na rua Chapeau-Rouge em troca de uma boa remuneração. Primeiro, guarda-costas; pouco a pouco subiu de categoria junto a seus empregadores. Atualmente, Poinsot, Dohse e Luther utilizam-no... Mostrou-se suficientemente eficaz na noite de 19 para 20 de outubro, no decorrer da operação que devia "purgar a região de qualquer presença de judeus estrangeiros". Com a ajuda da polícia, participou da prisão de 73 judeus, homens, mulheres e crianças, que, na maioria, foram deportados. Ele aproveitou para assaltar os velhos na casa de quem a mãe fora empregada. Fez um bom trabalho... A tal ponto que foi felicitado pelo comandante Luther em pessoa na sua bela casa da avenida Médoc, 224, que se tornou a casa do marechal Pétain, exatamente em frente ao número 197, onde Camille conheceu seus métodos. O safado teve a audácia, ao sair desse encontro, de vir ver a mãe e de zombar do medo dos judeus que fez levantar da cama... Meu amigo esteve prestes a matá-lo como a um animal malévolo. Louco de cólera, contentou-se em expulsá-lo de casa com pontapés no traseiro. Uma vez fora, o garoto jurou que o mataria. Aconselhei meu amigo a deixar Bordeaux e ele recusou, dizendo que esse era o seu lugar... Foi na casa dele que eu encontrei o chefe das FTP, que, por estranha coincidência, morava a 600 metros da sede da Gestapo. O Bouscat é uma espécie de placa giratória tanto da repressão como da resistência...

– Ele é qual dos três?

– Maurice Fiaux.

– Não é possível! Aparentemente, não tem o ar de um mau elemento.

– É isso que o torna perigoso; parece uma boa pessoa e é um belo rapaz.

– E Mathias está sabendo de tudo isso?

– Não. É ainda um recruta novo, e eles desconfiam. Só lhe farão confidências depois de o porem à prova.

– Que quer dizer com isso?

– Quando ele denunciar, torturar ou executar alguém. Ele já começou... mais umas semanas e será um autêntico patife. Irrecuperável.

– Como você mudou, tio Adrien!... Antes, diria que eu rezasse... Que mesmo as piores criaturas tinham uma parte de inocência que estava adormecida, e agora... Eu poderia dizer que não acredita em mais nada mesmo, nem em Deus.

Cada palavra de Léa era como um golpe de machado na alma sofrida do dominicano. Voltou-se de costas para a sobrinha, verificou o bom funcionamento de sua arma, enfiou até os olhos o barrete basco, pegou uma pequena mala de papelão prensado, com sua roupa, livros e algumas provisões, e dirigiu-se para a porta.

Léa teve um pequeno gesto completamente inesperado da parte de alguém que já não tinha fé; deixou-se cair aos pés do tio, dizendo-lhe:

– Abençoe-me.

Adrien hesitou um segundo, depois fez o que lhe pedia.

Quando seus dedos traçaram por cima da cabeça daquela filha querida o sinal da cruz, uma grande paz se fez nele. Ergueu Léa e a abraçou.

– Obrigado – murmurou ele, afastando-se na noite.

18

– Convidei Maurice Fiaux para almoçar.

Espantada, Léa deixou cair a vasilha com leite que segurava.

– Oh! Que desastrada você é! – exclamou Laure. – Todo esse leite bom perdido.

Uma par de tapas virou-lhe o rosto para o lado. Nos olhos azuis de Laure, a mais nova das jovens Delmas, apareceram lágrimas, e disse à irmã, mais com surpresa do que com raiva:

– O que aconteceu?... Está louca?... Machucou-me muito.

– E vou continuar se não desistir desse almoço.

– Tenho o direito de convidar quem eu quiser!

– Não!

– E por quê? Você não é a única proprietária de Montillac, que eu saiba!

– Você sabe quem é Maurice Fiaux?

– Sei muito bem que nós julgamos que ele estava nos espionando por causa das histórias da resistência, mas não é nada disso.

– O que quer dizer?

Laure baixou a cabeça, limpou os olhos resmungando, com os cinco dedos de Léa marcados na face.

– Era a mim que ele seguia.

– A você?

– Sim, a mim!... Não é só você que agrada aos rapazes. Já não sou a garotinha de antes da guerra. Cresci.

– Vamos ficar calmas. Que você agrade aos rapazes não duvido. Mas mesmo assim não acreditou no que ele lhe contou... Você esteve com ele novamente?

– Sim, esta manhã, em Langon. É simpático, divertido, bem-educado. Está de férias na casa dos avós... Depois da Páscoa, volta para Bordeaux. Tem de trabalhar para ajudar a mãe.

Léa ergueu os olhos ao céu.

– É muito comovente!... E que faz esse bom rapaz?

– Não sei... Não compreendi muito bem... Tem negócios.

– Negócios! Eis uma palavra cômoda para encobrir seja lá o que for. Eu vou lhe dizer quais são os negócios de quem seu belo coração se ocupa: ele trabalha para a Gestapo.

– Não acredito em você!

– Também não queria acreditar... Foi tio Adrien quem me disse. Ele torturou e matou várias pessoas. Convidando-o, você caiu na armadilha e nos faz correr graves perigos. Já pensou em Lucien?... No que aconteceria se ele o descobrisse?

Laure empalidecera, fazendo sobressair as marcas do rosto. Ficara em pé, de braços caídos, apoiada contra o fogão bestificada demais para perceber que a abundância de suas lágrimas havia molhado seu vestido branco. Léa teve pena dela e pôs a mão no seu ombro. Aquele gesto transformou o choro em grandes soluços de criança.

– Eu não sabia!...

– Laure, Léa, o que está acontecendo? Que se passa? – perguntou Camille, que acabava de entrar.

– Esta tontinha convidou Maurice Fiaux para almoçar amanhã.

– Oh! Meu Deus!...

Durante alguns instantes só se ouviram os soluços de Laure e o tique-taque do relógio. Camille foi a primeira a reagir.

– Não serve de nada nos lamentarmos. Temos de arranjar uma solução.

– Eu lhe disse para cancelar o convite.

– Tudo, menos isso! Ele perceberia que desconfiamos dele. Pelo contrário, é preciso manter o convite. Cabe a nós mostrar-lhe que se engana a nosso respeito.

– Você se esqueceu de Lucien!

– Não, é exatamente nele que penso. Tem de sair daqui.

– Mas ele ainda não está restabelecido.

– Eu sei.

– Então?

– Venha. Tenho uma ideia. Laure, amanhã é preciso fazer como se nada estivesse acontecendo, como se acreditasse que esse rapaz é bem-intencionado – disse Camille, levando Léa.

– Está bem – balbuciou a moça.

AS DUAS MOÇAS saíram de casa pelo lado norte.

– Vamos dar um passeio pelas vinhas. Lá, estaremos certas de que ninguém nos ouve.

Andaram em silêncio, Camille apoiando-se no braço de Léa.

O sol de abril envolvia o campo com sua luz iridescente, dando à vinha, à casa de Sidonie e às árvores um relevo espantoso e a impressão de que bastaria estender a mão para tocá-las.

– Como esta paz que sobe da terra não se comunica aos homens? – disse Camille, diminuindo o passo.

– Qual é sua ideia?

– Esconder Lucien no celeiro de Sidonie.

– No celeiro de Sidonie!

– Sim, podemos confiar nela, detesta os alemães.

– Mas é muito perto de Montillac!

– Justamente. Eles nunca pensarão que escondemos alguém tão perto.

Léa refletiu.

– Talvez você tenha razão. Se fosse outra pessoa que não Sidonie, eu diria que o ódio aos alemães não é razão suficiente para confiarmos. Mas tratando-se dela...

– Vamos vê-la. Deve estar em casa, porque estou vendo fumaça na chaminé.

DA CASA DE SIDONIE dominava-se toda a planície; certos dias, a velha mulher até julgava que se via o mar.

Como de costume, acolheu as visitantes com alegria, oferecendo-lhes o inevitável licor de cassis de fabricação caseira e que não se podia recusar.

– Eh! Senhora Camille. Até dá gosto vê-la tão bem-disposta. E você, senhorita Léa, não está com boa cara. Estava doente? Vi o doutor Blanchard entrar por duas vezes em Montillac.

Da soleira de sua porta, nada do que se passava na propriedade, onde servira durante tantos anos, podia lhe escapar.

– Não, Sidonie, era para Lucien.

– Pobre rapaz! Mas eu pensei que ele estivesse com os maquis...

– Ele foi gravemente ferido. Agora está melhor, mas não pode ficar em Montillac, seria muito perigoso. E ainda não tem condições para retornar ao campo imediatamente. Nós viemos lhe perguntar se você aceitaria escondê-lo durante alguns dias, no seu celeiro.

– Como se precisasse perguntar!...

– Mas isso pode ser grave para você, se os alemães vierem a saber.

– Nisso nem se fala. Quando é que o trazem?

– Esta noite.

– Muito bem. Quem vai saber onde ele está?

– Se pudermos evitar de dizer à mãe dele, só nós três.

– Ele está conseguindo andar?

– Penso que sim, mas vai ser preciso passar por onde o caminho não é tão bom.

– Eu irei ao seu encontro. Espero por vocês na terceira ala da vinha que vem da horta.

Léa acabou seu copo de licor e disse, beijando-a:

– Obrigada, Sidonie.

– Não há de quê, pequena... Você não acredita que eu deixaria aqueles porcos boches apanharem o filho da família do senhor Pierre.

NO CAMINHO de volta, Léa e Camille não disseram nada. Ao chegarem a casa, Camille disse:

– Nem uma palavra a Laure sobre essa nossa visita.

– Como pode acreditar que Laure fosse dizer onde Lucien está escondido?

– Desconfio sempre de uma moça apaixonada.

Léa olhou-a sem compreender.

– Não vai pensar...

– É preciso prever tudo. Laure anda aborrecida. Seus amigos estão em Bordeaux, nós não vemos ninguém. É normal que ela seja sensível à corte de um rapaz.

– Mas ele a está enganando.

– Provavelmente. Compete-nos convencê-la... Vou falar com ela.

A NOITE ESTAVA escura, um vento morno soprava de Landes. Três silhuetas avançavam ao longo da alameda dos ciprestes.

– Está bem, querido? Não lhe dói muito, meu amor? – murmurou uma voz ansiosa.

– Não, mãezinha... Tudo bem.

– Psiu! Calem-se... Tenho a impressão de que vem gente. – Todos se imobilizaram.

O barulho de passos batendo nas pedras e esmagando a urze se fazia ouvir pelo caminho que bordejava as vinhas, por baixo da alameda.

– Depressa, abaixem-se!

Os passos afastaram-se, regulares e calmos.

– Lucien, Léa, quem era?

– Fayard, de vez em quando ele faz rondas para ver se está tudo bem. Mas não gosto disso.

– Por que não está com o cachorro? – perguntou Lucien, em voz baixa.

– Sim, na verdade... É curioso. Decerto, tem medo de que o cão faça muito barulho ao avistar qualquer caça.

– Quietos! Ele vai acabar ouvindo.

Ficaram imóveis por alguns instantes, depois entraram na vinha.

– Ah! Aqui estão! Começava a ficar aflita. Senhora Bernadette, não devia ter vindo.

– Não tenha medo. Saberei calar-me.

– Eu compreendo, senhora Bernadette, eu compreendo...

– Vamos nos apressar, estou cansado – disse Lucien, avançando sustentado pela mãe e pela prima.

Caminharam um momento em silêncio.

– Sidonie, agradeço por ter concordado em esconder meu filho em sua casa.

– Não poderia recusar essa pequena ajuda, senhora Bernadette. Avisei o doutor Blanchard de que Lucien está agora em Bellevue. Ele passará por aqui amanhã, para cuidar do meu reumatismo.

– Ai! Meu Deus!... – exclamou Bernadette Bouchardeau.

Lucien estava quase caindo.

– Sente-se mal, meu filho?

– Não, mãezinha... Não. Mas minhas mãos doem muito...

– Chegaremos logo.

NA MESA DA MODESTA sala da casa Sidonie tinha disposto uma refeição, que eles comeram à luz de vela. Um pouco reconfortado com aquele vinho, Lucien levantou-se.

– Mamãe, agora deve ir embora e prometa não voltar aqui enquanto Sidonie ou o doutor Blanchard não a avisarem.

– Mas, meu filho!

– Mamãe, se eles me prendem, vão me torturar e eu denunciarei meus camaradas... Já sofri e sofro ainda tanto que não poderei suportar novos sofrimentos. Compreende?

Bernadette Bouchardeau chorava de cabeça baixa, torcendo entre os dedos o lenço úmido.

– Farei como quiser.

– Obrigado. Eu sabia que podia contar com a senhora – disse ele, enlaçando-a entre as mãos envoltas em enormes ataduras brancas.

– Não se preocupe, dona Bernadette, eu velarei por ele como se fosse meu filho.

– Não precisa que o ajude a subir para o celeiro? – perguntou Léa.

– Não, obrigado. Até logo, cuide-se.

– Até logo, Lucien – disse ela, abraçando-o.

LÁ FORA, uma chuvinha fina começara a cair. Estava muito escuro e as duas mulheres torciam os pés nas valetas. Até Montillac, não trocaram nenhuma palavra. Sempre em silêncio, abraçaram-se ao pé da escada que conduzia aos quartos. Como se carregasse um pesado fardo, Bernadette Bouchardeau subiu os degraus lentamente.

Léa fechou a porta a chave e empurrou o sólido trinco. Inspecionou, na sala, se as janelas estavam bem fechadas. Aqueles gestos cotidianos, completados no escuro, fizeram-na sorrir: "Todas as noites faço as mesmas coisas que meu pai: verificar se as janelas e as portas estão bem fechadas. Era inútil ir ao escritório, visto que já havia passado por lá antes de ir a Bellevue. Mas!... Ora! Esqueci de apagar a luz."

– Oh!

Instalados confortavelmente, um e outro, de cada lado da lareira onde as brasas acabavam de se consumir, Camille e François Tavernier conversavam calmamente.

Petrificada, Léa permaneceu no umbral da porta.

De um salto, François estava junto dela, machucando-a de tanto que a apertava contra si. Ele estava ali... Ele viera... Já não sentia medo, ele iria protegê-la.

– Bem, vou deixá-los. É bom ver como Léa está feliz por vê-lo – disse Camille, levantando-se.

Sem deixar de abraçar Léa, François pegou a mão de Camille e a beijou.

– Obrigado, senhora d'Argilat, por me fazer companhia, apesar de tão cansada.

– Ruth preparou-lhe o quarto dos passarinhos, Léa vai lhe mostrar. Boa noite.

Eles devoravam-se com os olhos, incrédulos, não imaginando sentir tanto prazer na contemplação um do outro. Com as mãos, ele desenhava-lhe os contornos do rosto, do pescoço e dos lábios; Léa deixava-o fazer, atenta à voluptuosidade que nascia sob aquela ligeira carícia. Por fim, as bocas uniram-se. O profundo beijo os fazia tremer. Lentamente as mãos, belas e sábias, retiraram suas roupas... Ela acariciava a nuca curvada, enquanto ele enrolava suas meias. Ela apoiava-se em seu ombro abandonando-lhe o pé. Logo estava nua. Esplendidamente nua. Seu corpo, iluminado pelas últimas chamas das brasas, dava, apesar da sua graciosidade, uma impressão de força selvagem, de poder, frágil e ao mesmo tempo indestrutível. Aos seus pés, com a cabeça erguida, ele a olhava fascinado. Léa ergueu-o e, por sua vez, despiu-o. Mas seus dedos por demais impacientes eram desajeitados. Sorrindo docemente, ele os afastou; num instante estava nu, nada constrangido por seu sexo ereto. Levantou-a e levou-a para o velho sofá, onde tantas vezes, garota, seu pai a consolava de seus desgostos. Por alguns segundos, o cheiro e o contato com o couro a fizeram voltar ao tempo de sua infância. A imagem de seu pai surgiu por detrás das pálpebras fechadas. Brutalmente abriu os olhos. Debruçado sobre ela, François murmurava seu nome.

– Vem – disse ela.

Fizeram amor durante muito tempo, o desejo sempre renovado. De madrugada, cansados, com o sexo dolorido, abraçaram-se num sono curto.

Os primeiros clarões da manhã os despertaram.

Titubeantes, rindo muito, vestiram-se.

Léa empurrou François para o quarto dos passarinhos, que se oferecia aos amigos, e fechou a porta atrás deles. Arrancaram a roupa e precipitaram-se para a cama sob o edredom de cetim de ouro desbotado. Agarrados um ao outro, voltaram a dormir imediatamente.

– LÉA, ACORDE... Mas onde está ela?

Laure bateu a uma porta.

– Bom dia, Camille, desculpe, mas viu Léa? Daqui a pouco é meio-dia e Maurice não vai demorar.

– Bom dia, Laure. Não, ainda não a vi. Ela, com certeza, está no jardim ou na horta.

– Não, já fui lá. Ela não deve estar longe porque sua bicicleta está ali... Ela talvez esteja com o amigo que chegou ontem à noite!... Você não acha esquisito essa gente que chega em plena noite sem avisar?...

– O senhor Tavernier sempre foi original...

– Oh! Desculpe, esqueci-me dos meus ovos com creme no forno...

Logo que ela partiu, Camille bateu à porta do quarto dos passarinhos.

– Senhor Tavernier, é preciso levantar-se, é meio-dia.

– Obrigado, senhora d'Argilat, vou levantar-me... Meu amor, acorde.

Léa abriu os olhos e voltou a dormir.

– Estou com sono...

– Minha querida, é preciso levantar-se, é meio-dia.

– Meio-dia!

De um salto, pôs-se de pé.

– Depressa, depressa, não temos um minuto a perder. O convidado de Laure vai chegar.

– Esperará um pouco.

– Oh! Não. Prefiro que ele não espere. Mas você? Não pode ficar aqui.

– Mas por quê? Tem vergonha de mim? – disse ele, derrubando-a na cama.

– Não se finja de idiota. É muito importante. Onde está minha saia?... Não encontro uma meia... E os meus sapatos... Ajude-me.

– Tome, encontrei isso.

Ela arrancou-lhe das mãos a combinação.

– Vista-se depressa, eu vou mudar de roupa e volto já.

Ele tentou agarrá-la, mas, rápida, ela lhe escapou.

QUANDO VOLTOU ao quarto, vestida com o conjunto de lã azul que pertencera à mãe, e que Ruth havia reformado, com os cabelos levantados, deixando a nuca à mostra, François, de barba feita, acabava de dar o nó na gravata.

– Como você está bonita!

Vestiu o paletó.

– Como está elegante!... Podem até imaginar que se veste em Londres.

– Não levarei a provocação tão longe. Mas ainda existem excelentes alfaiates em Paris, basta poder pagar. Fale-me agora do convidado cuja vinda a deixa tão agitada.

Rapidamente contou-lhe o que soubera pelo tio e o que ouvira sobre a turma de Maurice Fiaux. Falou-lhe também de Mathias e da visita de Raphaël Mahl.

– Esse homem ainda está vivo? – perguntou François.

– Está mais vivo do que nunca... Mas Maurice Fiaux, o convidado de Laure, é o pior de todos. Eis por que penso que é melhor que ele não o encontre, compreende?

O barulho de alguém correndo na escada e uns chamados os separaram. Léa entreabriu a porta.

– Já vou.

– Diga para pôr mais um lugar.

– Mas...

– Faça o que lhe peço.

– Laure?

– Sim!

– Lembrou-se de pôr mais um lugar para o senhor Tavernier?

– Evidentemente!

Léa voltou a fechar a porta.

– Mas está louco!... Se ele adivinhasse?...

– Adivinhasse o quê?

– Que é da resistência.

– Bah!...

Léa bateu o pé.

– Acabo por me aborrecer! Como quer que o apresente?...

– Diga que sou um homem de negócios parisiense, que faz uma visita a um colega de Bordeaux, e que aproveitei para vir vê-la.

– Mas quando ele reencontrar Raphaël...

– Não se preocupe com Raphaël, ele é perigoso sobretudo para si mesmo. Venha, meu amor, estou com vontade de ver como é um gestapista francês de Bordeaux...

NO FINAL DA ESCADA toparam com Laure.

– Ele acaba de chegar... Léa, não posso acreditar em tudo o que me disse...

– Irmãzinha, é a verdade. Não se esqueça de que sua vida e a nossa dependem de sua atitude.

– Sim – disse ela. – Onde está Lucien? Camille disse-me que ele foi embora ontem.

– Eu não sei. Uns amigos vieram buscá-lo. Vamos encontrar seu convidado... Ah! Apresento-lhe um amigo de Paris, François Tavernier.

– Bom dia, senhorita!

– Bom dia, senhor!

Juntos, entraram na sala onde já estavam Bernadette Bouchardeau, Camille e Ruth, que enchia os copos com o vinho branco doce de Montillac.

– Até que enfim, aqui está – exclamou Bernadette com um tom fingidamente descontraído. – Íamos beber sem vocês.

– François, deixe-me que lhe apresente um dos amigos de Laure, o senhor Fiaux, Maurice... Não se importa que o chame Maurice?... Apresento-lhe o senhor Tavernier, um velho amigo parisiense, que nos deu o prazer de uma visita por ocasião de sua viagem a Bordeaux.

– Bom dia, senhor. É seu o jipe que vi ali?

– Sim... Se quiser... O meu correspondente em Bordeaux emprestou-me para vir até aqui.

– Negocia vinhos, senhor?

– Ocupo-me de tudo o que houver para vender, do vinho aos metais, passando por tecidos e alimentos.

– Não tem muita dificuldade em fazer suas provisões?

– Não, tenho as melhores relações nos meios governamentais. Em Vichy, vou almoçar com Pierre Laval, e em Paris... com algumas facilidades... Sabe o que quero dizer?... Pode-se fazer muitos bons negócios.

Maurice Fiaux terminou seu drinque com ar sonhador.

François notou, divertido, que o vinho de Montillac era bem melhor em Montillac do que em Paris.

– Para a mesa – disse Laure, com ar preocupado. – O meu suflê vai esfriar.

ESSE ALMOÇO!... Nunca Léa, a gulosa, teria pensado que uma refeição lhe pudesse parecer tão demorada. Mal conseguia comer seu frango, e deixara mesmo um bom pedaço no prato. Em contrapartida, bebera muito. Maurice Fiaux também.

Habilmente, Tavernier o havia feito falar sobre si mesmo e sobre o que fazia. Primeiro com prudência, depois, com a ajuda do vinho, o jovem havia se exposto um pouco mais, falando do seu trabalho na prefeitura.

– Verifico se o endereço dos judeus que devem ser presos está correto... se os membros da família estão todos ali. É um trabalho de confiança, porque na verdade há policiais encarregados dessa missão que deixam fugir alguns – disse ele, com ênfase.

Léa quase gritou quando sentiu um pé tocar o seu. Era François, que dizia, sorrindo:

– Essa consciência profissional honra-o. Ah! Se todos os rapazes fossem como você... A França, com a ajuda da Alemanha, voltaria a ser um grande país.

– Não precisamos ser muitos. Um punhado de homens determinados bastará para eliminar essa escória judia.

– Você sabe para onde os levam? – perguntou Laure com voz doce.

– Para Drancy, eu creio; depois, para os campos de concentração da Alemanha, mas poderiam também mandá-los para o inferno, que me seria completamente indiferente.

– E as crianças também trabalham por lá? – murmurou Camille.

– Não, minha senhora, por humanidade não as separamos das mães.

Quando ele falou em "escória judia", Léa reviu o rosto queimado e o corpo torturado de Sarah, e voltou a ouvir a voz rouca com leve sotaque: "Os nazis querem nos matar a todos... Mulheres e também crianças."

 Com alívio, viu-o levantar-se.

– Desculpem-me, tenho de ir embora, estão à minha espera... Para negócios – disse ele, com leve cinismo.

Saudou a todos efusivamente. Laure o acompanhou até o carro. Ninguém disse nada até a volta de Laure, que se lançou nos braços de Ruth.

– Nunca mais quero vê-lo... Nunca mais quero vê-lo – soluçava ela.

Camille, Léa e François haviam descido lentamente até o terraço, onde, em silêncio, deixaram o ar úmido e perfumado de abril tentar expulsar seus negros pensamentos.

À TARDE, o doutor Blanchard passou para dar notícias de Lucien. O rapaz estava reagindo de forma satisfatória. Mas chamou Léa à parte.

– Raul e Jean Lefèvre entregaram-me esta carta para você.

Um lampejo de alegria desanuviou o lindo rosto de Léa.

– Raul e Jean!... O senhor os viu?

– Sim.

– Como estão eles?

– Muito bem. Se quiser vê-los, venha à minha casa na hora de consultas.

Léa abriu a carta e leu:

> Rainha do nosso coração, sua lembrança nos ajuda a viver. Sabê-la tão próxima de nós nos deixa loucos e não resistimos ao desejo de contemplá-la. Venha logo, nós a esperamos com paciência e angústia. Seus escravos devotados,
>
> J. e R.

Ela sorriu.

– Uma boa notícia? – perguntou François Tavernier.

– Lembra-se daquele rapaz que estava à minha espera na igreja de Saint-Eustache? Com a *Petite Gironde* no braço?

– Jean Lefèvre?

– Sim, esta carta é dele e do irmão. Estou tão contente!... Tinha tanto medo de que Raul tivesse sido morto ou ferido durante a fuga.

– Tem certeza de que é a letra dele?

– Além de ter certeza que é a letra de Jean, o doutor Blanchard me disse que eles estão em sua casa e que eu poderia ir lá vê-los amanhã.

– Não vá!

– Por quê?

– Não sei. Há alguma coisa que me faz desconfiar.

– É normal que eles gostem de me ver... De tanto frequentar gente como os seus amigos de Paris, você vê traidores e malandros em toda parte.

– Talvez tenha razão. Vamos dar uma volta pelo famoso Calvário, onde você costumava brincar quando era pequena.

Léa corou ao pensar no jogo muito menos infantil que brincava com Mathias numa das capelas.

François reparou nisso.

– Diga-me, marota, brincou lá de outra coisa além de esconde-esconde?

– Vamos pelo pinheiral, assim evitaremos Bellevue.

QUANDO ESTAVAM sob as árvores, ao abrigo dos olhares, os dois amantes enlaçaram-se e desceram lentamente as ladeiras do Calvário, parando em cada uma das estações da Via Sacra para olhar as capelas de pedra. Diante da sétima estação, Léa não disse nada. Chegaram à vereda estreita que rodeava o cemitério. A porta estava aberta e eles entraram.

Fazia muito tempo que Léa não ia até o túmulo de seus pais, e sentiu-se culpada. Mas o túmulo não parecia abandonado. Belos ciclames brancos, de que sua mãe tanto gostava, estavam pousados na pedra. Só Ruth podia ter o culto das recordações e da amizade.

O peso da ausência inclinou-a para o chão, procurando em vão as palavras de uma prece.

Um tiro ecoou.

– Parece que vem da praça – exclamou Léa, levantando-se.

Correu através dos túmulos, escorregando no cascalho das ladeiras mais íngremes e esburacadas. Seu movimento foi tão rápido que surpreendeu seu companheiro.

– Léa... Espere por mim.

Sem se virar, continuou sua corrida, atravessou o portão e desceu as escadas que desembocavam na igreja de Verdelais. Ali parou. Tudo estava calmo, calmo demais. A praça estava deserta, o que não era habitual àquela hora do dia.

No momento em que Tavernier a alcançou e agarrou seu braço, ouviu-se outra detonação.

– A Gestapo – murmurou ele, indicando os dois carros negros parados diante da mercearia da senhorita Blancou.

Ouviram o trote de um cavalo e as rodas de uma charrete. François empurrou Léa contra a parede.

– É o doutor Blanchard...

– Tem certeza?

– Todos aqui conhecem a charrete do doutor Blanchard.

– Meu Deus!...

No momento em que ele se levantava, a charrete passava a trote ligeiro.

– Doutor!... Doutor!...

A charrete continuou seu caminho, deu a volta no fundo do largo e veio colocar-se diante da casa vizinha da mercearia. No mesmo instante, as quatro portas de um dos carros abriram-se. Três homens bem-vestidos saíram de metralhadora em punho. Um oficial alemão saiu por sua vez sem se apressar e dirigiu-se ao doutor Blanchard, que acabava de prender o cavalo à tília, como de costume.

Lentamente, François obrigou Léa a recuar... Subiram a escada que conduzia à pracinha onde ficava o monumento aos mortos. Ali, estenderam-se de bruços na areia. De onde estavam, viam toda a praça e a cena de que foram espectadores impotentes; as folhas novas das tílias ainda não escondiam as fachadas das casas.

O tempo parecia suspenso no nó das rédeas de couro ao lado da árvore... Quando verificou que estava firme, o velho médico voltou-se.

A fala do oficial chegava a eles, confusa. Os gestos do doutor Blanchard pareciam indicar que ele nada sabia. Com certeza, ele não respondia como devia, porque os dois homens lançaram-se sobre ele e bateram-lhe com a coronha das armas.

Léa queria saltar. François a manteve no chão...

Então tudo se passou rapidamente. Tiros partiram da casa do médico. Um jovem saiu, com as mãos crispadas no peito, deu alguns passos e caiu dobrado sobre si mesmo, perto do amigo do padre Adrien, cujos cabelos brancos estavam empapados de sangue.

– Jean!... – gemeu Léa.

Um prolongado grito de mulher fez-se ouvir. Era a criada do médico, que, vendo o patrão ferido, corria para ele. Um homem a seguia, com os braços levantados, também ferido no rosto.

– Raul!...

Dois civis armados tentaram empurrar a criada. Ela agachou-se gritando para aquele a quem durante toda a vida havia servido e amado. Um horrível pontapé a fez largá-lo... Ela voltou à carga. Uma bala perfurou-lhe as costas. O pesado corpo caiu. O homem que havia atirado usava um chapéu.

– Não!...

A areia abafou o grito de Léa.

O do doutor Blanchard chegou até eles, terrível.

– Marie!...

Atirou-se para socorrê-la. Uma pancada na nuca derrubou-o. Dois homens levantaram-no e levaram-no para um dos carros. Fizeram o mesmo a Jean. No segundo carro, empurraram Raul. As portas bateram, os automóveis arrancaram, levantando uma nuvem de pó. Tomaram a direção de Saint-Maixant. Uma camioneta cheia de soldados alemães surgiu e seguiu-os. Todas as precauções tinham sido tomadas. O pó recaiu suavemente sobre o corpo da criada. O cavalo não se movera.

AINDA ESTENDIDOS na areia do largo do monumento aos mortos, Tavernier sustentava Léa, que vomitava. O negociante de medalhas, mesmo em frente do monumento, correu até eles, revirando os olhos em todos os sentidos.

– Vocês viram?... Vocês viram?...

Os aldeões começavam a aproximar-se.

– A senhorita está ferida?

– Não, pode buscar um pouco de água?

– Sim, claro...

Ele voltou com um balde trazido do cemitério, que encheu de água na bomba. Encostada a uma árvore, Léa não vomitava mais. Seu rosto salpicado de areia e de lágrimas estava irreconhecível.

– Vocês viram?... Vocês viram?... – continuava a perguntar o comerciante, colocando o balde perto deles.

Depois partiu correndo para a casa do doutor Blanchard. François molhou o lenço na água e lavou a pobre figura.

– Estou com sede.

Das mãos fez uma concha, que ela sorveu avidamente por três vezes.

– Por que não fizemos nada?... Nós os deixamos prendê-lo e matar à nossa vista...

– Não podíamos fazer nada... Acalme-se.

– Não quero me acalmar. Pelo contrário, quero gritar... Lutar.

– Por agora, a melhor maneira de lutar é retomar o sangue-frio.

– Se tivéssemos armas...

– Mas não as tínhamos, e éramos dois contra dez, talvez vinte. Armados ou não, nós não tínhamos nenhuma possibilidade de salvá-los, mas a certeza de desencadear uma carnificina e de sermos presos.

Léa, com o rosto coberto de lágrimas, batia cada vez com mais força com a cabeça no tronco da árvore.

– Talvez... Mas teríamos feito alguma coisa.

– Basta! Vai se machucar. Pense antes em avisar aqueles que podem ser presos. Os seus amigos arriscam-se a falar. A regra número 1 da clandestinidade é desaparecer quando algum membro do grupo é preso...

Como que picada por uma vespa, ela se levantou.

– Lucien! Depressa.

Sem um olhar para a praça, que se enchera de gente, Léa correu pelo caminho do Calvário. Sempre correndo, chegou à sétima estação e entrou na capela, com François no seu encalço.

– Ajude-me! Levante esta pedra.

François obedeceu. Debaixo da pedra rachada estavam

 escondidas espingardas, revólveres, metralhadoras, uma

pistola-metralhadora, granadas e munições, envolvidas numa lona.

– Que arsenal! – disse ele, com um assobio de admiração, pegando uma metralhadora. – São Stens, muito bons para o combate a curta distância, mas terrivelmente perigosos nas mãos de um desajeitado. O que você está fazendo?

– Você está vendo. Pegando os fuzis.

– Largue isso! Não pretende levar estas armas para Montillac em pleno dia, não é mesmo?

– Mas...

– Não há mas, ponha uma granada em cada um dos bolsos, eu levo dois revólveres e três pacotes de balas. Se for necessário, voltarei para buscar o resto esta noite... Vamos recolocar a pedra.

Depois de cobrirem cuidadosamente as armas, fecharam o esconderijo. Com alguns ramos, François apagou o rastro da sua passagem. Quando acabou, tomou Léa nos braços e beijou-a.

– Não é hora para isso. Deixe-me.

– Cale-se, pareceu-me ouvir um barulho...

Em pé, à entrada da capela, deviam ser um belo alvo.

– Vamos embora, devo ter-me enganado.

À sua volta, a colina cheia de capelas parecia deserta. Mas como saber?... Em cada uma delas alguém poderia estar escondido, observando.

Foram até o pé das três gigantescas cruzes que dominavam o panorama. Olhando os dois ladrões, François disse, como se falasse para si mesmo:

– Sempre me perguntei se valia mais ser crucificado com pregos ou amarrado...

Aborrecida, Léa afastou-se dele.

– Não seria melhor deixar para mais tarde essas reflexões?

AO SAIR DO BOSQUE do Calvário, passadas as antigas minas, a propriedade de Montillac estendia-se diante de seus olhos. Sem terem combinado, pararam.

– Tudo parece normal... O que acha? – perguntou Léa.

– Como posso saber?... Eles talvez nos esperem lá na casa. Vou na frente.

– Não. Não quero!... Venha – disse ela, retomando a caminhada. – Vou passar por Bellevue. Se houver alguma coisa de anormal, Sidonie saberá.

– Sidonie? Não é em sua casa que está escondido seu primo Lucien?

– Quem lhe disse isso?

– A senhora d'Argilat.

Belle, a cachorra de Sidonie, veio ao seu encontro, saltando e latindo.

Quando entraram em casa, Sidonie colocou na mesa uma velha espingarda de caça.

– Bem me parecia, pelo aviso do cão, que era você, mas alguma coisa na intensidade do seu latido me dizia que não vinha só.

– É um amigo. Não percebeu nada de anormal em Montillac?

– Não, a não ser o convidado desta manhã. Este senhor?

– Não. Ele chegou esta noite, quando eu estava aqui.

– É curioso, porque não ouvi nada... Diga-me, você chorou?

– Oh! Sidonie! – disse ela, lançando-se ao pescoço da velha.

– Minha garotinha. O que houve?

– Eles mataram Marie... E... prenderam o doutor Blanchard...

 – Meu Deus!

– E Raul... e Jean...

– Senhora, não há tempo a perder, é preciso que Lucien saia de sua casa, não está mais em segurança.

Sidonie empurrou suavemente Léa e deixou-se cair numa cadeira, com a respiração ofegante, apoiando uma das mãos no peito. Com a outra, apontou o armário. François compreendeu. Abriu o móvel e encontrou numa prateleira um frasco em que estava escrito: dez gotas em caso de se sentir mal...

– Traga-me água.

Léa pegou um cântaro que estava no chão e derramou água num copo, que estendeu a François.

– Beba – disse ele, forçando os lábios da doente.

Lá fora, Belle arranhava a porta uivando.

– Será que vai morrer?

– Não, olhe... Parece menos aflita. Que barulho é este?

Um alçapão acima de suas cabeças rodou entre duas traves.

– Lucien! – gritou Léa.

– Vá buscar a escada que está lá fora.

– Deixe que eu vou – disse François Tavernier.

Logo estava de volta e apoiou a escada contra a abertura. Sem a ajuda das mãos, Lucien desceu.

– Ouvi tudo. É amigo de meu tio Adrien, não é verdade?

– Sim. Está melhor, minha senhora? Devia deitar-se.

Sidonie deixou-se levar para a cama que estava na sala, e François deitou-a com precaução.

– Muito obrigada, senhor. Muito obrigada... Agora cuidem do rapaz.

Lucien aproximou-se e beijou-lhe a testa.

– Nunca esquecerei, Sidonie. Obrigado por tudo.

– Ande, ande, vá embora...

– Por enquanto, não. É preciso esperar a noite. Léa e eu iremos a Montillac buscar o carro e chamar o médico.

– Se é para mim, não vale a pena... Apenas perguntem à senhorita Ruth se não quer vir passar a noite aqui.

– Como quiser, minha senhora.

– Voltem depressa. Tenho a impressão de estar numa cilada sem nenhum meio de me defender – disse Lucien, mostrando os braços.

HAVIA DEZ MINUTOS que andavam sem dizer nada, perscrutando a estrada mal-iluminada pelos faróis pontilhados de azul.

– Para onde me leva?

– Para a casa de uns amigos, em Saint-Pierre-d'Aurillac – respondeu Léa.

– Eles fazem parte da resistência?

– Sim.

– Um amigo marinheiro e o irmão... Onde estamos? Não vejo nada... Penso que estamos em Gaillard... Sim, é isso, vamos chegar logo.

Saíram da aldeia e rodaram por alguns instantes no campo. De repente, apareceram mais casas.

– Paramos na pracinha atrás da igreja. O café Lafourcade é do outro lado da estrada, em frente ao monumento aos mortos. Espere-me, volto já.

Alguns minutos depois ela já estava de volta.

– Apressem-se, eles nos esperam.

Atravessaram a estrada e subiram os dois degraus do café na entrada de uma ruela. Na sala mal-iluminada, distinguiram mesas de madeira e cadeiras. Uma mulher de cerca de 50 anos, vestida de preto, aproximou-se.

– Entrem, meus filhos, sejam bem-vindos. Oh! Coitado! O que lhe aconteceu?

– Ao manipular explosivos, perdi a mão.

– Que desgraça! Venha sentar-se. Jeannot, sirva uma bebida.

Num copo grosso, o vinho tinto e espesso tinha um gosto de pedra, deixando os lábios manchados.

Os dois irmãos, Jeannot e Maxime, devoravam com os olhos a linda jovem sentada no canto da mesa, que bebia o vinho de seu pai.

François Tavernier contou o que acontecera em Verdelais.

– Nós soubemos por um garoto de lá que serve de correio... Vocês os conheciam bem, penso eu, senhorita?

Léa baixou a cabeça, incapaz de impedir que as lágrimas rolassem.

– Sim... Conhecia-os desde pequenos. Foi o doutor Blanchard que me pôs neste mundo e... Raul e Jean, os meus maiores amigos de antes da guerra... Não compreendo...

– Foram traídos. Logo que o doutor Blanchard partiu para fazer visitas, um carro chegou; nele estavam um oficial alemão e três civis. Uma camioneta cheia de soldados estava escondida mais embaixo... É inútil dizer que todos se trancaram em casa. Depois chegou outro carro, conduzido por um rapaz. Tocou à porta do médico. Vieram abrir e não se sabe o que aconteceu. As pessoas ouviram dois tiros.

– Nós também ouvimos.

– Sabem o que aconteceu depois.

– Para onde os levaram? – perguntou Léa.

Maxime virou a cabeça e foi o irmão quem respondeu:

– Foram para Bouscat, a sede da Gestapo.

– Os três?

– Sim.

– Mas eles estavam feridos!

– Essa escória pouco se importa... Os feridos são largados em qualquer canto para morrer.

– Não se pode tentar fazer nada?

– Por enquanto, não.

– Oh!...

– Exupérance, não perca a coragem, um dia eles pagarão por tudo isto – disse Maxime. – Enquanto espera, vamos esconder o ferido, cuidar dele e conseguir passá-lo para a África do Norte.

– Vocês vão ter muita despesa. Tomem este dinheiro.

– Senhor – disse a mãe –, nós não fazemos isso por dinheiro.

– Eu sei, senhora Lafourcade, o que vocês fazem não tem preço. Mas a estrada de ferro e o médico têm... Exupérance... seria imprudente ficar mais tempo.

– Ele tem razão. Melhor irem embora antes do toque de recolher.

François inclinou-se diante da senhora Lafourcade.

– Senhora, dá-me a honra de beijá-la?

– A honra é minha – disse ela, rindo e dando-lhe sonoros beijos.

– Tome conta dele – disse Léa, beijando-a por sua vez.

– Não receie nada, está em boas mãos.

Jeannot foi ver se o caminho estava livre e acompanhou-os até o carro.

ENCOLHIDA JUNTO a François, Léa não conseguia dormir. Continuamente desfilavam à sua frente as cenas sangrentas daquela tarde. Arrependia-se por não ter pensado nas armas. Alguém os havia traído... Quem poderia saber dos irmãos Lefèvre na casa do doutor Blanchard?... Ela mesma só o soubera uma hora antes da tragédia. O que dissera Maurice Fiaux?... "Esperam-me para negócios." Ela estava certa de que fora ele quem abatera Marie e ferira Jean no ventre. Era então esse o "negócio" de que falara com ar tão satisfeito. Um assassino, tinha dito Adrien. Era um assassino que havia deitado os olhos sobre sua irmãzinha... Era absolutamente preciso afastar Laure de Montillac; Léa adivinhava que, apesar de advertida sobre quem era Maurice Fiaux, a irmã estava subjugada por ele. Depois do alemão, um homem da Gestapo... Seu pai iria se revirar no túmulo. Enfim, adormeceu.

– LÉA... LÉA... Não tenha medo. Estou aqui. Ainda o pesadelo?

– Sim. Eles me perseguem sempre em Orléans em chamas... Eu chamo... e ninguém vem... Eles são cada vez mais numerosos, e querem me matar. Desta vez... Maurice Fiaux está com eles. Era ele... Não é verdade?

– Sim, penso que sim.

– Como se pode matar com tanta indiferença? Não acha isso estranho?

– Estranho? Não. Eu vi, na Espanha, e agora, na França, muitos homens capazes disso.

– E você seria capaz?

– Se fosse preciso.

– Já o fez?

A rápida crispação que transformou o rosto de seu amante não lhe escapou.

– Sim, quando foi necessário.

– Com a mesma indiferença?

– Indiferença?... Não, determinação, sim. Mesmo você, quando...

– Não era a mesma coisa!... Ele iria nos matar... Eu não tinha escolha!

– Estou de acordo, mas, se voltasse a acontecer, tornaria a fazê-lo, sabendo agora que matar, em certos casos e para ertas pessoas, é muito fácil.

– O que está dizendo? É horrível... Você me compara a esse assassino.

– Tem de reconhecer que se tivesse hoje mesmo possibilidade de matá-lo, você o faria.

Léa refletiu.

– Sim.

– E obedeceria a um sentimento de vingança, enquanto Fiaux o fez com a pureza da indiferença.

– É absurdo.

– Concordo. A esta hora da noite, estou pronto a dizer qualquer coisa de tanto sono.

– É incrível, só pensa em dormir!

– Eu vou lhe mostrar se só penso em dormir!

CAMILLE HAVIA levantado três vezes para dar de beber ao pequeno Charles, que havia dois dias estava com febre.

"Um grande resfriado", diagnosticara na véspera o doutor Blanchard. Agora dormia. Ela não se cansava de olhar para ele, tão vulnerável em seu abandono. Em criança, Laurent devia ter a mesma expressão, os mesmos cabelos louros, a mesma fragilidade. Quando voltaria a vê-lo? Durante a doença, cada vez que acordava, Camille havia esperado encontrá-lo à cabeceira.

Andava de um lado para outro, tentando com o movimento esconder sua angústia e pensar em outra coisa... No dia seguinte avisaria Bernadette Bouchardeau da partida do filho. Previa gritos, lágrimas, e os receava. Como gostaria de poupar esse desgosto àquela mulher um tanto ignorante. Léa lhe pedira, e Camille não sabia lhe recusar nada. "Gosto tanto dela como de Charles", dizia-se por vezes. Mulher racional, não compreendia muito bem a violência dessa relação. "Gosto de vê-la viver, é mais intenso do que viver eu mesma. Tenho mais medo por ela do que por Laurent, talvez porque seja mulher e porque posso imaginar melhor o mal que podem lhe fazer, sobretudo depois da prisão na Gestapo e da cela do forte do Hâ. Quando não está em Montillac, receio o pior. François Tavernier é como eu, tem medo de perdê-la."

A pancada de uma pedra nas persianas da janela, contra a qual apoiava a cabeça, arrancou-a desses pensamentos. Apagou a lamparina que estava junto da cama do filho, voltou à janela, abriu-a e afastou ligeiramente as persianas. Embaixo, no pátio, a silhueta de um homem.

– Camille – sussurrou o desconhecido.

Essa voz?... Uma vertigem a jogou para trás, o coração acelerado. Com as mãos magras, ela se agarrou com todas as forças ao parapeito da janela.

– Camile! – repetiu o desconhecido.

Sem dúvida... Era ele! Todo o seu mal-estar desapareceu. Precipitou-se para fora do quarto, desceu as escadas quase voando, atravessou o escuro da sala de jantar, abriu a porta e empurrou os grandes batentes da entrada. Laurent atirou-se em seus braços.

PELA PRIMEIRA VEZ em mais ou menos três anos Laurent d'Argilat e François Tavernier se encontravam frente a frente. Esse encontro perturbou Léa, mais do que ela teria imaginado. Ver os dois homens juntos parecia-lhe, de repente, chocante. Laurent, com sua barba, os cabelos muito compridos e as roupas disformes, parecia um vagabundo ao lado de François, elegante demais em seu terno bem-cortado. Era Laurent quem agora parecia um aventureiro. "É o cúmulo", pensou Léa.

Falavam em voz baixa, a um canto do quarto das crianças, que Léa fechara a chave. De comum acordo, Camille e ela haviam decidido que Bernadette e Laure não seriam informadas da presença de Laurent em Montillac.

O tempo estava sinistro e frio. Um verdadeiro clima de Sexta-feira Santa.

– Onde está Charles? – perguntou Léa.

– Brincando com Laure – respondeu Camille. – Se tivesse visto a cara engraçada que ele fez quando o pai o levantou nos braços! Dessa vez o reconheceu.

Os dois homens voltaram.

– Tavernier e eu estivemos pensando no que fazer. Estou perfeitamente de acordo com ele: vocês têm de deixar Montillac durante um tempo e levar Laure.

– E Charles? – perguntou Camille.

– Também, evidentemente.

– Concordo com vocês, mas para onde ir?

– Paris.

– Paris!... – disseram elas ao mesmo tempo.

– Sim, ainda é lá que há menos perigo para vocês; por um lado, por causa de Françoise; por outro, por causa de Tavernier, que pode organizar uma espécie de vigilância à volta de vocês.

– Mas você, Laurent, para onde vai? – perguntou Léa.

– Eu parto novamente esta noite. Um avião virá buscar-me para me levar a Londres e depois para a África do Norte.

Camille estremeceu.

– Você vai se arriscar a morrer – soluçou ela.

– Arrisco-me do mesmo modo ficando aqui. Tenho até mais possibilidade de viver se partir.

– Então... vá.

Léa sentara-se no meio dos almofadões, com a expressão mal-humorada.

– Um sorriso, vá lá, querida amiga, senão vou pensar que continua apaixonada por esse herói romântico – segredou François.

– Deixe-me em paz!

– Pare de demonstrar seu descontentamento, poderão notar.

– Que me importa!...

– Não seja infantil, a situação se presta a isso. Está ouvindo?... Bem. Vá telefonar às senhoras Montpleynet...

– Para quê?

– ... para lhes pedir que as recebam durante algum tempo...

– Às três! Mais o bebê?

– Sim. Já amanhã. Se a Gestapo não vier antes prender a todos, partiremos para Bordeaux, onde tomarei o trem com vocês para Paris.

– Mas Laure talvez não queira partir.

– É preciso convencê-la. É sobretudo ela que é preciso afastar de Montillac. Não deve rever Fiaux.

– Compreendo... Vou telefonar.

– Diga às suas tias que Camille precisa consultar um especialista e que você a acompanhará devido ao seu estado de saúde.

– E Laure?

– Diga que ela se aborrece, o que não é mentira.

– Em Paris, nós nos veremos?

– Tanto quanto possível, meu coração.

– Bem, vou telefonar. Acompanha-me?

– Não, ainda tenho algo a dizer a Laurent antes de ir para Bordeaux.

– Vai agora a Bordeaux?

– Sim, vou tentar obter notícias dos seus amigos e cuidar das passagens de trem.

DURANTE O RESTANTE do dia Léa teve de vigiar Laure. Ela não parava de chorar, encolhida numa das poltronas da sala.

– Mas, enfim, por que está chorando?

Esta pergunta redobrou-lhe as lágrimas e Léa ficou sem resposta.

FRANÇOIS TAVERNIER havia telefonado para dizer que só voltaria na manhã seguinte e que elas deviam estar prontas para partir. Ruth, avisada, havia aprovado a partida e convencido Laure da necessidade disso.

– Não se preocupe com nada – dissera a Léa –, eu olharei tudo... Sidonie vai se instalar aqui até que se restabeleça. Promete que vai me escrever sempre, que vai me deixar a par de tudo?

Bernadette Bouchardeau, completamente entregue ao desgosto de ter perdido o filho de novo, não fizera nenhum comentário.

Às dez horas, Laurent desprendera-se dos braços de Camille e, depois de um último beijo na testa do filho adormecido, saíra na noite, com a mochila cheia de roupa lavada. Léa o acompanhara até a estrada, passando pelo caminho sob o terraço para evitar a casa dos Fayard. Do fosso, surgira um homem, que lhes acendera a lanterna em pleno rosto.

– É você mesmo – dissera, apagando-a. – Apressemonos, o avião não espera.

Do bosque, tirara duas bicicletas.

Laurent beijara a testa de Léa.

– Cuide bem de você e deles – recomendara, afastando os braços que tentavam retê-lo.

19

Cento e noventa e cinco mortos!... Os bombardeios aliados tinham feito 195 mortos em Bordeaux, no dia 17 de maio de 1943.

Com que satisfação Hérold Paquis, da Rádio Paris, tinha dito e repetido aquilo. Os quarteirões da estação haviam sofrido, os trens circulavam mal. "Felizmente", pensou, egoísta, Léa, "nós partimos a tempo."

Que confusão! Naquele sábado da véspera de Páscoa uma multidão carregada de embrulhos, de cestos, de crianças, tomava de assalto os trens que partiam para Paris. Como François Tavernier conseguira ter um compartimento de primeira classe só para eles? Aquilo parecia milagre, visto que mesmo os corredores da primeira estavam apinhados. Camille se recusara a acompanhá-los ao vagão-restaurante, tomando como pretexto o pequeno Charles.

Ao entrarem no vagão, Léa arrependeu-se de não ter ficado no compartimento e comer o que Ruth lhe havia preparado. Os comensais, na maioria, eram oficiais ou soldados alemães, e homens e mulheres de aspecto muito próspero.

Muitas cabeças se viraram à entrada de duas moças bonitas. Mostraram as senhas ao chefe de mesa para comerem uma das piores refeições da guerra. François riu diante do desapontamento de Léa. Laure praticamente deixou tudo no prato, sob o olhar esfomeado de um jovem soldado...

O PRAZER DE REVER Albertine, Lisa, Françoise e seu bebê devolveu a Laure parte de seu bom humor.

Léa achou as tias e Estelle envelhecidas e cansadas. Desde que chegaram, François compareceu ao jantar uma única vez na rua da Universidade, partindo logo em seguida à refeição.

Por carta, Ruth lhes comunicara o suicídio do doutor Blanchard. Como o senhor e a senhora Debray, não hesitara em se matar para não falar. Jean e Raul Lefèvre estavam no forte do Hâ. Tinham sido torturados.

Foi no carro que os levou a Bordeaux que François Tavernier lhes contara o que soubera quanto a seu destino. Havia sido levado para a estrada de Médoc, número 197, e foram interrogados o mais brutalmente possível, mesmo Jean, cujo ferimento no peito já o fazia sofrer.

Recusando-se a falar, tinham sido atirados para o porão e brutalmente espancados. Os carrascos pararam para não os matar. Tinham autorizado o doutor Blanchard a cuidar de Jean. Conseguira extrair a bala, que parecia não ter provocado grandes danos. À noite ele se suicidara, com a ajuda de uma cápsula de cianureto, fato que Tavernier veio a saber dias mais tarde.

Laure nunca mais falou em Maurice Fiaux.

Nas vitrines da livraria Gallimard, na avenida Raspail, só havia alguns volumes desbotados. Léa folheou um livro de páginas amarelas, cujo autor nada lhe dizia. O mesmo vendedor do início da guerra aproximou-se. Usava calças de golfe e uns sapatos de solas grossas de borracha.

– Não leve esse livro, senhorita, não vale nada.

– Não tenho nada para ler e não sei o que comprar... Por que as prateleiras estão praticamente vazias?

– Nesta época vende-se o que quer que seja. Vendeu-se quase a totalidade do nosso estoque. Não conseguimos novo fornecimento.

– Mas por quê?

– Porque os franceses voltaram a ler. O que quer que eles façam? O cinema não é possível todos os dias, portanto leem.

– Leem o quê?

– Tudo o que há: Homero, Rabelais, Spinoza, os padres da Igreja, sei lá... Mas tenho alguma coisa para você. Nós reservamos as novidades para os nossos antigos e bons clientes. Que diria do último romance de Marcel Aymé?

– Decididamente, você gosta desse autor.

– Muito. Olhe, eu o dou embrulhado para que outras pessoas não o vejam.

– Qual é o título?

– *Le Passe-muraille.*

Voltou a sair, aconchegando o precioso embrulho ao peito. Enfim, tinha uma boa noite em perspectiva. Tudo o que havia na biblioteca das tias já fora lido e relido. Léa nunca se aborrecera tanto em Paris, entre Camille, que dedicava todo o seu tempo ao filho, as tias, que só falavam de abastecimento, Laure, que passava os dias e por vezes as noites em casa de Françoise, corria os bares e os salões de chá, Estelle, que se queixava cada vez mais das pernas!...

Montillac lhe fazia falta. Temia que durante sua ausência Fayard aprontasse das suas, apesar da presença de Ruth e de Sidonie. Julho se aproximava e Léa não tinha a menor intenção de passar o verão ali. Abafar-se. O que deveria ser do mês de agosto! Se ao menos François Tavernier se ocupasse em distraí-la... Mas não! Esse senhor havia desaparecido. Onde estaria ele? Com seus amigos em Londres ou com os de Berlim? Seria difícil que alguém informasse.

Os homens viraram-se ao passar por aquela jovem bonita, num gracioso vestido azul-marinho de bolas vermelhas, que deixava à mostra as pernas com os pés calçados por sandálias de salto alto, brancas com solas duplas, presente de François. Completamente entregue a seus pensamentos, Léa não reparava em nada.

NA RUA DA UNIVERSIDADE Léa pousou o livro na mesa da entrada, junto de um chapéu. As tias estavam com visita.

– Até que enfim chegou! Há mais de uma hora o senhor Tavernier a espera.

Reprimiu o desejo de correr e de se atirar em seus braços.

– Bom dia, pensei que estivesse morto.

– Léa!

– Deixe, minha senhora, é apenas uma gracinha. Este humor faz parte de seu encanto.

– Senhor Tavernier, é muito indulgente com esta criança.

– Tia Lisa, já não sou criança e pouco me importa a indulgência do senhor Tavernier.

– Que modos! O ar de Paris não lhe faz bem.

– Não, aborreço-me.

– É o que eu receava. Vou levá-la para dar uma volta pelo campo.

– A esta hora?! Mas daqui a pouco são cinco horas.

– Não é muito longe... Fica a 15 minutos.

– E chama a isso campo?... A 15 minutos daqui?

– Vai ver, é um lugar selvagem e maravilhoso que pouca gente conhece.

FOI PRECISO MUITO mais de 15 minutos para chegarem ao local que Tavernier queria. Ele praguejava, seguindo pelas ruas de Bagneux, de Fontenay-aux-Roses, de Sceaux e de Bourg-la-Reine. Parou diante do letreiro de Châtenay-Malabry e consultou um mapa.

– Rua Chateaubriand, rua de Loup-Pendu... Ah! Aqui está, rua de Vallée-aux-Loups, é aqui.

– Vai, por fim, dizer-me aonde vamos?

– Comprar árvores...

– Comprar árvores!...

– Sim, prometeram-me uma estaca de uma árvore plantada por Chateaubriand.

– Que vai fazer com a árvore?

– Não é para mim. Um de meus amigos alemães, apaixonado por literatura francesa e grande admirador de Chateaubriand, perguntou-me se era possível encontrar essa muda.

– Você está louco!

– Telefonei ao doutor Savoureux, que mora na antiga propriedade do grande escritor. Ele disse-me que eu não era o primeiro a fazer tal pedido e que, nesse momento, tinha um belo e pequeno exemplar.

– Não tem mais nada a fazer além de procurar árvores para os seus amigos alemães? – perguntou Léa, com todo o desprezo de que era capaz.

– O meu amigo não é um alemão qualquer e essa muda não é de qualquer árvore. Percebe... O broto de uma árvore plantada com amor por Chateaubriand.

– Tenho a impressão de ouvir Raphaël Mahl. Também ele me falou de Chateaubriand com a voz embargada e deu-me até um livro do seu grande homem...

– *La Vie de Rancé?*

– Como é que adivinhou?

– Não é muito difícil, conhecendo um pouco Raphaël Mahl... Já o leu?

– Tentei... Mas achei muito cansativo. A vida de um monge imundo do século XVII.

– Cale-se, infeliz! Entramos nas terras do autor dos *Martyrs*, cujo fantasma pode deixar seu rochedo de Saint-Malo para vir lhe puxar as orelhas, por ter ousado blasfemar.

Avançaram por uma larga alameda em rampa, bordejada por altas árvores que impediam de ver o céu. Pelos vidros abertos do carro entrava um ar quente e úmido.

– É sinistro este seu lugar. Como se chama?

– Vallée-aux-Loups.

– É bem o que eu disse, parece uma encruzilhada digna dos romances de Ann Radcliffe.

– Leu os romances de Radcliffe?... – perguntou ele, com tal espanto que Léa ficou envergonhada.

– Pensa que é o único que sabe ler? Minha mãe adorava os romances ingleses dessa época, ela leu todos, e eu também. Sem dúvida, deve achar essa literatura muito sentimental... Feminina demais.

– Que ímpeto!... Não imaginava que apreciasse tanto os romances do gênero. Conhece os autores alemães dessa época? Tenho alguns interessantes e posso lhe emprestar, se quiser.

– Não, muito obrigada.

Chegaram diante de uma casa coberta de vinha virgem e de hera presa a uma grande construção que parecia uma caserna ou um hospital. Uma mulher os esperava à porta de entrada.

– Bom dia. É o senhor Tavernier?

– Sim, minha senhora. Bom dia.

– Eu sou a senhora Savoureux. Meu marido pede desculpas, mas foi chamado a Paris e encarregou-me de os receber.

– Que desagradável!

– Acredite que ele ficou muito sentido, mas não podia fazer de outra maneira. Faça o favor de entrar, senhorita...

– Perdoe-me... Senhorita Delmas.

– É muito bonita, senhorita. O meu marido vai lastimar ainda mais estar ausente.

Léa sorriu e entrou.

Era a casa do grande escritor! O interior dava a sensação de fragilidade. Tinha a impressão de que as paredes não podiam suportar o peso dos quadros, que o chão ia desmoronar debaixo do peso dos móveis.

– O que esperava encontrar? – perguntou François, que havia reparado bem sua expressão desiludida.

– Não sei... Algo mais imponente... Essa sala podia ser em Montillac... Oh! François! Viu essa grama, essas árvores!...

– É bonito, não, senhorita? Meu marido e eu dedicamo-nos a manter este local no estado em que ele gostaria de vê-lo... Se quiserem, logo daremos uma volta pelo parque e lhes mostrarei as árvores plantadas por suas próprias mãos. Senhor Tavernier, quer vir comigo? Desculpe, senhorita. Não demoramos muito.

Sobre uma mesa repleta de papéis um volume encadernado em couro cheio de marcadores de papel branco atraiu seu olhar. Léa pegou-o. *Mémoires d'outre-tombe*, e foi sentar-se num degrau na frente da sala, diante do grande espaço vazio e verde, enquadrado pelas árvores altas. Abriu o livro.

"Vallée-aux-Loups, perto de Aulnay, neste 4 de outubro de 1811..." "A terra devia começar a cheirar a outono", pensou ela, antes de prosseguir a leitura. "Este lugar agrada-me, e substitui para mim os campos paternos; paguei-o com o produto dos meus sonhos e de minhas vigílias; é ao grande deserto de Atala que devo o pequeno deserto de Aulnay: e, para poder criar este refúgio, não despojei como o colono americano o índio das Flóridas. Consagrei-me às minhas árvores; dirigi-lhes elegias, sonetos e odes. Não há uma só entre elas que eu não tenha cuidado com minhas mãos, que não tenha livrado do bicho preso à raiz, da lagarta colada às folhas; conheço todas elas pelos nomes, como minhas crianças, são minha família, não tenho outra, e espero morrer no meio dela."

"Eu podia dizer a mesma coisa de Montillac. A minha verdadeira família é aquela terra, aquelas árvores, as vinhas, os prados. Tal como ele, conheço o nome das minhas árvores e sei curar-lhes as doenças. Quando voltar, plantarei um cedro em memória deste dia."

– Léa, onde está?

– Aqui.

– Desculpe-me. Não demorei demais? O que estava lendo?

Sem responder, estendeu-lhe o livro.

– Aí está uma leitura que eu não teria recomendado, depois do que disse da *Vie de Rancé.*

– Mas não é a mesma coisa, aqui ele conta sua infância, fala deste lugar com tal amor... Ele morreu aqui, como tanto desejava?

– Não! Minha bela ignorante, Chateaubriand não teve tempo de se refugiar na sombra das árvores que havia plantado. Precisou vender Vallée-aux-Loups, "comprado no tempo de Bonaparte, vendido no dos Bourbon", e sua biblioteca, ficando só com um pequeno Homero. Ele sofreu tanto com a perda deste lugar que jurou nunca mais possuir uma única árvore.

A NOITE ESTAVA magnífica e eles voltavam por dentro do bosque para a casa que parecia perdida no meio de tanto verde.

– Não passemos por aí – disse a senhora Savoureux a Léa, que ia na frente.

– Por quê? O caminho não me parece ruim.

– Não é por isso, mas aproximou-nos do local dos fuzilados.

– O local dos fuzilados? – disse Léa, parando.

– Nessa direção, do outro lado do muro, nos bosques, os alemães fuzilaram reféns... Ainda ouço os tiros. Desde então, nem eu nem meu marido vamos para esse lado do parque.

Voltaram para casa em silêncio e, pouco depois, François Tavernier despedia-se da senhora Savoureux, levando no braço a preciosa muda.

RODARAM DURANTE um bom tempo pelas ruas calmas do subúrbio. Homens jogavam bola, mulheres tricotavam nos degraus da porta, enquanto as crianças corriam, gritando. O ar cheirava a fuligem, a sopa e a erva cortada.

Gargalhadas e vozes chegavam até eles das portas abertas dos bistrôs. No espaço de alguns segundos, uma canção de Edith Piaf os acompanhou; a roupa secava nos jardins, os cães dormiam no meio das ruas porque a guerra os fizera esquecer a existência de automóveis. Só se levantavam no último momento, com um olhar desdenhoso. Era a hora depois do jantar e cada um se deixava estar sem fazer nada, sonhando e olhando o céu. Pouco a pouco as esplanadas cediam lugar aos prédios, os cafés eram cada vez mais numerosos. A música saía dos rádios pela janelas abertas e ressoavam de parede em parede. Jovens de bicicleta atravessaram à frente deles. Agora, a calma quase campestre havia desaparecido, fervilhando com a aproximação da cidade. A porta de Orléans, os grandes cartazes brancos com letras góticas pretas relembravam brutalmente a presença dos alemães. Desde que haviam saído do Vallée-aux-Loups não trocaram mais de dez palavras.

– Onde quer jantar? – François perguntou-lhe com doçura.

Recebeu o desalento do olhar de Léa como uma bofetada. Parou junto do passeio e aconchegou-a a si.

– Eu sei no que está pensando, meu amor, esqueça tudo isso por algum tempo. Nem seu medo nem suas lágrimas farão voltar os mortos... Tire da sua linda cabeça essas ideias de vingança, o tempo ainda não chegou... Chore, minha pequenina... Prefiro ver suas lágrimas a essa dor muda, diante da qual me sinto desarmado. Não pode calcular o que eu daria para vê-la alegre e despreocupada... para que fosse, enfim, feliz. Léa, é tão forte, tão corajosa, não pode deixar-se abater. Encoraje-se, tem forças para resistir a tudo isso.

Léa deixava-se embalar por aquela voz persuasiva e quente. Que lhe importava que ele se enganasse, que ela não fosse forte nem corajosa, mas uma moça fraca lançada na tormenta, levada para longe de seus sonhos, diante de um mundo novo que ela não compreendia, mas de onde libertava instintos tão violentos que varriam todas as fraquezas. Desde a mortandade do bombardeio de Orléans, Léa compreendera o poder de vida que existia nela e sabia que era capaz de matar, se fosse preciso. Mas ali, chorando nos braços daquele homem, ela só queria ser a criança que pede consolo.

– Agora está melhor?... Vamos, assoe-se.

Léa assoou com a discrição de um velho padre.

– Como é que consegue ficar ainda mais bonita com os olhos vermelhos e o ar abatido?

Ela deu um grande suspiro e disse com um sorriso:

– Estou com fome.

 François Tavernier deu uma de suas gargalhadas.

– Enquanto você sentir fome, não preciso me preocupar. Temos de nos apressar se quisermos chegar em casa antes do toque de recolher. Quer ir até meus amigos da rua de Saint-Jacques?

– Oh! Sim... Gosto tanto de Marthe como de sua comida.

NA RUA SAINT-JACQUES havia muita gente, mas o quarto de dormir, sala de jantar improvisada para os amigos, estava livre. Marthe e a nora fizeram enormes exclamações ao vê-los.

– Senhor François! Senhorita Léa, que prazer em revê-los!

– Tem notícias de seu filho?

Marthe olhou em volta como se temesse que alguém estivesse escondido atrás das panelas brilhantes penduradas nas paredes e murmurou:

– Está na resistência em Dordogne. Parece que é duro, mas sempre vale mais do que trabalhar para a Alemanha.

COMO ERA COSTUME, apesar das restrições, o jantar foi excelente.

– Eles mandam-me as conservas em conta-gotas.

Léa tinha bebido um pouco mais, riu imaginando as pernas e as asas dos gansos ou dos patos saindo, uma a uma, de um conta-gotas. Para ouvir mais vezes seu riso, Tavernier teria feito as palhaçadas mais grotescas, inventado todas as anedotas hilariantes. Em sua presença, sentia-se de novo um garoto divertido. Pôs-se a contar as últimas piadas da moda, os ditos atribuídos a Sacha Guitry, mestre do humor francês, muito apreciado pelos ocupantes. E Léa ria... ria.

– Dá gosto ver a alegria da juventude – disse Marthe Andrieu ao trazer a sobremesa.

Abraçados, foram os últimos a deixar o restaurante clandestino. A rua de Saint-Jacques estava escura e deserta.

Um perfume de rosas vindo do Jardim de Luxemburgo chegava até eles. Léa deitou a cabeça para trás e fechou os olhos para saborear melhor aquele perfume fugaz. Havia tanto abandono em sua atitude que as mãos de Tavernier perderam-se em seu decote, sob sua saia. Ela se entregou, confiante. Quando os dedos atingiram seu sexo, úmido, ela fechou os olhos.

SEM DIZER NADA a Léa, François Tavernier enviou uma grande soma a Ruth, que lhe permitia pagar o salário dos Fayard e dos cinco trabalhadores agrícolas que regularmente faziam a manutenção das vinhas. A honesta governanta havia, de início, recusado, mas François mostrou-se convincente, afirmando que isso permitiria a Léa descansar dos cuidados imediatos ligados a Montillac. Tinha também emprestado dinheiro a Laurent, dizendo-lhe que lhe retribuiria depois da guerra.

Todos os dias Camille levava para passear seu rapazinho nas Tulherias ou ao Jardim de Luxemburgo, acompanhada com frequência por Françoise com o bebê. Por duas ou três vezes, Otto Kramer viera encontrá-las e Camille sempre se afastava com o pretexto de uma compra a fazer ou de um encontro. A visão de um uniforme alemão a deixava doente. No caso do comandante Kramer, ainda pior: com receio de ofender Françoise, ela não podia recusar-se a apertar a mão do oficial. Cheio de tato, ele compreendera e não voltara mais a se encontrar com Françoise quando sabia que ela estava com Camille.

Ela soubera pela Rádio Londres que Laurent havia chegado à África do Norte.

Desde sua visita ao Vallée-aux-Loups, Léa estava mais alegre, mais descontraída. Mergulhada nas *Mémories d'outre-tombe*, ela só falava em Chateaubriand, o que muito divertia François, que vinha quase todos os dias à rua da Universidade.

Quanto a Laure, estava irreconhecível. Vestida na moda, fumava abertamente cigarros ingleses, frequentava o Pam-Pam e o Colisée e dançava nos bailes clandestinos ao ritmo de Alex Combelle e de Django Reinhart, cujos discos giravam nos gramofones dos cursos de dança e dos bares *swing* da moda.

Fazia algum tempo, graças a ela a escassez de comida havia acabado. Um dia, manteiga, no dia seguinte, café ou açúcar, ou batatas. Onde ela encontrava dinheiro, quando se sabia que o quilo de manteiga, no mercado negro, custava 350 francos e o café de 1.000 a 2.000 francos? Às perguntas das tias, respondia:

– Faço negócios. Ponho em contato quem quer comprar meias de seda e tem manteiga para pagar e aquele que procura 100 quilos de manteiga e tem vinte pares de meia. Eu recebo uma comissão, é simples.

Laure, decidida a continuar seus estudos, tinha perguntado às senhoras Montpleynet se aceitavam que continuasse lá. É claro que aceitaram.

A jovem apresentara Léa a seus novos amigos. Eles eram divertidos, cínicos, mal-educados e... muito jovens. O mais velho tinha dois anos menos do que Léa, os pais deles eram médicos, professores, advogados ou comerciantes ricos. O pequeno grupo a acolhera bem por acharem-na muito bonita. Com eles, ela reencontrara a despreocupação. Não se podia falar de guerra, era um assunto tabu; sobre Hitler, De Gaulle, Gestapo, resistência, nada sabiam, não era com eles. A culpa era dos pais, eles que se safassem. É preciso dizer que eles tinham a intenção, os pobres velhos, de moralizá-los, recriminando-lhes os casacos grandes demais, as calças muito curtas, os cabelos até o pescoço, os ombros caídos ou exageradamente largos, as meias com riscas, os sapatos grossos mal engraxados e o indispensável guarda-chuva, que nunca abriam, além de estarem prontos para fazer o que quer que fosse por um maço de cigarros ou meias de seda. Haviam perdido a guerra e a identidade, não tinham mais nada a dizer, sobretudo, da grandeza da França ou da Alemanha, segundo o caso. A voz de Maurice Schumann era-lhes indiferente, tal como a de Philippe Henriot, ex-deputado da direita liberal de Libourne, adversário de sempre do Partido Comunista, transformado, depois da invasão da Rússia pela Alemanha, em porta-voz dos defensores da civilização cristã face ao comunismo. Nos Champs Elysées, em Saint Germain-des-Prés, ignoravam soberbamente o ocupante, sem nunca se afastar quando se encontravam na passagem de algum deles: simplesmente não existiam. Por sorte, até aquela altura, sua pouca idade valera a indulgência dos soldados.

A guerra exacerbara em Lisa de Montpleynet a necessidade de ser informada de tudo: do recuo das tropas alemãs na Rússia, do fechamento de algumas estações de metrô, do número de mortos do último bombardeio aliado, do aumento do preço da manteiga, da última canção da moda, da nomeação pelo comitê francês da resistência nacional do novo governador-geral da AOF, da demissão de Mussolini, do próximo desembarque ou do testemunho de um polonês, lido por Jacques Duchesne no programa *Os franceses falam aos franceses*, sobre o massacre de judeus – testemunho que iria obcecá-la e em cujo horror recusou-se a acreditar até o fim.

...O campo situa-se 15 quilômetros ao sul da cidade de Belzec. Está rodeado por um muro que segue a linha férrea, a uma distância de 10 metros. Uma estreita passagem, de menos de 1 metro de largura, conduz à via férrea. Por volta das dez horas da manhã um trem de carga parou. Nesse momento os guardas que se encontravam na extremidade oposta ao campo puseram-se a atirar para o ar e a mandar os judeus subirem no trem.

Dessa maneira, criaram pânico nos prisioneiros para impedir qualquer hesitação ou resistência. Os judeus, empurrados para a passagem estreita mencionada, precipitaram-se, empurrando-se para o primeiro vagão de carga, parado no início da passagem. Era um vagão normal, daqueles que têm a indicação "6 cavalos ou 36 homens". O chão estava coberto por uma espessa camada de cal fresca de 5 centímetros de espessura; mas os judeus, na sua pressa e no seu pavor, não a viam. Subiu assim uma centena para o vagão, até que foi completamente impossível a entrada dos outros. No vagão, mantinham-se em pé, apertados uns contra os outros. Os guardas, agarrando, então, os judeus com os braços, atiravam-nos para os vagões por cima das cabeças dos outros; sua tarefa tornava-se fácil devido ao terror dos prisioneiros, enlouquecidos pelas pancadas que recebiam nas costas. Os carrascos jogaram assim mais uns trinta por cima dos outros, homens e mulheres; era um espetáculo horrível; muitas mulheres quebraram o pescoço. Pode-se imaginar o horror da cena. Cento e trinta pessoas foram lançadas assim para o primeiro vagão. As portas metálicas foram em seguida fechadas e trancadas. O trem avançou um pouco.

O vagão seguinte foi posto em posição, e a cena se repetiu. Contei ao todo 51 vagões, onde se empilharam os seis mil prisioneiros do campo. Uma vez o campo vazio e os vagões cheios, o trem partiu.

Parou num local em pleno campo, a uns 40 quilômetros do campo de concentração. Os vagões ficaram ali hermeticamente fechados durante seis ou sete dias. Quando o bando de coveiros abriu as portas, os ocupantes estavam todos mortos, e a maioria em estado de putrefação avançado. Morreram asfixiados. Uma das propriedades da cal fresca é, de fato, soltar vapores de cloro quando em contato com água. As pessoas amontoadas nos vagões têm evidentemente de fazer suas necessidades. Disso resulta imediatamente uma reação química. Os judeus ficam, então, imediatamente asfixiados pelos vapores do cloro, enquanto a cal fresca lhes rói os pés até os ossos.

– É horrível! – exclamou Léa, tapando os ouvidos.

– Como é que Deus permite tais coisas? – disse com um espanto tão flagrante a boa Estelle que em outras circunstâncias teria sido cômico.

– Como é que um polonês da resistência pode vestir o uniforme dos carrascos e ser o espectador impassível dessa condenação à morte? – murmurou Albertine, falando consigo mesma.

– Ele disse que era para levar ao mundo civilizado uma prova irrefutável – balbuciara Laure.

– Eu não compreendo muito bem o porquê da cal fresca – disse Léa. – No fim de seis ou sete dias eles estariam mesmo asfixiados.

O locutor da Rádio Londres continuou:

Algumas pessoas talvez pensem que a França goza de um regime privilegiado, alguns pensarão, ainda, que nunca se viu isso em nosso solo. A organização de tais massacres.

No entanto, basta recordarmos o regime que sofreram os judeus empilhados no campo de Drancy ou de Compiègne, ou mesmo em Vélodrome d'Hiver. Basta lembrar as cenas lancinantes passadas, sobretudo, em Lyon, quando as mulheres judias eram arrancadas aos filhos, fechadas nos trens sem sequer poderem dizer adeus às suas famílias. Basta lembrar o silêncio que se seguiu à prisão de tão grande número de judeus, para compreender que nenhum país escapou. O que aconteceu com todos esses homens e mulheres, todos esses velhos e por vezes crianças? Partiram também eles "para o Leste", segundo o eufemismo usado pelos alemães? É preciso que cada funcionário francês encarregado de se ocupar das questões judias compreenda que, executando as ordens que recebe, torna-se cúmplice de um crime e ajuda os carrascos alemães de Lvow ou de Varsóvia.

O silêncio que se seguiu provava a vergonha e o horror que todas sentiam.

– Parece propaganda antialemã – disse Léa quando pôde falar. – Nenhum povo é capaz de cometer tais abominações.

– Lembre-se do doutor Blanchard, de Jean e de Raul – Laure lhe respondeu.

– Não é a mesma coisa. De um lado, eles prendem as pessoas que os combatem, do outro, homens, mulheres e crianças que a seus olhos só têm culpa de ter nascido... É aí que há alguma coisa que eu não compreendo. Por quê?

– Porque são judeus, evidentemente.

– E acha isso razão suficiente para ser enviado para campos de concentração e ser assassinado?

– Não, claro que não.

– Quem os impedirá amanhã de matar todos os ruivos, porque são ruivos, todos os corcundas, porque são corcundas, e todos os velhos, porque são velhos?

– Minhas queridas filhas, estamos nas mãos de Deus – declarou Lisa.

– Um Deus judeu. Neste momento ele não deve estar com muito prestígio – resmungou Léa, para grande escândalo das tias.

Lisa e Estelle não confessavam, mas davam muito mais crédito às informações da Rádio Paris que às da Rádio Londres, tão cansativas de ouvir por causa da interferência.

Apesar de proibição de venda dos aparelhos de rádio, as senhoras Montpleynet tinham presenteado Estelle com um pelos 25 anos de bons e leais serviços na casa. Desde então, em sua cozinha, ela não perdia por nada deste mundo a crônica cotidiana de Jean-Hérold Paquis, exatamente antes do sétimo boletim das vinte horas.

Embora as patroas lhe tivessem dito muitas vezes que ele era pago pela Alemanha, que as imprecações contra os comunistas, os judeus e os gaullistas eram odiosas e a sua má-fé, total, ela não podia impedir-se de estar "completamente convencida", quando a voz frenética terminava seu editorial dizendo: "A Inglaterra, como Cartago, será destruída." Todos sabiam que esses discursos eram discretamente inspirados pelo ocupante, mas muitos ouvintes ficavam perturbados quando ele explodia contra a "ameaça comunista" ou explorava habilmente os bombardeios aliados.

Se Estelle tinha uma fraqueza por Paquis, Lisa o sentia por Philippe Henriot, que "falava tão bem" e era tão "culto". Ah, aquela "voz espantosa, grave, cheia, cuidada, conduzida com uma arte extraordinária, que se infla e zomba em acessos de suficiência pequeno-burguesa, um verdadeiro talento literário que faltara a Paris, e uma propriedade de termos que lembra seu latinista". O ex-deputado de Libourne tem o sentido da inventiva e das imagens que chocam as imaginações, tanto no campo como nos meios parisienses; com que cinismo e arte ele remexe a ferida nas chagas dos vencidos! Prova disso, esta alocução pronunciada em 4 de julho de 1943 por aquele que muitos consideravam seu diretor de consciência:

> Nossos compatriotas do gaullismo e dos seus derivados continuam para mim um tema sempre novo de admiração e de surpresa. Todos sabem que eles são os únicos mantenedores de um patriotismo que não transige. Têm o monopólio do sentido da dignidade francesa (...).
>
> A Alemanha ocupa a França depois de uma vitória total. Eu não esqueço que esses senhores dizem que nunca foram vencidos, que o marechal não devia ter assinado o armistício. Deixemos essas opiniões ridículas na boca de gente que em sua loucura de 1940, entre o Garonne e os Pireneus, estremeciam só com a ideia de que a Alemanha recusasse esse armistício que hoje repudiam. Não há mais tropas, nem armas, nem aviões; os alemães em Angoulême e em Valence; fugitivos militares e civis, pelas estradas, a angústia por toda parte... Era nesse momento que se deveriam ter-se levantado certas vozes que depois nunca mais se ouviram. Nossos valentões tardios são malsucedidos ao levantar a voz hoje. Com surpreendente ilogismo, aliás.
>
> Por que, enfim, essa gente, que considera intolerável a ocupação de seu país por um adversário que os venceu, acha reconfortante a invasão do seu Império pelos povos que lhe haviam prometido ajuda e agora limitam-se a explorá-lo? Por que será tão revoltante a seus olhos ver a Alemanha, sua inimiga, retirar dos nossos recursos o que lhe é necessário, e por que será que esfregam as mãos vendo a Inglaterra e os Estados Unidos, seus amigos, apropriarem-se do nosso abastecimento norte-africano?(...).

Então, já não compreendo. Sofro com o destino de meu país. Sofro como todo vencido sofre com a derrota. Mas, pelo menos, por mais penosa que seja a provação... é normal. Mas, vocês, que aceitam de um pretenso amigo aquilo que o vencedor nunca nos impôs, não se sentem um pouco constrangidos? (...).

Assim, é um norte-americano quem arbitra os conflitos entre os chefes franceses; é o rei da Inglaterra que vem tomar posse da nova colônia da Coroa; Churchill e Roosevelt recusam-se a reconhecer a soberania francesa numa terra francesa; neste 4 de julho, festa da Independência norte-americana e que recorda a ajuda que a França deu aos Estados Unidos para expulsar a Inglaterra, os dois velhos rivais se encontram de acordo para nos reduzir à escravidão, os franceses estão ali privados de liberdade, e nenhuma voz se levantou entre eles para protestar contra os assassinatos aéreos dos seus compatriotas da metrópole (...).

Ora, esses senhores nos declaram indignos, porque, resolvidos a dar ao nosso país, no mundo, um lugar que deve merecer, não começamos por negar a derrota. Mas, senhores, aceitam da parte dos seus amigos um destino cem vezes mais humilhante do que aquele que nos é imposto pelo vencedor. Tratam-nos como vencidos, e os tratam como criados. É verdade que, se os alemães nos venceram, os anglo-saxões nos ludibriaram. É isso que lhes dá direito sobre vocês. Porque ser derrotado só prova que se era mais fraco; ser ludibriado, isso prova que se era mais imbecil. Pode-se ter pena de um fraco; não se tem pena de um imbecil.

Continuem, pois, a pasmar diante de seus ocupantes; beijem a mão dos que os demitem e expulsam; digam obrigado a cada pontapé que de Londres ou de Washington reduz a nada um general, que nunca deveria ter saído daqui... Mas peçam aos seus senhores que queriam conservar por algum tempo ainda os grandes primeiros papéis. Porque nós ainda não vimos tudo. De Gaulle e Giraud vão beber o vinho da Argélia à mesa de George VI. Trocam por telegrama congratulações com Stalin (...).

A derrota militar não passava de uma provação que, segundo a opinião do próprio vencedor, deixava a honra intacta. Lá, a honra é que os homens que se pretendem guardiões comercializam.

Estas palestras semanais punham Lisa fora de si e era preciso toda a força de persuasão da irmã para lhe demonstrar que, se Philippe Henriot podia falar do "ocupante temporário" com essa aparente liberdade, era porque estava de acordo com esses mesmos ocupantes e que não seria cúmplice dos "terroristas" ou "gaullistas" quem se recusasse a acreditar no que franceses sob vigilância e profundamente pró-nazis diziam dos franceses que não haviam aceitado a derrota de seu país. Depois de horas de discussões, Lisa concordava até o próximo discurso de Philippe Henriot. Felizmente a influência de Albertine Montpleynet era mais forte do que a voz que pregava submissão na Rádio Paris. "Rádio Paris mente, Rádio Paris mente, Rádio Paris é alemã", dizia-se em voz baixa.

Como a maioria dos franceses, Lisa submetia-se à tirania do rádio, ainda novo e misterioso. Essas vozes que vinham não se sabia de onde e sussurravam conselhos culinários, recomendações diversas, informações do mundo inteiro ou, então, ralhavam, injuriavam, profetizavam, elogiavam, entorpeciam os cérebros, podiam também facilmente imprimir-lhes o ódio ou a esperança. Os ouvintes, nas poltronas, escutavam essas vozes com a mesma devoção que Joana d'Arc escutava as suas.

Léa, Laure e Camille não escapavam a essa intoxicação pelas ondas. Apesar da desaprovação de Lisa e de Estelle, que temiam as denúncias dos vizinhos mal-intencionados, Léa e Camille escutavam Londres quase todos os dias, e Laure, as últimas novidades da moda.

Mas nenhuma tomava por certo o que ouvia em uma ou outra estação, assemelhando-se assim a muitos rapazes e moças de sua idade.

20

A verdadeira simpatia que unia François Tavernier e Camille d'Argilat transformara-se numa cumplicidade que incomodava a Léa. Não que sentisse ciúme de Camille, achando-a muito pouco atraente para ser sua rival, mas não suportava ver-se excluída de certas conversas interrompidas por sua presença. Que significavam aqueles segredinhos? Léa pensou ter a resposta no dia em que, saindo do seu carrinho, ao voltar do passeio, o pequeno Charles trazia fechado na mão um pedacinho de papel. Léa retirou-lhe com doçura e abriu-o: era um pedaço do *Libération*, jornal clandestino gaullista. O que aquilo estava fazendo nas mãos do pequeno? A criança, querendo descer, agitava-se em seus braços. Ia colocá-la no chão quando lhe pareceu que as fraldas tinham um som estranho. Rapidamente, desabotoou-lhe a roupa...

Com precipitação apanhou os jornais e, agarrando Charles por um braço, levou-o para o quarto. Arfante, como se tivesse corrido, Léa deixou-se cair em cima da cama; o garoto subiu para junto dela e acariciou-lhe os cabelos.

– Sua mãe é doida, completamente doida! E se fosse Françoise que descobrisse este pedaço de jornal?... Está compreendendo?... Era caso para mandar deportar todos nós, inclusive você – disse ela, pegando-o e abraçando-o.

– Ah! Charles está com você. É bonito descobri-los flertando – disse Camille, ao entrar.

– Trata-se mesmo de um flerte!... Feche a porta. Quando penso que você ousou metê-lo nisso tudo!

– Não compreendo. Que quer dizer?

– Não compreende? Acha então normal meter este gênero de fraldas num bebê? – disse ela, mostrando o embrulho dos jornais.

– Como conseguiu encontrá-los? No entanto, é um bom esconderijo, não acha?

Que atrevimento! Léa nunca imaginara Camille capaz de tamanha audácia.

– Bom esconderijo!... Mas podia ter feito com que o matassem!

A jovem mãe empalideceu.

– Mas... Ele não tinha culpa nenhuma.

– Claro! E então?

Retrospectivamente, Camille teve medo. Sentou-se por sua vez na cama e apertou o filho contra si.

– Pelo menos, podia ter-me deixado a par. A senhora quer brincar sozinha de heroína. Já pensou na inquietação de Laurent se soubesse que você distribui jornais clandestinos?

– Ele sabe.

– Como sabe?

– Foi por ele que entrei em contato com o grupo.

Incrédula, Léa fitava-a.

– Não acredito.

– E, no entanto, é verdade. Ele precisava de alguém seguro. E, naturalmente, pensou em mim.

– É idiota, você tem um filho. Era a mim que ele deveria ter vindo.

– Ele pensou que talvez você já tivesse muito o que fazer.

– Desde que estou aqui, não tenho nenhum contato com os de lá, e sinto-me muito bem. Não quero ser presa como Raul e Jean, ou morrer como o doutor Blanchard, ou diante de um pelotão de fuzilamento. Peço-lhe que não traga mais jornais clandestinos para cá. Passa gente demais por este apartamento.

– O que aconteceu hoje foi excepcional. Normalmente entrego-os logo.

– Por que não o fez hoje?

– Meu contato não compareceu ao encontro. Não me atrevi a jogá-los na lixeira.

– E François?

– François?

Camille mentia mal. Sua resposta soava a falsidade, mas Léa fez de conta que acreditou. Ela ia jantar com Tavernier e se prometeu que poria tudo às claras. Agora, o mais importante era o vestido que usaria naquela noite.

TOMADA POR UM frenesi de prazer, Léa queria divertir-se, deixar de pensar nos amigos mortos ou desaparecidos, nos que combatiam ou colaboravam. Nenhum acontecimento particular influenciara sua decisão, simplesmente um cansaço, um grande desejo de viver, de futilidade. Seria o exemplo de suas duas irmãs, que viviam o presente? O amor para Françoise entre o amante e o filho, a música norte-americana para Laure entre um negócio de mercado negro e um flerte?

François havia se mostrado um pouco surpreso com essa mudança, que, secretamente, o aliviava. Desde que a conhecera, vivia com receio. Quando vira a que ponto ela estava comprometida com a resistência em sua província, a vigilância de que Montillac e seus habitantes eram alvo, a atitude de Mathias, a visita de Raphaël Mahl, a prisão de seus amigos, tivera medo. Por isso precipitara aquela partida para Paris. Desastradamente, ele fora obrigado a ausentar-se durante um mês. Agora, de volta por alguns dias, iria enfim poder ocupar-se dela. Tavernier sentia imenso prazer em vê-la viver. Desde seu primeiro encontro, sua personalidade e sua beleza tinham-se afirmado. "O gênero de mulher de se fugir imediatamente quando se teme desgostos." Pelo visto, ele não os temia, pois ia em frente. Como hoje, em que aceitara levá-la para jantar no Maxim's depois de ter recusado, sem encontrar outro pretexto além deste:

– A cozinha não é mais tão boa e está cheio de alemães.

– Para mim tanto faz – respondeu ela. – Quero ir a um lugar onde as pessoas pareçam felizes.

E nada a fez desistir. Eis por que Léa, sem se preocupar mais com os jornais clandestinos de Camille, preparava-se para esse jantar. Graças a Laure, comprara um magnífico vestido de musselina de um belo vermelho-escuro. Consultadas, as tias e Françoise decretaram que só podia ser um vestido de uma grande *maison*: Chanel ou Fath. O que, devido ao preço relativamente baixo, parecia impossível. Uma grande echarpe preta e sandálias de noite pouco usadas completavam o elegante traje.

– Você está magnífica! – exclamou Camille, que a ajudara a vestir-se. – Os homens só terão olhos para você.

Léa pegou um dos jornais clandestinos.

– Por que quer isso? – perguntou Camille.

– Para fazer uma brincadeira. Enfiar o *Libération* entre *Le Matin*, *Paris-Soir*, *L'Oeuvre*, *La Gerbe*, *Le Pilori* e o

Nouveaux Temps. Quero ver a cara daqueles senhores quando lhe caírem em cima.

Camille sorriu.

– Você está louca!

– Por favor! É preciso que se sintam ameaçados até mesmo nos locais onde se julgam mais em segurança. E o Maxim's é um desses locais.

– Não a compreendo. Julguei que você não queria mais falar a esse respeito.

– E então? Posso mudar de opinião...

Léa acabava de colocar o jornal numa bolsinha de camurça quando François Tavernier entrou, muito elegante. Mas parecia preocupado.

– Você insiste mesmo em jantar no Maxim's?

– Mais do que tudo.

– Então – suspirou ele –, vamos lá...

– Não diriam mesmo que vamos ao encontro da morte.

Ele a olhou com ar estranho, vagamente divertido.

– A morte está lá como em toda parte. Mas não se pode arranjar local mais horrível para morrer.

– Não é nada engraçado.

– Eu não pretendia ser engraçado... Está com um lindo vestido. Não se notará o sangue.

– François, pare com isso. Vai estragar-lhe o prazer.

– Deixe, Camille. É preciso mais do que o humor negro do nosso amigo para estragá-lo.

– Tem razão. Não se deixe influenciar. Tenho certeza de que passaremos uma bela noite. Boa noite, Camille. Beije por mim o pequeno Charles.

– Boa noite. Divirtam-se muito.

Lá fora, um carro e um motorista os esperavam.

À ENTRADA DO BAR do célebre restaurante, jornais diários e semanais estavam espetados em longas hastes de bambu, penduradas num quadro de madeira escura. Alguns cavalheiros confortavelmente instalados diante de um copo folheavam as publicações do dia. Léa retirou seu jornal clandestino, desdobrou-o com cuidado e displicentemente o colocou dentro do último número de *Je Suis Partout*, entre os artigos de Robert Brasillach, François Vinneuil (Lucien Rebatet), Alain Laubreaux, Claude Jantet e Georges Blond. Depois de um olhar satisfeito à sua volta, juntou-se a François Tavernier, que a esperava à mesa. Um oficial alemão afastou-se à sua passagem, enquanto Albert a conduzia com solicitude.

– Esta mesa lhe convém, senhor Tavernier?

– Perfeitamente, Albert.

Léa sentou-se calmamente com ar feliz e um pequeno sorriso nos lábios.

– Tem o ar de um gatinho que bebeu leite escondido ou de uma garota que pregou uma peça.

– Eu? – disse ela, com um ar de perfeita inocência, que o deixou com uma vaga inquietação. – Estou simplesmente encantada por estar aqui. Você também, não é? Deve haver aqui uma porção de amigos seus. Ou estou enganada?

O *maître* trouxe o champanhe que fora pedido.

– Bebamos à sua beleza.

– Caro amigo, permita-me brindar também à senhorita?

Léa reconheceu imediatamente o homem que já havia encontrado anteriormente num restaurante em companhia de François. Hoje, já não trazia o casaco de *tweed* desmazelado, mas um smoking polvilhado, aqui e ali, pela cinza do charuto que fumava. Impossível escapar. François levantou a taça, com um sorriso glacial.

– Senhor Tavernier, minha mulher está convencida de que o senhor foge dela.

– Como pode a senhora Szkolnikoff pensar algo assim?

– Nunca mais apareceu para jantar em minha casa.

– Esperava um convite oficial.

Szkolnikoff deu uma gargalhada.

– Nos dias de hoje, tudo se passa sem cerimônias. Espero-o amanhã às sete horas, com a senhorita, é claro... Ela é encantadora.

– Creio que não será fácil eu conseguir liberar-me.

O sorriso do senhor Michel desapareceu instantaneamente.

– Estou certo de que conseguirá. Conto com o senhor. Sem falta... às sete horas, rua de Presbourg, número 19.

Voltando a sorrir, disse:

– Hélène vai ficar contente! Até amanhã.

Sob a mesa, François cerrava os punhos com força.

– A mulher do seu amigo é interessante, olhe, ela está lhe fazendo um sinalzinho.

Coberta de joias, Hélène Szkolnikoff agitava a mão carregada de anéis em sua direção.

– Acabe com isso de dizer que aquele porco é meu amigo – disse ele, num tom contido, agitando os dedos.

– Ele, talvez, mas a mulher!...

– Espero que não vá recomeçar!

– Quem está com eles?

– O capitão Engelke e a amante.

– A amiga da bela Hélène? Escute, fique tranquilo. Não vai estragar minha noite com essa cara feia. Não é minha culpa se encontramos pessoas que você não quer ver.

Diante da sua reação, Léa temeu que ele se esquecesse do lugar onde estavam e lhe desse um par de bofetadas. Prudente, ela recuou com a voz mais meiga.

– Não vamos discutir. Sinto-me tão bem. Quer beber?

Ele pegou a taça de champanhe e a esvaziou. Um garçom apressou-se a enchê-la novamente. Muitos homens e mulheres olhavam em sua direção, encantados pela juventude e pela beleza de Léa, assim como por sua naturalidade e pelo despojamento de seu traje. Nenhuma joia, apenas o brilho dos seus ombros generosamente descobertos. Uma bela moça, que exibia com elegância um deslumbrante vestido de noite branco, olhava-a mais do que os outros, com ar ao mesmo tempo cúmplice e divertido. Seu rosto não era desconhecido de Léa.

– Quem é?

– Corinne Luchaire.

– É bonita e simpática. Com quem está?

– Com o pai, Jean Luchaire, e jornalistas.

– Você a conhece?

– Não.

– É pena, agrada-me muito.

Com naturalidade, Léa voltou-se.

– A senhora já escolheu? – perguntou o garçom.

– Eu queria qualquer coisa, desde que muito cara.

Esta resposta infantil trouxe um sorriso ao rosto endurecido de Tavernier.

– Coma caviar. Não sei muito bem como eles o conseguem, mas têm sempre.

– Muito bem, vou comer caviar.

– Nesse momento só temos *ocietre* ou *sévruga.*

– Qual é o mais caro?

O *maître* fez um ligeiro movimento, indicando que estava chocado com a pergunta. Respondeu com uma voz ligeiramente reprovadora.

– O *ocietre*, senhor.

– Então, o *ocietre*. Eu como a mesma coisa.

– Está bem, senhor, e depois?...

– Queria peixe – disse Léa.

– Nós temos linguado, dourado e salmão cozido. Este muito bom, muito fino, permito-me aconselhá-lo à senhorita.

– Dê-me um linguado.

– Está bem, senhorita. E o senhor?...

– Eu vou provar o salmão.

– O senhor não vai se arrepender.

– Diga ao *sommelier* que continuamos no champanhe. Está bom para você?

– Sim, senhor.

Da entrada chegava-lhes, abafado, o barulho de vozes; depois um velho senhor de barbicha, parecido com Alphonse de Chateaubriand, entrou, agitando uma página de jornal, e foi sentar-se à mesa de Jean Luchaire. O jornalista devia estar lhe perguntando a razão de seu nervosismo. O outro lhe respondia encolerizado. Pedaços de frases chegavam até eles.

– ...corja de terroristas... estão em toda parte... comunistas e gaullistas... parecidos ou iguais... escória vermelha... todos fuzilados... sem piedade... este farrapo de papel... jornais coniventes... Uma vergonha...

Tentaram acalmá-lo. O velhote levantou-se e estendeu a folha a um homem gordo muito digno.

– Tome, veja, se não acredita.

O homem gordo virava e tornava a virar o impresso, sem compreender.

– O que o senhor tem aí é um jornal gaullista, deixado por uma mão criminosa entre publicações honestas.

– Jacques – gritou com voz histérica a companheira do gordo –, largue isso!...

Completamente atordoado, largou o jornal, que, graciosamente, às voltas, foi cair junto aos pés do capitão Engelke. Todas as conversas pararam. Imperturbável, a orquestra continuava a tocar uma valsa lenta. Léa mal conseguia conter o riso. Olhava com desprezo aquela gente, que um minuto antes do escândalo era só sorrisos, desenvoltura, conversando com os oficiais alemães, e que, agora, mostrava seus verdadeiros rostos, onde a covardia se misturava com a fraqueza. Era repugnante. Lentamente fruindo, sem dúvida, da expectativa ansiosa dos presentes, Engelke pegou o jornal.

– *Libération* – disse ele em voz alta. Leu algumas linhas, indiferente à tensão que reinava na sala.

– Muito interessante. Conhecem? – disse ele, estendendo-o a Michel Szkolnikoff.

De onde estava, Léa via tremer a mão do homem de negócios. A música parou.

– Quer dar-me uma bebida? – disse ela, com uma voz risonha, que explodiu no silêncio.

Todos se viraram como que picados por uma abelha. Corinne Luchaire olhava-a divertida. Dando uma gargalhada, ergueu o copo em sua direção. Léa, com ar de triunfo, levantou o seu por sua vez, inclinando a cabeça.

A insolência das duas jovens distendeu a atmosfera e outros risos se ouviram. Engelke, como bom jogador, juntou o seu, para grande alívio de Szkolnikoff.

– Estas moças são encantadoras, todo o espírito de Paris – disse o capitão das SS, amassando o jornal em uma bola.

François Tavernier mal podia conter o próprio riso.

– Foi você quem pregou esta maldosa peça ao pobre velho? – perguntou ele.

– Não sei o que quer dizer.

– É um monstrinho, mas agrada-me assim. É terrivelmente imprudente o que acaba de fazer. Vai-se para a prisão por menos do que isso. Pronto, aí está seu caviar.

Respeitosamente o *maître*, assistido por dois garçons, serviu ele mesmo os preciosos grãos, mergulhados no gelo das taças de prata.

Sem inibições, Léa regalou-se com expressões tão gulosas que qualquer um, exceto Tavernier, se sentiria envergonhado. Pelo contrário, esta afirmação da sensualidade da moça o excitava e divertia.

– Minha depravadinha – disse ele, afetuosamente, provando também uma farta colherada de caviar.

O sentido daquela injúria amigável não escapou a Léa. Ela gostava da perturbação que seus gestos normalmente lhe causavam, da ironia da qual ele raramente desistia. Junto dele sentia-se, ao mesmo tempo, inquieta e segura, mas, sobretudo, livre. Era apenas uma expressão, mas muito forte. Em sua proximidade, ela não sentia os constrangimentos do próprio sexo, mas, antes, uma exaltação de sua feminilidade como valor em si, e não como objeto de submissão ou de cálculo. Ele podia ouvir tudo, sabia melhor do que ela o que lhe convinha. Havia naquele homem indefinível um código de honra particular e, no entanto, rigoroso. Léa adivinhava sua grande tolerância em relação à escolha dos outros, mesmo que não a partilhasse e, se fosse o caso, a combatesse. "Ele não tem ódio", pensou ela. Isso lembrava-lhe as conversas entre o pai e o tio Adrien. Este último dizia, ao falar da guerra da Espanha: "Vi tantas vezes as consequências do ódio, num campo e no outro, que corri o risco de, por minha vez, ser vítima e odiar todos os homens. Depois, vi em seus crimes a marca do demônio, e os lastimei, carrascos e vítimas confundidos."

Quando Léa ainda era criança, ficara muito impressionada por aquela "marca do demônio", sinal indestrutível, que tornava os homens irremediavelmente maus. Havia em François a mesma indulgência desiludida do dominicano. Indulgência que não partilhava, sentindo mesmo em relação a alguns o desejo de destruí-los com requintes de crueldade. Mas ali, ainda, embebida pela luz rósea dos abajures, repleta de boa comida e de champanhe, queria apenas viver o momento presente, e agora só desejava que aquele homem ali à sua frente a apertasse em seus braços.

– Vamos dançar?

– Como resistir a um apelo tão langoroso? – disse ele, levantando-se.

Ao passar pela mesa do capitão Engelke, Tavernier saudou com a cabeça Hélène Szkolnikoff, que lhe retribuiu o gesto.

Léa abandonou-se totalmente nos braços do amante e muitos, ao vê-los, sentiram um arrepio de sensualidade.

O SILÊNCIO, LÁ FORA, ERA TOTAL. A lua iluminava suavemente o obelisco da praça da Concorde. Apesar do toque de recolher, Léa insistiu em voltar a pé. Do Jardim das Tulherias e dos Champs-Elysées chegava-lhes o perfume acentuado das flores e da grama. Um pássaro noturno piou, outro respondeu. Lentamente atravessaram a grande praça vazia, onde seus passos ressoavam tranquilos. Na ponte, em frente à Câmara dos Deputados, atravessada pelo "V" da propaganda alemã, pararam para ver o Sena correr, larga faixa ondulada, quase imóvel entre as margens de pedras. O cheiro da água subiu até eles.

Apoiados ao parapeito, de lábios colados, corpos inebriados, abandonando-se à ilusória proteção da noite, deixavam-se levar pela onda de seus desejos.

Amaram-se por muito tempo sobre o rio tão cantado. Os deuses estavam com eles: nenhuma patrulha, nenhum veículo inimigo veio perturbar sua felicidade.

NA MANHÃ SEGUINTE, Léa contou a Camille como havia introduzido o jornal clandestino entre os destinados à clientela do Maxim's. Camille riu tanto com a descrição das caras dos clientes que nem teve coragem de censurá-la.

– Tia Bernadette telefonou ontem para lhe dizer que Lucien chegou bem e que sua saúde é a melhor possível. Os policiais reconduziram Pierrot para a casa do doutor Delmas. Parece que ele quer mandá-lo para um colégio muito rígido, sob a direção de jesuítas.

– Eu sei, meu primo Philippe me havia dito. Pobre Pierrot!... Tia Bernadette lhe falou de Raul e de Jean?

– Sim, a mãe deles não tem nenhuma notícia. Alugou um pequeno apartamento em Bordeaux e vai todos os dias ao forte do Hâ. Mas recusaram-lhe o direito de visitá-los. Ela nem mesmo tem certeza de que eles estejam no forte. Espera muito de seus esforços junto ao prefeito. Ele lhe prometeu informar-se sobre o destino de seus filhos e intervir junto às autoridades ocupantes.

– Teria feito melhor se tivesse procurado diretamente os responsáveis alemães, em vez de um homem que recebe ordens de Vichy.

– Sim. Talvez... É tão complicado, o prefeito certamente acredita que age com lealdade...

– Lealdade? A quem?

– Não sei... É um funcionário.

– Um funcionário!... Que contabiliza cuidadosamente o número de judeus deportados, sem esquecer as crianças.

– Eu sei. Quando estava no campo de Mérignac, as mulheres só falavam disso. Onde estarão agora?

 Ficaram tristemente silenciosas.

– MAS EU JÁ LHE DISSE que não quero ir.

– Léa, ainda uma vez, não posso fazer de outro modo, e peço-lhe o favor de me acompanhar.

– Ver mais uma vez essas caras de canalhas, de ladrões, de assassinos, me dará vontade de vomitar. Não suportarei.

– Muito bem. Se não quer fazer por mim, faça por você.

– O que quer dizer?

– Que as atividades do seu tio e de alguns de seus amigos são conhecidas desses senhores. Na Gestapo gostariam muito de interrogá-la...

– Tinha me dito...

– Isso foi alguns meses atrás. A situação evolui a cada dia e não ficarei surpreso se num dia desses eu mesmo não for molestado.

– Por quê?

– Porque suspeitam de que eu não seja tão correto em relação a eles.

– François?... Não tente dizer-me que vai ser preso! – exclamou Léa, empalidecendo de angústia.

– Minha querida, teria pena de mim?

– Deixe de brincadeira. Bem sabe...

– O que é que eu sei?

– Nada! É irritante... Vou com você.

Ele a puxou para si. Ela sentiu seu corpo duro e tenso, seus músculos sob os dedos. A intensidade daquele abraço quase a sufocava.

– Obrigado. Vendo-a, meu amor, pelo menos assim espero, pensarão que não me iria lançar ingenuamente na boca do lobo se tivesse qualquer relação com a resistência.

– E se eles pensarem o contrário?

– Então será melhor rezar e desaparecer rapidamente.

– Como quer que eu me vista?

– Com sobriedade. Não quero que se pareça com aquelas galinhas de luxo. Ponha aquele vestido longo muito simples que estava experimentando outro dia. Ele já está pronto?

– Sim, graças a Camille, que me ajudou a fazer a bainha. Não tenho muita habilidade para costura. Vou me preparar, não me demoro muito.

– Olhe, ponha estas orquídeas.

– São magníficas! Obrigada.

– SOBERBA!... Está soberba! Não é verdade, Hélène?

– A senhorita é encantadora, apesar da simplicidade de seu vestido. Por que é que não usa joias, minha querida?

– Porque não as tenho, minha senhora.

– Como? Uma moça bonita como você...? Mas o que está pensando, caro Tavernier? Não é hábito seu mostrar-se avarento com as mulheres. Devia ter vergonha.

– Tem razão. Precisarei dos seus conselhos, seu gosto tão requintado.

– É verdade. Amanhã recebo um joalheiro da rua da Paix que deseja me apresentar alguns modelos. Venha... Será bem-vindo... – murmurou ela, com uma voz cálida. – Mas! O que você tem?...

– Nada. Uma dor no braço. Nada de grave, lembrança de um antigo ferimento.

A chegada de novos convidados obrigou a dona da casa a deixá-los.

– Oh! Fritz... Dá-me tanto prazer vê-lo em nossa casa.

– É sempre uma felicidade vir à sua casa. Atrevi-me a trazer comigo o general Oberg, que guardou uma lembrança emocionada do admirável jantar que você e Michel ofereceram em honra do meu amigo, o Reichsführer SS Heinrich Himmler.

Oberg cumprimentou, batendo os calcanhares.

– Minha senhora.

– Seja bem-vindo, general.

Léa olhava em volta sem procurar dissimular seu espanto.

– Por que me deu um beliscão há pouco?

– É espantoso!... Devo estar sonhando... O que diz?... Ah!, sim... Você poderia evitar fazer galanteios àquela mulher diante de mim.

François Tavernier deu uma grande gargalhada e tirou duas taças de champanhe da bandeja que o garçom lhe estendia.

– Bebo à sua saúde. Está irresistível.

Léa rodou a taça entre os dedos durante momentos, sonhadora. Depois esvaziou-a de uma só vez.

– Rápido, dê-me outra.

Ele estendeu outra taça.

– Na verdade, é um local muito bem frequentado. Só falta Raphaël Mahl. Olhe quem está ali.

Na sala, massacrante de tanto luxo, atravancada de móveis preciosos, de quadros de mestres, com o chão coberto por magníficos tapetes antigos, pesados cortinados de seda, uma fauna espantosa estava reunida. Lindas e vistosas mulheres, pintadas demais, vergadas sob o peso de joias caras, oficiais alemães, muito dignos e empertigados em seus uniformes negros ou verdes, dois ou três bonitos rapazes, excentricamente vestidos e com cara de vagabundos ou de gigolôs, homens de negócios esbanjando prosperidade, indivíduos de aspecto suspeito apesar do smoking e, andando de um lado para outro, falando eloquentemente, Michel Szkolnikoff, que parecia estar com o smoking desde a véspera, de tão amarrotado. Naquele momento conversava com um homenzinho de cabelos escuros, cuidadosamente penteados com brilhantina. Ambos fumavam dois grandes charutos. O homenzinho voltou-se e pousou seu olhar esverdeado em Léa, que teve um movimento de recuo.

– Quem é? – perguntou Tavernier.

– Masuy – murmurou ela.

As articulações das mãos de François embranqueceram. Mas foi com voz calma que disse:

– Ah! É ele! Não o conhecia. Corresponde exatamente ao que eu imaginava.

– Estou com medo. Ele vem em nossa direção.

– Não se preocupe.

– Querida senhorita Delmas! Que surpresa e que prazer em vê-la aqui! Pensei que tivesse deixado Paris. Tornou a ver nosso amigo Mahl?... Sabe que ele me pregou uma enorme peça?

– Não. Eu parti rapidamente... Não tornei a vê-lo.

– Disseram-me que ele estava na região de Bordeaux. Você é dessa região, se não me engano.

– Sim...

– Quando reencontrá-lo, diga que penso nele. Quanto a você, senhorita, se eu puder ser-lhe útil, não hesite. Conhece meu endereço. Infelizmente, se quiser vender alguma coisa, vai ser difícil. Como certamente deve saber, os escritórios de vendas fecharam, enfim... quase...

– Senhora, está servido.

O anúncio do jantar poupou a Léa fazer as apresentações.

A MESA BRILHAVA com os cristais e as pratarias. Os pratos mais requintados sucediam-se, os melhores vinhos eram servidos em abundância. A maior parte dos convivas não comia, devorava. À sobremesa, foi o frenesi: cestos repletos de frutas, bandejas de prata carregadas de doces os mais diversos, sorvetes, cremes foram chegando em procissão sob aplausos. Sentada no lugar de honra, isto é, ao lado de Peggy, a cadelinha querida de Szkolnikoff que, de guardanapo ao pescoço, comia de todos os pratos, servida cerimoniosamente pelo *maître*, Léa esquecera seu receio, de tal forma se aborrecia. Todos os dias o animal almoçava à mesa de seu dono, na companhia das pessoas que se esforçavam por lhe fazer a corte e agradar a seu faustoso anfitrião.

A princípio aquela vizinhança desagradara a Léa, mas logo se felicitou por isso; a cadela, pelo menos, não a obrigava a conversar. O que já não acontecia com o outro vizinho, um dândi que só falava do corte de roupas, dos bares da moda e das dificuldades de arranjar cigarros ingleses...

Sentado à esquerda da dona da casa, François Tavernier não tirava os olhos de Léa e respondia por monossílabos a Hélène Szkolnikoff, que acabou por perceber.

– Bem, meu caro, eu o estou achando muito distraído. É aquela pequena que lhe vira a cabeça? Ela não é nada má, mas lhe falta classe.

Esta última observação trouxe um sorriso furtivo aos lábios de seu interlocutor.

– É ainda muito nova.

– Oh! Nem tanto assim – disse ela, com um muxoxo, voltando-se para o vizinho à direita, o general Oberg.

As pessoas presentes só falavam em compras e vendas. Propunham grandes quantidades das mercadorias as mais diversas: cobre, chumbo, trigo, conhaque, sedas, ouro, quadros, livros raros... Um industrial de Roubaix propunha fornecer de uma só vez 50 mil metros de lã tecida, "como antes da guerra"... Um belga, metros de pano de toldo... Uma alsaciana, perfumes; um fabricante de malhas de Troyes, toda sua produção de meias de seda, "como habitualmente"; um homem das Antilhas, dois vagões de *gruyère*... Michel Szkolnikoff enumerava os hotéis de que se tornara proprietário na Côte d'Azur: o Savoy, o Ruhl e o Plazza, em Nice; em Cannes, o Martinez, o Bristol e o Majestic, sem contar os imóveis, as casas, as sociedades, as usinas, que havia comprado. Falava de seu castelo de Aisne, em Azé, Saône-et-Loire, no qual as suntuosas arrumações tinham terminado recentemente. Claro que todos os seus amigos seriam bem recebidos lá.

Léa, apesar de sua gulodice, não comera praticamente nada. Esperava pelo final do jantar com uma impaciência cada vez maior, tanto que seu vizinho notou.

– Tenho a impressão de que está aborrecida. Se você quiser, depois a levo a um cabaré como nunca viu. Está de acordo?

– Não, obrigada, já chega por hoje.

– Oh! Entendo! Tem medo de que as pessoas de lá se pareçam com estas. Não há perigo, estaremos entre adolescentes. Lá não entra ninguém com mais de 23 anos. E poderemos ouvir os últimos discos norte-americanos.

– Pensei que fosse proibido.

– É proibido, mas se dá um jeito. Sou eu quem forneço os discos e os cigarros. Na casa de Szkolnikoff, estou certo de encontrar alguém que tenha essa mercadoria de que necessito. E você, o que faz? É amante de quem?

– Minha – disse uma voz atrás dele.

O rapaz estremeceu e levantou-se precipitadamente.

– Desculpe-me, senhor, eu não sabia.

– Não tem importância. Você vem, minha cocote?

Léa, corada e furiosa, levantou-se também.

– Quem lhe deu licença para me chamar assim?

– Por que não deu um tapa naquele grosso quando ele a tratou como uma meretriz?

– Fiquei tão admirada que nem pensei nisso.

– A culpa é minha. Fiz mal em trazê-la a um lugar frequentado por esse tipo de gente. Desculpe-me, isso não se repetirá.

– Pensei que minha presença fosse indispensável.

– Não ao ponto de fazê-la suportar tal companhia. Eu, por vezes, esqueço que eles de fato só servem para ver fenômenos engendrados pela guerra.

– Mas o fato de eu ter vindo foi de alguma utilidade?

– Sim, isso tranquiliza Szkolnikoff, ver-me com uma linda jovem. É mais de acordo com a ideia que ele faz de mim. Quando se está "em negócios", uma bela mulher afirma o homem... É tão estúpido como isso...

– Podemos ir embora logo?

– Sim, depois do café, que é servido no salão. Eu direi que só teve licença até a meia-noite.

– E eles vão acreditar?

– Eu lhes disse que era uma moça de boa família, que vivia em casa de suas tias, duas senhoritas das mais respeitáveis. Frequentar alguém decente valoriza.

Pouco depois despediam-se dos donos da casa.

– Não se esqueça, amanhã de manhã... Às onze horas – disse Hélène, estendendo a mão para que François a beijasse.

– Até amanhã, querida amiga, e muito obrigado pela deliciosa recepção.

– Vai vê-la amanhã? – perguntou Léa, ao entrar no carro.

– Sim, para comprar joias.

– Mas eu não quero joias.

– Com o tempo lhes parecerá suspeito que a mulher por quem estou apaixonado não tenha joias.

– Mas isso me é indiferente. Você quer me ver pavoneando como aquelas velhas cobertas de pedras, cada uma maior do que a outra?

– Não exageremos, uma bela joia nunca enfeou uma linda mulher.

Diante da Câmara dos Deputados, uma patrulha mandou-os parar. No mesmo instante dispararam as sirenes de um alarme. O oficial, depois de ter dado uma olhada em seus vistos, aconselhou-os a procurar o abrigo mais próximo. A avenida Saint-Germain, deserta fazia alguns instantes, encheu-se de sombras correndo para as estações do metrô, que serviam de abrigo. Léa preferiu voltar à rua da Universidade. No átrio do prédio encontraram as senhoras de Montpleynet, Camille e o filhinho, Laure e Estelle em *robe de chambre*. Ao longe, as primeiras bombas começaram a cair.

– É do lado de Boulogne – disse o vizinho do terceiro andar.

Sentados no chão ou nos bancos, cada um esperava meio adormecido o fim do alarme. Encostada em François, Léa deixava-se acariciar na semiobscuridade. O final do alerta interrompeu aquele prazer.

Não por muito tempo. Albertine ofereceu a Tavernier a hospitalidade do divã da sala, que ele aceitou, reconhecido. Quando todos se deitaram, foi ter com Léa, que se atirou em seus braços com uma solicitude sedutora. Ele correspondeu à altura.

O sol já ia alto quando François voltou para o divã, onde adormeceu num profundo sono.

Naquela noite não houve mais que umas vinte pessoas mortas pelos bombardeios aliados. No dia 14 de julho, um bombardeio nas imediações de Paris causara uma centena de mortos. Na rádio, Jean-Hérold Paquis entrava em êxtase.

LÉA TINHA A IMPRESSÃO de ser prisioneira da cidade superaquecida pelo verão. François fora obrigado, novamente, a deixar Paris. Cada vez ela suportava menos suas ausências.

Duas ou três vezes por semana, com ou sem Camille, ela levava a propaganda, os jornais clandestinos ou documentos falsos aos endereços indicados por mensageiros, que raramente eram os mesmos. Para escapar a eventuais perseguições, logo se tornou mestra em se confundir com a multidão de uma grande loja ou em perder-se entre os passageiros do metrô, utilizando-o, ou melhor, tomando o primeiro ou o último vagão para verificar com o olhar se estava sendo ou não seguida, e quando tinha dúvidas, saltar do vagão no último momento. No entanto, preferia circular de bicicleta, apesar do perigo de ser interpelada por jovens galanteadores.

Um dia, na estação Ópera, foi empurrada por um rapaz sobre o qual as portas do vagão se fecharam imediatamente. Do outro lado do vidro dois homens corriam mostrando o punho. O metrô ganhou velocidade e eles desapareceram aos olhos dos passageiros. No compartimento, cada um agia como se nada houvesse acontecido. Léa olhou para o rapaz e teve de se conter com toda a força para não gritar. Contra ela, pálido, cansado, cheirando a suor e medo, Pierrot, seu primo Pierrot, tremia. O metrô já diminuía de velocidade e entrava na estação de Chaussée-d'Antin. Era preciso descer ali. Quando o metrô parou, ela agarrou na mão do primo e arrastou-o. Surpreso ainda, ele esboçou um gesto de resistência, mas enfim a reconheceu.

– Você!

– Não corra, dê-me o braço, vamos entrar nas galerias Lafayette. Seguem-no há quanto tempo?

– Não sei. Já tentaram me pegar na Châtelet.

– Você escapou por duas vezes... Para alguém que não conhece o metrô, não é nada mau. Desde quando está em Paris?

– Desde ontem à noite, tentava ir para a casa de suas tias.

– Pensei que estivesse num colégio de jesuítas.

– Estava, mas escapei. Não quero esperar o fim da guerra sem fazer nada...

– Cuidado, não fale tão alto! Seu pai vai ficar louco de raiva.

– Não me preocupo. Ele e meu irmão enojam-me, completamente subjugados ao velho e à bota dos boches.

– Que pensa fazer?

– Não sei. Como o colégio era perto de Paris, pensei em você. As alusões de meu pai fizeram-me compreender que você tinha relações com a resistência...

– Não é bem assim. Para isso é melhor procurar tio Adrien.

– Também pensei nisso, mas ninguém sabe ou quer dizer onde ele está.

– O que vou fazer com você?... Tenho uma ideia.

Sempre andando, saíram das galerias Lafayette e dirigiram-se para a estação de metrô Havre-Caumartin. Fazia um calor assustador e com alívio saíram na Étoile e desceram os Champs-Elysées a pé.

– Felizmente está vestido corretamente.

– Meu pai quis renovar meu guarda-roupa.

– Uma sorte. Vai fazer boa figura entre os amigos de Laure.

Naquela bela tarde de verão, parisienses e ocupantes circulavam pelas varandas dos cafés, fingindo ignorarem-se. Pierrot e Léa entraram no Pam-Pam. No subsolo do piano-bar, uns vinte jovens, rapazes e moças, de olhar vago, marcavam o compasso com os dedos ou com os pés em volta do pianista. Pacientemente, esperaram o final do trecho. Léa avançou para o pequeno grupo.

– Você aqui! Isto promete – disse um lindo rapazinho, beijando-a.

– Bom dia, Roger. Tudo bem? Não viu Laure?

– O que você quer? – disse uma voz, emergindo da penumbra de um banco que o grupo chamava o canto dos apaixonados.

Laure levantou-se manchada de batom.

– Limpe-se – disse a irmã, estendendo-lhe o lenço.

– Obrigada.

– Olhe quem veio comigo.

– Pierrot! – exclamou ela, correndo para o primo.

Este olhou-a com tal espanto que fez rir todo o bando.

– Laure?...

– Sou eu mesma.

– Não a teria reconhecido – disse Pierrot, beijando-a.

Léa puxou a irmã à parte e explicou-lhe a situação.

– Tio Luc deve estar furioso – disse ela, rindo muito.

– Compreendeu bem o que deve fazer: vocês vêm todos às oito horas à rua da Universidade, rindo e fazendo a algazarra de costume. Se alguém estiver vigiando a casa, não prestará atenção em vocês. Eu vou voltar agora para avisar tia Albertine e ver se tudo está bem. Se alguma coisa correr mal, abrirei de par em par as janelas da sala, o que quer dizer para darem meia-volta.

– ... e irei à casa de Roger. Compreendido.

TUDO DEU CERTO, e Camille conseguiu arranjar documentos falsos com o nome de Philippe Dorieux, estudante, natural de Libourne. Devia ir até Poitiers: aí ficaria a cargo de um grupo da região. O encontro estava combinado diante da entrada de Notre-Dame-la-Grande, no dia de feira, e a senha era: "Você conhece a igreja de Sainte-Radegonde?", ao que Pierrot deveria responder: "Não, mas conheço Saint-Hilaire."

Era a quarta vez em uma semana que Paris era despertada pelas sirenes e os habitantes se refugiavam nos porões ou no metrô. Farta, Léa recusou-se a deixar seu quarto, apesar das advertências dos jornais e das rádios. Dia a dia, muita gente morria por se recusar a descer aos abrigos.

O ar estava pesado, mas a tempestade que ameaçara cair durante todo o dia havia se afastado. Léa foi até a janela, seguindo com um olhar indiferente os raios luminosos que vasculhavam o céu em busca dos aviões, dos quais se ouvia um zumbido surdo. Subitamente, odiou os prédios altos que lhe escondiam o céu, não porque a privassem de um eventual espetáculo, mas porque limitavam seu espaço como os muros de uma prisão.

– Vou explodir – murmurou.

Então, reviu os grandes espaços que rodeavam Montillac, o mar além do horizonte, o silêncio frequente das noites, o perfume poderoso da terra aquecida, quando grossos pingos de chuva libertam um a um os perfumes. Léa fechou os olhos com volúpia.

Três dias depois tomava o trem para Bordeaux. Uma semana mais tarde, Camille e o filho foram ao seu encontro.

21

Fazia muito calor. Todos os dias, quando o sol começava a baixar, Camille e Léa pegavam suas bicicletas e, abrigadas sob grandes chapéus de palha, desciam para se banhar no Garonne, em frente a Langon. Charles ia com elas e sentia-se completamente seguro em seu banco de vime, atrás da "tia" Léa. Camille ficava encarregada do cesto da merenda, da garrafa de limonada fresca, das toalhas e dos livros.

As duas jovens, igualmente boas nadadoras, gostavam de competir para ver quem chegava mais depressa ao outro lado do rio. Algumas vezes incrementavam a disputa. Era preciso mergulhar, apanhar uma pedra, ficar o máximo de tempo possível debaixo da água, ou contornar os pilares da ponte, onde a corrente era perigosa. Na disputa, era sempre Léa quem ganhava; debaixo da água, Camille. Charles nadava como um cachorrinho. Todos os dias era um drama tirá-lo da brincadeira.

Depois do banho, deitavam-se ao sol, trocavam poucas palavras em perfeito bem-estar. Só os gritos persistentes da criança as tiravam daquela sonolência. Tudo estava calmo, fora o piar das gaivotas, o canto das andorinhas, o riso dos garotos, que abafava por vezes o barulho do trem passando sobre o viaduto próximo. Um barulho familiar e repousante.

Sem que houvessem combinado, desde a volta, não tinham evocado a resistência, nem a partida de Pierrot, agora a cargo do grupo. Aqueles dias de sol, à beira-rio, eram como um parêntese, que uma e outra desejavam prolongar. As notícias de Laurent, que por fim se juntara ao coronel Leclerc e se exercitava duramente em Sabratha, eram boas.

Quanto a François, mandara avisar que viria por alguns dias em setembro. Adrien circulava entre Toulouse e Bordeaux, levando a ajuda a quem quer que necessitasse; Lucien, encaminhado para a Suíça, não falava de seu horrível ferimento; Jean e Raul continuavam presos no forte do Hâ, mas a mãe podia vê-los a cada 15 dias; seu moral estava a toda prova. Não voltaram a ver Mathias, que, segundo os pais, tornara-se um "senhor". Léa estava apreensiva com aquele reencontro; Ruth, Sidonie e mesmo Bernadette haviam feito um bom trabalho durante sua ausência, dificultando Fayard, que voltara às pressões. Desejava mais do que nunca conseguir para si a propriedade. Ruth lhe dissera que, se voltasse a falar nisso, o mandaria embora. A vindima anunciava-se boa e a guerra logo terminaria.

Apoiada nos cotovelos, Léa seguia maquinalmente com os olhos um nadador que acabara de mergulhar na margem de Langon. Suas braçadas eram leves e rápidas. Chegou à margem e deixou-se cair não longe de onde elas estavam. Ficou imóvel por uns instantes; depois, lentamente, levantou-se.

De uma só vez, o céu escureceu e Léa sentiu frio.

– Bom dia – disse Maurice Fiaux.

Camille estremeceu. Com apreensão, levantou a cabeça.

– Bom dia – disseram ambas com voz inexpressiva.

– Que belo verão, não é verdade? Vocês vêm sempre aqui? Eu, é a primeira vez este ano... Tenho tanto trabalho em Bordeaux, nem imaginam... Quando voltaram? Fui duas vezes a Montillac, mas não havia ninguém... Os passarinhos fugiram...

– Estivemos em Paris, na casa das minhas tias.

– Eu sei – disse ele, secamente.

 Camille voltou a cabeça.

– Laure não veio com vocês – disse ele, mais meigo.

– Preferiu ficar em Paris. É mais divertido para ela. Laure nunca se adaptou ao campo e sempre se aborreceu em Montillac – disse Léa.

– Compreendo-a. Mas podia ter ido para Bordeaux, para a casa do seu tio, o mestre Delmas. Um homem notável, que tem muitos amigos e relações...

– Mas é um pouco rigoroso, e, sempre com a mania das conveniências, decerto não lhe daria tanta liberdade como ela tem em Paris.

– Sabe, Léa, os costumes mudaram muito há algum tempo, mesmo em Bordeaux. Tornou-se uma cidade onde nos divertimos. Devia ir até lá dar uma volta, isso levantaria o moral do seu amigo Raphaël Mahl...

– Ele continua lá?... Por que está de moral baixo?

– Oh, você o conhece... Apaixonou-se por um vadio de Mériadec, que o engana, lhe bate e lhe tira todo o dinheiro. E, assim, fez grandes tolices...

– Quais?...

– Foi um pouco longe demais nos seus negócios duvidosos. Está na mira da polícia. Isso não seria muito grave se ele não tentasse nos enganar.

Léa não pôde conter um sorriso. Terrível Raphaël!

– Isso a faz rir? Realmente não há de quê. Eu pouco me importo, em seu lugar teria feito igual, teria tentado o golpe, valia a pena, mas não é essa a opinião dos meus camaradas. Eles queriam abatê-lo... A muito custo os convenci de que ainda nos poderia ser útil, fazendo-nos alguns favores para salvar a pele.

– Mas é ignóbil – exclamou Camille.

– O que quer, minha senhora? É a guerra. Mahl conhece o papel de certas personagens da resistência, a ajuda que dão aos terroristas e aos judeus. No caso do Terrível, foi-nos de muita utilidade.

– O caso do Terrível?

– Não está sabendo?... Todos falam nisso por aqui. A Gestapo conseguiu dar um golpe na rede de La Réole. Primeiro o capitão Gaucher, preso na estação, transportando um rádio emissor na mala, alguns dias depois, em 19 de agosto, Adois... Isso não lhe diz nada?

– Não.

– É o nome de guerra de um carpinteiro de La Réole...

Léa enfiava as unhas na terra para não gritar. Esforçava-se por perguntar:

– E qual a relação entre Raphaël Mahl com um carpinteiro de La Réole? Nosso amigo não está interessado em trabalhos manuais.

– Não, mas interessa-se pelos franco-maçons.

– Não sabia.

– Foi Beckmann, adjunto do doutor Hans Luther, o chefe do KDS de Bordeaux, encarregado da vigilância dos eclesiásticos e dos franco-maçons, que teve a ideia de empregá-lo, quando soube que ele fazia parte de uma loja maçônica em Paris. Ele fora expulso antes da guerra por desfalque, mas manteve contato com alguns irmãos. Daí suas relações com a loja de La Réole. O que lhe permitiu conhecer as atividades de Jacques, o Terrível, o carpinteiro.

– Raphaël o denunciou?...

– Nem era preciso, outros já o haviam feito antes dele.

– Foram presas mais algumas pessoas?

– Sim, já me esqueci de seus nomes. Se isso a interessa, posso me informar.

– Eu dizia isso por dizer.

– Foram fuzilados? – perguntou Camille.

– Não, eles podem fornecer-nos uma quantidade de informações sobre o grupo, cuja missão é o paraquedismo, o esconderijo de armas, os documentos falsos, a centralização das informações, a organização do alojamento dos judeus e dos refratários ao STO.

– Onde estão?

– Na prisão de Saint-Michel, em Toulouse.

Já havia dois dias essas prisões tinham sido efetuadas e elas só o souberam pela boca daquele patife. Ao mesmo tempo, viraram-se, para esconder o desgosto.

Soavam sete horas no campanário de Langon.

– Santo Deus, vou chegar atrasado... Adeus... Passarei para vê-las qualquer dia desses.

Alguns pingos de água as salpicaram quando ele mergulhou. Elas não se moveram.

– Mãezinha... Mãezinha... Posso ir tomar banho com aquele senhor?

Camille agarrou seu pequenino e apertou-o contra si. Ele protestou:

– Você me machuca...

Ela beijou-lhe as faces rosadas.

– Sim, meu querido... Pode ir tomar banho...

SEM TEREM DITO NADA uma à outra, nos dias seguintes ao do encontro com Maurice Fiaux não saíram de Montillac. Para elas o verão e os banhos no Garonne tinham terminado. Como fulminadas, ficaram muito tempo sem poder falar das notícias que haviam recebido e entregavam-se ao trabalho na horta: era preciso apanhar as batatas, colher o feijão verde, regar, revolver a terra.

À tarde, elas voltavam arrasadas, as mãos cheias de bolhas, felizes com esse cansaço que acalmava, um pouco, a inquietação.

À NOITE, DEPOIS do jantar, Léa andava por entre vinhas na hora em que o sol envolve de vermelho e ouro os campos bordeleses. Amava de todo o coração essa terra rica, onde a mão do homem estava sempre presente, com uma felicidade, harmonia e equilíbrio que a encantavam cada vez mais. Mas desde aquele maldito encontro tudo perdera o encanto. Errava pelos caminhos, procurando lugares que acalmassem o pânico que invadia em ondas seu espírito torturado. Mas todos tinham perdido sua magia. Nem o calvário de Verdelais, nem o casebre de Gerbette, meio enfiado na terra, nem a Croix de Borde, de onde se dominava toda a região, nem a igreja da Saint-Macaire, com sua Virgem dos Marinheiros, lhe conseguiam dar paz. Extenuava-se em longos percursos de bicicleta em lugares onde ninguém conhecia, para os lados de Langoiran, Targon, ou na outra margem, Villandraut, Bazas... Nada acontecia. Constantemente, a voz do agente da Gestapo, cuja imagem se confundia com a de Mathias, insinuava-se em seu cérebro:

– No caso do Terrível, ele nos foi muito útil... Adois... Isso não lhe diz nada?... É o nome de guerra de um carpinteiro de La Réole...

Embora Maurice Fiaux tivesse deixado perceber que Raphaël não tinha denunciado Jacques, o Terrível, Léa não podia deixar de pensar que ele não era inocente nessa prisão. Tal como não tinha sido na de Sarah Mulsteïn. Não conseguia dominar o medo abjeto que dela se apoderava e a cobria de suor, dando-lhe náuseas e fazendo-lhe tremer as pernas. Na próxima vez seria a ela que ele entregaria à Gestapo. Ele sabia ou imaginava coisas suficientes para enviá-la aos porões do Médoc, ou para as celas do forte do Hâ. Talvez mesmo para a frente de um pelotão de fuzilamento. Léa via as espingardas apontadas... Ouvia-se suplicando aos carrascos...

Foi nesse estado que François Tavernier a encontrou. Mesmo o cansaço da vindima não havia conseguido adormecer seu terror.

ENLAÇADOS, Léa e François viam nascer o sol sobre a campina dourada, apenas avermelhada por leves toques.

Havia cinco dias, a cada manhã, levantavam-se, cansados e felizes, admirando com a mesma exaltação incrédula essas promessas de felicidade que emergiam com a madrugada. Acabado o medo imundo, a presença de um homem, suas carícias, o haviam expulsado. Em seus braços, ela ria dos Raphaëls Mahl, dos Maurices Fiaux, da Gestapo. Léa colhia no prazer novas forças.

A guerra levara todos os preconceitos. Mesmo Bernadette Bouchardeau não se espantava de que Léa partilhasse seu quarto com um homem que não era seu marido. Era verdade que a atitude da moça não lhe deixava nenhuma escolha. Pelo seu ar, todos compreenderam que ela não aceitaria o menor palpite. Todos o tinham tomado por dito.

DIANTE DAQUELA MANHÃ de outono que se erguia tão bela, Tavernier adiava o momento de anunciar a Léa sua próxima partida. Preocupava-se com a ideia de deixá-la só. Sabia que a Gestapo andava na pista do padre Adrien Delmas. O dominicano acabara de escapar por um triz em Toulouse dos homens lançados em seu encalço. Cedo ou tarde Dohse enviaria seus agentes para interrogá-la, como fazia com os parentes mais próximos dos supostos pertencentes à resistência. Fora necessário uma sorte inacreditável e um feixe de proteções sutis para que isso ainda não tivesse acontecido. Além disso, a presença de Camille d'Argilat em Montillac, anteriormente presa por causa do marido, os laços existentes entre o doutor Blanchard e os habitantes do *château* deviam obrigatoriamente conduzir o chefe da Gestapo de Bordeaux a querer ouvi-la.

Na véspera, Tavernier entregara às duas moças documentos falsos que, dissera, podiam lhes ser úteis e aconselhara imperativamente estabelecerem contato com Françoise, a quem ele ligaria regularmente. Insistiu em que se mantivessem longe da resistência. Elas já deviam estar sob vigilância. Impunha-se a mais completa prudência. E ainda acrescentou que seria bom que elas tivessem armas, com a condição de arranjarem um lugar seguro onde escondê-las.

À noite, anunciou sua partida.

POR ORGULHO, Léa nada dissera a François sobre as dificuldades crescentes que ameaçavam a propriedade, nem a atitude de Mathias e sua convicção de que, para salvar Montillac, ela não teria outra escolha senão casar-se com ele. Diante de seu silêncio, François pensava que o dinheiro do notário e o que entregara a Ruth na primavera fossem suficientes. Para não feri-la, não voltou a falar nisso.

Confortavelmente aquecidos, abrigados sob um grande guarda-chuva, deram um último passeio por entre as vinhas, depois de terem cumprimentado Sidonie em Bellevue. De volta a Montillac, apressaram o passo para escapar das rajadas de vento e da chuva fina e fria que parecia penetrar em toda parte.

A casa parecia esmagar-se sob as pesadas nuvens negras que percorriam o céu, tão ameaçadoras que o coração de Léa se contraiu. O mau tempo viera cedo demais naquele ano. Tudo anunciava um início de inverno precoce e rigoroso.

Uma mancha vermelha agitava-se no verde do relvado; depois veio na sua direção, tomando pouco a pouco a forma de uma criança que corria. Era Charles que, escapando à vigilância da mãe, vinha até eles com toda a velocidade que suas pequenas pernas permitiam. Atirou-se nos braços de Léa rindo.

– Você quase me derruba, maroto – exclamou, girando com ele sob a chuva.

O riso e os gritos do garotinho pareceram a François completamente descabidos sob aquele céu sinistro, e ao mesmo tempo pareciam dizer: Olhem, a vida continua. Sim... A vida devia continuar. Hoje chovia, mas amanhã... Como eram belos os dois; mesmo Léa havia recuperado seu riso de criança!

LÉA TINHA a impressão de que a chuva não cessara desde a partida de François. Não estava frio, mas todo o campo parecia banhado duma névoa úmida e pegajosa que apodrecia a vinha.

Sentada à escrivaninha do pai, e para se distrair dos trabalhos de contabilidade, que eram para ela um autêntico suplício, recopiou a letra de uma canção de Pierre Dac, difundida pela Rádio Londres na noite de 5 de dezembro, e que Mireille, a mulher de Albert, o açougueiro de Saint-Macaire, copiara em estenografia e transcrevera antes de dar à sua jovem amiga. Quando ela acabou, Léa levantou-se e cantou a música, sobre a melodia de Lili Marlène:

À força de ouvir esta canção
Tive o desejo, ditado pela razão,
De ir simplesmente uma noite
A fim de ver
E de saber
O que diz Lili Marlène,
O que diz Lili Marlène.

– Ei, diga-me, minha bela, por que esse ar sonhador?
Por que há nos seus olhos esse brilho embaçado?
– Já não há para mim felicidade,
E a desgraça
Está no meu coração...
Disse Lili Marlène,
Disse Lili Marlène.

– Vejamos, já não tem confiança no seu Führer?
Ele não é para você o grande senhor?
– O triunfo que ele nos prometeu,
Ainda o espero,
Há três anos e meio,
Disse Lili Marlène,
Disse Lili Marlène.

– Não está mais feliz por pertencer
À grande Alemanha e orgulhosa de seu futuro?
– Eu sei que todo o Reich
Está bombardeado
Pelos aliados,
Disse Lili Marlène,
Disse Lili Marlène.

– Ignora então o invencível muro
Que a sua Wehrmacht ergue por toda parte?
– Sei que o solo da Rússia
Está todo vermelho
De sangue nazi,
Disse Lili Marlène,
Disse Lili Marlène.

– A vitória, enfim, coroando suas bandeiras
Sobre a cruz gamada resplandecerá brevemente.

– Eu sei que na minha alma desolada
Não há mais esperança,
Estamos perdidos,
Disse Lili Marlène,
Disse Lili Marlène.

– Bravo! – disse Camille, aplaudindo.

– Não a ouvi entrar.

– Estava completamente entregue à canção. Logo poderá martelar Suzy Solidor em seu próprio terreno.

– Estava pensando nisso. O que me conta de novo?

– Nada. Continua chovendo... Você verificou as contas do senhor Fayard?

– Sim, mas não vejo nada de anormal ou então não compreendo nada.

– Pergunte ao senhor Rabier.

– O contador do meu pai... Mas está completamente "gagá". Lembra-se, no ano passado, de todos os erros que cometeu nas declarações fiscais, e o tempo que perdi com o tesoureiro de Langon, que não queria saber de nada?

– Não poderíamos utilizar, durante algum tempo, um contador de Bordeaux?

– Não tenho dinheiro!... Olhe para este monte de faturas... Eu não tenho nenhum centavo para pagá-las. O banco já chamou duas vezes desde o início da semana.

Desolada, Léa deixou-se cair numa cadeira atrás da escrivaninha. Camille aproximou-se dela e acariciou seus cabelos.

– Se soubesse como me sinto infeliz por não poder fazer nada por você...

– Por favor, não fale.

As duas mulheres ficaram quietas por um momento.

– Já pensou nos presentes de Natal? – perguntou Léa, levantando a cabeça.

– Já. Mas este Natal será mais pobre do que os outros. Ruth encontrou no sótão um velho carrinho com pedais...

– É meu! – exclamou Léa, num tom possessivo.

Camille não se conteve e riu.

– Você não quer dá-lo a Charles?

– É claro que sim – disse ela, por sua vez, rindo e corando um pouco.

– Ruth comprou tinta vermelha para pintá-lo.

Bateram à porta. Era Albert, o açougueiro de Saint-Macaire, ofegante.

– O que aconteceu? – gritaram juntas Léa e Camille.

Ele demorou algum tempo para responder, tentando ganhar fôlego.

– Seu filho? – perguntou Camille.

Ele fez que não com a cabeça.

– Então o quê?... Fale.

– Prenderam o padre Delmas.

– Oh! Meu Deus – disse Camille, apoiando-se na escrivaninha.

Um grande frio se apoderou de Léa.

– Como soube?

– Esta manhã, muito cedo, um camarada, professor perto de La Réole, que pertencia ao grupo Buckmaster, veio ao açougue para me avisar e pediu-me que as informasse.

– Como ele soube?

– Por um guarda de La Reóle que as vira com o pai Terrível. Segundo ele, a Gestapo desconhece a importância de sua presa. Seu tio foi detido por acaso em Bordeaux durante uma batida. Talvez o tivessem liberado se não encontrassem documentos de identidade em branco em seu poder. Foi um dos policiais que o prendeu que avisou seu colega de La Reóle, porque pertencem ao mesmo grupo.

– Se um policial o reconheceu, outros podem fazê-lo e denunciá-lo.

– Ele mudou muito fisicamente, mas há esse risco. Logo que soubermos onde ele se encontra, tentaremos ajudá-lo a fugir. Até lá, temos de pedir ao céu que ele não fale. Mesmo esta noite iremos mudar as armas escondidas nos secadores do tabaco de Barie e na Belle-Assise; os irmãos Lafourcade virão nos ajudar.

– Podemos ajudá-lo?

– Sim, temos dois pilotos ingleses que devem partir novamente dentro de dois dias. Já não estão em segurança em Viot. Podem escondê-los?

– Estarão mais seguros aqui? – perguntou Camille. – Temos todas as razões para desconfiar de Fayard.

– Dona Camille, precisamos correr esse risco. Esta noite virão trazê-los, passando por Bellevue. Eu, enquanto isso, darei um jeito de ser convidado para beber na casa do meu querido e velho amigo Fayard. Está bem assim?

– Muito bem, Albert. Vamos pô-los no quartinho perto do escritório. Ninguém vai lá, serve como quarto de despejo. É no térreo, o que é prático, se tiverem de sair de casa rapidamente – disse Léa.

– Obrigado. Se notarem algo suspeito, liguem-me em Saint-Macaire, dizendo: "Sua carne estava bem dura hoje", eu compreenderei e ficaremos com nossos ingleses.

– Como saberemos sobre tio Adrien?

O homem encolheu os ombros.

– Desde a prisão de Grand-Clément, em agosto, depois de sua libertação, muitos dos nossos foram presos. Perdemos nossos informantes do campo de Mérignac e do forte do Hâ. Temos de ser muito prudentes com os novos recrutas. Por agora, a única ligação que nos resta é o policial de Bordeaux. Logo que saiba alguma coisa, comunicará a La Réole.

– E se eu fosse a Bordeaux? – disse Léa.

– Tudo, menos isso! É o bastante uma pessoa da mesma família estar presa.

– O doutor Delmas talvez possa intervir – disse Camille.

– É um colaboracionista, não fará nada pelo irmão. Lembre-se do que ele me disse: para ele, Adrien morreu.

22

— Veja, somos bons príncipes... Você escolhe os direitos comuns, ou os políticos... Entenda, por isso, os comunistas, os sabotadores e outros terroristas.

– Pensei que todos estivessem misturados, sem distinção.

– No início era assim, depois começaram a ver que os pequenos rufiões do porto, os pequenos traficantes do mercado negro podiam nos ser úteis. Então, para que não se deixassem contaminar pelos vermelhos e pelos gaullistas – foi uma ideia de Poinsot –, deixamos alguns à parte e os injetamos nas celas dos políticos quando temos necessidade de saber coisas. É uma loucura o que se diz à noite numa cela onde seis ou sete homens estão fechados... Você nem imagina...

– Imagino muito bem. Nada disso é muito convidativo... Não tem outra para me propor?

– Logo enviaremos judeus para a Alemanha... Se você quiser juntar-se a eles; não se sentirá deslocado entre judeus...

– Isso também não me agrada... Não fazem meu gênero as viagens sem volta.

– Então, decida-se.

– Não poderei ter uma cela só para mim?

– E o que mais quer?... Com forro, telefone e banheiro?

– Ah! Sim, isso me agradaria muito.

– Chega de zombar de nós... O chefe é bom demais... Por mim, seriam duas balas na nuca, ou no cu... Depravado como você é, talvez gostasse.

– Meu gosto por grossos calibres não chega a tanto.

Um grande murro de direita jogou Raphaël Mahl contra os arquivos metálicos do escritório, onde seus antigos camaradas o interrogavam desde a manhã, acabando por lhe transformar os lábios numa ferida. O mais encolerizado era Maurice Fiaux, que lhe batia como se tivesse contas pessoais a ajustar. Curiosamente, Raphaël, que se sabia covarde, suportou bem aquele mau bocado. Não tinham mão leve seus amiguinhos da Gestapo. Só Mathias Fayard não participou daquela tourada. Ele era engraçado... Fazia algum tempo o belo Mathias Fayard, sombrio, irascível, achava sempre boas desculpas para não participar das prisões e, sobretudo, dos interrogatórios. Raphaël Mahl ergueu-se com dificuldade... Não era o momento de debruçar-se sobre os estados de alma do companheiro de infância de Léa. Léa... Era um pouco por causa dela que estava levando toda a culpa.

– Creio que prefiro os direitos comuns – disse ele, antes de desmaiar.

OS SOLAVANCOS DO CARRO o fizeram voltar a si. Um soldado alemão dirigia, com um oficial ao lado. Atrás, outro soldado e Maurice Fiaux enquadravam-no. Justo em frente ao impressionante portão do forte do Hâ, o livreiro, onde ainda na véspera ele estivera, fechava a loja.

Entregaram-no aos guardas alemães. Maurice Fiaux partiu sem se virar. Para as formalidades do registro, conduziram-no ao primeiro andar. Na sala, onde o fizeram entrar, uma balaustrada separava o recém-chegado dos funcionários encarregados de recebê-lo. Textos em francês, espanhol e alemão convidavam a quem chegasse a conservar-se em frente da parede e a não falar. Por detrás dessa clausura, três grandes mesas e alguns armários guarneciam a sala.

De uma sala vizinha chegava o crepitar das máquinas de escrever. Esse barulho monótono provocou em Raphaël um tédio profundo; ele sempre detestara o ambiente dos escritórios, e já quando estava na Gallimard evitava cuidadosamente o secretariado. "A burocracia me persegue", pensou. Por detrás da balaustrada, os empregados militares aplicavam-se em fazer letra gótica. Raphaël, que apesar dos avisos virara a cabeça, estremeceu ao lembrar-se das aulas de caligrafia no colégio daqueles bons padres e das reguadas que choviam sobre os seus dedos. Nunca conseguira escrever seu nome nem o título do dever do dia em bela letra redonda, como os professores exigiam.

Um empregado levantou-se e pediu-lhe os documentos, com um ar adormecido. Nem pareceu reparar no estado de sua aparência.

– O senhor tem dinheiro?

O guarda, que nunca o deixara, empurrou-o para a balaustrada. Raphaël inclinou a cabeça.

– Precisa me entregar tudo, assim como as joias, o relógio e a gravata. Tudo isso lhe será devolvido quando sair, senhor.

Num impresso escreveu com cuidado a identidade do novo preso, contou o dinheiro que trazia na carteira e anotou o total.

– Um relógio de ouro com pulseira de ouro... Um anel de ouro com um diamante...

– Ponha: *grande* diamante.

– Com um grande diamante... Uma corrente de ouro, um cordão e uma medalha de ouro...

Raphaël sentiu uma fisgada no coração ao depositar a medalha. Era a do seu batismo, e, estranhamente, a conservava. Gostava de lembrar-se de certas cenas de sua infância mimada, entre uma avó um pouco louca, que ele adorava, e um tio extravagante, mas encantador.

– A gravata.

Custou a desfazer o nó encharcado de sangue. O empregado colocou tudo num saco de papel e estendeu-lhe a ficha assinada.

A porta abriu-se e três homens, ainda em pior estado do que ele, foram brutalmente empurrados para a sala... Um deles, com as mãos massacradas, olhos fechados pelos golpes, avançava como cego. Ouviu-se um dos sargentos dizer em alemão:

– *Wir bringen Ihne Terroristen. Sie haben das Auto eines Offiziers gesprengt. Einer von den beiden muss wohl Engländer sein... alles was er be idem Verhör sagte, war: "Piss off filthy huns, go and fuck you".**

Raphaël não pôde deixar de sorrir.

– *...dem Leutnant, der Englisch versteht, hat dies absolut nicht gefallen und er hat ihn daraufhin selbst verhört.*

*Trazemos terroristas. Explodiram a viatura de um oficial. Um dos dois deve ser inglês... Quando o interrogaram, tudo o que sabia dizer era: "Vão à merda, boches, vão tomar no cu."

– *Ha ter geantwortet?*

– *Nein, wenn er nicht schire, machte er sclechte Witze.**

Aquele inglês era cada vez mais simpático a Mahl. Devia ser um belo rapaz em tempos normais, isso se adivinhava apesar dos olhos fechados, do rosto disforme e dos lábios intumescidos.

– *Há er Papiere?*

– *Nein... Alles was er bei sich hatte, ist das.***

O sargento alemão jogou na tábua a fotografia de uma jovem muito bonita. Raphaël deu um suspiro profundo. "Mais um heterossexual", pensou, voltando-se.

O inglês e um dos prisioneiros não deviam ter mais de 20 anos, sendo o outro muito mais velho. Longos cabelos e um vasto bigode grisalho, naquele momento ensanguentado, com profundas rugas na testa e no rosto até os lábios. Não fosse seu olhar, poderiam tomá-lo por um camponês de Lot-et-Garonne. Um dos olhos permanecia fechado. "Eles devem ter recebido ordens para nos vazar os olhos e nos cegar", pensou Raphaël.

– *Los, Kommen Sie... beeilen Sie sich, es ist zu Ende.****

O guarda, que não o deixara, empurrou-o para a porta.

– Seu nome? – perguntou o empregado ao falso camponês.

– Alain Dardernne.

Raphaël Mahl parou. Aquela voz o fazia recordar alguma coisa. O soldado alemão pousou-lhe a mão no ombro.

---

*O tenente, que compreende inglês, não gostou disso e quis interrogá-lo pessoalmente.

– Ele respondeu?

– Não, quando não gritava, zombava.

**Ele tem documentos?

– Não, tudo o que trazia consigo é isto.

***Vamos, venham... Apressem-se... Acabou.

– *Worswärts.**

Levaram-no para uma sala vizinha, parecida com a outra, onde lhe perguntaram se ele era comunista, franco-maçom, resistente ou gaullista. A todas as perguntas ele respondeu não. Seria ele judeu?... Sim, metade. Pela mãe? Não, pelo pai. Aparentemente satisfeito com sua resposta, o empregado, tão parecido com o outro que chegava a ser divertido, deu-lhe uma ficha preenchida, dizendo-lhe com seu terrível sotaque:

– Até logo, senhor.

Empurrado pelo guarda, Raphaël Mahl teve de descer uma escada em caracol com degraus irregulares. Sempre empurrado, quase correndo, atravessou a sala dos guardas e seguiu por um estreito corredor de teto muito alto, para o qual davam 12 portas. Eram as celas de "acolhimento". O guarda abriu a de número 5 e nela jogou, com uma brutalidade inútil, o detento.

Mahl ficou de pé por muito tempo, a cabeça baixa. Quando a levantou, olhou à sua volta e desatou a rir. Aquele riso arrancou-lhe um grito de dor: havia se esquecido de seu queixo inchado e dos lábios partidos.

A estreiteza da cela, 1,30m, pouco mais ou menos, o fazia parecer mais alto. Duas camas de madeira sobrepostas, com uns colchões manchados, desprendiam um odor de palha bolorenta e de vômito.

Raphaël estendeu-se na cama de baixo, enrolou-se na coberta e adormeceu, pensando: "Então, eles conseguiram apanhá-lo..."

Durante dois dias, Raphaël Mahl só teve para se alimentar água com gosto da ferrugem de seu cântaro. "Com este regime, vou recuperar a silhueta", pensou ele.

---

*Avance!

NO TERCEIRO DIA, vieram buscá-lo às seis da manhã.

– Fora.

O guarda conduziu-o a uma espécie de corpo de guarda, e ele teve de se despir completamente. Esvaziaram seus bolsos; depois devolveram-lhe a roupa e os sapatos, dizendo-lhe que se vestisse. Nada... Já não tinha nada... Nem documentos, nem dinheiro, nem bloco de anotações, nem o menor pedaço de lápis. Deram-lhe um cobertor rasgado, uma tigela destinada à sua toalete, e, para comer, um prato amassado e uma colher de estanho, sem esquecer o recibo dos objetos confiscados e um pequeno cartão com o número da sua matrícula e o de sua cela, assim como sua profissão. Agora era o número 9793.

Seguido pelo guarda, Raphaël Mahl, levando seus magros bens, desembocou num vasto hall oval. A primeira coisa que notou foi um enorme fogão que ficava no centro e cuja chaminé saía pela vidraça que iluminava a entrada. Em três andares, as celas rodeavam-no com suas portas grossas e sombrias, distantes 2 metros umas das outras, trazendo um grande número em letras pretas e uma tabuleta onde estavam inscritos, com etiquetas de várias cores, vermelhas, verdes, amarelas, as matrículas dos prisioneiros fechados no interior. Todas tinham uma fresta com grades.

– Pare!

O guarda imobilizara-se diante do número 85. Outro guarda abriu a porta com uma chave imponente. Estava muito escuro; de cada lado da cela, havia homens dispostos em fila militar. Eram seis, Raphaël Mahl seria o sétimo. Logo que a porta se fechou, eles correram para ele.

– Eh! Meu pobre velho, eles o trataram porcamente, os safados...

– Eu me chamo Kéradec Loïc, sou bretão... de Pont-Aven... Sou marinheiro. E você?

– Eu sou espanhol... Meu nome é Fernando Rodriguez.

– Eu... Sou Dédé Desmotte, de Bordeaux.

– Georges Rigal, também sou de Bordeaux, estudante.

– Marcel Rigaux... Sou operário das docas do porto.

– Doutor Lemaître, médico em Libourne. Deixe-me examiná-lo... Não me parece grave.

Todos, excluindo o médico, não deviam ter 40 anos, eram jovens, muito jovens.

– Raphaël Mahl, escritor e jornalistas de Paris.

– Estamos bem servidos, um escritor... Poderá nos contar histórias – disse Dédé, com voz gutural.

– Prazer em conhecê-lo, venha, coloque suas coisas aqui – disse o médico, mostrando-lhe um pequeno lugar junto da entrada.

Eram gabinetes com o lavatório trincado, acima do qual, sob uma estante, estavam postos os pratos, as colheres, o sabão, a pasta de dente e uma grande caixa de inseticida.

Raphaël Mahl colocou seu prato e a colher ao lado dos outros. Não tinha nem pasta nem escova de dentes.

Os prisioneiros estavam sentados nas duas camas, desocupados e silenciosos. Aconchegaram-se para lhe dar lugar. Mahl olhou à sua volta. A cela, com aproximadamente 2,50m de pé-direito e chão deformado, media 4 metros por 2. Oito metros quadrados para sete pessoas... Ao fundo, uma grade fechava uma espécie de postigo, também ele com a mesma grade das janelas e das celas do acolhimento.

– Só há duas camas?

– Sim – respondeu Rigaux –, à noite nós juntamos e colocamos os colchões no chão... Já estávamos apertados os seis... Apertamo-nos um pouco mais.

Raphaël sorriu-lhe por estas palavras amáveis.

– Vamos, conte, quais são as novidades? – perguntou o jovem Loïc.

– Que novidades?...

– Ora! As de lá de fora, isso... aquilo... – disse Dédé Desmotte.

– Desculpe-me, não estou habituado. O que querem saber?

– Bem... A guerra... Como está?

– Não vai bem para os alemães...

– Isso já se sabia – disse o espanhol.

– Deixe-o falar.

– Ciano, o genro de Mussolini, foi executado...

– Hurra!...

– De Gaulle e Churchill encontraram-se em Marraqueche...

– Hurra!

– Os aliados desembarcaram em Anzio...

– Hurra!

– Berlim foi bombardeada mais de cem vezes...

– Hurra!

– Os resistentes franceses foram executados a machadadas em Colônia.

Um pesado silêncio seguiu-se a essa informação.

– Podemos comunicá-las aos outros?

Raphaël olhou para ele, espantado.

– Pode acreditar... Também temos aqui nosso rádio. Chama-se "Rádio Grades".

– E como funciona?

– Vai ver esta noite, depois de as luzes se apagarem. Um de cada vez, nos colocamos perto da janela aberta e escutamos. Os do térreo chamam os do primeiro andar, que chamam os do segundo, que chamam os do terceiro. As paredes do pátio formam uma excelente caixa acústica. As novidades, nem sempre exatas, nos vêm dos recém-chegados, das raras visitas a que temos direito e dos camaradas que saem para o interrogatório. Depois, há concerto.

– Concerto?

– Sim... Pode acreditar, temos mesmo profissionais. É melhor do que a Rádio Paris. Há cantores portugueses, espanhóis, tchecos, ingleses e até há um russo.

– E os alemães consentem?

– Sabe, eles estão tão entediados quanto nós; assim, a música os distrai. Eu mesmo vi um dia, pela fresta da porta, o oficial de guarda em vias de chorar ao ouvir um fado. Paramos quando a sentinela dá grandes pontapés nas portas.

– São muitas sentinelas à noite?

– Não, três sentinelas em cada andar que fazem a ronda toda a noite e um oficial subalterno sentado à mesa em frente de nossa cela.

– Você falou de visitas... Todo mundo tem direito?

– Em princípio, sim, dez minutos uma vez por mês, às quintas-feiras. Você já foi condenado? – perguntou o médico.

– Não.

– Então não tem direito. Só os condenados podem receber visitas, os outros, não.

– E a correspondência?

– Censurada, é claro. Podemos receber, mas raramente chega até aqui. É assim comigo, não pude dar notícias à minha mulher... Ela nem sabe se estou vivo ou morto...

– *Aufstehen*! *Aufstehen*!*

A sentinela da noite acompanhou a ordem com um violento pontapé na porta. Ao passar, virou o botão da eletricidade no exterior de cada cela. A lâmpada incrustada na

*De pé! De pé!

trave difundia uma luz fraca com ruído; os homens começaram a se levantar.

Raphaël ergueu-se tremendo, com seus ralos cabelos em desalinho.

– O que está acontecendo?

– É a hora de levantar. Apresse-se, a luz não fica muito tempo acesa.

– Por quê? – perguntou Raphaël, coçando-se.

– Para nos chatear. Vamos, apresse-se.

Mahl levantou-se resmungando, com os membros doloridos. O colchão colocado no chão era duro.

– Saia para arrumarmos as camas.

Empurrado, refugiou-se com os outros num canto, enquanto Loïc e Dédé arrumavam as camas e colocavam sobre elas os colchões cuidadosamente forrados pelos cobertores. Perto da entrada, empilharam os sobretudos, os casacos, a roupa trazida pela família, cobrindo tudo com uma velha colcha florida. Aquele tecido colorido tinha um quê de incongruente com o lugar.

No corredor, ouviam-se os funcionários trazendo o "café"... Loïc, que naquele dia era o responsável pelas arrumações, colocou duas vasilhas no chão diante da porta. Todos se puseram em posição de sentido enquanto esperavam que o oficial abrisse os três ferrolhos e desse a volta na chave. Com um rápido olhar, o alemão verificou se estavam todos ali, enquanto a sentinela apontava a arma para eles. Satisfeito, recuou, dando lugar a uma enorme panela trazida por dois prisioneiros. Um deles mergulhou uma concha na mistura e derramou-a na tigela, o outro camarada pôs ali um pedaço de pão já cortado. Mal a porta se fechou, eles estenderam as tigelas a Loïc, que as encheu. Como quase sempre, ficou um resto. O responsável do dia distribuiu os pedaços de pão; 200 gramas, mais ou menos, para cada um. Era a ração do dia. Os companheiros de Raphaël sorveram avidamente a beberagem, cujo único mérito era estar quente, depois de misturarem nela um pouco de pão. O gosto e o cheiro eram repugnantes.

– No início, é muito difícil, mas vai ver... acostuma-se – disse o médico a Raphaël Mahl, que não conseguia engolir, apesar da fome que lhe comprimia o estômago.

– Eu me acostumarei, sem dúvida. Será preciso. Mas, hoje, não posso... Se algum de vocês quiser...

– Dê a Loïc. É o mais jovem, está sempre com fome – disse o doutor Lemaître.

– É sempre a ele que dão as sobras... Não é justo – exclamou Dédé.

– Cale o bico... Vamos dividir – disse Loïc.

RAPHAËL MAHL nunca pensara que a vida na prisão fosse tão dura. E, no entanto, havia caído naquilo a que os prisioneiros chamavam "uma boa cela". Ele já não aguentava tanta promiscuidade, os parasitas, o frio, as brigas que estouravam a propósito de qualquer coisa, a sopa infecta e, sobretudo, não poder ler nem escrever. Estava desesperado e cada vez mais irascível. Se pelo menos pudesse conversar com os companheiros... Desde a partida do estudante e do médico, mandados para a Alemanha, segundo diziam, três dias depois de sua chegada, e substituídos por dois jovens operários comunistas, o nível das discussões baixara consideravelmente. A ingenuidade dessas pessoas o alucinava. Tinham, no conjunto, uma ideia de guerra completamente irreal. Ao final de 15 dias, pediu para falar com o diretor da prisão, que contra toda a expectativa concordou em recebê-lo.

Depois de o conduzirem ao chuveiro e para se barbear (luxo espantoso!), levaram-no ao diretor. Maurice Fiaux e um de seus amigos estavam lá.

– Farei o que quiserem, mas tirem-me daqui.

– O senhor não está satisfeito com o serviço do hotel?... Com o conforto?...

– Não, estou muito decepcionado, farei queixa à direção.

– Pode queixar-se, estamos aqui para ouvi-lo... Não é verdade, Raymond?

– Claro que sim.

– Sabe que está fazendo muita falta às tiazinhas de Quinconces? Uma delas me dizia ontem...

– Pare com essas besteiras. Me deixará sair ou não?

– Isso não depende só de mim... O senhor diretor também tem de opinar. Não é verdade, senhor diretor?

– Naturalmente. O senhor Mahl deve, com certeza, ter ouvido muita coisa desde que está aqui.

– Vamos, conte... Deve ser apaixonante.

– De acordo, mas prometam mandar-me embora antes de se servirem de minhas informações.

Maurice Fiaux fez um sinal de cabeça ao diretor.

– Tem a minha palavra, senhor Mahl. Vamos ouvi-lo.

Durante aqueles 15 dias, em sua cela e durante o passeio, Raphaël havia armazenado informações sobre certas pessoas presas, especialmente sobre a presença de resistentes e de pilotos ingleses não identificados pelas autoridades alemãs. Friamente, deu o nome com o qual eles estavam registrados na prisão.

– Por acaso não teria visto o tio de sua amiga, a bela Léa Delmas?

– Só o vi uma vez antes da guerra, em Paris, durante um sermão em Notre-Dame. Estava longe do púlpito e depois... Ele deve ter mudado muito.

– É pena... Há uma boa recompensa para quem conseguir prendê-lo.

– Sim, é pena.

O diretor esfregou as mãos, satisfeito.

– Bravo, senhor Mahl. Lamento que nos deixe, faríamos um belo trabalho juntos.

Raphaël saudou-o e levantou-se. Fiaux acompanhou-o à porta e pôs a mão no fecho.

– Fazendo bem as contas, meu amigo não vai nos deixar assim, de repente...

– O quê?... Mas você prometeu.

Raphaël tentou forçar a passagem. Maurice Fiaux empurrou-o secamente para o meio da sala.

– Não lhe prometi coisa nenhuma. Foi o senhor diretor quem fez essa promessa.

– Mas você estava de acordo!... Você lhe fez um sinal... Eu vi...

– Viu mal.

Raphaël deu um salto e agarrou Maurice Fiaux pelo pescoço, tentando estrangulá-lo.

– Estrume!

Raymond sacou seu revólver e o derrubou com uma coronhada. O grande corpo emagrecido de Mahl rolou pelo assoalho, onde o espancaram.

– Basta – disse Fiaux, ofegante –, não vamos machucá-lo demais, o chefe precisa dele.

Fumando um cigarro e olhando para o diretor, esperaram pacientemente que o prisioneiro voltasse a si.

Ao fim de dez minutos, ele levantou-se e levou a mão atrás da cabeça. Algo quente e úmido correu entre seus dedos. Com horror, olhou para a mão.

– Raymond excedeu-se um pouco, mas era a única maneira de você me largar. Queria me estrangular, seu safado... sem sequer ouvir a proposta?

– Vá se foder!

– Seja bem-educado, sim? Você não tem como ser ladino... Ou faz o que lhe peço, ou vai se achar no fundo da Polônia, a não ser... que eu faça correr o boato nesta casa de que foi você quem deu o nome dos pilotos...

– Não ousaria fazer uma coisa dessas!

– Vou me incomodar... com um safado que tenta me estrangular?

Com dificuldade, Raphaël Mahl levantou-se e deixou-se cair numa cadeira.

– O que quer que eu faça?

– Em boa hora!... Assim é que eu gosto de você... meigo e compreensivo. Dê-lhe um cigarro... Bem... Agora escute. Dohse pensa que talvez tenham conseguido prender, por acaso, um grande tubarão da resistência, como, por exemplo, o padre Delmas. A Gestapo de Toulouse e de Bordeaux daria qualquer coisa para tê-lo nas mãos. Eis o que lhe proponho, volte para sua cela...

– Não! Por favor!...

– Espere. Eu dizia então: você volta para sua cela por três ou quatro dias. No passeio, vamos fazer sair sucessivamente todos os prisioneiros. Você e os da sua cela farão parte de todos os passeios.

– Arrisco-me a que me façam perguntas.

– Não faz mal... O importante é que você observe atentamente cada prisioneiro. Aqui estão as fotografias dos que nos interessam.

Maurice Fiaux colocou sobre a escrivaninha do diretor cerca de vinte retratos, mais ou menos nítidos, mais ou menos antigos. Raphaël Mahl reconheceu dois rostos, um dos quais Loïc Kéradec. Mas não disse nada. A última fotografia era de Adrien Delmas, sem barba e com o longo hábito dos dominicanos. "Como ele mudou", pensou Raphaël.

– Olhe-os bem... O chefe tem certeza de que alguns deles estão aqui. Que melhor palco que uma prisão? Não acha?...

Mahl não respondeu, fingindo estar muito absorvido pelas fotografias.

– Você os reconhecerá?

– Se estão aqui, não há problema.

– Eu sabia que podíamos contar com você.

– E eu? Poderei contar com vocês? Quem me diz que depois não me deixarão apodrecer aqui?

– Compreendo. Quando estiver fora, você os entregará.

– Sendo assim, está bem... Aonde me levarão depois?

– Num primeiro momento, para o campo de Mérignac, com direito a visitas, correspondência, encomendas e todos os livros que quiser. Depois poderá escolher. Ou continua conosco, ou vai trabalhar na Alemanha, como voluntário.

– Mas é verdadeiramente indispensável a passagem pelo campo de Mérignac?

– Sim, porque é lógico. Eu lhe explico: não temos provas suficientes contra você para conservá-lo no forte do Hâ, mas como não temos muita confiança em você o colocaremos em observação em Mérignac; isso seus companheiros de cela e os outros podem compreender. Se eles descobrem que é um traidor, não dou muito pela sua pele. Compreendeu?

Raphaël encolheu os ombros sem responder.

– Voltaremos a procurá-lo dentro de quatro dias. O senhor diretor vai assinar o registro de sua saída.

– Podem levar-me à enfermaria?

– Tudo, menos isso!... Essas marcas de golpes são sua melhor proteção.

O GUARDA EMPURROU-O brutalmente e o fez cair aos pés dos companheiros de prisão, que se conservavam em sentido. Quando a porta se fechou, todos se debruçaram sobre ele.

– Canalhas!... Eles o feriram.

Com a ajuda de uma toalha molhada, Loïc limpou-lhe o rosto e o ferimento da cabeça.

– É preciso mandá-lo para a enfermaria... Fernando, chame o guarda.

– Não vale a pena. Eles não quiseram...

– Patifes!...

– É pena que o doutor não esteja mais aqui.

– Você está precisando de cuidados, companheiro... Passe-me uma de suas toalhas limpas.

Loïc fez uma espécie de turbante, comprimindo o ferimento, e estendeu Raphaël numa das camas.

– Obrigado – disse ele, antes de mergulhar num sono profundo.

AS PANCADAS NA PORTA, anunciando a hora da sopa, tiraram-no daquela letargia. Uma terrível dor de cabeça o prostrava na cama sórdida.

– De pé! – berrou o oficial. – É proibido ficar deitado durante o dia.

Raphaël tentou obedecer e conseguiu sentar-se. Tudo rodava à sua volta.

– Não vê que ele está doente?

– Ele, não doente... Ele, preguiçoso... De pé!

Com um esforço de que nunca se julgara capaz, pôs-se de pé.

– Vê... Você, não doente.

Mal a porta se fechou, o ferido desmaiou.

NO DIA SEGUINTE, Raphaël Mahl estava um pouco melhor. Levaram-no à enfermaria, onde enfaixaram sua cabeça. "Assim, devo parecer o Apollinaire", pensou, ao voltar à cela. Durante a tarde, todo o seu andar desceu para o passeio.

Fazia um dia bonito, mas frio. Os detidos saltavam e gritavam como crianças, podia-se pensar que fosse um pátio de recreio. Era raro ter-se direito ao passeio. Depois de alguns palavrões dos guardas, fez-se relativo silêncio. No final de dez minutos, voltaram a entrar, e Raphaël não havia reconhecido ninguém.

Dois dias depois, no início da tarde, ouviu-se gritar no corredor.

– Fumo... Fumo...

Aquilo queria dizer que os presos cuja etiqueta não era nem amarela nem vermelha poderiam sair e colocar-se em fila indiana no pátio para a sessão de "fumo". Ali, em semicírculo, de mãos estendidas, um suboficial lhes atirava cigarros oferecidos pela Cruz Vermelha; depois dava fogo a um prisioneiro, que o passava aos outros. Era o momento em que se trocavam mensagens e notícias.

Apoiado à parede, Raphaël Mahl desfrutava do seu cigarro. O fumo ácido do tabaco preto ardia-lhe nos olhos, mas curiosamente acalmava-lhe as dores de cabeça. Saboreando esse breve momento de descanso, sentia-se leve.

Ao entrar no pátio, ele o viu logo. "É curioso", pensou ele, "pensei que teria uma etiqueta vermelha."

Tal como ele, à parte dos outros, o falso camponês fumava. Seu rosto, cavado, retomava seu aspecto normal; ele nem parecia mais se ressentir de seus ferimentos. Raphaël aproximou-se dele. Seus olhares cruzaram-se...

– Acabou-se... Acabou-se... – berrou o oficial.

Dando avidamente uma última tragada, os fumantes jogaram as guimbas num balde cheio de água e puseram-se calmamente em fila. O "fumo" havia durado seis minutos. Mahl afastou-se para deixar passar o falso camponês.

– Depois do senhor, padre – murmurou ele.

O outro não pôde conter um estremecimento.

ASSIM, O QUE ELE temia acabara de acontecer: fora reconhecido. Quando, no gabinete de "acolhimento", vira Raphaël Mahl, Adrien Delmas esperara o pior. Como nada acontecera, pensou que o escritor não o tivesse reconhecido. Mas não era nada disso... E ele não compreendia; por que não o denunciara, já que havia denunciado os outros, tanto em Paris como em Bordeaux? Como aqueles dois comunistas da resistência e aqueles pilotos ingleses, que tinham sido arrancados de suas celas e conduzidos ao endereço da estrada do Médoc, número 197, para serem interrogados por Dohse e seus esbirros. Por que lhe teria feito compreender que o reconhecera?

Seria por simpatia?... Para avisá-lo de um perigo?... Ou pura e simplesmente para que se traísse?... Esta última possibilidade parecia-lhe a mais plausível. Durante a sessão de fumo, recebera uma mensagem dizendo-lhe que seria transferido para o campo de Mérignac, e que dali organizariam sua fuga. O padre Delmas não dormiu durante toda a noite.

RAPHAËL MAHL também não dormiu. Além de suas dores de cabeça, sentia-se devorado pelos parasitas, e coçava-se até sangrar. Apesar disso, estava de bom humor: logo iria embora dali. Concordara em ficar no campo de Mérignac durante algum tempo. Mas isso não o preocupava muito, conhecia o local e o diretor; ele sairia dessa.

Loïc resmungava durante o sono.

Raphaël estava triste por causa do garoto, ainda mais porque sempre se mostrara amável com ele, afetuoso mesmo. Mas não tinha escolha. Além do mais, estava convencido de que não fora por acaso que a fotografia do jovem marinheiro fora colocada no meio das outras.

DOIS DIAS DEPOIS vieram procurá-lo. Nessa noite, Loïc Kéradec era igualmente levado para Bouscat, na estrada do Médoc. Como os outros se espantaram por tão magra caçada, Raphaël Mahl disse que já lhes entregara na primeira vez todos aqueles que poderiam lhes interessar. Além do bretão, não reconhecera mais ninguém. Não disse nada sobre o padre Delmas.

No campo de Mérignac, Rousseau, o diretor, colocou-o nos escritos, isto é, nos registros de entradas e de saídas do campo, porque o sargento francês encarregado desse trabalho estava sobrecarregado. Por especial favor, foi autorizado a ficar ali até a noite.

A barraca da recepção era uma das únicas mais ou menos aquecidas. Raphaël Mahl, depois de terminar seu trabalho, arrastou uma cadeira para o canto mais afastado dos guardas barulhentos e faladores e mergulhou na leitura dos livros dados por Maurice Fiaux. Por um acaso extraordinário, aquele pequeno crápula tinha escolhido alguns dos seus autores favoritos: as *Mémoires*, de Pepys, que fora um de seus livros de cabeceira. Que alegria tê-lo de novo consigo! O querido Stendhal ali estava com *Lucien Leuwen* e Balzac com *Ilusões perdidas*, e Rousseau e suas *Confissões... Trabalhadores do mar* e *Noventa e três* do pai Hugo. Só lhe faltava Chateaubriand para que sua felicidade fosse completa. Mas ele estava presente no espírito e no coração!... Esperava com impaciência o atlas e a Bíblia que pedira a Fiaux, assim como um pequeno bloco para anotar as ideias de um romance que ia amadurecendo. Logo que saísse dali faria retratos no estilo de La Bruyère. Via-se muito bem classificando-os por tipo: gente da sociedade, da moda, do espetáculo, dos livros, da política, dos negócios e da Igreja... Era uma boa ideia; quando lhe dessem o bloco, poderia aprofundá-la. Ser um grande escritor! Reconhecido e amado por todos!... Via-se como Prêmio Nobel de Literatura, elegante e sedutor em sua farda acadêmica... Pediria a Jean Cocteau que desenhasse o punho e a bainha de sua espada: era uma ocasião de se reconciliar com o querido Jeannot. Encerradas as boates, o álcool, os rapazes fáceis.

Seu destino amoroso era bem singular. Nunca resistiram a ele, nunca o repeliram, mas tampouco o amaram. Cada vez que desejara, ele soubera encantar, até que viessem deitar-se a seu lado; possuíra beijos e corpos, por vezes fizera suspirar de prazer, mas nunca escutara ao ouvido o canto infantil e ingênuo do amor cego. Fascinara, mas não fora amado. Quando ia embora, o encanto se rompia. Alguém que ele amara apaixonadamente o abandonara depois de seis meses de intimidade, dizendo-lhe com ar sonhador: "No fundo, você é insubstituível." Esse fora seu elogio. Tanto amor reprimido subia-lhe ao coração. Talvez devesse isso à amargura secreta e terrível que o corroía, e a tanta frivolidade, que não conseguira evitar. Agora, tudo estava acabado, e iria se dedicar à sua obra. Logo que saísse, encontraria um local belo e calmo, propício à criação. Imediatamente pensou em Montillac... Via-se meditando pelas vinhas ou no terraço... Por que não escrever a Léa? Aquela pequena tinha bastante coração para não lhe recusar hospitalidade. De resto, bem a merecia. Uma palavra dele e o querido tio dominicano e resistente seria preso... Raphaël não compreendia muito bem por que não denunciara aquele homem que, pensando bem, ele não conhecia. Afinal, a culpa era dos outros... Não apreciara nem um pouco os métodos de Maurice Fiaux e de seus companheiros... Que se arranjassem sem ele. Tinha ali uma cartada que poderia usar no momento oportuno. Ele sabia das atividades do dominicano, aspectos que o comissário Poinsot e a Gestapo ignoravam. Pensaria no momento oportuno. Enquanto esperava, iria escrever a Léa para lhe pedir livros e víveres, e que o visitasse, se pudesse.

Foi despertado dos seus devaneios pela chegada de novos prisioneiros. Levantou-se para escrever o registro das entradas. O guarda de serviço lhe estendia um a um os documentos de identidade dos detidos. Moreau Pierre, habitante de Langon... Lagarde Jacques, habitante de Bordeaux... Dardenne Alain, habitante de Dax... Raphaël Mahl levantou a cabeça. Os olhares dos dois homens cruzaram-se. Nem um só músculo de seu rosto se contraiu.

– O seguinte.

Raphaël continuou seu trabalho.

DIAS MAIS TARDE, Maurice Fiaux veio lhe fazer uma visita, com a Bíblia e o atlas que pedira.

– Tome, também lhe trouxe um cachimbo e tabaco. Os cigarros são difíceis de encontrar neste momento...

– Obrigado.

– Como tem passado?

– Não muito mal. Começo a ficar um pouco farto da intimidade com gente do povo: tem todos os nossos defeitos, sem nossas qualidades.

– Você esquece que minha mãe era empregada doméstica?

– Talvez, mas foi o patrão quem o educou. Tem gostos fora de sua condição, e está absolutamente certo. O povo francês me enoja, sua falta de curiosidade, sua estupidez, seu espírito de reivindicação, desabrocham aqui como certas flores no estrume. Só se fala do povo para coroar as virtudes que nos faltam. É absurdo, ele não tem essas virtudes nem as nossas qualidades. Em contrapartida, tem quase todos os nossos defeitos. Acredite-me, há pouca diferença entre um empregado da lavoura e a vaca de que ele cuida.

– Isso é que é falar bem. Notou alguma coisa de interessante desde que está aqui?

– Nada mais do que você já sabe. Faz-se grande tráfico de pacotes e todos os dias chegam cartas clandestinas, graças à cumplicidade dos guardas. Certos detentos se ausentam durante algumas horas do dia para ver a mulher ou alguma amiguinha.

– Sim, tudo isso nós sabemos... Mas não teve conhecimento de relações com redes de resistência ou da presença de resistentes?

– O campo é grande e eu ainda não tive oportunidade de entrar em todas as barracas. Para facilitar meu trabalho, você deveria me trazer mais livros. Eu poderei alugá-los, o que me daria uma boa razão suplementar para entrar nos alojamentos.

– Não é má ideia... Vou falar com Poinsot para ver se ele concorda, e todas as semanas lhe enviarei uma quantidade de livros velhos.

– Nada de complicado, o nível não é elevado. Aproveite para mandar uma ou duas roupas de lã e um bom par de meias, morro de frio. E um salsichão, doces secos e conhaque também seriam bem recebidos.

– Ah! É preciso merecer isso tudo. A cada informação, uma guloseima ou uma peça de lã. Está bem assim? O que acha?

– Está bem... Está bem... Como vocês são avarentos.

– Não somos avarentos, apenas prudentes. Abra os olhos e os ouvidos. Correm rumores nos bistrôs e nos salões de que prendemos uma figura importante da resistência.

– Quem?

– Vai saber!... Pusemos informantes por toda parte e nenhum voltou com boa informação.

– Talvez seja alguém da região.

– O chefe não sabe nada, mas não acredita nisso. Se fosse alguém conhecido, como o padre Delmas, há muito tempo o teriam denunciado.

– Sem dúvida.

– Bem, isto não é nada; fala-se, fala-se, mas o trabalho fica por fazer. Saúde, e até breve. Ah! Já me esquecia: não sei o que acontece comigo, esqueço tudo... Cansaço talvez... Sabe o marinheiro que estava na sua cela?

– Loïc?

– Sim, o pobre não resistiu ao interrogatório... Um fraco... Ao fim de três dias o garoto morreu sem ter falado; tome nota, se quer minha opinião, ele não devia ter nada para dizer... Imagine só o burburinho que isso causou no forte do Hâ! Eles berravam, os canalhas, berravam... Com tanta força que o diretor teve de chamar reforços. Os mais excitados foram fechados nos banheiros; os cárceres já não eram suficientes. Imagine se eles adivinhassem que foi você quem o entregou... Eu não gostaria de estar na sua pele.

Nem um traço do rosto de Raphaël Mahl se contraiu enquanto Maurice Fiaux falava. À custa de um grande esforço, que o cobria de suor, apesar do frio, conteve-se para não se atirar ao pequeno crápula, sentindo que era exatamente isso que ele queria.

– Eu também não gostaria de estar na sua pele.

Mahl voltou-lhe as costas e dirigiu-se para o acampamento.

DURANTE O DIA era proibido deitar-se nas camas, sob pena de sanções. Sob o olhar reprovador dos companheiros, sentados perto do fogão ou jogando cartas no chão sobre uma coberta, ele estendeu-se e fechou os olhos.

Adrien Delmas fechou lentamente o livro que estava lendo, tirou os óculos e levantou-se da cadeira, dirigindo-se para o homem deitado, movido por um impulso repentino.

Com as pernas agitadas por leves sobressaltos, Raphaël apertava os lados da cama, com o peito oprimido, o rosto pálido marcado por manchas vermelhas. O dominicano aproximou-se.

Da cama vinha um cheiro azedo, o mesmo que exalavam certos condenados à morte na Espanha, na véspera de serem executados: era o cheiro do medo. O que lhe teriam dito? De que o teriam ameaçado para que ele se encontrasse naquele estado? Fazia oito dias partilhavam a mesma barraca e nunca o padre Adrien o vira assim.

– Está doente?... Precisa de alguma coisa?

Fez que não, com a cabeça, abrindo os olhos, que voltou a fechar imediatamente.

Que ele desapareça!... Mais uma palavra e chamaria o guarda, pedindo-lhe que fosse buscar o diretor para denunciá-lo. Sua vida ou sua morte dependiam só dele. Este pensamento provocou-lhe uma ligeira ereção. Já havia notado que, cada vez que possuía um poder destruidor sobre alguém, seu sexo intumescia. Curiosamente, ainda que profundamente perverso, nunca tentava explorar esse fantasma, e sempre tinha considerado essa tensão de seu sexo com um desinteresse divertido.

Mas se aproveitara por cinco ou seis vezes do receio que inspirava nos jovens rapazes que estreavam nas *boîtes* de Montmartre, para os obrigar a se sujeitar a seus caprichos, que lhe pareciam de grande banalidade. Uma vez, no seminário onde passara alguns anos, havia obrigado um seminarista mais jovem do que ele a chupá-lo em troca de seu silêncio sobre as leituras proibidas. Nessa época, sentia pelas pessoas da Igreja uma mistura de atração e repulsa, a ponto de querer em tudo tentar desviá-las de suas vocações, com palavras e atos tão dissimulados que o padre superior levou anos para descobrir sua astúcia, antes de expulsá-lo. Esse superior parecia-se muito com Adrien Delmas no tempo em que ele pregava na Notre-Dame: a mesma estatura, grande, forte, com um olhar que parecia ver dentro das almas, uma bela voz e mãos grandes... Raphaël sentia a presença do dominicano. Mas, Santo Deus! Que desapareça...

– Posso ajudá-lo?

– Deixe-me em paz! – gritou ele.

Aquele grito suspendeu as conversas. Sem dar atenção, Adrien continuou, em voz baixa:

– Creio que sei o que o preocupa... Não lhe direi nada do que se poderia dizer em tais circunstâncias... Não lhe direi nada exceto que, faça o que fizer, eu o perdoarei, e que, na dúvida que me oprime, rezarei por você.

Raphaël ergueu-se e agarrou o falso camponês pelo colarinho da camisa e soprou-lhe no rosto:

– Cale o bico, frade sujo... Suas orações e seu perdão, pode enfiar no cu.

– Contenha-se, todo mundo está nos olhando.

– Que nos olhem, se quiserem, esses fodidos, esses esfarrapados!

– Cale-se, senão vai passar por maus momentos.

– Que venham... Venham, minhas gracinhas... Venham ver o Raphaël... e os fodo inteirinhos...

Dois se ergueram. Raphaël não viu levantar-se o punho que lhe acertou o nariz nem quem o espancou. Quando voltou a si, o dominicano acabava de limpar seu rosto.

– Você, ainda? – disse, com voz cansada.

– Descanse, vão levá-lo à enfermaria.

– Será mesmo necessário?... Desculpem-me, fui grosseiro agora há pouco... Tinha recebido uma má notícia.

NA BRIGA, Raphaël Mahl quebrou o nariz e teve um ombro deslocado; foi na enfermaria que Maurice Fiaux foi vê-lo, acompanhado por Mathias Fayard. Os dois levavam um embrulho de livros.

– Aqui estão os seus livros.

– Obrigado.

– Rousseau contou-me que lhe quebraram a cara e por pouco não o fizeram engolir sua certidão de nascimento.

– Não é preciso exagerar.

– O que soube de novo?

– Pouca coisa. No acampamento 3 introduziram rádio e escutam Londres todas as noites. Os comunistas do campo organizaram-se e põem um jornal clandestino para circular.

– Conseguiu apanhar algum?

– Sim. Aqui no bolso do meu casaco.

Fiaux tirou do bolso uma folha, mal copiada, que leu rapidamente.

– Sempre as mesmas besteiras... Nada mais?

– Não, não topei com nenhum resistente, só com tipos sem importância. É do lado do forte do Hâ que vocês deviam procurar.

– Tem certeza de que não nos esconde nada? O chefe pensa que você não nos diz tudo.

– Que interesse eu teria em esconder alguma coisa a partir do momento em que aceitei colaborar com vocês? Não posso lhes inventar um pseudochefe da resistência.

– No entanto, as suspeitas continuam. Você vai ter

 companhia: Marcel Rigaux e Fernando Rodriguez... Isso

não lhe diz nada?... Vocês partilharam a mesma cela no forte do Hâ...

Raphaël estremeceu.

– Não me deixem aqui, rapazes.

Fiaux fingiu não ouvir. Os visitantes partiram logo. Mathias não havia pronunciado nenhuma palavra. Estava na hora da sopa, e já era noite.

Mahl voltou para seu acampamento.

As primeiras pessoas que viu foram Rigaux e Rodriguez. Rigaux veio em sua direção.

– Salve, Mahl, não pensávamos encontrá-lo aqui.

A porta abriu-se brutalmente. O diretor do campo entrou acompanhado de Dohse e de uma dúzia de soldados, que apontaram as armas para os prisioneiros.

– Senhores, o tenente Dohse quer falar com vocês.

– Obrigado, senhor diretor. Senhores, vou ser rápido. Sabemos que um perigoso terrorista está escondido entre vocês. É seu dever desmascará-lo, não é verdade? Sem o quê, seremos obrigados a levar reféns. Espero ter-me feito compreender. Têm três dias. Passado esse prazo, fuzilaremos cinco reféns de dois em dois dias. Boa noite e... bom apetite, senhores.

Um pesado silêncio caiu sobre o grupo depois da partida dos alemães e de Rousseau. Foi interrompido pela chegada da cantina ambulante. Pela primeira vez não houve algazarra em volta dos encarregados de servir a sopa. Ninguém comentou a qualidade nem zombou da composição. Cada um comeu em silêncio no seu canto. No final da refeição, Marcel Rigaux e Fernando Rodriguez reuniram à sua volta certo número de detentos.

RAPHAËL NÃO TIRAVA os olhos de Adrien. Ele sabia que um combate terrível se travava no espírito do dominicano:

deveria entregar-se para evitar a execução de reféns inocentes? Entregar-se com o risco de falar sob tortura? Mahl sabia que, se fosse ele, não se moveria; sua pele era mais importante do que a dos miseráveis presos com ele. Que arrebentassem. Aliás, para que serviam eles?... Podia se perguntar isso.

Os olhares dos dois homens cruzaram-se. "Não diga nada", ordenava o de Raphaël. "Denuncie-me", implorava o de Adrien.

O escritor levantou-se e encaminhou-se para ele. Uma perna atravessada à sua frente o fez tropeçar... Um pontapé no queixo levantou-o e outro no traseiro o fez escorregar de barriga na ala central... A cabeça bateu no tabique rugoso, arranhando a testa... Rodriguez agarrou-o por um braço... Raphaël berrou... A dor do ombro deslocado era como um ferro em brasa...

– Cale a boca, maricas!

– É fofinho como uma amante!

Um pontapé no estômago dobrou-o em dois...

– Senhores, meus senhores... Parem...

– Você, velho, não se meta nisso.

– Por que batem nele? Tenho o direito de saber.

– De acordo – disse Marcel Rigaux –, vamos lhe dizer por quê. Vamos sangrá-lo como a um porco. Estávamos na mesma cela no forte do Hâ... Tínhamos um companheiro... um marinheiro... um bretão... Loïc, era seu nome. Pergunte a este estrume como era o pequeno Loïc!... Graças a ele a prisão parecia-nos menos dura... sempre bem-humorado, com uma canção nos lábios, e contudo...

Os olhos de Rigaux estavam cheios de lágrimas. Sem se deter, seu punho partiu e esborrachou o nariz quebrado de Mahl... Um jato de sangue salpicou o dominicano.

Rigaux continuou:

– Tinha o coração nas mãos... Partilhava tudo... Consolava-nos... tratava-nos... Ele... esse... o que você quer proteger... o pequeno é que o tratou... velou por ele... e ele... ele entregou-o... deu-o à Gestapo...

Um clamor encheu a barraca.

– Três dias... Por três dias o torturaram no Bouscat...

Adrien Delmas olhava horrorizado o corpo caindo.

– Na prisão, ele soube coisas... mas não falou... nada... Ele não disse nada... e eles espetaram-lhe aquelas agulhas incandescentes debaixo das unhas... descarnaram-lhe as coxas e sobre elas jogaram sal... Com pauladas, partiram-lhe as pernas...

– Parem! – urrou Mahl.

Rodriguez levantou-o pelo casaco e sacudiu-o, batendo com a cabeça dele contra a parede.

– Por quê?... Por que você fez isso?

– Como vocês souberam? – murmurou ele.

– Vamos lhe dizer, para mostrar que há também gente tão asquerosa como você. É um de seus companheiros... Um belo tipo, que ao nos trazer para cá nos disse que você era informante, que havia entregado Loïc e outros, continuando aqui seu trabalho de espião.

– Mas por quê?

– Ele pensa que você já não lhe serve de nada... que todos aqueles que podiam denunciar, já denunciou.

Uma grande lassidão tomou conta de Raphaël Mahl, enquanto o desejo de acabar com aquilo crescia. Eram uns coitados... tal como ele, deixavam-se foder, manipular por um pequeno crápula como Maurice Fiaux... Estava certo de que a ideia partira dele: dá-lo de pasto aos prisioneiros. Santo Maurice, era bom no que fazia! Ele também não era nada mau: conseguira convencê-lo de que não havia dirigentes da resistência no campo. Belo trabalho. Aquilo o fez sorrir.

– Além disso, pouco se importa com o que dizemos!

– Estrume!

– Patife!

De todos os lados choviam golpes.

Logo não havia mais um rosto. Por várias vezes Adrien Delmas tentara intervir. Mas o ódio ensurdecia a multidão. Alguém o socou... Quando voltou a si, sentia-se na barraca um cheiro de carne queimada. Sobre grandes risadas e gritos um longo urro subia... O dominicano levantou-se... Sentado no fogão, mantido por dezenas de mãos, Raphaël Mahl grelhava... Enquanto isso, com propostas obscenas, alguns comentavam seu suplício.

– Olhem como ele se torce... Ele gosta disso!

– Está brincando de prostituta... Escutem como ele grita!

– Talvez fosse melhor se lhe tivéssemos enfiado um ferro em brasa no cu.

– Já imaginou um fim melhor para uma tia!... O sonho!

– Sim... Mas como isto cheira mal, é carne de maricas!

– Não é a carne dele que exala, é a merda... Ele cagou por todos os lados.

– Não se preocupe... Foi sua última chance de usar os intestinos.

O horror duplicou as forças do padre Delmas. Empurrou os torturadores e arrancou Raphaël do fogão. Um pedaço de carne ficou colada à chapa escaldante. Rolaram por entre os pés da multidão, que se afastou. Houve um momento de silêncio. Nos braços de Adrien, Raphaël abriu um olho e aquilo que fora uma boca esboçou um sorriso que era uma careta. Naquela face macerada era horroroso. Tentou falar. Um jato de sangue escorreu pelo queixo.

– Não diga nada.

– É estúpido demais... Tinha uma ideia... para um romance... – conseguiu articular.

Havia admiração no espanto com que Adrien Delmas olhou aquele que sonhara ser um grande escritor e que, às portas de uma morte atroz, ainda tinha forças para gracejar.

– Diga a Léa... que eu... gostava muito dela...

– Eu lhe direi.

– Saia daí para acabarmos com essa carcaça.

– Por favor! Deixem-no! Já não lhe fizeram mal suficiente?

– Não – disse Fernando Rodriguez, arrancando-o dos braços que tentavam protegê-lo.

– Não – continuou Fernando –, é preciso que isto sirva de exemplo a todos os alcaguetes, a todos os colaboradores que estão neste campo e fora dele. Vamos, rapazes... Acabemos com isto...

Todos aqueles homens que se lançaram sobre ele... Aquele fervilhar de mãos em seu corpo... Aquelas caras que se debruçavam sobre ele e que só via através de uma névoa de sangue... Era como um vapor... Aquilo lembrava-lhe os banhos de vapor em Amel, um local de homossexualidade clandestina, onde todos se procuram, se apalpam, se abraçam com a cumplicidade de todos. Terrível local, onde os braços, as mãos têm uma viscosidade de polvo... Uma descida aos infernos entre homens em cacho, sacudidos por um único espasmo, com um único profundo suspiro, que parece, entre aqueles peitos apertados e frementes, subir das próprias entranhas da terra... Ali, as mãos desconhecidas, triturantes, sábias e detestáveis procuram fazê-lo sofrer... e matá-lo... Logo as imagens desapareceram da sua memória... Só as cores violentas como descargas elétricas subsistem... O lindo verde... o azul... o vermelho... o preto... Estrelas prateadas palpitam no negro... negro... negro.

Ali, no fundo do acampamento, uma certa mão se levantou e fez o sinal da cruz.

LOGO OS HOMENS se cansaram de bater naquela massa mole e disforme que ainda os salpicava de sangue. O cadáver os enojava.

– E se puséssemos o que resta desse porco no lixo?

– Boa ideia.

Nessa noite, o cadáver de Raphaël Mahl foi jogado no depósito do lixo e coberto de imundícies. De manhãzinha, os detidos encarregados do ofício recolheram o corpo e o colocaram num caixão tosco.

Nem os guardas nem os policiais haviam reagido.

23

Dois dias após a morte de Raphaël Mahl, Adrien Delmas fugiu, graças ao seu perfeito conhecimento do lugar e dos hábitos dos guardas.

Escondeu-se debaixo da cobertura do caminhão que entregava o pão para a semana. O motorista fora muito bem pago para parar e fingir uma avaria perto do lugar onde ele se escondera. Uma vez fora, ele o conduziu a Bègles, nos arredores de Bordeaux, onde Albert e Léa o esperavam, em companhia de três jovens resistentes armados de metralhadoras. Eles se comprimiram todos no velho caminhão do fornecedor.

– Padre, um avião virá buscá-lo esta noite – disse Albert.

– Não quero partir. Devo ficar, é aqui que sou mais útil.

– Não é a opinião de Londres. Em seu lugar, eu partiria. Nesse momento está correndo enorme risco, e sua presença na região é um perigo para todos nós. Padre, é preciso obedecer.

Adrien calou-se e fechou os olhos. Todos respeitaram seu silêncio: ele tinha um ar tão cansado! Léa, apertada contra ele na frente do caminhão, pousou a cabeça em seu ombro e logo adormeceu.

Ela acordou quando eles atravessavam a praça, curiosamente inclinada, de Bazas. Passaram em seguida ao longo da catedral de Saint-Jean e desceram até os velhos lavatórios, depois rodaram por alguns instantes na direção de Casteljalloux, finalmente viraram numa pequena estrada à direita e pararam à entrada do povoado de Sauviac. De uma casa baixa, à frente da qual ciscavam galinhas, saíram um velho e sua mulher. Albert disse-lhes algumas palavras; eles pareceram aquiescer e entraram na casa depois do sinal para que o seguissem.

– Em casa dos Laforgues, padre, está em segurança. O avião virá buscá-lo esta noite, às oito horas. O pai Laforgue o levará ao campo de aterrissagem perto de Beuve – disse Albert.

– Eu conheço.

– Daqui até lá, descansem. Eu virei buscar Léa no final do dia.

– Obrigado por tudo, Albert. Como está Mireille?

– Bem, meu padre, é uma valente, como sabe.

– Eu sei... Tem tido notícias de seu filho?

– Está em Cantal com o grupo de Revanche, próximo de Chaudes-Aigues. Os rapazes estão no maior bosque de Truyère. É um bom esconderijo, difícil de atacar; é impossível que os boches se arrisquem ali... Devo partir. Não se preocupe, padre, em menos de dois meses estará de volta. Adeus...

– Adeus, Albert, tomará conta de Léa?

– Não precisa dizer-me. A filha da senhora Isabelle para mim é sagrada.

TIO E SOBRINHA passaram o dia juntos, entretidos familiarmente perto do fogo. Partilharam a modesta refeição dos Laforgues, que eram anfitriões absolutamente silenciosos.

Adrien narrou, com palavras prudentes, o horrível fim de Raphaël Mahl. Quando ele lhe contou que seu último pensamento fora para ela, Léa rompeu em soluços.

– Eu também gostava muito dele – disse.

O dominicano respeitou sua tristeza. Quando estava um pouco mais calma, ela perguntou:

– Mas por que ele não o denunciou?

– Não sei. É a pergunta que faço a mim mesmo desde aquela terrível noite. Por que ele não me denunciou? Você, que o conhecia, não saberia dizer?

– Não... Ou então?... Era bem do seu caráter... Ele sabia que o procuravam e até mesmo, talvez, lhe tenham pedido que o identificasse entre os detidos, e por seu espírito de contradição, ele terá negado.

– Mas uma pessoa não se deixa massacrar por espírito de contradição!

– Raphaël?... Sim.

– Talvez, afinal. As razões de aceitar a morte são por vezes muito estranhas. Mas seu olhar durante o massacre!... Quando cruzou com o meu, parecia dizer: "Você não esperava por isto, hein? De alguma forma, eu o enganei."

LÉA SENTIU-SE MAL ao ter de se separar dos braços do tio. Era como se o seu pai morresse uma segunda vez.

– Passe um bom Natal, minha querida. Vá por mim à missa da meia-noite e faça uma oração a Sainte Exupérance para que vele por nós. Abrace todos em Montillac e diga-lhes que rezo por eles. Que Deus a guarde... Seja muito prudente.

COMO ESTE NATAL foi triste, apesar da alegria de Charles, diante de seu carrinho vermelho, e dos seus risos! Quanto à noite de 31 de dezembro, pareceu-lhes interminável. Cada uma perguntava-se com angústia se 1944 veria, enfim, a guerra terminar.

No dia 2 de janeiro, Léa teve a surpresa de ver chegar François Tavernier. Seu carro estava enlameado até a capota, e por seu rosto ele havia dirigido durante toda a noite.

Desejou um bom ano apressadamente às moradoras, abraçou o pequeno Charles e procurou em seu bolso uma caderneta, que lhe ofereceu. Charles ficou encantado. Em seguida, conduziu Léa ao escritório.

– Eu vim logo que recebi a mensagem do seu tio. Por que é que não me disse nada a respeito de Mathias e do pai?

– Eu não queria aborrecê-lo com isso.

– Nunca me aborrece, sabe disso. Venha, eu tenho muito pouco tempo, devo partir esta noite.

– Já?... Você está louco!

– O meu tempo não me pertence... Eu não devia estar aqui.

Léa fechou a chave a porta do escritório de seu pai e atirou-se para François. Fizeram amor vestidos, em silêncio. Quando o gemido de Léa aumentou, transformou-se num soluço.

Durante um longo momento ficaram colados um ao outro.

François, que o sono começava a vencer, foi o primeiro a reagir.

– Venha me fazer um café.

Léa dirigiu-se à cozinha para aquecer o café e cozinhar alguns ovos.

Durante duas horas ele examinou os livros de contas, as hipotecas, as faturas de banco. Seguidamente, explicou a Léa como tudo podia ter sido adulterado. Ele sabia que o domínio estava virtualmente nas mãos de Fayard, mas não disse nada.

– Não podemos perder tempo. Precisamos de um bom contador para resolver tudo isso. Eu vou lhe arranjar um.

– Mas não tenho dinheiro!...

– Por favor, deixe disso. Eu assumo as despesas. Tome um cheque. Isto acalmará seu banqueiro um pouco. É preciso a todo custo manter Mathias a distância durante algum tempo. Seu trabalho o absorve, mas ele vai passar em breve à ação. Agora, meu amor, tenho de partir... Não... peço-lhe... Nada de lágrimas, é a lembrança de seu sorriso que eu quero levar.

Ele levantou-se e ela o abraçou uma última vez, passando e repassando a mão por seu rosto mal barbeado.

LÉA E FRANÇOIS SAÍRAM. O carro estava estacionado na alameda dos plátanos, junto da casa. A noite começava a cair, mergulhando a vinha e os pinheiros na escuridão.

Ele dirigiria durante toda a noite rumo a Paris. O ar estava ameno apesar da época, mas Léa tremia. A ideia de ficar só com Camille lhe dava medo. Ele se mostrara tão alegre e terno, brincando com os números, que ela não se deu conta do mal que lhe fazia vê-lo partir.

Colado à porta envidraçada da entrada o pequeno Charles fazia largos sinais com a mão para François. Tavernier virou-se uma última vez e fez-lhe a saudação militar. Charles pulava de alegria, rindo. Através do vidro, não se ouvia seu riso.

Léa estreitou o xale nos ombros. Era preciso limpar a vinha.

François tomou-lhe a mão e beijou-a furtivamente, como se fosse voltar alguns instantes mais tarde. Não tinha deixado de sorrir. Instalou-se ao volante e fechou a porta. O barulho ecoou no silêncio da tarde. Ligou o motor, sem deixar de olhar para Léa.

No momento de partir, através do vidro, disse:

– Penso que seria mais prudente se você viesse viver comigo.

O carro rodou pela alameda, desaparecendo na noite.

Léa não se moveu.

fim do volume 2

EDIÇÕES
BestBolso

Este livro foi composto na tipologia Minion, em
corpo 10,5/13, e impresso em papel off-set 63g/m² no Sistema
Cameron da Divisão Gráfica da Distribuidora Record.